Un dangereux secret

Du même auteur
aux Éditions J'ai lu

Les illusionnistes (n° 3608)
Un secret trop précieux (n° 3932)
Ennemies (n° 4080)

Les trois sœurs :
Maggie la rebelle (n° 4102), Douce Brianna (n° 4147), Shannon apprivoisée (n° 4371)

L'impossible mensonge (n° 4275)
Meurtres au Montana (n° 4374)

Lieutenant Eve Dallas :
Lieutenant Eve Dallas (n° 4428), Crimes pour l'exemple (n° 4454), Au bénéfice du crime (n° 4481), Crimes en cascade (n° 4711), Cérémonie du crime (n° 4756), Au cœur du crime (n° 4918), Les bijoux du crime (n° 5981), Conspiration du crime (n° 6027), Candidat au crime (n° 6855), Témoin du crime (n° 7323)

Trois rêves :
Orgueilleuse Margo (n° 4560), Kate l'indomptable (n° 4584), La blessure de Laura (n° 4585)

Magie irlandaise :
Les joyaux du soleil (n° 6144), Les larmes de la lune (n° 6232), Le cœur de la mer (n° 6357)

L'île des trois sœurs :
Nell (n° 6533), Ripley (n° 6654), Mia (n° 6727)

Les frères Cameron :
Dans l'océan de tes yeux (n° 5106), Sables mouvants (n° 5215), À l'abri des tempêtes (n° 5306), Les rivages de l'amour (n° 6444)

Question de choix (n° 5053)
La rivale (n° 5438)
Ce soir et à jamais (n° 5532)
Les bijoux du crime (n° 5981)
Conspiration du crime (n° 6027)
La villa (n° 6449)
La fortune des Sullivan (n° 6664)

Nora Roberts

Un dangereux secret

Traduit de l'américain
par Michel Ganstel

Titre original :
BIRTHRIGHT
Publié par G. P. Putnam's Sons, New York.

Pour ma Kayla chérie, la nouvelle lumière de ma vie. Mes vœux sont si nombreux que je ne peux les énumérer, aussi te souhaiterai-je simplement beaucoup d'amour. Car l'amour est la source de tout ce qui est magique, de tout ce qui est vrai, de tout ce qui compte dans la vie.

Celui qui offre un plaisir à un enfant
Fait tinter dans les cieux un carillon de joie.
Celui qui donne un foyer à un enfant
Lui bâtit un palais au royaume à venir.
Mais celle qui donne la vie à un enfant
Fait revenir sur terre le Christ notre Sauveur.

John MASEFIELD

Connais-toi toi-même

SOCRATE

Prologue

12 décembre 1974

Douglas Edward Cullen mourait d'envie de faire pipi. À trois ans, entre l'énervement, l'inquiétude et le Coca-Cola que maman lui avait permis de boire au MacDo pour le récompenser de s'être bien tenu, il lui semblait que sa vessie allait exploser.

Il dansait d'un pied sur l'autre, son cœur battait trop vite et il se disait qu'il allait éclater s'il ne criait pas très très fort ou ne courait pas à toutes jambes. Mais il ne pouvait faire ni l'un ni l'autre. Maman lui avait recommandé de bien se tenir, parce que, quand un petit garçon n'est pas sage en sa présence, le Père Noël lui met des morceaux de charbon dans ses chaussettes à la place de jouets. Douglas ne savait pas ce que c'était que le charbon, mais il voulait des jouets. Alors, il se contentait de crier et de courir dans sa tête, comme son papa lui avait appris à le faire lorsqu'il fallait vraiment très bien se tenir.

Le gros bonhomme de neige qui lui souriait était encore plus rebondi que sa tante Lucy. Douglas ne savait pas ce que mangeaient les bonshommes de neige, mais celui-là devait sûrement avaler des tas de choses. Le nez rouge clignotant de Rudolph le renne qui lui donnait le vertige, le vacarme dans la galerie commerciale, avec l'orchestre qui jouait de la musique de Noël, les cris des enfants, les bébés qui pleuraient, tout aggravait son impatience.

Depuis qu'il avait une petite sœur, il avait pourtant l'habitude des bébés qui pleurent. Il savait que quand un bébé pleurait, il fallait le prendre dans ses bras en lui chantant une chanson ou bien s'asseoir avec lui dans un fauteuil à bascule et lui taper sur le dos jusqu'à ce qu'il fasse un rot. Les bébés rotaient très fort sans que personne leur demande de s'excuser – pour la bonne raison qu'ils ne savaient pas encore parler, bien sûr !

En ce moment, Jessica ne pleurait pas. Endormie dans sa poussette, avec sa robe rouge pleine de dentelles et de machins de fille, elle avait l'air d'une poupée. C'est d'ailleurs comme ça que grand-mère l'appelait : « Ma poupée chérie. » Mais quand elle se mettait à brailler et que sa figure devenait toute rouge, elle ne ressemblait plus du tout à une poupée, elle était laide et avait l'air méchant ! Lorsque ça lui prenait, maman était trop fatiguée pour jouer avec Douglas. Avant Jessica, elle n'était jamais trop fatiguée pour jouer avec lui. Alors, il y avait des moments où Douglas n'aimait pas du tout sa petite sœur qui braillait, faisait dans ses couches et fatiguait maman. La plupart du temps, pourtant, tout allait bien. Il aimait regarder la façon dont Jess agitait les jambes comme si elle pédalait. Et quand elle lui attrapait un doigt et le serrait très fort, ça le faisait même rire.

Grand-mère lui disait qu'il devait protéger Jessica parce qu'un grand frère doit toujours protéger sa petite sœur. Il s'en inquiétait au point de se lever la nuit pour aller se coucher à côté du berceau de Jessica, au cas où les monstres cachés dans la penderie viendraient la dévorer. Mais comme il se réveillait toujours dans son lit, il se disait qu'il avait dû le rêver.

Pendant qu'il ruminait ses réflexions, la file d'attente n'avançait pas vite. Si Jessica ne se réveillait pas pour hurler, elle irait s'asseoir sur les genoux du Père Noël. C'était quand même idiot de l'avoir habillée rien que pour ça, puisqu'elle ne savait pas parler et ne pourrait même pas dire au Père Noël quels cadeaux elle voulait. Douglas le savait, lui. Il allait sur ses trois ans et demi, et tout le monde lui disait qu'il était un grand garçon.

Maman se pencha pour lui demander à l'oreille s'il avait envie de faire pipi. Douglas répondit non en secouant la tête, parce que s'ils devaient aller aux toilettes, il ne pourrait sûrement plus demander ses cadeaux au Père Noël.

Maman parlait à quelqu'un, mais Douglas n'écoutait pas. Ce que se disaient les grandes personnes ne l'intéressait guère, surtout parce que pendant ce temps la file avançait et qu'il pouvait enfin voir le Père Noël. Il paraissait énorme, beaucoup plus grand et plus gros en tout cas que l'impression que Douglas avait eue en regardant les images. Il était assis sur un trône devant son atelier, entouré de lutins, de rennes, de bonshommes de neige qui bougeaient la tête, les bras. Le Père Noël avait une barbe si longue et si grosse qu'on voyait à peine sa figure. Et quand il s'exclama : « Ho ! Ho ! Ho ! », le son de sa grosse voix effraya tant Douglas qu'il faillit se laisser aller dans sa culotte.

Des lumières clignotaient, les lutins souriaient, un bébé hurlait. Mais un grand garçon comme Douglas ne devait pas avoir peur du Père Noël. D'ailleurs, maman souriait elle aussi et le tirait par la main en lui disant d'aller s'asseoir sur les genoux enfin disponibles. Douglas fit un pas en avant, mais ses jambes tremblaient. Et il tremblait même de partout lorsque le Père Noël le prit dans ses bras.

— Joyeux Noël ! As-tu été un bon petit garçon bien sage ?

La panique frappa Douglas comme la foudre. Les lutins le cernaient, le nez rouge de Rudolph le renne clignotait comme les lumières sur le toit des camions de pompiers, le bonhomme de neige se moquait de lui et le gros barbu en costume rouge le fixait de ses petits yeux noirs comme s'il voulait le percer de part en part. Hurlant de terreur, Douglas se débattit, tomba des genoux du Père Noël sur le bois dur de l'estrade – et trempa son pantalon.

Il entendit au-dessus de lui des voix, des gens qui s'approchaient. Il ne put rien faire d'autre que se rouler en boule et sangloter. Maman arriva enfin, le releva, le serra sur sa poitrine, lui dit que ce n'était pas grave, l'embrassa, le câlina parce qu'il s'était fait mal en tombant et saignait un peu du nez. Elle ne le gronda même pas pour avoir fait pipi dans sa culotte.

Finalement, elle le prit dans ses bras, se retourna pour s'en aller.

Et ce fut elle, alors, qui se mit à hurler et partit en courant. Accroché à son cou, Douglas baissa les yeux pour voir ce qui se passait.

La poussette de Jessica était vide.

Première partie

L'EXPLORATION

Où que nous voulions aller à la surface *des choses, d'autres y sont allés avant nous.*

Henry David THOREAU

1

Les travaux du chantier d'AntietaCreek stoppèrent brutalement lorsque la pelleteuse de Billy Younger déterra le premier crâne.

C'était plus qu'une mauvaise surprise pour Billy lui-même, qui suait et jurait tant et plus dans la cabine de son engin exposé aux implacables rayons du soleil de juillet. Résolument hostile au projet de lotissement, sa femme lui avait infligé un sermon de plus ce matin-là pendant qu'il essayait d'avaler en paix son café et ses œufs au bacon. Pour sa part, Billy n'avait pas d'opinion arrêtée sur la question, sauf que le boulot c'était sacré et que Dolan payait un bon salaire. Presque assez bon pour compenser les continuelles récriminations de bobonne qui lui gâchaient son petit déjeuner. Un homme a pourtant besoin de se nourrir avant de passer sa journée à trimer comme une bête, non ? Et ce qu'il avait réussi à ingurgiter avant qu'elle lui coupe l'appétit, pensait Billy avec rancune, lui restait sur l'estomac, fermentant dans cette foutue chaleur moite !

Billy bloqua les manettes en ayant au moins la consolation de savoir que sa machine ne lui rebattrait pas les oreilles de reproches parce qu'il faisait son travail. Il aimait sentir les dents du godet plonger dans la terre meuble pour en extraire une belle grosse bouchée. Mais voir remonter dans la lumière de midi un crâne qui paraissait le narguer de ses orbites vides, il y avait de quoi faire pousser à Billy des cris de bonne femme effarouchée en sautant de son engin avec la légèreté d'un danseur, malgré ses cent dix kilos. Nul doute que les collègues ne se priveraient pas de se payer sa tête jusqu'à ce qu'il soit obligé d'aplatir le nez d'un de ses bons copains pour regagner sa dignité. En attendant ce moment funeste, il avait traversé le chantier en courant avec la vitesse et la détermination auxquelles il devait sa flatteuse réputation sur les terrains de football du temps de sa jeunesse.

Après avoir repris son souffle et recouvré la faculté de s'exprimer de manière intelligible, il relata sa macabre découverte au contremaître qui, à son tour, en fit le rapport à Ronald Dolan, le promoteur. Lorsque le shérif du comté arriva sur les lieux, d'autres terrassiers avaient exhumé plusieurs ossements. On fit mander le médecin légiste, dont l'arrivée fut précédée de celle d'une équipe des médias locaux. Ceux-ci procédèrent à l'interview de Billy, de Dolan et de toutes les personnes susceptibles de meubler du temps d'antenne dans le journal télévisé du soir.

Le bruit se répandit très vite. Il fut question de crimes impunis, de fosses communes, de tueurs en série. Puis, lorsque les plus folles rumeurs eurent atteint leur paroxysme et les rapports officiels déterminé que les ossements dataient de la plus haute antiquité, bon nombre de citoyens ne surent s'ils devaient s'en réjouir ou en être déçus.

Mais pour Dolan, qui avait déjà dû batailler contre des dizaines de pétitions, de protestations et de mises en demeure avant de pouvoir enfin transformer ses quelque vingt hectares de prairie vierge et de bois inexploités en un coquet lotissement résidentiel, l'âge de ces os n'avait aucune importance.

Leur existence même constituait un affront inexpiable.

Aussi, lorsque Lana Campbell, l'avocate de la grande ville venue s'installer dans ce trou de campagne où elle fourrait son nez dans tout ce qui ne la regardait pas, s'assit en face de lui deux jours plus tard en lui décochant un sourire satisfait, il fallut à Dolan un effort de volonté proprement surhumain pour résister à l'envie d'assener une bonne claque sur son gracieux minois.

— Vous constaterez que le jugement ne comporte aucune ambiguïté, déclara-t-elle sans cesser de sourire.

Chef de file de l'opposition au lotissement, elle avait en effet de quoi pavoiser.

— Vous n'aviez pas besoin d'en arriver là, j'ai arrêté les travaux. Je coopère pleinement avec la police et la commission d'urbanisme.

— Eh bien, considérons qu'il s'agit d'un simple garde-fou supplémentaire. La commission vous accorde soixante jours pour lui soumettre un rapport démontrant que les travaux doivent reprendre.

— Je connais les ficelles, ma belle. Dolan & Fils construit des maisons dans ce comté depuis quarante-six ans.

Le « ma belle » était destiné à agacer Lana. Il ne fit qu'élargir son sourire.

— Je représente la Société historique et l'Association pour la préservation des sites, je ne fais que mon travail. Des professeurs d'archéologie et d'anthropologie de l'université du Maryland viendront visiter les lieux. Vous voudrez bien leur accorder toutes facilités pour prélever des échantillons aux fins d'analyse.

— Société historique, préservation des sites, université. Vous ne perdez pas votre temps, vous, dit Dolan d'un ton lourdement sarcastique.

Corpulent plutôt que trapu, le teint fleuri, il s'appuya au dossier de son fauteuil en crochant les pouces dans ses bretelles. Pour lui, le bleu de travail et les bretelles constituaient un manifeste destiné à prouver à tout un chacun qu'il appartenait aux classes laborieuses ayant bâti de leurs mains la grandeur de la ville, de l'État, voire du pays entier. Quel que soit le solde créditeur de son compte en banque, dont il connaissait toujours au dollar près le montant à six chiffres, il ne comptait pas sur des costumes de luxe pour montrer qui il était et, de même, affectait de ne rouler qu'en camionnette. Contrairement à la trop élégante avocate citadine, toute sa vie s'était écoulée à Woodsboro où il était né, et il n'avait pas plus besoin d'elle que de quiconque pour lui dire ce dont son fief avait besoin. En fait, il savait mieux que la plupart de ses habitants ce qui était bon pour Woodsboro.

— Nous n'avons ni l'un ni l'autre de temps à perdre, répliqua Lana, je me bornerai donc à vous rappeler l'essentiel. Vous ne pourrez pas reprendre vos travaux tant que le site n'aura pas été étudié et que la commission n'aura pas donné un avis favorable. Votre coopération fera beaucoup, vous le savez aussi bien que moi, pour aplanir vos éventuels problèmes de relations publiques.

— Je ne vois pas de quels problèmes vous parlez. Ici, les gens ont besoin de logements et d'emplois. Le lotissement d'AntietaCreek leur procurera les deux. C'est ce qu'on appelle le progrès.

Le « ma belle » et l'ironie n'avaient pas fait ciller Lana. Le bon vieil argument des promoteurs sans complexes la piqua au vif.

— Une trentaine de maisons, cela entraînera un accroissement de la circulation sur des routes inadaptées, amènera de nouveaux élèves dans des écoles déjà surpeuplées, la disparition de la campagne et des espaces verts au profit du béton, sans même parler de la pollution. Vous appelez cela le progrès ? Les habitants s'y sont opposés au node la qualité de la vie. Mais la question n'est pas là, enchaîna-t-elle sans lui laisser le temps de l'interrompre. Jusqu'à ce que les ossements soient analysés et datés, Dolan & Fils est coincé. Vous voudrez donc, je pense, accélérer le processus en prenant à votre charge les frais de laboratoire et de datation au carbone 14.

— Moi, payer les ?..., commença-t-il, rouge de fureur.

— Vous êtes propriétaire du terrain, donc des objets qui y sont découverts. Si vous passez outre, nous nous battrons, vous serez submergé d'injonctions et de référés, vous le savez. Alors, monsieur Dolan, payez. Pour une poignée de dollars, vous y gagnerez. Vos avocats vous donneront le même conseil, j'en suis sûre.

Lana attendit d'avoir refermé la porte derrière elle pour faire revenir sur ses lèvres le sourire qu'elle retenait depuis un bon moment. En arrivant dans la grand-rue, elle s'abstint néanmoins de la danse de triomphe qui lui démangeait les jambes, c'eût été manquer de dignité en public. Car elle était désormais chez elle à Woodsboro, dans cette ville qu'elle avait choisie et qui l'avait adoptée depuis son départ de Baltimore, deux ans auparavant. Une bonne petite ville, tout compte fait, enracinée dans l'Histoire et la tradition, férue de papotages et protégée de l'expansion des mégalopoles par son relatif isolement à l'ombre tutélaire de la chaîne montagneuse des Blue Ridge.

Pour une citadine comme Lana, faire un tel saut dans l'inconnu relevait de l'acte de foi, mais la mort de son mari lui avait rendu insoutenables ses souvenirs à Baltimore. Terrassée par la perte de Steve, il lui avait fallu plus de six mois pour réussir à se relever, à s'extraire du brouillard de deuil et de douleur dans lequel elle s'était perdue et à affronter de nouveau la vie. Une vie dont elle ne pouvait continuer à ignorer les exigences. Steve lui manquait, sa disparition laissait dans son être un vide qui ne se comblerait sans doute jamais tout à fait, mais elle devait continuer malgré tout.

Parce qu'il lui restait Tyler, son fils, son trésor. Si elle ne possédait pas le pouvoir de lui rendre son papa, elle pouvait s'efforcer de lui donner la meilleure des enfances. Tyler avait maintenant de la place pour courir, un chien pour courir avec lui, des voisins, des amis et une mère prête à tout faire pour le rendre heureux et le protéger.

Si Lana vivait désormais dans une bourgade d'à peine quatre mille habitants, elle avait conservé sa mentalité de battante et sa garde-robe de jeune et brillante avocate exerçant dans l'une des premières firmes juridiques de la grande ville. Un tailleur de lin bleu d'une coupe classique soulignait ce jour-là sa silhouette fine et élancée. Ses courts cheveux blonds encadraient un visage encore juvénile que rehaussaient de grands yeux bleus, où beaucoup de ses adversaires passés et présents avaient cru à tort lire de la naïveté, un petit nez retroussé et une bouche bien dessinée.

Un coup d'œil à sa montre lui confirma qu'elle n'avait pas besoin d'aller chercher Tyler à l'école, puisque c'était le jour où il allait chez son ami Brock. Elle téléphonerait un peu plus tard à la mère de celui-ci pour s'assurer que tout allait bien.

Disposant ainsi d'un peu de temps libre, elle poussa la porte de la librairie Les Pages Précieuses. Et là, avec un sourire épanoui à l'adresse de l'homme qui se tenait derrière le comptoir, elle se permit d'esquisser le pas de danse dont elle s'était abstenue dans la rue.

Roger Grogan enleva ses lunettes et l'un de ses épais sourcils blancs se leva en accent circonflexe. Une tignasse indisciplinée où neige et argent se mêlaient couronnait un visage malicieux et, à voir sa forme physique, nul ne lui aurait donné les soixantequinze ans de son âge réel.

— Vous jubilez, ma parole ! Je parie que vous avez rencontré Dolan.

Lana s'accorda une dernière pirouette avant de s'accouder au comptoir en face de lui.

— Je sors de son bureau. Vous auriez dû venir avec moi, Roger. Rien que pour voir sa tête !

— Vous êtes dure avec lui, Lana. Il croit bien faire, après tout.

En guise de réponse, elle lui décocha un regard qui le fit rire.

— Je ne dis pas que je suis d'accord avec lui, reprit-il. Il a la tête aussi dure que son père, ce garçon, mais il est dépourvu de bon sens. Sinon il comprendrait que si la population se divise à ce point sur son projet, il devrait y réfléchir à deux fois.

— Il en aura le temps, croyez-moi. L'analyse et la datation de ces ossements vont le retarder un bout de temps. Et avec un peu de chance, ils sont peutêtre assez anciens pour attirer l'attention sur le site. Nous pourrons faire traîner les choses en longueur des mois. Des années, pourquoi pas ?

— Il est aussi têtu que vous, Lana. Vous l'avez déjà retardé de plusieurs mois, il ne se laissera pas faire sans réagir.

— Il prétend que c'est le progrès.

— Il n'est pas le seul à le croire.

— Seul ou pas, il a tort ! On ne peut quand même pas planter des maisons comme du maïs dans un champ. Nos prévisions...

Roger l'interrompit en levant la main.

— Inutile de prêcher un converti, Lana.

— C'est vrai, soupira-t-elle. En tout cas, nous verrons bien ce que donneront les fouilles archéologiques. Entre-temps, plus Dolan prendra de retard, plus il perdra d'argent. Et nous, nous aurons le temps de réunir des fonds. Il acceptera peut-être enfin de revendre le terrain à l'Association pour la préservation des sites. Venez donc déjeuner, je vous invite. Nous célébrerons notre victoire.

— Pourquoi ne vous laisseriez-vous pas plutôt inviter par un jeune et beau garçon ?

— Parce que c'est vous que j'adore, Roger ! Le coup de foudre dès le premier coup d'œil. D'ailleurs, laissons tomber le déjeuner et fuyons ensemble aux Caraïbes.

Roger pouffa de rire et faillit rougir. Sa femme était morte presque au même moment que le mari de Lana, et il se demandait parfois si ce n'était pas cette coïncidence qui avait contribué à forger si vite entre eux les liens d'une profonde amitié. Il admirait la vivacité d'esprit de Lana, son intelligence brillante, son obstination dans tout ce qu'elle entreprenait et, plus encore, son dévouement absolu à son fils. Et puis, il devait avoir une petite-fille à peu près du même âge que la jeune femme, quelque part dans le vaste monde...

— Cela ferait jaser dans notre bonne ville ! Le plus gros scandale depuis que le pasteur méthodiste a été surpris à jouer au docteur avec le chef des chœurs. En fait, ma chère petite, je n'ai le temps aujourd'hui ni pour un déjeuner ni pour une escapade dans une île tropicale. Je viens de recevoir un lot de livres que je dois cataloguer.

Roger était spécialisé dans les ouvrages rares et anciens, type de commerce qu'on ne s'attendait guère à trouver dans une aussi petite ville. Mais Lana savait que sa clientèle s'étendait fort loin.

— Celui-ci en fait partie ? demanda-t-elle en caressant la reliure d'un volume posé sur le comptoir. Il est superbe. D'où vient-il ?

— D'une succession à Chicago. Mais il est arrivé avec quelque chose d'encore plus précieux, ajouta-t-il en entendant du bruit.

Voyant un sourire illuminer son visage, Lana se retourna au moment où s'ouvrait la porte de communication entre la boutique et l'escalier menant à l'appartement.

Il avait un visage taillé au burin, des cheveux châtain très foncé aux reflets cuivrés qui débordaient sur son col en une masse indisciplinée. Ses yeux marron, profondément enfoncés, avaient une expression maussade, comme le pli de sa bouche. Des traits presque trop accusés, pensa Lana, mais qui reflétaient à la fois intelligence et volonté, à moins que son jugement ne soit influencé par les descriptions que Roger lui avait faites de son petit-fils. L'air d'être tombé du lit et d'avoir sauté dans un vieux jean ajoutait à l'ensemble une touche sexy qui procura à Lana un agréable petit frémissement oublié depuis très longtemps.

— Te voilà, Doug ! s'écria Roger avec une évidente tendresse. Je me demandais quand tu te déciderais à descendre. Il se trouve que tu arrives à point. Voici notre chère Lana Campbell, dont je t'ai souvent parlé. Lana, je vous présente Douglas Cullen, mon petit-fils.

— Enchantée, dit Lana en lui tendant la main. Nous nous sommes manqués chaque fois que vous êtes revenu à Woodsboro.

Doug lui serra la main, la dévisagea un instant.

— C'est vous l'avocate ?

— Coupable, Votre Honneur. Je mettais Roger au courant des dernières nouvelles du lotissement Dolan. Combien de temps comptez-vous rester en ville ?

— Je n'en sais trop rien.

Un homme laconique, se dit-elle sans se laisser décourager.

— Vous voyagez beaucoup pour acheter et vendre vos livres anciens. Ce doit être passionnant.

— J'aime ça.

Suivit un silence embarrassé que Roger se hâta de meubler.

— Je ne sais pas ce que je ferais sans Doug. Je ne me déplace plus aussi facilement qu'avant et il est très doué pour nos affaires. Il a cela dans le sang. J'aurais pris ma retraite et je serais mort d'ennui depuis longtemps si Doug ne s'était pas chargé de cette partie du travail.

— Ce doit être très gratifiant pour vous deux, ces intérêts communs dans une affaire de famille. Eh bien, Roger, poursuivit-elle en constatant que la conversation paraissait plonger Douglas dans un ennui profond, puisque vous ne voulez pas de moi, je retourne au travail. Vous viendrez à l'assemblée de demain soir ?

— Bien sûr.

— Ravie d'avoir fait votre connaissance, Douglas.

— À plus.

Roger attendit que la porte soit refermée pour pousser un soupir digne d'une locomotive à vapeur.

— « À plus » ! C'est tout ce que tu trouves à dire à une jeune femme ravissante ? Tu me fends le cœur, mon garçon !

— Il n'y a pas de café là-haut. Avant d'en avoir bu, je ne vaux rien. Encore une chance que j'aie pu proférer trois mots à la suite.

— Tu trouveras du café chaud dans l'arrière-boutique, dit Roger d'un air écœuré. Tu pourrais au moins faire l'effort d'être civilisé, sinon aimable envers une fille jeune, belle, intelligente. Et libre, précisa-t-il pendant que Doug ouvrait la porte.

— Je ne cherche pas de femme, grogna Douglas.

L'odeur du café manqua le faire défaillir de soulagement. Il s'en versa une tasse, se brûla la langue, mais le supporta en se disant que le monde et luimême allaient bientôt retrouver leur état normal.

— Plutôt classe pour un bled comme Woodsboro, reprit-il après avoir avalé deux nouvelles gorgées.

— Je croyais que tu ne la regardais pas.

Un sourire effaça son expression maussade.

— Voir et regarder sont deux choses différentes. Ne te vexe pas, dit Douglas que le ton ulcéré de son grand-père amusait. Je ne savais pas qu'elle était ta petite amie.

— Si j'avais ton âge, elle le serait depuis belle lurette.

Ranimé par le café, Douglas posa affectueusement un bras sur les épaules de Roger.

— Voyons, grand-père, l'âge ne veut rien dire. À mon avis, tu as toutes tes chances. Je peux remonter la cafetière là-haut ? Il faut que je me douche avant d'aller voir maman.

— Prends ce que tu veux, grommela Roger. « À plus » ! Affligeant.

Engluée dans la circulation anarchique de Baltimore, Callie Dunbrook s'en voulait d'avoir aussi mal calculé l'heure de son départ de Philadelphie. Elle était censée y rester trois mois de plus pour assurer ses obligations académiques, mais quand elle avait reçu le coup de téléphone lui demandant de venir à Baltimore donner une consultation, elle était partie sur-le-champ sans prévoir qu'elle arriverait en pleine heure de pointe. Il ne lui restait qu'à faire contre mauvaise fortune bon cœur ce qui, pour elle, consistait à zigzaguer entre les files, avertisseur bloqué, pour glisser sa chère vieille Land Rover dans les moindres créneaux. Les pensées meurtrières des conducteurs victimes de ses queues de poisson ne la culpabilisaient pas le moins du monde. Depuis sept semaines, elle se rongeait les sangs. La perspective de se remettre dans le bain la poussait à se ruer sur cette occasion inespérée aussi sauvagement qu'elle conduisait son 4 × 4.

Elle connaissait assez Leo Greenbaupour avoir reconnu dans sa voix la vibration que provoque chez un vrai scientifique une découverte importante. Il n'était pas homme à lui dire de venir regarder des os si lesdits os ne présentaient pas un réel intérêt. Et Dieu sait si elle avait besoin d'action ! Donner des cours, rédiger des articles pour des revues, lire les articles des autres dans les mêmes revues, tout la faisait périr d'ennui. Pour Callie, l'archéologie ne se pratiquait ni dans un amphithéâtre ni dans des revues scientifiques, mais sur le terrain. Creuser, gratter, mesurer, se salir les mains, subir la pluie, le soleil, la chaleur, le froid, la poussière, la boue, les assauts des insectes, c'était l'enfer pour certains. Pour elle, le paradis.

D'un coup de volant et d'accélérateur, elle gagna une place dans la longue file des voitures. Derrière ses lunettes noires, ses yeux sombres pétillaient. Elle portait ses cheveux longs parce qu'il était plus facile de les nouer en queue-de-cheval ou de les fourrer sous un chapeau de paille, comme ils l'étaient maintenant, que de prendre le temps de les couper et de les coiffer – mais aussi parce qu'elle avait juste assez de vanité pour savoir que sa longue chevelure d'un blond de miel lui allait à ravir. À presque trente ans, sa joliesse d'adolescente se muait en une beauté plus affirmée. Ses sourires faisaient apparaître trois fossettes, une sur chaque joue et la troisième à droite de la commissure des lèvres. La courbe de son menton ne trahissait en rien le caractère de « tête de mule » dont la créditait son ex-mari. Elle ne se privait d'ailleurs pas de lui prodiguer le même compliment chaque fois que l'occasion lui en était offerte.

Enfin arrivée à destination, elle vira à droite sans ralentir pour s'engouffrer dans un parking privé. Les locaux de Leonard G. Greenbau & Associés se trouvaient dans un cube d'acier de dix étages que ne rachetait pas, selon Callie, la moindre valeur esthétique, mais les labos et les techniciens comptaient parmi les meilleurs du pays.

Leo ne la fit pas attendre longtemps. Mince, vif, toujours sous pression, il arriva de son allure habituelle qui tenait du petit galop et commença par lui faire la bise – le seul homme en dehors de ses proches à qui elle accordait une telle privauté.

— Toujours aussi belle, Blondie. Le trajet s'est bien passé ?

— Un cauchemar. J'espère que cela en vaut la peine, Leo.

— Je ne crois pas que tu seras déçue. Comment va la famille ?

— Bien. Les parents passent une quinzaine de jours dans le Maine pour fuir la canicule. Clara est toujours en forme ?

Le node son épouse fit pousser à Leo un soupir résigné.

— Elle s'est mise à la poterie. J'aurais sans doute droit à un horrible vase pour Noël.

— Et les enfants ?

— Ben s'amuse à gagner de l'argent avec des actions et des obligations, Melissa jongle entre ses devoirs maternels et ceux de son cabinet dentaire. Comment un vieux fouilleur de ruines comme moi a-t-il fait pour avoir des enfants aussi normaux ?

— Remercie Clara, déclara Callie pendant qu'il lui ouvrait la porte de son bureau. J'avais oublié que tu baignais dans le luxe, poursuivit-elle en regardant autour d'elle. Alors, plus envie d'aller gratter la terre ?

— Oh, ça me reprend de temps en temps. D'habitude, je fais une sieste et ça passe. Mais cette fois-ci… Viens voir.

Il sortit d'un tiroir de son bureau un sachet en plastique scellé contenant un fragment d'os. Callie chaussa ses lunettes et l'examina avec attention.

— Un morceau de tibia. D'après la taille, il a dû appartenir à une femme encore jeune. Bien conservé, en tout cas.

— Peux-tu le dater à vue de nez ?

— Je n'aime pas les devinettes, Leo. Pour le peu que j'en sais, le site est situé dans l'ouest du Maryland, près d'un cours d'eau. As-tu des échantillons du sol, des relevés stratigraphiques ?

— Allons, Blondie, joue le jeu !

Callie fronça les sourcils, retourna le sachet. Elle aurait voulu pouvoir toucher l'os.

— Je ne sais rien du terrain. Un simple examen visuel est toujours insuffisant. Mais, bon... Disons trois à cinq cents ans, peut-être plus en fonction des dépôts sédimentaires...

Elle s'interrompit, tourna de nouveau le sachet pour observer le fragment d'os sous un angle différent.

— Le site se trouve dans une région où ont eu lieu des batailles de la guerre de Sécession, n'est-ce pas ? Cet os est beaucoup plus ancien. En tout cas, il ne provient ni d'un Confédéré ni d'un Yankee.

— Exact, approuva Leo. Plus ancien d'environ cinq mille ans. Regarde les premiers tests de datation au carbone 14.

Avec un sourire béat, il lui tendit un dossier. Callie le parcourut rapidement. Leo n'avait rien laissé au hasard. Il avait procédé à des tests croisés sur trois autres échantillons prélevés sur le site. Quand elle releva les yeux, elle affichait le même sourire béat.

— Bingo !

Elle n'avait pas trouvé mieux pour exprimer son exultation.

2

Callie se perdit sur la route de Woodsboro. Leo lui avait donné des indications précises mais, en regardant la carte, elle avait repéré un raccourci – enfin, ce que tout esprit logique aurait considéré comme un raccourci. Mais elle était fâchée depuis longtemps avec les cartographes. De toute façon, elle finissait toujours par retrouver son chemin, et ces détours lui donnaient l'occasion de découvrir des régions inconnues.

Dans une campagne vallonnée, des collines verdoyantes alternaient avec des champs prometteurs de riches moissons. Callie ne put s'empêcher d'évoquer la mémoire des premiers agriculteurs de la préhistoire, qui défrichaient et traçaient leurs sillons à grand-peine avec des outils rudimentaires. Celui qui, aujourd'hui, labourait, semait et récoltait assis sur son tracteur avait à leur endroit une fameuse dette de reconnaissance. Il n'y pensait jamais, bien sûr. Heureusement qu'il existait des gens comme ses collègues et elle pour le faire à sa place.

Des maisons anciennes, en pierre, ou plus récentes, en brique, se dressaient à l'écart les unes des autres pour ne pas se gêner. Le soleil brillait, des vaches faisaient la sieste à l'ombre, une pouliche gambadait dans un pré. Bientôt, les champs cédèrent la place à une forêt et la route longea, sous une voûte de grands arbres, le pied d'une falaise qui épousait les méandres d'une rivière.

Callie roula plus d'une quinzaine de kilomètres sans croiser ni dépasser aucune voiture. Ici et là, elle distinguait une maison isolée sous les arbres, d'autres plus proches de la route. En sortant d'un virage, une femme qui prenait son courrier dans une boîte à lettres la salua d'une main en la regardant à peine, comme si ce geste machinal de bon voisinage faisait partie des traditions locales.

La route devint moins sinueuse, le soleil succéda à l'ombre et les champs cultivés aux arbres. Des maisons plus nombreuses signalèrent l'approche de Woodsboro et Callie ralentit. Arrêtée à l'entrée de la ville par l'un de ses deux seuls feux rouges, elle nota avec satisfaction qu'une pizzeria et un marchand de spiritueux se faisaient face au carrefour. Puis, selon les indications de Leo, elle tourna à droite et se dirigea vers l'ouest par la rue principale, bordée de bâtiments anciens soigneusement entretenus. Comme les réverbères et les trottoirs en brique. Des pots de fleurs ornaient chaque maison, accrochés aux balcons ou aux balustrades des vérandas. Les piétons étaient aussi rares que les voitures, ainsi qu'il sied à une paisible bourgade campagnarde. Tout en roulant avec une sage lenteur, elle dénombra un café, une quincaillerie, la bibliothèque municipale, une librairie, quelques églises, deux banques et un certain nombre de plaques sur des maisons, indiquant avec discrétion l'activité professionnelle de leurs propriétaires. Une fois le deuxième feu rouge franchi, Callie avait ainsi enregistré les particularités d'une bonne moitié de la ville.

À la sortie de l'agglomération, elle retrouva l'ombre d'un petit bois, gravit une côte du sommet de laquelle on découvrait les montagnes en toile de fond. Quand elle redescendit au creux du vallon, elle vit enfin ce qu'elle cherchait :

VOTRE MAISON À ANTIETACREEK
Une réalisation Dolan & Fils

Callie mit pied à terre, prit son sac à dos, son appareil photo et commença par observer attentivement le site.

Le terrain s'étendait entre la route et une rivière. D'après l'aspect des déblais déjà extraits des excavations, le sol était de nature marécageuse. Des arbres, chênes, peupliers, caroubiers, s'alignaient le long de la rive comme s'ils montaient la garde contre d'éventuels envahisseurs. À un endroit, le cours d'eau s'élargissait pour former un petit étang. Sur le croquis que lui avait donné Leo, Callie vit qu'il était baptisé le Trou de Simon. De l'autre côté de la route, on distinguait des champs cultivés, une vieille maison de pierre, des bâtiments agricoles et des machines d'allure barbare.

Callie prit quelques photos et s'apprêtait à enjamber la palissade quand elle entendit un moteur. Un petit 4 × 4 japonais rouge vif, si propre et étincelant qu'il paraissait sortir de la vitrine du concessionnaire, s'arrêta à côté de sa vieille Land Rover. La jeune femme qui en descendit avait elle aussi l'air de sortir d'une vitrine. Avec ses cheveux blonds et son ensemble jaune, elle ressemblait à un rayon de soleil.

— Professeur Dunbrook ? demanda-t-elle en s'approchant.

— Oui. Vous êtes maître Campbell ?

— Lana Campbell, confirma-t-elle en lui tendant la main avec un sourire. Enchantée de faire votre connaissance. Excusez-moi d'être un peu en retard, j'ai eu un petit problème familial.

— Ne vous excusez pas, je viens d'arriver.

— Je ne peux pas vous dire à quel point nous sommes contents qu'une personne de votre expérience et de votre réputation s'intéresse à ce qui se passe ici. Non, enchaîna-t-elle devant la mine interrogative de Callie, je n'avais jamais entendu parler de vous auparavant. J'ignore tout de votre domaine, mais j'apprends vite. Quand nous avons été informés que ces ossements dataient de plusieurs milliers d'années...

— Par « nous », vous voulez dire les associations que vous représentez ?

— En effet. Cette partie du pays recèle plusieurs régions d'une indéniable valeur historique, marquées par la guerre d'Indépendance, la guerre de Sécession, territoires des tribus amérindiennes. Nos associations ainsi qu'un nombre important d'habitants de Woodsboro et des environs se sont opposés au projet de lotissement. Les problèmes provoqués par l'accroissement de la population à cet endroit...

— Inutile de continuer, l'interrompit Callie, les querelles politiques municipales ne m'intéressent pas. Je suis venue procéder à une étude préliminaire du site. Avec l'autorisation de Dolan, précisa-t-elle. Il s'est montré très coopératif jusqu'à présent.

— Il ne le restera pas longtemps. Il tient à finir son lotissement. Il y a investi de grosses sommes et a déjà signé la vente de trois maisons.

— Cela ne me concerne pas non plus, sauf s'il essaie d'empêcher les fouilles, dit Callie en enjambant la palissade. Vous préférerez peut-être m'attendre ici, le terrain est boueux, vous risquez d'abîmer vos chaussures.

Lana soupira en baissant les yeux vers ses sandales préférées.

— Non, je vous accompagne, dit-elle en franchissant la palissade à son tour. Pouvez-vous m'expliquer en gros comment vous allez procéder ?

— Pour le moment, je compte regarder, prendre des photos, prélever quelques échantillons. Avec l'autorisation du propriétaire, ajouta-t-elle en lançant un regard en coin à Lana. Dolan sait que vous êtes ici ?

— Non, cela ne lui plairait sans doute pas. Donc, vous avez déjà daté les ossements ?

— Oui... Bon sang, combien de gens sont venus piétiner le coin ? Regardez-moi ce merdier ! dit-elle en ramassant un paquet de cigarettes vide qu'elle fourra dans sa poche.

Plus elle s'approchait de l'étang, plus elle sentait ses bottes enfoncer dans la terre meuble.

— La rivière a des crues périodiques, dit-elle pour elle-même. Sans doute depuis des milliers d'années, avec chaque fois un apport de dépôts sédimentaires. Il va nous falloir un relevé stratigraphique.

— C'est-à-dire un relevé des couches, des strates accumulées ? Vous voyez, j'ai appris mes premières leçons.

— Félicitations. Autant se faire une idée tout de suite.

Callie sortit une petite pelle pliante de son sac et descendit dans un trou bourbeux profond d'un mètre. Lana resta au bord. Elle se sentait inutile et se demandait ce qu'elle pourrait faire.

Elle s'était attendue à rencontrer une femme plus âgée, endurcie, prête à se dévouer pour la cause. Celle-ci était aussi jeune qu'elle, plutôt jolie, dans un style athlétique, et paraissait se désintéresser, non sans un certain cynisme, du combat mené pour sauver le terrain des griffes du promoteur.

— Vous découvrez souvent des sites comme celuici ? demanda Lana pour meubler le silence. Par hasard ?

— Le hasard intervient parfois. Les causes naturelles, un tremblement de terre par exemple, sont plus fréquentes. Nous utilisons aussi la photographie aérienne, les sondages. Il existe beaucoup de méthodes scientifiques pour localiser les sites intéressants. Mais le hasard fait quelquefois bien les choses.

— Cette découverte n'est donc pas exceptionnelle ?

Callie leva un instant les yeux vers Lana.

— Si vous espérez provoquer assez d'intérêt dans l'opinion pour chasser d'ici votre gros méchant promoteur, cela ne vous mènera pas loin. Plus la civilisation se répand, plus on construit de villes ou d'usines, plus nous découvrons au-dessous des vestiges de civilisations antérieures.

— Bien sûr, mais si le site lui-même présente un réel intérêt scientifique, nous pourrons aller loin n'est-ce pas ?

— Probable, grommela Callie en se remettant à creuser.

— Vous allez faire venir une équipe, je pense ? D'après ma conversation avec le Pr Greenbaum, j'avais cru comprendre...

— Pour avoir une équipe, il faut de l'argent, pour avoir de l'argent, il faut des subventions, et pour avoir des subventions, il faut des tonnes de paperasse. C'est Leo que ça regarde. Pour le moment, Dolan paie l'étude préliminaire et les premiers frais de labo. Vous espériez qu'il prendrait en charge une équipe complète, le matériel, le logement et les honoraires des labos pour exécuter une fouille dans les règles ?

— Non, sûrement pas. Mais nous, nous avons déjà des fonds et nous faisons campagne pour en réunir davantage.

— Écoutez, je viens de traverser la moitié de votre bled. Je n'ai pas l'impression que vous y récolterez de quoi vous offrir plus qu'une poignée d'étudiants armés de pelles et de carnets de notes.

Cette nouvelle rebuffade agaça Lana.

— Je croyais qu'une personne exerçant votre profession serait disposée, désireuse même de consacrer son temps et ses forces à la réussite d'une entreprise comme celle-ci et mettrait tout en œuvre pour éviter que le site se trouve saccagé par l'avidité d'un promoteur.

— Je n'ai pas dit que je ne l'étais pas. Passez-moi l'appareil photo, voulez-vous ?

Lana s'approcha, sentit ses pieds aspirés par la boue.

— Tout ce que je demande, c'est... Grand Dieu, encore un os ?

— Un fémur adulte, précisa Callie sans rien trahir de l'exaltation qui bouillonnait en elle pendant qu'elle photographiait l'ossement.

— Vous allez l'emporter au laboratoire ?

— Non, il reste ici. Si je le sors sans précaution de la terre humide, il se desséchera trop vite et tombera en poussière. Ceci, par contre, je le prends, dit-elle en dégageant délicatement de sa gangue de boue une petite pierre plate et pointue. Aidez-moi à remonter.

Lana saisit dans sa main immaculée celle, boueuse, de Callie.

— Qu'est-ce que c'est ? demanda-t-elle en la hissant hors du trou.

— Une pointe de flèche, répondit Callie en glissant le silex dans un sachet en plastique qu'elle scella et étiqueta. Je ne savais presque rien de cette région et rien du tout de son histoire géologique il y a deux ou trois jours, mais j'apprends vite, moi aussi.

Elle se redressa, s'essuya les mains sur son jean.

— J'ai vu beaucoup de formations rocheuses de silex le long de la route, reprit-elle. Alors, quand je trouve ça… Il devait y avoir un campement, peut-être même un vrai village néolithique. Les gens commençaient à se sédentariser, à cultiver la terre, à élever des animaux. Tout ce que je peux vous dire à ce point, c'est que vous avez là quelque chose qui promet d'être passionnant.

— Assez passionnant pour subventionner une équipe complète, des fouilles en règle ?

Callie balayait déjà le site du regard comme pour délimiter les zones de fouille.

— Oh, oui ! Personne ne viendra creuser des fondations de maisons sur ce terrain d'ici un bon bout de temps. Vous avez des médias, dans le secteur ?

— Il y a un petit hebdomadaire à Woodsboro même, un quotidien à Hagerstown ainsi qu'une station de télévision affiliée à une chaîne nationale. Ils ont déjà couvert l'événement.

Tout en plaçant le sachet scellé dans son sac, Callie observa Lana. Jolie comme un rayon de soleil, certes, mais surtout intelligente.

— Eh bien, on va leur donner de quoi se catapulter de l'échelon local au niveau national. Je parie que vous passez bien à la télé.

— Oui, sans fausse modestie. Et vous ?

— Une vraie star. Dolan ne sait pas encore que son lotissement est condamné depuis cinq mille ans.

— Il se battra.

— Et il perdra, maître Campbell.

— Appelez-moi Lana, dit celle-ci en tendant de nouveau la main. Quand souhaitez-vous vous adresser à la presse, professeur Dunbrook ?

— Appelez-moi Callie. Laissez-moi d'abord parler à Leo et trouver de quoi me loger. Comment est le motel que j'ai vu au bord de la route, en arrivant ?

— Convenable.

— J'ai connu pire. Ça ira pour commencer. Vous avez un numéro de téléphone auquel je peux vous joindre ?

— Oui, jour et nuit, répondit Lana en écrivant son numéro de portable sur une carte qu'elle lui donna.

— À quelle heure, le journal télévisé ?

— Dix-huit heures.

Callie consulta sa montre, fit un rapide calcul.

— Nous devrions avoir le temps. Si tout marche bien, je vous contacterai vers trois heures.

Callie partit vers sa voiture. Lana la suivit de son mieux.

— Accepteriez-vous de vous adresser au conseil municipal ?

— Leo s'en chargera, il convainc les gens mieux que moi.

— Les gens prêteraient plus d'attention à une archéologue jeune et jolie qu'à un homme entre deux âges qui travaille surtout dans un labo.

— C'est pourquoi je parlerai à la télé. Mais ne sous-estimez pas l'impact que peut avoir Leo. Il creusait la terre alors que vous et moi sucions encore notre pouce. Il a pour notre métier une passion qu'il sait communiquer à ceux auxquels il en parle.

— Il viendrait vraiment de Baltimore pour nous ?

Callie se retourna pour jeter un dernier coup d'œil au site. Un joli vallon, les eaux de la rivière et de l'étang qui scintillaient au soleil, la forêt profonde et mystérieuse en arrière-plan. Elle comprenait pourquoi des gens avaient envie de s'installer dans un endroit aussi plein de charme. Mais d'autres l'avaient fait avant eux.

Cinq mille ans avant. Ceux de ce siècle devraient chercher ailleurs.

— Vous voudriez l'empêcher de venir que vous ne pourriez pas. À tout à l'heure.

Elle monta dans sa voiture et démarra, le portable déjà en main.

— Leo, nous tenons une mine d'or !

— C'est ton opinion au pif ou sur des bases scientifiques ?

— En cinq minutes, j'ai déniché un fémur et une pointe de flèche. Et qui plus est, dans une excavation entamée par un engin de terrassement et piétinée par je ne sais combien de gens. Il nous faut d'urgence une surveillance du site, une équipe, le matériel et les fonds.

— Je me suis déjà occupé de la subvention. L'université du Maryland tient absolument à étudier le site en priorité, elle te fournira des étudiants. Je négocie aussi avec le Muséud'histoire naturelle. Le processus est lancé, Blondie, mais il me faut davantage que des morceaux d'os et une pointe de flèche pour aller au bout.

— Tu auras ce que tu veux, Leo. Il ne s'agit pas d'un simple campement, mais d'un village, j'en suis convaincue. Quant à la nature du sol, nous ne pouvions espérer mieux. Nous aurons sans doute des accrochages avec Dolan, l'avocate m'a prévenue. Il faudra mettre le paquet pour nous assurer sa coopération. Campbell parle d'une réunion du conseil municipal. Je lui ai dit que tu t'en chargerais, ajouta Callie avec un regard de regret à la pizzeria qu'elle dépassait.

— Quand ?

— Le plus tôt possible. J'ai prévu une interview avec la télé locale en fin d'après-midi.

— C'est trop tôt, Callie ! Nous commençons à peine à rassembler nos munitions. Tu ne devrais pas annoncer la nouvelle avant que nous ayons défini une stratégie.

— Nous sommes déjà au milieu de l'été, Leo. Il ne nous reste que quelques mois avant que l'hiver nous oblige à battre en retraite. Un peu de tapage dans les médias constituera une pression sur Dolan. S'il ne nous laisse pas travailler, s'il ne fait pas don des découvertes au Muséuet reprend ses travaux quand nous aurons le dos tourné, il passera pour un barbare cupide qui ne respecte ni la Science ni l'Histoire.

Sans lâcher son portable, elle entra dans la cour du motel, s'arrêta, changea l'appareil de main pour agripper son sac à dos.

— Tu n'auras pas grand-chose à leur dire, lui fit observer Leo.

— Je sais comment faire beaucoup avec pas grand-chose.

Tout en continuant de parler, elle mit pied à terre, alla ouvrir le hayon, prit son sac de voyage et son étui à violoncelle.

— Fais-moi confiance sur ce point et trouve-moi une équipe. Je verrai si les étudiants sont bons à quelque chose, reprit-elle en poussant la porte du motel. Je voudrais une chambre, dit-elle à la réceptionniste. La plus calme et avec le plus grand lit. Essaie de m'avoir Rosie, poursuivit-elle au téléphone. Et Nick Long s'il est disponible. Ils pourront loger au motel à l'entrée de la ville, j'y arrive en ce moment même.

— Quel motel ?

— Je n'en sais rien. Comment s'appelle cet endroit ? demanda-t-elle à la réceptionniste.

— L'Oiseau de Paradis.

— Mignon tout plein ! L'Oiseau de Paradis, sur la route 34. Envoie-moi des mains et des yeux, Leo. Je commence les tests demain matin. Je te rappellerai tout à l'heure, conclut-elle en coupant la communication. Vous servez dans les chambres ?

La réceptionniste avait l'allure d'une poupée surannée et sentait la lavande.

— Non, mais notre restaurant est ouvert de six heures du matin à dix heures du soir, sept jours sur sept.

Les meilleurs petits déjeuners que vous puissiez trouver en dehors de la cuisine de votre mère.

— Si vous connaissiez ma mère, fit Callie en pouffant de rire, vous réfléchiriez à deux fois avant de dire ça. Avez-vous une serveuse qui aimerait gagner dix dollars en m'apportant un hamburger, des frites et un Pepsi Light dans ma chambre ? J'ai un travail urgent à faire.

— Ma petite-fille ne dira pas non. Je m'en occupe. Je vous mets dans la 603, elle donne sur l'arrière et a un lit double. Pour votre hamburger, comptez une petite demi-heure.

Elle empocha le billet, tendit une clef à Callie.

— Merci.

— Euh... Vous êtes musicienne ?

— Non. Je gratte la poussière pour gagner ma vie et je joue de ça pour me détendre, dit-elle en montrant le gros étui noir. Et dites à votre petite-fille de ne pas oublier le ketchup.

À seize heures, en pantalon vert olive, saharienne kaki et les cheveux tirés en queue-de-cheval, Callie se gara pour la deuxième fois de la journée le long de la palissade. Elle avait revu ses notes, en avait envoyé une copie à Leo par e-mail et s'était arrêtée en route au bureau de poste pour lui expédier son rouleau de filen express.

L'équipe de télévision installait déjà son matériel et Lana Campbell était elle aussi à pied d'œuvre. Callie nota qu'elle tenait par la main un petit garçon avec un genou écorché et ce visage angélique qui laisse présager les pires bêtises.

Vêtu du bleu de travail agrémenté de bretelles rouges qui constituait son signe distinctif, Dolan se tenait devant son panneau de chantier et parlait à une femme que Callie supposa être la journaliste.

À peine eut-il vu l'archéologue qu'il s'avança vers elle au pas de charge.

— C'est vous Dunbrook ?

— Professeur Callie Dunbrook, précisa-t-elle avec son sourire le plus charmeur, qui n'eut aucun effet sur Dolan.

— Qu'est-ce que ça veut dire, ce bazar ? grondat- il en pointant sur Callie un index vengeur.

— La télévision locale m'a demandé une interview. J'essaie toujours de coopérer avec les médias. Vous avez une chance inouïe, monsieur Dolan, poursuivi-telle en posant une main sur son bras comme s'ils étaient une paire d'amis. Les archéologues et les anthropologues du pays entier n'oublieront jamais votre nom. Ils l'enseigneront à leurs élèves pendant des générations. Tenez, voici une copie de mon rapport préliminaire. Je serai très heureuse de vous expliquer les passages qui vous paraîtraient un peu trop techniques. Les représentants du Muséud'histoire naturelle et du Smithsonian ont-ils déjà pris contact avec vous ?

— Hein ? fit Dolan en regardant le rapport comme si elle lui tendait un serpent venimeux.

— Je suis enchantée d'avoir cette occasion de vous serrer la main, poursuivit Callie, impavide, en lui empoignant son battoir. Et surtout de vous remercier de votre rôle dans cette extraordinaire découverte.

— Dites donc, écoutez...

— J'aimerais vous inviter à dîner, avec votre famille, dès que nous aurons l'un et l'autre un instant de libre, enchaîna-t-elle sans que son sourire perde de son éclat. Mais je crains d'être un peu débordée au cours des semaines à venir. Et maintenant, si vous voulez bien m'excuser, je crois que l'équipe de télévision m'attend. Parler devant une caméra me donne toujours un peu le trac, expliqua-t-elle, une main sur le cœur. Et je vous le répète, si vous avez la moindre question concernant ce rapport ou les suivants, n'hésitez pas à nous mettre à contribution, le Pr Greenbauou moi-même. Je serai présente sur le site la plupart du temps, vous n'aurez pas de mal à me trouver.

Sur quoi, elle tourna les talons sans laisser à Dolan le temps de placer un mot.

— Bien joué, lui souffla Lana.

— Merci. C'est toi le reporter ? poursuivit-elle en se penchant vers le petit garçon.

— Mais non ! répondit Tyler, dont les yeux verts pétillaient de gaieté. Vous passez à la télé et maman m'a dit que je pouvais regarder.

— Je te présente le Pr Dunbrook, intervint Lana. C'est la scientifique qui étudie les très vieilles choses.

— Ah oui, les os et tout ça, comme Indiana Jones ? Vous avez déjà vu des dinosaures ?

Callie comprit qu'il mélangeait les films et lui fit un clin d'œil.

— Bien sûr, j'ai vu des os de dinosaure. Mais ce n'est pas ma spécialité, je m'intéresse aux os humains. Dis à ta maman de t'amener ici, je te ferai fouiller avec nous. Tu découvriras peut-être quelque chose.

— C'est vrai ? Je pourrai *vraiment* creuser ?

— Si le Pr Dunbrook le dit, bien sûr que oui, Tyler. C'est très gentil de votre part, ajouta Lana à l'adresse de Callie.

— J'adore les enfants, répondit-elle en se redressant. Ils n'ont pas encore appris à se fermer l'esprit. Allons, il faut aller me livrer aux fauves. À bientôt, Tyler.

Dans sa cuisine, moitié laboratoire, moitié pièce à vivre, Suzanne Cullen expérimentait une nouvelle recette. Jadis, elle cuisinait parce qu'elle aimait cela et que c'était le rôle d'une maîtresse de maison. Quand on lui disait qu'elle devrait en faire sa profession, elle haussait les épaules en riant. Elle était une épouse et une mère de famille, pas une femme d'affaires, et elle n'avait jamais eu d'autres ambitions.

Ensuite, elle avait fait la cuisine pour échapper à sa douleur, pour s'occuper l'esprit, le distraire de ses remords, de son chagrin et de ses craintes. Se plonger dans l'élaboration de tartes, de biscuits, de pâtisseries avait constitué un remède plus efficace que toutes les analyses, prières et autres thérapies qu'on lui conseillait.

Puis, quand sa vie, son mariage, son univers même avaient fini par sombrer, elle s'était raccrochée à cette bouée de sauvetage. Et elle avait voulu, mieux, elle avait eu *besoin* de bien davantage.

Le Fournil de Suzanne était né dans une petite maison tout à fait ordinaire, à un jet de pierre de celle où s'était écoulée sa jeunesse. Au début, Suzanne vendait sa production aux supermarchés locaux, s'occupant elle-même de tout : achats, fabrication, emballage et livraisons. Cinq ans plus tard, la demande s'était accrue au point qu'elle avait dû engager du personnel, acheter une fourgonnette et fournir des points de vente dans tout le comté, puis dans tout l'État. En moins de dix ans, elle couvrait l'ensemble des États-Unis.

Si elle ne mettait plus personnellement la main à la pâte, si l'on peut dire, la fabrication, la distribution et la publicité étant assurées par les services spécialisés de l'entreprise qu'elle dirigeait, Suzanne aimait toujours passer du temps dans sa cuisine à formuler de nouvelles recettes.

Elle habitait maintenant une vaste demeure à flanc de coteau, protégée des nuisances de la route par de grands arbres, mais elle y vivait seule. Sa cuisine était une immense pièce ensoleillée, équipée d'interminables comptoirs, de quatre fours professionnels et de deux offices organisés avec une rigueur quasi médicale. Des baies vitrées ouvraient sur un patio dallé d'ardoises et plusieurs jardins à thèmes s'il prenait à Suzanne des envies d'air frais. Un canapé douillet se tenait prêt à l'accueillir le temps d'un moment de détente, à côté d'un ordinateur aux dernières normes de l'informatique si elle voulait noter une nouvelle recette ou en vérifier une déjà en mémoire. Suzanne pouvait ainsi passer des journées entières sans sortir de sa cuisine.

À cinquante-deux ans, elle était assez riche pour vivre n'importe où dans le monde, faire n'importe quoi pour satisfaire ses caprices. Mais elle ne désirait qu'inventer de nouvelles pâtisseries et vivre dans la petite localité qui l'avait vue naître.

Elle fredonnait gaiement en battant des blancs d'œufs en neige quand l'écran géant allumé sur l'un des murs diffusa l'indicatif du journal télévisé du soir. Suzanne prit le temps de se verser un verre de vin avant de goûter le mélange qu'elle confectionnait. Elle y ajouta une touche de vanille, hocha la tête en signe d'approbation et indiqua aussitôt cette addition dans la recette qu'elle avait commencé à noter.

Le node Woodsboro dans la présentation des nouvelles locales attirant son attention, elle se retourna vers l'écran. Le reportage commença par un panoramique de la grand-rue, et la vue de la librairie de son père lui tira un sourire attendri. La caméra enchaîna ensuite sur un autre panoramique des champs et des bois à la sortie de la ville tandis que le présentateur résumait l'histoire de la région.

Intéressée par cette introduction sur les récentes découvertes d'AntietaCreek, Suzanne se rapprocha de l'écran. Son père serait à coup sûr enchanté, se dit-elle, que l'on parle de l'importance du site et de l'intérêt que suscitaient dans le monde scientifique les perspectives des découvertes à venir. Se promettant de lui téléphoner à la fin du reportage, elle entendit d'une oreille distraite le présentateur annoncer l'interview d'un certain Pr Callie Dunbrook, archéologue.

Lorsque le visage de cette dernière remplit l'écran, Suzanne cligna des yeux, incrédule. La gorge sèche, le cœur battant, elle s'approcha. Elle se sentit brûlante, glacée, la respiration lui manquait. Elle n'entendait plus rien, elle ne pouvait que maintenir le regard fixé sur ces yeux d'ambre sous les sourcils droits. Sur cette bouche large aux lèvres bien galbées, aux dents supérieures légèrement proéminentes.

Et quand cette bouche sourit, creusant trois fossettes, une sur chaque joue et la troisième à droite de la commissure des lèvres, le verre de vin échappa à la main tremblante de Suzanne et se fracassa à ses pieds.

3

Suzanne était revenue dans le salon de la maison de son enfance. Les lampes qu'elle avait choisies avec sa mère plus de dix ans auparavant étaient toujours posées sur les napperons faits au crochet par sa grand-mère longtemps avant sa naissance. Le canapé était neuf, lui. Elle avait dû se battre avec son père pour le décider à remplacer enfin le vieux, trop défoncé. Les tapis étaient roulés pour l'été, les épais rideaux d'hiver remplacés par de fins voilages. Ces habitudes de sa mère étaient si bien entrées dans la routine familiale que son père n'avait jamais songé y changer quoi que ce soit.

Mon Dieu ! que sa mère lui manquait !

Les mains jointes, crispées sur ses genoux, le visage pâle et inexpressif, il lui semblait être une somnambule errant entre le passé et le présent.

Douglas observait sa mère du coin de l'œil. Raide comme une statue, elle lui paraissait plus lointaine que la Lune. L'odeur de la pipe que fumait traditionnellement son grand-père après le dîner flottait dans l'air, mêlée aux effluves acides et glacés du stress de Suzanne, fait de peur et de remords, qui le ramenait aux plus douloureux moments de son enfance.

Roger prit la télécommande d'une main tout en posant l'autre sur l'épaule de sa fille, comme pour l'empêcher de se lever.

— Je ne voulais pas manquer ce reportage, commença-t-il. Dès que Lana m'en a parlé, j'ai demandé à

Douglas de courir l'enregistrer à la maison, mais je ne l'ai pas encore regardé. Douglas l'a vu, je crois.

— Oui, confirma Douglas. La cassette est prête pour la lecture.

— Lance-la, papa, dit Suzanne.

Sous sa main, Roger la sentit s'animer pour la première fois depuis son arrivée.

— Écoute, maman, intervint Douglas, ce n'est pas la peine de te mettre encore dans tous tes états si...

Roger avait déjà réglé le magnétoscope en lecture rapide. Il revint à la vitesse normale dès que Callie apparut sur l'écran.

— Regarde ! s'exclama Suzanne. Regarde !

— Bon sang ! murmura Roger.

— Tu vois ! Tu vois, n'est-ce pas ? C'est Jessica. Ma Jessie !

La manière dont elle dit « ma Jessie » serra le cœur de Douglas.

— Voyons, maman, protesta-t-il, elle est blonde, d'accord. Mais cette avocate - grand-père, comment s'appelle-t-elle déjà ? Lana ? - pourrait aussi bien être Jessica que cette femme. Tu n'en sais rien !

— Je le sais ! Regarde donc ! Elle a les yeux de son père, les yeux de Jay ! La même forme, la même couleur. Et mes fossettes ! Trois fossettes, comme moi. Comme maman.

— Il y a une ressemblance, admit Roger, tiraillé entre la panique et l'espoir. Certains traits...

— Cela crève les yeux ! dit Suzanne en sortant de son sac un portrait-robot. Voilà Jessica à vingt-cinq ans. C'est elle !

— Je croyais que tu avais cessé de faire faire ces ridicules portraits par ordinateur ! s'exclama Douglas. Ça ne prouve rien. Les meilleurs logiciels de morphing se plantent huit fois sur dix.

— Je n'ai jamais cessé, dit Suzanne en refoulant ses larmes. Je ne t'en parlais plus puisque cela te troublait, mais je n'ai jamais cessé de chercher, jamais cessé de croire. Regarde. C'est ta sœur !

Elle lui mit de force le portrait dans la main.

— Maman, je t'en prie ! Une vague ressemblance ne prouve rien. Combien y a-t-il de femmes blondes aux yeux bruns dans le monde ? Combien de fois as-tu cru reconnaître Jessica ? Je ne supporte plus de te voir te mettre dans des états pareils. Tu ignores tout de cette fille, son âge exact, d'où elle vient. Rien, je te le répète !

Contrairement à sa mère, Douglas était incapable de vivre d'espoir. Cet espoir vain, toujours déçu, le détruisait.

— Eh bien, je chercherai et je trouverai, moi ! riposta Suzanne en lui reprenant la photo. Si tu ne peux pas le supporter, ne te mêle plus de rien. Comme ton père.

Suzanne savait qu'elle avait tort. Il était cruel de blesser l'un de ses enfants par désespoir d'avoir perdu l'autre. Mais si Douglas refusait de l'aider, mieux valait qu'il reste à l'écart.

— Mon ordinateur est à la boutique, dit Douglas calmement. Je lancerai une recherche sur Internet et je te communiquerai tous les renseignements disponibles.

— Merci. J'y vais avec toi.

— Pas question. Je suis incapable de te parler quand tu es dans cet état. Personne d'autre non plus, d'ailleurs. Je préfère le faire seul.

Et Douglas sortit sans ajouter un mot.

— Il ne se soucie que de toi, Suzanne, soupira Roger.

— Je n'en ai nul besoin. Qu'on m'aide, qu'on me soutienne, je veux bien, mais le souci des autres ne m'avance à rien. Cette fille est la mienne, j'en suis certaine.

— Peut-être. Ce qui est sûr, c'est que Doug est ton fils. Ne le dresse pas contre toi, ma chérie. Ne prends pas le risque de perdre un de tes enfants en cherchant à retrouver l'autre.

— Doug ne veut pas le croire. Moi si, parce qu'il le faut, dit-elle en se tournant vers le visage de Callie qui emplissait l'écran. Il le faut.

L'âge correspond, pensa Doug en relisant les informations obtenues par sa recherche. Que la date de naissance soit différente d'à peine trois jours de celle de Jessica ne constituait pas une preuve.

Fille unique du Dr Elliot et de Vivian Dunbrook, de Philadelphie. Mme Dunbrook, née Vivian Humphries, avait été second violon dans l'Orchestre symphonique de Boston jusqu'à son mariage. Le Dr Dunbrook, sa femme et leur fille en bas âge s'étaient ensuite installés à Philadelphie, où Elliot était devenu chef du service de chirurgie de l'hôpital. Tout cela impliquait un confort matériel certain et un goût pour les arts et les sciences.

Brillantes études à l'université Carnegie Mellon, couronnées par une maîtrise puis un doctorat en archéologie. Mariée à vingt-six ans, divorcée moins de deux ans plus tard, sans enfants. Affiliée aux laboratoires Leonard Greenbau & Associés, à la Société nationale de paléontologie et aux départements d'archéologie de plusieurs universités. Avait publié de nombreux articles lui valant une réputation flatteuse.

Douglas imprima les données afin de les étudier plus tard. Ce premier contact lui permettait toutefois de se faire une idée de la personnalité de Callie Dunbrook : intelligente, énergique, persévérante. Difficile de reconnaître dans ce profil le bébé qui lui tirait les cheveux et agitait les jambes en pédalant. Il y voyait, en revanche, le portrait d'une jeune femme élevée dans un milieu social privilégié par des parents respectables, peu suspects d'être des voleurs d'enfants. Sa mère ne partagerait pas son point de vue, il en était certain. Obnubilée par la date de naissance, elle ne considérerait rien d'autre. Comme elle l'avait déjà fait trop souvent au goût de son fils.

Parfois, quand il se laissait aller à y penser, Douglas se demandait ce qui avait réellement provoqué l'éclatement de sa famille. Était-ce la disparition même de Jessica ? L'entêtement aveugle de sa mère à vouloir la retrouver à tout prix et par tous les moyens ? Ou le moment où il avait lui-même pris conscience que, dans sa recherche de l'enfant perdu, elle dédaignait l'autre ? Ni son père ni lui, en tout cas, n'avaient été capables de vivre avec l'obsession permanente de Suzanne. Pour sa part, se dit-il en envoyant le dossier à sa mère par e-mail, il ferait une fois de plus ce qu'il pourrait, il en avait une longue habitude.

Sur quoi, il éteignit l'ordinateur, se vida l'esprit de ses amères réflexions et se plongea dans un livre.

Rien de plus exaltant que l'ouverture d'un chantier de fouilles quand le potentiel de découvertes paraît encore illimité.

Comme embryon d'équipe, Callie avait déjà hérité de deux étudiants pleins de bonne volonté, maind'œuvre gratuite accompagnée en prime d'une mince subvention de l'université. Elle attendait la géologue Rose Jordan, qu'elle admirait et respectait, et s'appuyait sur Leo et son labo. Quand Nick Long, l'anthropologue, viendrait se joindre à eux, elle se considérerait comme comblée.

Le chêne fourchu à l'angle nord-ouest de l'étang constituait le point zéro à partir duquel déterminer les positions horizontales et verticales de tout ce que livreraient les fouilles. Callie en avait tracé le plan la veille et déterminé les secteurs d'un mètre de côté. Ses assistants avaient tiré les cordeaux qui les délimitaient et s'attaquaient aux premiers prélèvements d'échantillons. Le travail sérieux pouvait commencer.

Un front froid avait fait retomber la température et l'hygrométrie à des valeurs supportables. Mais il avait aussi amené la pluie la veille au soir, de sorte que le terrain était détrempé. Les bottes de Callie enfonçaient dans la boue jusqu'au-dessus de la cheville, elle avait les mains crasseuses, sentait la sueur et l'huile d'eucalyptus dont elle s'enduisait pour repousser les moustiques. Tout allait donc pour le mieux dans le meilleur des mondes.

Un coup d'avertisseur lui fit relever la tête et, avec un large sourire, elle s'appuya au manche de sa pelle. Elle savait que Leo serait incapable de rester longtemps loin du terrain.

— Continuez, dit-elle aux étudiants. Creusez lentement, tamisez avec soin et notez tout. Nous découvrons des éclats de silex presque dans chaque pelletée, poursuivit-elle quand elle eut rejoint Leo. À mon avis, ce secteur devait être l'atelier de fabrication des pointes de flèche et des outils. Plus nous creuserons, plus nous en retrouverons.

— Parfait. Rose arrive cet après-midi.

— Tant mieux.

— Comment se débrouillent tes néophytes ?

— Pas mal. Sonya, la fille, a un vrai potentiel, Bob est doué et débordant d'enthousiasme. Tu sais quoi ? Il nous arrive toutes les cinq minutes des curieux qui posent des tas de questions. Je vais affecter Bob aux relations publiques, il sera ravi d'expliquer aux profanes ce que nous faisons. J'ai mieux à faire que de prodiguer des sourires et des bonnes paroles aux gens du pays.

— Je m'en chargerai aujourd'hui, si tu veux.

— Avec plaisir. Ce n'est pas tout, Leo. Il nous faut d'urgence des containers isothermes. Je ne veux pas risquer de sortir des os de terre pour les voir tomber en poussière. Il nous faut aussi du matériel, de l'azote, de la glace artificielle et davantage d'outils : tamis, pelles, seaux et le reste. Mais surtout des mains.

— Tu les auras. L'État du Maryland vient de t'accorder ta première subvention pour le chantier de fouilles d'AntietaCreek.

— C'est vrai ? Leo, tu es le seul amour de ma vie ! dit-elle en l'empoignant aux épaules et en lui donnant un bruyant baiser.

Leo repoussa d'une tape ses mains boueuses et recula d'un pas.

— Nous devons aussi parler d'un autre membre essentiel de l'équipe. N'oublie pas, je te prie, que nous sommes tous des professionnels confirmés et que ce que nous allons faire ici peut avoir un énorme retentissement. Avant que nous les ayons terminées, ces fouilles pourront impliquer l'intervention de scientifiques du monde entier. Les individus ne comptent pas, seules importent les découvertes.

— Je ne vois pas où tu veux en venir, Leo, mais je n'aime pas la manière dont tu y vas.

Leo s'éclaircit la voix avant de poursuivre.

— Callie, les retombées anthropologiques et archéologiques de ces recherches sont aussi considérables les unes que les autres. Par conséquent, le chef anthropologue et toi devrez travailler en étroite coopération et partager la direction du chantier.

— Tu me prends pour une diva, Leo ? Le partage de l'autorité ne m'a jamais posé de problème, surtout avec Nick. Je l'ai demandé précisément parce que nous travaillons bien ensemble.

Leo se retourna en entendant un bruit de moteur. Il esquissa un sourire gêné en découvrant les nouveaux arrivants.

— Eh bien... Dans la vie, tu sais, on ne peut pas toujours avoir tout ce qu'on veut.

Elle se retourna à son tour et eut un choc en reconnaissant le gros 4 × 4 noir que suivait une camionnette hors d'âge, bariolée de retouches de peinture dépareillées et attelée à une caravane cabossée au flanc de laquelle s'étalaient le dessin malhabile d'un doberman montrant les dents et le nom DIGGER en lettres capitales. Un instant, elle resta muette ; une stupeur mêlée d'horreur.

— Écoute, Callie, avant que tu me dises quoi que ce soit...

— Tu ne peux pas me faire ça ! parvint-elle à articuler.

— C'est déjà fait.

— Non, Leo, non ! Tu n'as pas le droit. J'avais demandé Nick.

— Il est indisponible en ce moment, il travaille en Amérique du Sud. Ce chantier mérite le meilleur de la profession, Callie, tu le sais bien. En dehors de toute considération personnelle, Jake est l'égal de Nick. Digger est bon aussi. Je dois te dire que l'ajout du node Graystone au tien a beaucoup fait pour accélérer la subvention. Je compte sur toi pour te comporter de manière, euh... professionnelle.

— Dans la vie, on ne peut pas toujours avoir tout ce qu'on veut, répéta-t-elle d'un ton à donner froid dans le dos aux plus courageux.

Elle vit sauter plutôt que descendre du 4 × 4 le mètre quatre-vingt-quinze de Jacob Graystone, qui en mettait à profit le moindre millimètre. Comme à son habitude, il était coiffé d'un vieux chapeau marron d'où émergeait une cascade de cheveux noirs. Un T-shirt blanc et un vieux jean délavé dissimulaient un corps d'athlète qu'elle connaissait trop bien, une longue ossature animée par une musculature d'acier sous une peau hâlée en partie par un constant travail au grand air, en partie aussi par un quart de sang apache. Derrière les lunettes noires, elle savait que se trouvaient deux yeux d'une nuance rare et intriguante, entre le gris et le vert. Son visage, beaucoup trop beau pour son propre bien avait-elle toujours estimé, était sculpté avec netteté : un nez droit, une mâchoire ferme zébrée d'une légère cicatrice.

Il lui décocha un sourire à la fois arrogant et sarcastique. Malgré elle, Callie sentit son cœur battre à se rompre et le début d'une migraine lui marteler les tempes. Machinalement, elle vérifia que la chaîne autour de son cou était invisible sous sa chemise.

— Trop, c'est trop, Leo ! gronda-t-elle.

— La situation n'est pas idéale pour toi, je ne l'ignore pas, mais...

— Depuis quand sais-tu qu'il venait ?

Gêné, Leo déglutit avant de pouvoir répondre.

— Un ou deux jours... Je préférais te l'annoncer de vive voix, tu comprends. Je croyais qu'il n'arriverait que demain. Mais nous avons besoin de lui, Callie. C'est vrai, je t'assure !

Elle se redressa, rejeta ses épaules en arrière comme un lutteur avant le combat.

— Va te faire foutre, Leo !

Et toujours ces airs supérieurs et cette démarche chaloupée de cow-boy qui l'exaspéraient ! Son fidèle compagnon, Stanley Digger Forbes, descendait à son tour de la camionnette et lui emboîtait le pas. Les poings sur les hanches, Callie attendit que les deux hommes s'approchent à portée de voix.

— Professeur Graystone, dit-elle avec une sèche inclinaison de la tête.

— Professeur Dunbrook.

Sa voix grave, aux inflexions d'une indolence calculée, évoquait des images de déserts brûlés de soleil et de prairies venteuses. Callie se détourna ostensiblement et ne put s'empêcher de sourire à l'aspect de Digger. Deux yeux noirs comme du charbon et l'éclat d'une dent en or éclairaient son visage buriné, tanné comme une vieille coquille de noix. Il portait un anneau d'or à l'oreille gauche et une queue-de-rat blondasse pendait sous le foulard rouge noué autour de son crâne.

— Salut, Dig. Bienvenue à bord.

— Salut, Callie. Toujours aussi belle, à ce que je vois.

— Merci. Pas toi, malheureusement.

Il salua sa réplique d'un éclat de rire, mélange de sirène d'alarme et de corne de brume.

— Dis donc, celle-là ! dit-il à Graystone en montrant du menton l'étudiante qui bêchait consciencieusement. Sacrée paire de jambes !

En dépit de son physique ingrat, Digger jouissait de la réputation méritée de tomber les filles aussi sûrement qu'un champion de base-ball renvoie la balle d'un coup de batte.

— Pas touche aux bénévoles, Digger.

Avec un haussement d'épaules évasif, l'intéressé s'éloigna vers la jeune manieuse de pelle.

— Bon, reprit Callie, commençons par l'essentiel...

— Quoi ? Pas un mot de bienvenue ? l'interrompit Jake. Tu ne me demandes même pas ce que je deviens depuis qu'on s'est quittés ?

— Je me fous de ce que tu deviens. Leo croit qu'on a besoin de toi. Je ne suis pas de son avis. Mais puisque tu es ici, inutile de perdre notre temps à bavarder pour ne rien dire ou à remuer le passé.

— Digger a raison, tu es en beauté.

— Digger trouve joli tout ce qui a des seins.

Pourtant, elle était belle. Rien que de la voir lui faisait bouillir le sang. Son odeur d'eucalyptus, il la sentait sans même avoir besoin d'évoquer son image. Elle portait toujours la même montre de bazar, les mêmes belles boucles d'oreilles en argent. Son col ouvert dégageait la base du cou, là où la peau était moite de sueur. Aucun rouge ne colorait sa bouche ; Callie ne se donnait jamais la peine de se maquiller pendant des fouilles, mais elle se tartinait le visage de crème matin et soir, quelles que soient ses conditions de logement. Même d'un taudis, elle s'arrangeait pour faire un nid bien à elle avec une bougie parfumée, son violoncelle, un bon savon et un shampooing au romarin. Dix mois depuis la dernière fois qu'il l'avait vue. Dix mois pendant lesquels il n'avait pas cessé de penser à elle, nuit et jour, malgré tous ses efforts pour l'effacer de sa mémoire.

— J'avais entendu dire que tu étais au repos ou quelque chose du même genre, dit-il sans rien trahir de ses sentiments.

Elle se détourna comme pour observer le site. En réalité, il lui était trop difficile de lui faire face. De savoir qu'ils se toisaient, s'examinaient l'un l'autre. Se souvenaient...

— Je ne le suis plus. Tu es ici pour superviser ce qui se rapporte à l'anthropologie et coordonner le chantier en liaison avec moi. Nous avons ce que je crois être un village néolithique. La datation des ossements humains déjà exhumés indique cinq mille trois cent vingt-cinq ans, plus ou moins une centaine d'années. Les silex...

— J'ai lu les rapports. Pourquoi il n'y a pas de sécurité ?

— Je m'en occupe.

— J'y compte. Digger campera ici. Je vais chercher mes outils et tu me feras visiter. Après, nous nous mettrons au travail.

Pendant qu'il s'éloignait vers son 4 × 4, elle compta jusqu'à dix avant de se tourner vers Leo.

— Je vais te tuer, Leo. Te torturer jusqu'à ce que mort s'ensuive.

— Vous avez déjà travaillé ensemble, voyons ! Tu as même fait ton meilleur travail d'équipe avec lui.

— Je veux Nick. Dès la seconde où il sera disponible.

— Écoute, Callie...

— Ne me dis plus rien, Leo. Plus un mot.

Les dents serrées, la tête haute, elle se prépara à l'épreuve : faire visiter le site à son ex-mari.

Oui, pensait Callie, ils travaillaient bien ensemble. Et c'était cela le plus rageant. Ils se lançaient des défis professionnels qui les obligeaient à se compléter. Malgré sa tête dure, Jake avait l'esprit ouvert, rapide, toujours prêt à s'emparer d'un détail que d'autres auraient négligé pour en tirer une explication souvent lumineuse.

Le problème, c'est qu'ils se lançaient aussi des défis sur le plan personnel. Un moment, cela avait marché. Mais par la suite, les plages de coopération s'étaient réduites. Parce que, le reste du temps, ils se battaient comme des chiens enragés. Quand ils ne se battaient pas, ils se précipitaient au lit. Et quand ils ne se battaient pas ni ne faisaient l'amour ni ne travaillaient, eh bien... ils s'étonnaient d'être ensemble.

Leur mariage avait été le comble du ridicule, Callie le comprenait maintenant avec une clarté aveuglante. Ce qui leur avait d'abord paru romanesque et sexy en diable avait vite tourné en une âpre réalité. Leur vie conjugale était devenue un champ de bataille où chacun délimitait des territoires que l'autre s'empressait de violer. Ceux de Jake étaient absurdes, bien entendu, alors que les siens relevaient de la plus parfaite logique. Et, malgré tout, ils étaient incapables de ne pas tomber dans les bras l'un de l'autre. Son corps en gardait encore le souvenir extasié en dépit de ses efforts pour l'oublier.

Tout cela jusqu'au jour où elle avait dû admettre dans la douleur que les bras de Jacob Graystone se refermaient trop volontiers sur d'autres corps que le sien. Le salaud !

La petite brune du Colorado était la goutte d'eau qui avait fait déborder le vase. Et quand elle l'avait pris pour ainsi dire la main dans le sac, quand elle l'avait accusé en termes simples, compréhensibles même par un analphabète, d'être un coureur sans scrupules et sans honneur, il n'avait pas eu la politesse élémentaire – non, corrigea-t-elle, il n'avait pas eu le *courage* de le nier ou de l'avouer ! De quoi l'avait-il traitée ? De nana infantile et hystérique ! Le fumier !

Elle ne se rappelait pas ce qui l'avait le plus vexée de ces deux épithètes, elle ne se souvenait que d'avoir vu rouge. La suite restait floue jusqu'au moment où elle avait demandé le divorce, sa seule décision logique depuis l'instant où elle avait posé les yeux sur lui pour la première fois. Et lui ? S'était-il défendu ? Avait-il tout tenté pour la retenir ? Que non ! Avait-il imploré son pardon, juré de lui vouer à jamais amour et fidélité ? Parlons-en ! Il était parti, tout simplement. Comme si la quitter après lui avoir brisé le cœur n'avait pas plus d'importance que de sortir d'un bar après avoir avalé une bière !

Fulminant à l'évocation de ces souvenirs, Callie sortit de la douche, agrippa d'une main la trop mince serviette fournie par le motel et referma l'autre sur l'anneau accroché à la chaîne qui pendait à son cou.

Elle avait enlevé – arraché, plutôt – son alliance quand elle avait signé la demande de divorce. De rage, elle avait été sur le point de la jeter dans la rivière près de laquelle elle travaillait à ce moment-là. Quelque chose l'avait cependant retenue de se séparer de ce symbole comme elle avait laissé filer Jake. Il avait été le seul échec de sa vie. Elle garderait l'alliance pour se souvenir de ne plus s'exposer à un nouveau fiasco.

Une fois essuyée, elle ôta la chaîne et l'alliance qu'elle jeta sur la commode. S'il les voyait, il s'imaginerait qu'elle n'avait pas pu l'oublier. De toute façon, mieux valait ne plus penser à lui, encore moins à leur passé. Elle devait travailler avec lui, soit, mais cela ne voulait pas dire qu'elle lui consacrerait une seconde de son temps libre. D'autant que les nouvelles allaient vite dans leur petit cercle. Il était à peine sorti de sa vie qu'il avait repris de plus belle ses conquêtes féminines. Puisque ça l'amusait, tant mieux pour lui. Et bon vent !

Elle s'habilla en pensant demander à Rosie si elle voulait dîner en sa compagnie, ouvrit la porte de la chambre et faillit percuter une femme qui se tenait juste devant.

— Excusez-moi, dit Callie en empochant sa clef.

Suzanne Cullen fut hors d'état de proférer un mot. Devant le visage de Callie, les larmes lui brouillaient la vue. Elle se força à esquisser un sourire en serrant son sac sur sa poitrine comme un enfant bien-aimé – ce qui, en un sens, était d'ailleurs ce qu'elle aurait voulu.

— Je ne voulais pas vous faire peur, reprit Callie, étonnée du silence persistant de l'inconnue. Vous cherchez quelqu'un ?

— Oui, je cherche quelqu'un. Vous. Il faut que je vous parle, c'est extrêmement important.

Callie resta devant sa porte comme pour en interdire l'accès. Cette femme avait l'air bizarre.

— Moi ? Désolée, mais je ne vous connais pas.

— Non, je sais. Je m'appelle Suzanne Cullen. Il faut absolument que je vous parle seule à seule. Puis-je entrer quelques minutes ?

— S'il s'agit des fouilles, madame Cullen, venez plutôt sur le site pendant la journée, l'un de nous vous expliquera avec plaisir ce que nous faisons. Mais pour le moment, je ne peux vraiment pas vous recevoir, je sortais dîner avec une de mes collègues.

— Si vous pouvez m'accorder cinq minutes, vous comprendrez pourquoi ceci est important pour nous deux. Cinq minutes, pas plus.

Elle y mettait une telle insistance que Callie la fit entrer, mais elle laissa la porte ouverte.

— Bon, cinq minutes. Que puis-je faire pour vous ?

— Je ne voulais pas venir ce soir, je voulais attendre...

En fait, Suzanne avait été sur le point d'appeler un détective privé, comme elle l'avait déjà fait si souvent.

— Asseyez-vous donc, vous n'avez pas l'air très bien. J'ai de l'eau minérale, vous en boirez un verre.

Suzanne s'assit au bord du lit. Elle voulait garder l'esprit clair, rester calme. Elle voulait surtout prendre sa fille dans ses bras et la serrer assez fort pour que trois décennies s'évanouissent par miracle.

— Je dois vous poser une question personnelle, reprit-elle après avoir bu le verre d'eau que lui tendait Callie. Avez-vous été adoptée ?

Interloquée, Callie resta un instant bouche bée.

— Hein ? Bien sûr que non ! Que veut dire cette question ? Et d'abord, qui êtes-vous ?

— En êtes-vous certaine ?

— Bien sûr que j'en suis certaine ! Écoutez...

— Le 12 décembre 1974, ma fille Jessica a été kidnappée dans sa poussette au centre commercial de Hagerstown. J'y avais emmené mon fils Douglas, âgé de trois ans, voir le Père Noël. J'ai été distraite un instant. Un seul instant, cela a suffi. Elle avait disparu. Nous avons tous cherché partout, la police, le FBI, la famille, les amis, la ville entière. J'ai contacté toutes les organisations spécialisées dans la recherche des enfants disparus, nous ne l'avons jamais retrouvée. Elle n'avait que trois mois. Elle aura vingt-neuf ans le 8 septembre prochain.

Chez Callie, la compassion prit le pas sur l'agacement.

— Je suis désolée. J'imagine la peine que votre famille et vous-même avez dû éprouver. Mais si vous croyez que je peux être votre fille, je regrette de vous décevoir, je ne le suis pas.

— Il faut que je vous montre quelque chose, dit Suzanne en ouvrant son sac. Ceci est une photo de moi à votre âge. Voulez-vous la regarder ?

Callie prit la photo à regret et ne put retenir un frisson.

— Il y a une certaine ressemblance, je l'admets. Mais cela n'a rien d'exceptionnel, madame Cullen. On dit volontiers que chacun a son sosie sur terre et c'est souvent vrai.

— Avez-vous remarqué les trois fossettes ? Vous avez les mêmes.

— J'ai aussi des parents. Je suis née à Boston le 11 septembre 1974, mon acte de naissance le prouve.

Suzanne ne se laissa pas détourner de sa démonstration.

— Voici une photo de ma mère à peu près à votre âge. La ressemblance est frappante. Et celle-ci est une photo de mon mari. Vous voyez ses yeux ? Vous avez les mêmes. Les sourcils, aussi. Quand vous... quand Jessica est née, j'ai tout de suite vu qu'elle aurait les yeux de Jay. Ils prenaient déjà ce ton d'ambre lorsqu'elle... Mon Dieu ! Quand je vous ai vue à la télévision, j'ai compris...

Le cœur de Callie battait la chamade, elle sentait ses paumes devenir moites.

— Écoutez, madame Cullen, je ne suis pas votre fille. Les yeux de ma mère sont de la même couleur, nous avons la même taille. Je sais qui sont mes parents, je connais l'histoire de ma famille. Je sais qui je suis et d'où je viens. Je suis vraiment désolée, je ne peux rien vous dire pour vous consoler, je suis incapable de vous aider en quoi que ce soit.

— Demandez-leur, dit Suzanne d'un ton suppliant. Regardez-les dans les yeux et posez-leur la question. Si vous ne le faites pas, comment pouvez-vous être certaine de la réponse ? Si vous ne le leur demandez pas, j'irai moi-même leur parler à Philadelphie. Parce que je sais que vous êtes mon enfant. Je le sais.

Callie atteignit la porte. Ses genoux tremblaient.

— Partez, je vous prie. Partez tout de suite.

Suzanne se leva, mais laissa les photos sur le lit.

— Vous êtes née à 4 heures 35 du matin à l'hôpital Washington de Hagerstown, Maryland. Nous vous avons baptisée Jessica Lynn. Voici encore une photo prise peu après la naissance, les hôpitaux le font souvent à la demande des familles. Avez-vous déjà vu une photo de vous avant l'âge de trois mois ?

Suzanne marqua une pause près de la porte et se permit d'effleurer la main de Callie.

— Parlez à vos parents. Mon adresse et mon numéro de téléphone sont écrits au dos des photos. Parlez-leur, je vous en prie, dit-elle avant de se retirer.

Callie referma la porte et s'y adossa, tremblante.

Une histoire de fous ! Cette femme avait l'esprit dérangé par la douleur. Comment le lui reprocher ? Elle reconnaissait probablement sa fille dans tous les visages qui offraient une vague ressemblance.

Pas si vague que ça, chuchota à Callie une voix intérieure pendant qu'elle jetait un dernier coup d'œil aux photos étalées sur le lit. La ressemblance était réelle, troublante.

Mais cela ne voulait quand même rien dire ! Penser autrement serait de la folie ! Ses parents n'étaient pas des voleurs d'enfants, bon sang ! Ils étaient sains, équilibrés. Assez bons pour éprouver une réelle compassion pour une personne comme Suzanne Cullen. La ressemblance, l'âge presque identique n'étaient que des coïncidences !

Parlez-leur...

Comment peut-on poser une telle question à ses parents ? Au fait, maman, tu n'étais pas au centre commercial de Hagerstown un peu avant Noël 1974, par hasard ? T'y serais-tu procuré un beau bébé avec les cadeaux de dernière minute ?

Elle pivota sur ses talons en entendant frapper à la porte, l'ouvrit à la volée :

— Je vous déjà dit que je ne suis pas... Qu'est-ce que tu veux ? aboya-t-elle.

— On partage une bière ? répondit Jake avec un grand sourire en entrechoquant deux canettes fraîches. On signe une trêve ?

— Je ne veux pas de bière et une trêve est inutile, tu ne m'intéresses pas assez pour que j'aie envie de reprendre les hostilités.

— Ça ne te ressemble pas de refuser un coup à boire à la fin d'une rude journée de travail.

— Exact.

Elle empoigna une canette et tenta de refermer la porte d'un coup de pied. Jake la repoussa avec douceur.

— Du calme. J'essaie d'être aimable, rien de plus.

— Va être aimable avec quelqu'un d'autre, c'est ta spécialité.

— Tiens, tiens ? Serais-tu prête à reprendre les hostilités ?

— Fous le camp, Graystone ! Je ne suis pas d'humeur à me battre.

Elle lui tourna le dos – et repéra aussitôt l'alliance restée sur la commode. C'est le bouquet ! se dit-elle en posant la main dessus et en la cachant dans son poing serré.

— La Callie Dunbrook que nous connaissons et qui nous est si chère à tous est toujours d'humeur à se battre... Qu'est-ce que c'est ? ajouta-t-il en s'approchant du lit. Des portraits de famille ?

Elle se sentit pâlir.

— Pourquoi dis-tu cela ?

— Parce que je les vois. Qui est-ce ? Ta grandmère ? Je n'ai jamais eu le plaisir de faire sa connaissance. Il est vrai que nous n'avons pas passé beaucoup de temps à faire ami-ami avec nos familles respectives.

— Ce n'est pas ma grand-mère ! Fous le camp !

Il lui caressa la joue de ses phalanges repliées – une vieille habitude qui lui fit monter les larmes aux yeux.

— Ne t'excite pas comme ça. Qu'est-ce qui ne va pas ?

— Ce qui ne va pas, c'est que je voudrais bien qu'on me fiche la paix cinq minutes !

— Je te connais, mon chou. Ce n'est pas seulement après moi que tu en as, tu es bouleversée par quelque chose. Dis-moi quoi.

Elle aurait voulu parler, tout lui dire, se soulager.

— Ça ne te regarde pas. Je vis très bien ainsi, je n'ai pas besoin de toi.

— Tu n'as jamais eu besoin de moi. Bon, je te laisse tranquille. D'ailleurs, j'ai l'habitude.

Depuis la porte, il embrassa la chambre d'un dernier coup d'œil. Le violoncelle dans un coin, la bougie au bois de santal qui brûlait sur la commode, l'ordinateur portable sur le lit, le paquet de biscuits ouvert à côté du téléphone.

— Toujours la même Callie, murmura-t-il en sortant.

— Jake ?

Elle le rejoignit, résista à l'envie soudaine de le tirer par la main pour le faire rentrer.

— Merci pour la bière, se borna-t-elle à dire.

Et elle lui referma la porte au nez. Sans la claquer.

4

Même si elle détenait la clef de la porte d'entrée de la façon la plus légitime et connaissait dans ses moindres recoins la belle grande maison de Mount Holly où s'étaient écoulées son enfance et sa jeunesse, Callie se sentit dans la peau d'un cambrioleur en s'y introduisant à deux heures du matin en l'absence de ses parents.

La visite de Suzanne Cullen l'avait déstabilisée au point qu'elle avait été incapable de manger, de dormir et même de travailler. Non qu'elle eût cru une seule seconde être l'enfant perdue de cette inconnue. Mais elle était une scientifique, une chercheuse. Tant qu'elle n'aurait pas trouvé de réponse indiscutable à cette énigme, son esprit ne connaîtrait plus un instant de repos.

Quand elle lui avait annoncé qu'elle s'absentait une journée, Leo lui avait posé des questions auxquelles elle ne pouvait pas répondre. Elle savait seulement qu'elle devait y aller. Pendant le trajet du Maryland à Philadelphie, elle s'était convaincue que fouiller les tiroirs de ses parents à la recherche d'une preuve de ce qu'elle savait déjà avec certitude était la seule manière logique de démontrer qu'elle était Callie Ann Dunbrook, et personne d'autre.

Le quartier était calme et silencieux, la maison plongée dans l'obscurité. Seule une lampe brillait dans le boudoir de sa mère. Ses parents avaient donc activé le système de sécurité qui allumait et éteignait les lumières sur un rythme aléatoire, interrompu la livraison des journaux et du courrier et averti les voisins de leur absence, comme le faisaient les personnes sensées et responsables qu'ils étaient.

Ils aimaient jouer au golf, invitaient à dîner des hôtes toujours intéressants. Ils s'entendaient à merveille, riaient aux mêmes plaisanteries. Son père jardinait et soignait ses roses, sa mère jouait du violon et collectionnait les montres anciennes. Il travaillait à titre bénévole dans un dispensaire pour les sansabri, elle donnait gratuitement des leçons de musique aux enfants défavorisés. Ils étaient mariés depuis trente-huit ans et, s'il leur arrivait de se disputer, ils se tenaient toujours par la main en se promenant.

Callie savait que sa mère se ralliait toujours aux décisions de son père pour les questions importantes, souvent aussi pour les autres. Cette soumission à l'autorité masculine, dont il abusait volontiers, était aux yeux de la jeune femme une marque de faiblesse qui l'exaspérait. Mais il s'agissait là du seul défaut qu'elle puisse reprocher à ses parents. Ils n'étaient pas pour autant des monstres ni des kidnappeurs.

Se sentant coupable et un peu ridicule, Callie entra, ouvrit la lumière dans le vestibule et désactiva le système d'alarme. Un instant, elle resta là sans bouger, à s'imprégner de l'atmosphère de la maison. Cela faisait longtemps qu'elle n'y avait pas été seule. Depuis qu'elle avait emménagé dans son propre appartement.

L'odeur de produits de nettoyage flottant dans l'air lui indiqua que Sarah, la femme de ménage qu'elle avait toujours connue, était venue depuis peu. Elle reconnut aussi le parfum, trop sucré à son goût, du pot-pourri préféré de sa mère. Rien n'avait changé, en somme.

Elle traversa le grand vestibule dallé, monta l'escalier. À l'étage, elle s'arrêta d'abord sur le seuil de sa chambre. La pièce était passée par de nombreuses métamorphoses, depuis les fanfreluches que sa mère considérait comme indispensables à l'univers d'une petite fille jusqu'aux posters et aux couleurs criardes à la mode du temps de son adolescence et à l'indescriptible fouillis de sa collection de fossiles, de vieilles bouteilles ou d'ossements indéfinissables qu'elle exhumait de tous les trous qu'elle pouvait creuser. C'était maintenant une pièce élégante, aux tentures vert amande et aux meubles de style, prête à accueillir des amis de passage ou elle-même lorsqu'elle venait en visite. À l'exception des vacances, ou quand elle plantait une tente dans le jardin par les chaudes nuits d'été, elle avait toujours dormi dans cette chambre qui, en un sens, faisait partie d'elle-même.

Elle hésita un instant avant d'entrer dans le cabinet de travail de son père, à l'autre bout du couloir. Derrière le grand bureau d'acajou, elle le voyait dans son fauteuil de cuir, les lunettes au bout du nez, en train de lire une revue médicale ou un magazine de jardinage. Combien de fois y avait-elle fait irruption pour bombarder son père de nouvelles captivantes, de plaintes indignées, de questions vitales exigeant une réponse immédiate ? Quand il travaillait, il se contentait de lui lancer un regard froid par-dessus ses lunettes et elle battait en retraite sans insister. Mais la plupart du temps, elle était accueillie chaleureusement. Ses nouvelles étaient entendues avec intérêt, ses plaintes prises en considération, ses questions recevaient leurs réponses.

Cette nuit-là, elle s'y sentit une intruse.

Se forçant à ne pas y penser, elle se concentra sur ce qu'elle était venue faire. Ces papiers la concernaient, après tout. Elle avait le droit de les voir, se ditelle en se dirigeant vers le grand classeur de chêne. Tout ce qu'elle voulait savoir se trouvait dans ce meuble. Son père y centralisait depuis toujours les affaires de la famille, finances, documents officiels, correspondance, classés avec un soin méticuleux.

Elle ouvrit le premier tiroir et attaqua ses recherches.

Une heure plus tard, après une brève pause pour descendre à la cuisine se préparer du café, elle en voyait presque la fin. Elle aurait même déjà terminé si elle ne s'était pas attardée sur le dossier de sa scolarité. Elle n'avait pu résister à la tentation de revisiter son propre passé, d'évoquer les souvenirs d'amies intimes oubliées depuis, des premiers amoureux dont la trace s'était si bien effacée qu'elle avait du mal à en revoir les visages.

Dans le tiroir suivant, elle trouva les dossiers médicaux de son père et de sa mère, qu'elle laissa de côté pour n'ouvrir que le sien. Elle aurait d'ailleurs dû commencer par là, se dit-elle.

Tout y figurait, la kyrielle complète de ses maladies infantiles et de ses vaccinations classées par ordre chronologique, tout jusqu'aux radiographies de son bras cassé lorsqu'elle était tombée d'un arbre à dix ans et à ses premiers examens gynécologiques avant son départ pour l'université. Quelque chose toutefois la chiffonna et elle reprit le dossier depuis le début. Il ne contenait aucun document hospitalier se rapportant à sa naissance, pas d'examens ni d'ordonnances de pédiatre antérieurs à l'âge de trois mois.

Cela ne voulait sans doute rien dire, pensa-t-elle en sentant malgré tout son cœur battre plus vite. Ces papiers-là étaient peut-être classés dans un autre dossier ou dans celui de sa mère. Selon sa logique, son père avait dû conserver à part tout ce qui touchait au déroulement de la grossesse, à l'accouchement et aux premières semaines du bébé.

Comme pour se prouver qu'elle n'éprouvait aucune inquiétude, elle se versa une autre tasse de café avant d'aller remettre son dossier en place et sortir du classeur celui de sa mère. Elle n'avait pas de raison de se sentir coupable en lisant des documents ne la concernant pas personnellement puisqu'elle ne le faisait qu'afin de rétablir une fois pour toutes la vérité sur cette histoire absurde.

Survolant rapidement le contenu du dossier, elle trouva le rapport et le traitement de la première fausse couche survenue en août 1969 et de la suivante à l'automne 1971. Sa mère lui en avait d'ailleurs parlé d'elle-même, pour lui dire qu'elle en avait été affectée au point de faire une dépression et que la naissance d'une robuste petite fille avait enfin comblé ses rêves les plus chers.

Les documents sur la troisième grossesse arrivèrent à point nommé pour faire pousser à Callie un soupir de soulagement. Soucieux à bon droit des précédents accidents, le Dr Simpson, le gynécologue, avait prescrit à sa mère une médication appropriée et le repos complet pendant les trois premiers mois. Il avait ensuite suivi le déroulement de la grossesse avec une attention particulière et même fait hospitaliser sa patiente quelques jours au septième mois à cause de problèmes de déshydratation, d'hypertension et de nausées matinales persistantes. Problèmes vite réglés, à l'évidence, car Mme Dunbrook avait quitté l'hôpital au bout de deux jours.

Les documents suivants, qui avaient trait à une foulure de la cheville, étaient datés d'un an plus tard. Que le dossier ne contienne rien de plus sur la grossesse, sujet pourtant crucial, laissa Callie interloquée. Elle feuilleta rapidement le reste. Peut-être ce qu'elle cherchait était-il mal classé par inattention si sa mère, moins méticuleuse que son père, avait elle-même sorti le dossier.

Mais il n'y avait rien. Rien de plus, rien d'autre. Comme si la grossesse de sa mère avait pris fin au septième mois.

Une boule au creux de l'estomac, Callie alla remettre le dossier en place, ouvrit le tiroir suivant, n'y découvrit rien d'intéressant, le referma et tira la poignée du dernier tiroir. Il était fermé à clef.

Un instant, elle resta accroupie devant le classeur, une main sur la poignée de cuivre poli. Puis, s'interdisant d'en inférer une conclusion hâtive, elle se redressa et alla fouiller dans le bureau de son père pour y chercher la clef. Faute de la trouver, elle prit un coupe-papier, s'agenouilla devant le tiroir et força la serrure.

Il ne contenait qu'une boîte métallique ignifugée, elle aussi fermée à clef. Callie la posa sur le bureau et la regarda un long moment, comme si son regard suffisait à la faire disparaître. Elle pouvait encore la remettre à sa place, refermer le tiroir et faire comme si elle n'avait jamais existé. Quoi qu'il y ait à l'intérieur, il s'agissait d'une chose assez importante pour que son père se soit donné la peine de vouloir garder le secret. De quel droit le violerait-elle ?

Et pourtant, n'était-ce pas ce qu'elle faisait tous les jours, violer l'intimité de morts inconnus, puisque la connaissance qui en résultait était plus précieuse que leurs secrets ? Comment pouvait-elle se considérer en droit d'exhumer, de manipuler, voire de profaner les ossements de tant d'inconnus pour leur faire livrer leurs secrets et se refuser à ouvrir une boîte contenant ceux de sa propre existence ?

— Pardon, papa, dit-elle à voix haute.

Callie introduisit la pointe du coupe-papier dans la serrure et, un instant plus tard, souleva le couvercle.

Elle se força à tout lire comme elle aurait lu un rapport de laboratoire. Il n'y avait eu ni troisième fausse couche ni naissance normale. Au cours de la première semaine de son huitième mois, Vivian Dunbrook avait accouché d'un enfant mort-né. Compte tenu de son état, toute nouvelle grossesse lui était désormais interdite. Une fois encore, elle avait dû être hospitalisée pour le traitement d'une dépression.

Le 16 décembre 1974, les Dunbrook avaient adopté une fillette âgée de trois mois qu'ils baptisèrent Callie Ann, adoption conclue grâce aux bons offices d'un avocat contre des honoraires de dix mille dollars. Une indemnisation de deux cent cinquante mille dollars devait en outre être versée par son intermédiaire à la mère biologique dont il garantissait l'anonymat.

L'enfant – Callie éprouva un certain réconfort à s'appliquer à elle-même l'appellation impersonnelle de *l'enfant* – avait été examinée par un certain Dr O'Malley, pédiatre à Boston, qui l'avait déclarée en bonne santé. L'examen suivant avait été effectué à l'âge de six mois par le Dr Marylin Vermer, de Philadelphie, qui était restée son pédiatre jusqu'à l'âge de douze ans.

— Parce que je ne voulais plus aller chez un docteur pour les bébés, murmura Callie en laissant échapper une larme qui tomba sur le papier qu'elle tenait.

Une douleur soudaine lui tordit l'estomac et lui coupa un long moment la respiration.

Ce n'était pas vrai, cela ne *pouvait* pas être vrai ! Comment deux personnes honnêtes et responsables, qui ne lui avaient jamais menti sur le sujet le plus insignifiant, avaient-ils pu vivre aussi longtemps avec un mensonge aussi énorme ? C'était impossible. Impensable !

Mais quand le souffle lui revint avec la lucidité et qu'elle se força à relire les documents, elle constata que ce n'était pas impensable.

C'était vrai.

— Quoi, tu m'annonces comme ça qu'elle a pris sa journée ? rugit Jake en fusillant Leo du regard. On n'a même pas fini de délimiter les zones de fouille et elle se permet de prendre un congé ?

— Elle m'a parlé d'une urgence...

— Qu'est-ce qu'il y a de plus urgent que faire son travail ?

— Elle n'a pas voulu m'en dire plus. Tu peux gueuler autant que tu veux contre moi, contre elle, mais tu sais aussi bien que moi que ce n'est pas son genre de laisser tomber une fouille sans motif sérieux.

— Oui, je sais, grommela Jake. Elle ne compromettrait pas non plus le chantier parce qu'elle est furieuse que j'y sois venu.

— Heureux de te l'entendre dire ! répliqua Leo qui sentait la moutarde lui monter au nez. Tu la connais assez pour savoir qu'elle ne joue pas à ce genre de petits jeux. Même si elle a des raisons de t'en vouloir ou de m'en vouloir à moi de t'avoir fait venir, Callie est trop professionnelle pour réagir de manière aussi puérile.

Les mains dans les poches, Jake balaya du regard le chantier de fouilles qui commençait à prendre tournure. C'était l'inquiétude pour cette soudaine disparition qui nourrissait sa colère.

— Bon, d'accord, je l'admets, maugréa-t-il. D'ailleurs, elle n'était pas dans son assiette hier soir.

Il l'avait tout de suite vu, senti. Mais au lieu de la persuader habilement et en douceur de se confier à lui, il l'avait laissée mariner dans son jus pour préserver sa propre vanité.

— Hier soir ? répéta Leo. De quoi diable parles-tu ?

— J'étais passé la voir dans sa chambre. Il m'a fallu quelques minutes pour me rendre compte qu'elle était troublée et que ce n'était pas à cause de moi. Bien entendu, elle n'a rien voulu me dire, mais j'ai vu des photos étalées sur son lit. Des photos de famille, je crois. T'a-t-elle au moins dit s'il s'agissait d'un problème familial ?

Ce qu'il savait de la parentèle de Callie tenait dans un dé à coudre.

— Elle me l'aurait dit, à mon avis. Mais elle n'a parlé que d'une affaire personnelle urgente et m'a promis d'être de retour avant la fin de la journée, demain matin au plus tard.

— Elle a un jules ?

— Pas si fort, je t'en prie ! Les ragots vont vite.

— Leo, ne sois pas vache. Qu'est-ce que c'est, cette « affaire personnelle urgente » ? Elle fréquente un type ?

— Comment voudrais-tu que je le sache ? Elle ne me fait pas de confidences sur sa vie sentimentale.

— Clara le saurait, elle. Personne ne lui résiste quand elle veut faire parler les gens et elle te l'aurait dit.

— Pour Clara, Callie et toi auriez dû rester mariés.

— Ah, oui ? Tu as une femme intelligente. Qu'est-ce qu'elle t'a dit à mon sujet ?

— Ta vie est si passionnante que Clara et moi parlons de toi tous les soirs au dîner.

— Leo, ne fais pas l'andouille ! Pas Clara, Callie.

— Je ne peux pas te répéter ce qu'elle me dit de toi, je ne me sers pas d'un vocabulaire aussi ordurier.

— Très drôle ! En tout cas, elle a beau raconter et penser ce qu'elle veut, ça va changer. Si elle a des ennuis, je finirai par le savoir.

— Si tu es aussi inquiet et que tu t'intéresses tellement à elle, pourquoi diable as-tu divorcé ?

— Bonne question, dit Jake avec un haussement d'épaules fataliste. Très bonne question. Quand je trouverai la réponse, tu seras le deuxième ou le troisième à l'apprendre. En attendant, avec ou sans chef archéologue, mettons-nous au boulot.

Il avait eu le coup de foudre pour elle dès l'instant où il l'avait vue, il le savait trop bien. En une fraction de seconde, sa vie avait été divisée en deux parties distinctes, avant et après Callie Dunbrook. C'était à la fois effrayant et agaçant. Comme elle était elle-même redoutable et exaspérante.

Il avait alors trente ans, était libre comme l'air, sans personne à sa charge – à moins de compter le fidèle Digger –, et entendait le rester. Il aimait son travail et il aimait les femmes. Un homme capable de concilier les deux peut se vanter de mener une vie idéale. Il n'avait de comptes à rendre à personne ni n'avait l'intention d'en rendre à une archéologue blonde et bien roulée pourvue d'un caractère de chien. Dieu sait pourtant s'il l'aimait, ce foutu caractère !

L'amour avec elle était aussi prodigieux que leurs bagarres, mais ni l'un ni les autres n'avaient résolu son problème. Plus elle lui offrait, plus il voulait d'elle. Elle lui donnait son corps, sa compagnie, le défi permanent de son brillant esprit de contradiction, mais elle ne lui avait jamais accordé la seule chose qui aurait réussi à le stabiliser : sa confiance. Elle ne l'avait jamais cru capable de la soutenir en toutes circonstances, de partager ses fardeaux, ses problèmes. Elle ne l'avait surtout jamais cru capable de fidélité.

Après qu'elle l'eut flanqué dehors, il s'était d'abord consolé en se disant que c'était son manque de confiance en lui qui avait tout gâché. Il avait aussi entretenu l'illusion qu'elle lui reviendrait en rampant. Idée idiote de sa part, il devait maintenant l'admettre. Callie ne rampait jamais, c'était même un de leurs points communs.

Ensuite, plus le temps avait passé, plus il s'était rendu compte qu'il n'avait peut-être pas réagi comme il l'aurait fallu. Comme il l'aurait dû. Cette prise de conscience ne changeait rien à son point de vue : les torts reposaient sur elle, cela allait sans dire, elle entrouvrait au moins la porte à la possibilité d'attaquer le problème sous un autre angle.

Le courant passait encore entre eux, il l'avait constaté. Si le chantier d'AntietaCreek lui offrait la possibilité de canaliser ce courant de manière positive, il ne laisserait pas passer l'occasion. Il userait de tous les moyens pour la récupérer.

Quelle que soit la cause de ce qui la troublait actuellement, il allait la lui faire avouer, même s'il devait l'enchaîner à un arbre pour y parvenir. Et elle le laisserait l'aider. De gré ou de force.

Callie se jeta tout habillée sur le lit de son ancienne chambre juste après l'aube, un oreiller sous le bras comme lorsqu'elle était malade ou malheureuse dans son enfance. La fatigue, moins physique que morale, eut raison de sa résistance et elle sombra dans un sommeil lourd.

Le claquement de la porte d'entrée et son noprononcé par la voix de sa mère la réveillèrent quatre heures plus tard. Un instant, elle retrouva ses réflexes d'enfant. À cet appel, elle allait descendre prendre son petit déjeuner, un bol de céréales agrémenté de fraises sur lesquelles elle remettrait une cuillère de sucre quand sa mère ne regarderait pas.

Ses muscles endoloris et la migraine qui lui martelait le crâne lui rappelèrent aussitôt qu'elle n'était plus une petite fille, mais une femme qui ne savait même plus de qui elle était l'enfant. Elle se redressa lentement et s'assit au bord du lit, la tête entre les mains.

— Callie, ma chérie ! s'exclama joyeusement Vivian en entrant dans la chambre. Nous ne nous doutions pas que tu viendrais. J'ai été très étonnée de voir ta voiture devant la porte.

Elle se pencha vers elle, l'embrassa en lui caressant les cheveux.

— Quand es-tu arrivée ? reprit-elle.

Callie ne releva pas la tête. Elle n'était pas en état de regarder sa mère dans les yeux.

— Hier soir. Je croyais que papa et toi étiez encore dans le Maine.

— Nous avons préféré revenir aujourd'hui plutôt que dimanche. Tu sais à quel point ton père est obsédé par ses rosiers. En plus, il a une journée chargée lundi à l'hôpital. Mais dis-moi, ma chérie, ajouta-t-elle en prenant le menton de Callie pour lui relever le visage, je te trouve mauvaise mine. Tu te ne te sens pas bien ?

— Encore un peu abrutie, c'est tout. Je n'ai pas beaucoup dormi. Papa est là ?

— Bien sûr. Il voulait voir ses nouveaux plants de tomates avant de rentrer les bagages. Qu'y a-t-il, ma chérie ? Tu es toute pâle.

— Peux-tu demander à papa de venir pendant que je fais un brin de toilette ? Il faut que je vous parle. À tous les deux.

Je ne suis pas prête à leur parler, protesta sa voix intérieure. Il est trop tôt, trop tôt, se répéta-t-elle en se levant avec effort.

— Callie, ma chérie, tu me fais peur.

— Je t'en prie. Donne-moi deux minutes pour m'asperger le visage d'eau froide, je descends tout de suite.

Sans laisser à Vivian le temps de discuter, elle sortit en courant presque pour gagner la salle de bains de l'autre côté du couloir. Appuyée au lavabo, elle ouvrit le robinet sans lever les yeux. Elle ne se sentait pas prête non plus à se regarder dans la glace.

Lorsqu'elle descendit l'escalier, Vivian était dans le vestibule avec son père qui lui tenait la main. Le bon Dr Dunbrook et sa chère épouse. Tous deux beaux, grands, pleins de distinction, ils formaient un couple idéal. Un modèle de dignité et de respectabilité.

Et ils lui avaient menti chaque jour, chaque minute de sa vie...

Elliot traversa le vestibule les bras tendus, la serra sur sa poitrine.

— Callie, tu as mis ta mère dans tous ses états. Qu'y a-t-il, ma chérie ? Qu'est-ce qui ne va pas ?

Elle sentit les larmes lui piquer les yeux et se dégagea de l'étreinte paternelle.

— Je ne vous attendais pas aujourd'hui, je croyais avoir un peu plus de temps pour me préparer à vous parler. Mais puisque ce n'est pas le cas, allons nous asseoir.

— As-tu des ennuis, Callie ?

Sur le visage de son père, elle ne lut qu'une inquiétude et une affection aussi sincères l'une que l'autre.

— Je ne sais pas ce que j'ai, répondit-elle en entrant au salon.

La pièce idéale pour un couple idéal, pensa-t-elle. Un modèle de bon goût et d'opulence discrète. Meubles anciens choisis avec soin, vases de cristal, fauteuils confortables. La vue des photos de famille sur la cheminée lui serra le cœur.

— Il faut que je vous demande..., commençat- elle.

Non, elle n'avait pas le droit de leur parler en leur tournant le dos. Quelles que soient les réponses qu'ils allaient lui donner, ils méritaient au moins de les lui dire en face.

— Je dois, reprit-elle, vous demander pourquoi vous ne m'avez jamais dit que vous m'aviez adoptée.

Vivian poussa un gémissement comme si elle avait reçu un coup de poing en pleine poitrine.

— Callie ! où as-tu ?...

— Ne le nie pas, je t'en prie. Ne me faites pas cela, ni l'un ni l'autre, l'interrompit Callie, articulant avec peine. Je vous demande pardon, mais j'ai lu les dossiers. J'ai forcé le tiroir fermé à clef et le coffret métallique. J'ai lu les documents médicaux et ceux relatifs à mon adoption.

— Elliot !..., fit Vivian d'un ton implorant.

— Assieds-toi, Vivian, dit-il en lui avançant un fauteuil. Je n'ai pas pu les détruire, poursuivit-il. Je n'en avais pas le droit.

— Mais tu estimes avoir eu le droit de me cacher la vérité concernant ma naissance ? dit Callie.

— Ce n'était pas essentiel...

— Ne blâme pas ton père, intervint Vivian. Il l'a fait pour moi. Je lui ai fait jurer de ne rien dire. J'avais besoin de...

Un flot de larmes l'interrompit.

— Ne me déteste pas, Callie. Je t'en supplie, ne me hais pas pour cela. Tu as été mon bébé, ma fille, dès l'instant où je t'ai prise dans mes bras. Rien d'autre ne comptait.

— Autrement dit, j'étais un substitut du bébé que tu avais perdu.

Resté debout, Elliot s'avança pour s'interposer.

— Ne sois pas cruelle, Callie.

Qui était cet homme qui la regardait avec une tristesse mêlée de ressentiment ? se demanda Callie. Qui était son vrai père ?

— Cruelle, moi ? C'est toi qui me reproches d'être cruelle après ce que vous m'avez fait ?

— Et qu'est-ce que nous t'avons fait ? répliqua Elliot. Nous ne t'avons rien dit, soit. Mais quelle est l'importance réelle d'une simple omission ? Ta mère avait désespérément besoin de cette... illusion. Elle était désemparée, inconsolable de ne plus être capable d'enfanter. Quand nous avons eu la chance de pouvoir t'adopter, d'avoir une fille à nous, nous ne l'avons pas laissée passer. Nous t'avons aimée et nous t'aimons toujours, non pas parce que tu es un substitut, comme tu l'as dit, mais parce que tu es réellement notre enfant.

— Je n'ai pas pu supporter la perte de ce bébé, surtout après mes deux précédentes fausses couches, dit Vivian entre deux sanglots. Je n'ai pas non plus supporté l'idée que les autres pourraient te considérer comme un substitut. Alors, nous avons déménagé pour nous installer ici, repartir de zéro. Juste nous trois. Et puis j'ai réussi à dépasser tout cela. Rien ne pourra changer qui tu es, qui nous sommes. Ni la profondeur de l'amour que nous avons pour toi.

— Vous avez acheté un bébé au marché noir, un bébé volé à sa vraie famille, et tu dis que cela ne change rien ?

— De quoi parles-tu ? intervint Elliot avec colère. Ce que tu dis est méchant, odieux ! Quoi que tu t'imagines en droit de nous reprocher, nous ne méritons pas une accusation pareille.

— Vous m'avez payée deux cent cinquante mille dollars.

— C'est exact. Nous avons préféré une adoption officieuse, car l'argent permet de simplifier le processus. C'est peut-être injuste pour les couples qui n'en ont pas les moyens, mais ce n'est pas un crime. Nous étions d'accord pour indemniser la mère biologique. Alors, que tu nous accuses maintenant de t'avoir achetée et, pire encore, de t'avoir volée, est indigne de ta part !

— Il ne vous vient pas à l'idée de me demander pourquoi je suis venue, pourquoi j'ai voulu consulter les dossiers ?

Elliot se passa une main dans les cheveux et s'assit, accablé.

— Je n'arrive plus à te suivre. Comment nous demander de raisonner logiquement avec ce que tu nous jettes à la figure ?

— Hier soir, une femme est venue me voir dans ma chambre d'hôtel après avoir vu mon interview à la télévision. Elle m'a dit que j'étais sa fille…

— Tu es mon bébé ! l'interrompit Vivian. Ma fille à moi.

— Elle m'a dit, poursuivit Callie sans relever l'interruption, que sa fille âgée de trois mois avait été volée à Hagerstown, Maryland, le 12 décembre 1974. Elle m'a montré des photos d'elle-même à mon âge, de sa mère à mon âge. La ressemblance est indiscutable. Nous avons la même forme de visage, le même teint. Et les mêmes fossettes. Je lui ai répondu que je ne pouvais pas être sa fille, que je n'avais pas été adoptée. Et pourtant, je l'ai été.

— Toute cette histoire n'a rien à voir avec nous ! protesta Elliot. C'est absurde !

— Elle se trompe, renchérit Vivian. Elle se trompe affreusement.

— C'est évident, déclara Elliot en lui prenant la main. Nous sommes passés par l'intermédiaire d'un avocat respectable, spécialisé dans les adoptions, qui était recommandé par le gynécologue de ta mère. Nous avons hâté la procédure en payant, je l'admets volontiers, mais nous n'avons rien fait de plus. Jamais nous ne nous serions rendus complices d'un enlèvement, d'un trafic d'enfants ! Tu ne peux quand même pas croire sérieusement une monstruosité pareille ?

Callie regarda tour à tour son père à l'expression mi-atterrée, mi-indignée, sa mère aux joues ruisselantes de larmes.

— Non, dit-elle en sentant s'alléger le poids qui lui pesait sur la poitrine. Non, je ne le crois pas. C'est pourquoi nous devons parler de la manière exacte dont les choses se sont déroulées.

Elle s'accroupit à côté de sa mère, lui toucha la main.

— Maman...

Avec un sanglot étouffé, Vivian l'étreignit.

5

Callie alla préparer du café, autant pour laisser à ses parents le temps de se ressaisir que parce qu'elle éprouvait elle-même le besoin d'un remontant. Ils étaient ses parents, rien n'avait changé sur ce plan. Sa colère, son sentiment d'avoir été trahie s'estompaient. Comment serait-elle restée insensible devant le visage ravagé de douleur de sa mère et l'accablement de son père ? Mais si elle pouvait se forcer à ignorer sa propre peine, elle était incapable de refouler son exigence de comprendre, d'obtenir à ses questions des réponses lui permettant de reconstituer ce qui, pour elle, restait un puzzle.

Quand elle revint au salon avec le plateau, ses parents étaient assis côte à côte sur le canapé en se tenant la main. Toujours soudés, se dit-elle. Inséparables. Callie leur servit le café, tâche simple qui avait le mérite de lui occuper les mains et de la forcer à regarder la cafetière.

— J'ai peur que tu ne puisses jamais me pardonner, commença Vivian.

— Tu ne comprends pas. Il faut que je connaisse les faits exacts pour reconstituer l'ensemble du tableau dont je ne distingue encore que des fragments.

— Tu as toujours eu l'esprit logique, dit Elliot. Nous t'avons fait du mal, je m'en veux.

— La question n'est pas là. Je dois d'abord comprendre pourquoi vous avez caché mon adoption. Pensiez-vous que cela vous, *nous* aurait dévalorisés ?

— De quelque manière qu'une famille se forme, elle est le résultat d'un miracle. Tu as été notre miracle.

— Pourquoi le dissimuler, alors ?

— C'est ma faute, intervint Vivian, les larmes aux yeux. Ma faute.

— Ce n'est la faute de personne. Dis-moi simplement pourquoi.

Vivian et Elliot se relayèrent pour retracer les épreuves des deux fausses couches et l'échec de la troisième tentative, leurs espoirs toujours déçus, les dépressions qui avaient failli briser Vivian. Callie écoutait attentivement, même si ses parents ne faisaient que confirmer ce qu'elle savait déjà par les anciennes confidences de sa mère et la lecture de son dossier médical.

— Ton père m'avait suggéré l'adoption, poursuivit Vivian, mais je n'avais pas voulu en entendre parler jusqu'à ce dernier échec. Il m'a alors mise au pied du mur. Ou bien nous vivions seuls tous les deux. Nous nous aimions, nous pouvions mener une existence agréable. Mais si nous voulions un enfant, il était temps d'envisager une autre méthode. Nous étions encore jeunes, financièrement à l'aise, donc en mesure d'offrir une vie heureuse à un enfant.

— Nous avons consulté une agence, puis une autre et d'autres encore, enchaîna Elliot. Mais les listes d'attente étaient longues et plus le temps passait, plus l'attente devenait pénible pour Vivian. Depuis qu'elle s'était résignée à admettre le principe de l'adoption, elle avait repris espoir et retrouvé une joie de vivre que je ne pouvais pas supporter de voir flétrir une fois de plus. J'en ai donc parlé au Dr Simpson, son gynécologue, qui m'a recommandé un avocat spécialisé dans les adoptions privées, c'est-à-dire directement traitées avec les familles.

— Marcus Carlyle ? dit Callie qui se rappelait avoir vu le nodans le dossier.

— Oui, répondit Vivian, Carlyle. Il a été merveilleux avec nous. Il nous offrait un soutien moral et un espoir que les agences officielles étaient incapables de nous donner. Il demandait des honoraires très élevés, mais le prix à payer nous paraissait encore modeste pour un tel bonheur. Il nous a parlé d'une cliente qui ne pouvait pas garder sa fille en bas âge. Très jeune encore, elle avait conscience de ne pas pouvoir élever seule son enfant. Carlyle nous a dit qu'il lui en parlerait, lui décrirait le genre de personnes que nous étions, la vie que nous menions. Si elle donnait son accord, il placerait l'enfant chez nous.

— Pourquoi vous ? demanda Callie.

— Parce que nous étions le type même des familles qu'il recherchait, stables, financièrement solides, sans enfants. La mère, disait-il, voulait finir ses études et changer de vie pour effacer cette erreur de jeunesse. Elle était endettée, elle avait besoin d'argent, mais elle voulait être sûre que sa fille aurait la meilleure vie possible avec des parents qui l'aimeraient. Bref, il devait nous avertir sous quelques semaines si l'adoption pouvait se conclure.

— Nous nous efforcions quand même de garder la tête froide, de ne pas nous laisser aveugler par l'espérance, précisa Elliot, mais nous ne pouvions pas nous empêcher de penser que, cette fois, le destin nous souriait.

— Il a rappelé huit jours plus tard, enchaîna Vivian. Il était quatre heures et demie de l'aprèsmidi, je ne l'oublierai jamais. Je jouais du violon pour m'étourdir de musique quand le téléphone a sonné. J'ai tout de suite su. Cela paraît ridicule, j'en ai conscience, mais j'étais sûre qu'il m'annoncerait la bonne nouvelle. Et quand il m'a dit : « Félicitations, madame Dunbrook, vous avez une petite fille », j'ai sangloté. Il a été très patient et il avait l'air sincèrement heureux pour moi. Il m'a dit que des moments pareils lui rendaient son métier inestimable.

— Tu n'as jamais rencontré la mère biologique ?

Ce fut Elliot qui prit le relais.

— Non, cela ne se faisait pas à l'époque. Tout s'est passé dans l'anonymat le plus complet. Le lendemain de son appel, nous sommes allés à son bureau. Une infirmière te tenait dans ses bras, tu dormais. Selon la procédure établie, nous ne devions signer les documents et payer le solde de la somme qu'après t'avoir vue et acceptée.

— Tu as été ma fille dès que je t'ai aperçue, Callie, dit Vivian. Dès l'instant où elle t'a mise dans mes bras. Tu n'étais pas un succédané d'enfant, tu étais à moi. Vraiment à moi. J'ai fait promettre à Elliot de ne jamais plus parler d'adoption, de ne rien te dire ni d'y faire allusion devant quiconque. Tu étais notre vrai bébé.

— Cela m'a paru normal, poursuivit Elliot. Tu avais à peine trois mois, c'était sans conséquence. Et il était vital pour la santé mentale de ta mère de respecter son souhait de tirer un trait sur sa peine et ses déceptions passées. Nous avions notre enfant, nous l'emmenions chez nous, voilà tout.

— Mais la famille..., commença Callie.

— Elle se souciait autant que moi du bonheur de ta mère et était aussi émerveillée, aussi amoureuse de toi que nous deux. Peu après, nous avons déménagé pour nous installer ici. Il était plus facile d'oublier dans une vie nouvelle, avec un cercle d'amis différents. Personne ne savait rien ni n'avait besoin de savoir. Malgré tout, j'ai conservé les documents que Vivian m'avait demandé de détruire. J'estimais que j'aurais eu tort de le faire. Je les ai enfermés sous clef, avec tout ce qui était survenu avant que nous t'emmenions chez nous.

Depuis quelques minutes, Vivian reprenait contenance.

— Callie, cette femme qui... Tu ne peux pas être certaine de ce qu'elle t'a dit. C'est invraisemblable ! M. Carlyle était un avocat réputé. Nous n'aurions jamais traité avec quelqu'un en qui nous n'aurions pas eu entière confiance. C'est mon propre gynécologue qui nous l'avait recommandé. On ne peut les soupçonner d'être impliqués dans un trafic de bébés volés.

— Sais-tu ce qu'est une coïncidence, maman ? C'est la destinée qui brise une serrure pour qu'on puisse ouvrir une porte. Le bébé de cette femme a été volé le 12 décembre. Trois jours plus tard, ton avocat t'appelle pour te dire qu'il a une petite fille à te proposer. Le lendemain, papa et toi signez les papiers et me ramenez à la maison.

— Mais tu ne sais pas si son bébé a vraiment été volé !

— Non, mais c'est facile à vérifier et je le ferai. L'éducation que vous m'avez donnée me rend toute autre conduite impossible.

— Si cet enlèvement est confirmé, dit Elliot avec un frémissement visible, des examens peuvent déterminer s'il existe un lien biologique.

— Je sais. Je les effectuerai si nécessaire.

— Je peux intervenir pour accélérer le processus, si tu veux.

— Merci, papa.

— Et que feras-tu si ?..., commença Vivian sans pouvoir achever sa question.

— Je ne sais pas. Franchement, je n'en sais rien. Je verrai le moment venu. Tu es ma mère, rien ne pourra y changer. Papa, poursuivit-elle, je souhaiterais prendre ces papiers. Je veux lancer des recherches sur tous ceux qui sont intervenus, le Dr Simpson, Carlyle. As-tu le node l'infirmière qui m'a emmenée à son bureau ?

— Non. Mais je peux retrouver Simpson ; ce sera plus facile pour moi que pour toi. Il me suffira de quelques coups de téléphone.

— Préviens-moi dès que tu sauras quelque chose. Tu as mon numéro de portable et je te laisserai celui de mon motel du Maryland.

— Tu y retournes déjà ? s'exclama Vivian. Tu ne restes pas un peu avec nous ?

— Non, je suis désolée, je ne peux vraiment pas. Je vous aime tous les deux. Quel que soit le résultat de cette histoire, je vous aimerai toujours. Mais il y a aussi cette femme qui n'a pas cessé de souffrir d'avoir perdu son enfant. Elle mérite quelques réponses.

Douglas était furieux. Il avait abandonné depuis longtemps l'idée de parler à sa mère. Autant se cogner la tête contre le mur de son obstination. Son grandpère n'était pas plus coopératif. La réalité, la raison, le rappel des dizaines de déceptions passées, rien ne les atteignait.

Aller voir cette Callie Dunbrook dans sa chambre d'hôtel, exhiber des photos de famille, s'humilier, rouvrir des plaies toujours saignantes et, pire encore, étaler devant une inconnue un drame qui ne concernait que les proches ! Suzanne avait-elle perdu la tête ? Connaissant Woodsboro, la population entière ne tarderait pas à faire des gorges chaudes des secrets de la famille Cullen !

Doug avait donc décidé d'aller voir lui-même Callie Dunbrook pour lui demander de ne parler à personne de la visite de sa mère, s'il n'était pas déjà trop tard, et lui présenter ses excuses. Il ne lui rendait pas visite afin de la voir de plus près, non. Pour lui, Jessica avait disparu à jamais. Rien ne pourrait la faire revenir, pas plus les recherches désordonnées que les souhaits ou les espoirs stériles. Et quand bien même elle reparaîtrait, en seraient-ils plus avancés ? Si elle vivait encore, elle était devenue une étrangère, une femme adulte ayant mené une autre vie, sans plus rien de commun avec le bébé perdu. Quelle que soit l'issue, tout cela ne pouvait qu'aggraver la peine de sa mère. Et il aurait beau s'évertuer à le lui répéter, elle ne l'accepterait jamais. La recherche de Jessica était sa quête du Graal.

Doug arrêta sa voiture le long de la clôture, regarda le terrain. Il en gardait des souvenirs précis, la douceur de la terre sous ses pieds, le mystère des sentiers à travers les bois. Il s'était souvent rafraîchi dans le petit étang, dit « Trou de Simon ». Il y avait même pris un bain de minuit dans le plus simple appareil avec Laurie, sa petite amie du moment, qu'il avait bien failli décider à perdre sa virginité cette nuit-là. Maintenant, le site était méconnaissable, plein de trous, de monticules de terre, quadrillé de ficelles tendues entre des piquets. Il n'avait jamais compris pourquoi les gens s'obstinaient à bouleverser cet endroit naguère si paisible.

Quand il mit pied à terre, un homme mince et de petite taille se détacha d'un groupe pour venir à sa rencontre.

— Vous vous intéressez à nos activités ? lui demanda Leo.

— Euh... oui.

— Le site vous paraît sans doute un peu chaotique en ce moment, mais c'est souvent ainsi au début d'un chantier de fouilles archéologiques. L'examen préliminaire a permis la découverte d'un certain nombre d'objets que nous avons pu dater de l'époque néolithique. Des ossements humains, vieux d'environ six mille ans, ont été exhumés par un conducteur de pelleteuse qui procédait aux excavations d'un projet de lotissement...

— Oui, je sais, le lotissement Dolan. J'ai vu le reportage à la télévision. Je croyais que c'était une certaine Callie Dunbrook qui était à la tête de ces fouilles.

— Le Pr Dunbrook, archéologue en chef, les dirige avec le Pr Graystone, notre chef anthropologue. Comme vous voyez, poursuivit Leo, nous divisons le terrain en sections d'un mètre carré. Chaque carré possède un numéro d'ordre, ce qui est essentiel pour la précision de la documentation. Car, si nous détruisons le site à mesure que nous le fouillons, nous devons établir un relevé précis de chacune des sections par des photographies et des rapports écrits afin de témoigner de son état originel.

Douglas se moquait éperdument de ces précisions.

— Le Pr Dunbrook est ici ?

— Pas pour le moment. Mais si vous avez des questions à poser, le Pr Graystone et moi-même serons très heureux de vous donner toutes les informations que vous pourriez souhaiter.

Doug ne manqua pas le regard dont l'archéologue accompagna sa phrase. Il doit me prendre pour un imbécile venu dans l'espoir de draguer une jolie fille parce qu'il l'a vue à la télé, pensa-t-il, mortifié. Il était urgent de détourner la conversation du cours qu'elle prenait.

— Vous savez, je suis venu par curiosité. Je ne connais votre profession que par *Indiana Jones*. Ce que je vois ne ressemble pas du tout à ce que je croyais.

— C'est certainement moins spectaculaire, mais cela peut se révéler tout aussi passionnant.

Doug sentait qu'il ne pouvait pas partir ainsi, que l'autre attendait des questions.

— Qu'est-ce que vous espérez prouver en déterrant des vieux os ? demanda-t-il au hasard.

— Découvrir qui étaient ces hommes, donc qui nous étions nous-mêmes. Comment ils vivaient ici et pourquoi. Mieux nous comprenons le passé, mieux nous pourrons comprendre notre avenir.

Pour Douglas, le passé était le passé et l'avenir imprévisible. Seul comptait le présent.

— Je ne me sens pas beaucoup de points communs avec un homme d'il y a six mille ans.

— Croyez-vous ? Il mangeait et il dormait, il faisait l'amour, il vieillissait et il tombait malade, il souffrait du froid et de la chaleur. Il se posait des questions. Et c'est parce qu'il se posait des questions qu'il progressait et traçait pour ceux qui lui succédaient un chemin à suivre. Sans lui, nous ne serions pas ici.

— C'est vrai, admit Doug. De toute façon, je suis juste venu jeter un coup d'œil par curiosité, comme je vous l'ai dit. Je jouais ici quand j'étais petit. L'été, je me baignais dans le Trou de Simon.

— Pourquoi cet étang s'appelle-t-il ainsi ? demanda Leo.

— Je ne sais pas au juste. On raconte qu'un gamin appelé Simon s'y est noyé il y a près de deux cents ans et qu'il hante encore les bois, si vous croyez à ce genre de choses.

— Qui était-il, ce Simon ?

— Un gamin du pays, sans doute.

— Cette histoire m'intéresse. En se noyant, il a changé le cours d'autres vies. La perte d'un être cher, surtout d'un enfant, est toujours lourde de conséquences.

Doug réprima une grimace de douleur.

— Oui, vous avez raison. Bon, je ne veux pas vous retenir plus longtemps. Merci de votre accueil.

— Revenez quand vous voudrez. Nous apprécions beaucoup l'intérêt que les habitants de la région portent à nos recherches.

Au fond, se dit Doug en retournant à sa voiture, c'était aussi bien qu'elle n'ait pas été là. Qu'aurait-il pu lui dire sans risquer de rendre la situation plus embarrassante encore ?

Il ouvrait sa portière quand une voiture s'arrêta derrière la sienne. Lana sauta à terre et le héla gaiement.

— Salut ! Alors, venu voir ce qui rend Woodsboro si célèbre ?

Il la reconnut tout de suite. Le visage de Lana n'était pas de ceux que les hommes oublient facilement.

— On ne voit que des trous, grommela-t-il. À se demander si ça vaut mieux que le lotissement de Dolan.

— Oh, que si ! D'abord, on commence à en parler dans tout le pays. Dolan ne pourra pas y couler du béton d'ici très longtemps, ce qui est déjà un succès. Callie n'est pas là ?

— Vous la connaissez ?

— Bien sûr. Vous avez visité le site ?

— Non.

— Dites-moi, êtes-vous naturellement désagréable ou seulement avec moi ?

— Non, c'est plutôt de nature.

— Tant mieux, ça me soulage, dit-elle en s'éloignant.

Doug la retint par le bras. Il n'était pas vraiment un ours, il n'aimait pas qu'on le dérange quand il voulait être seul, voilà tout. Et puis, son grand-père aimait bien cette jeune femme, il lui devait des excuses.

— Ne m'en veuillez pas, j'avais autre chose en tête.

— Ça se voit. Roger n'est pas malade, au moins ?

— Non, il va bien. Vous avez le béguin pour lui, n'est-ce pas ?

— Un très gros béguin. Vous a-t-il raconté comment nous avons fait connaissance ?

— Non.

Elle attendit un instant puis, comme il gardait le silence, elle pouffa de rire.

— Inutile d'insister, je vais vous le dire moi-même. Quelques jours après mon arrivée ici, je suis entrée par hasard dans sa librairie. J'étais en plein déménagement, j'avais dû mettre mon fils à la garderie, je ne savais pas par quel bout m'y prendre, alors j'étais sortie marcher un peu pour essayer de mettre de l'ordre dans mes idées. Quand je suis entrée, votre grand-père m'a demandé en quoi il pouvait m'être utile et j'ai fondu en larmes. Comme ça, au beau milieu de la boutique, je me suis mise à sangloter sans raison. Depuis, je suis amoureuse de lui.

— C'est tout à fait son genre. Il a toujours su s'y prendre avec les chiens perdus... Euh, excusez-moi.

— Pas de quoi. Je n'étais pourtant pas perdue, je savais où j'étais, comment j'y étais venue, où je devais aller. Mais d'un seul coup, c'était trop, trop lourd, trop gros, trop tout, et je me suis effondrée. Alors, Roger m'a ramassée à la petite cuillère. Quand j'ai voulu m'excuser, il a fermé le magasin, m'a emmenée dans l'arrière-boutique, m'a préparé du thé et m'a laissée lui dévider tout ce que j'avais sur le cœur, tout ce que je n'avais jamais pu dire à personne d'autre. Vous comprenez pourquoi, depuis, il n'y a rien au monde que je ne ferais pour lui. Même vous épouser, ajouta-t-elle après avoir marqué une pause, puisque ce serait pour lui plaire. Alors, faites attention à vous.

D'instinct, Doug recula d'un pas.

— Bon sang !... Qu'est-ce que je suis censé répondre à cela ?

— Vous pourriez m'inviter à dîner, par exemple. Ce serait bien de prendre un ou deux repas ensemble avant d'organiser la cérémonie.

À la vue de son expression horrifiée, elle éclata de rire jusqu'à en avoir mal aux côtes.

— Rassurez-vous, Doug, dit-elle quand elle put enfin reprendre son sérieux, je n'ai pas commandé les faire-part. Pas encore, du moins. Il faut quand même que vous sachiez, si vous ne vous en doutiez pas déjà, que Roger nourrit à notre sujet un fantasme dont il ne veut pas démordre. Comme il nous aime tous les deux, il en conclut que nous sommes faits l'un pour l'autre.

Doug réfléchit un instant.

— Rien de ce que je pourrais dire ne conviendrait. Donc, il vaut mieux que je me taise.

— Tant mieux. Je suis en retard et je voulais juste jeter un coup d'œil à l'avancement des travaux avant de retourner au bureau. Retrouvez-moi donc pour dîner. La Vieille Auberge d'Antietam, sept heures ce soir. D'accord ?

— Je ne crois pas que...

— Quoi ? Vous avez peur ?

— Peur, moi ? Bien sûr que non, mais...

— Alors, sept heures. C'est moi qui invite.

Elle s'éloignait déjà vers la palissade. Il la suivit des yeux d'un air mi-agacé, mi-décontenancé.

— Vous croyez toujours pouvoir imposer vos quatre volontés à tout le monde ? lui cria-t-il.

— Oui, lança-t-elle par-dessus son épaule. Presque toujours.

Lana était à peine revenue au bureau quand Callie entra. Sans un regard à l'assistante dans la salle d'attente, elle alla directement se poster sur le pas de la porte ouverte.

— Il faut que je vous parle.

— Bien sûr. Lisa, prenez les appels pendant que je serai avec le Pr Dunbrook. Entrez, Callie. Asseyez-vous.

La pièce était petite mais élégante et immaculée, aussi féminine qu'un boudoir. La fenêtre derrière le bureau ouvrait sur la verdure du jardin public. Callie en déduisit que même si les prix de l'immobilier étaient encore raisonnables à Woodsboro, Lana avait les moyens de s'offrir l'un des meilleurs emplacements de la ville et du goût pour l'aménager. Mais cela ne lui disait pas si elle était bonne avocate.

Elle commença par l'interroger sur ses études de droit et ses diplômes. Elle lui demanda ensuite pourquoi elle était venue s'installer dans une si petite ville après avoir exercé à Baltimore.

— Vous voulez le savoir pour des raisons personnelles ou professionnelles ? s'étonna Lana.

— Professionnelles.

— Soit.

Lana lui expliqua qu'après la mort de son mari elle avait voulu donner à son fils un foyer où elle puisse l'élever comme son mari et elle l'avaient souhaité, sans devoir passer dix heures par jour au bureau, six ou sept jours sur sept.

— Bien, approuva Callie. Si je vous engage, ce que nous nous dirons restera confidentiel.

— Évidemment, que vous m'engagiez ou non. Alors, dites-moi de quoi il s'agit afin que nous décidions en toute connaissance de cause si je peux m'en charger.

— Je cherche un avocat.

— Vous en avez déjà trouvé une.

— Non, un autre. Un certain Marcus Carlyle. Il a exercé à Boston entre 1968 et 1979.

— Et depuis 1979 ?

— Il a cessé ses activités, je n'en sais pas davantage. Mais je sais aussi qu'il se spécialisait dans les adoptions. Je voudrais également que vous essayiez de vérifier ceci, dit-elle en posant devant Lana les documents de son adoption qu'elle sortit de son sac.

Lana les parcourut rapidement, nota les noms.

— Je vois. Essayez-vous de retrouver vos parents biologiques ?

— Non.

— Écoutez, Callie, si vous voulez que je vous aide, il faut me faire confiance. Je peux lancer des recherches pour retrouver Carlyle. Je peux, avec votre autorisation écrite, essayer de lever en partie le voile du secret qui couvrait les adoptions dans ces années-là et obtenir des informations sur vos parents biologiques. Je suis en mesure d'effectuer ces démarches avec les éléments que vous me communiquez. Mais j'y arriverai mieux et beaucoup plus vite si vous m'en donnez davantage.

— Non, pas encore. Je voudrais que vous commenciez par rassembler tous les renseignements que vous pourrez sur Carlyle, savoir où il est maintenant et vous informer sur la manière dont s'est passée cette adoption. J'ai moi-même quelques recherches à effectuer sur d'autres points. Quand nous aurons les réponses, nous déciderons s'il faut aller plus loin. Voulez-vous une avance sur honoraires ?

— Oui. Commençons par cinq cents dollars.

Jake alla à Woodsboro acheter des fournitures à la quincaillerie. Il avait plusieurs fois été tenté d'appeler Callie sur son portable, mais comme il prévoyait que toute tentative de conversation dégénérerait en dispute, il avait préféré s'abstenir. Si elle n'était pas de retour sur le site le lendemain matin, il lui passerait un savon. La provoquer, la mettre en colère constituait un excellent moyen, sinon le meilleur, de déterrer ce qui la tracassait.

Quand il reconnut sa Land Rover garée devant la bibliothèque municipale, il s'arrêta aussitôt derrière elle et entra dans le bâtiment. Une femme d'âge canonique occupait le comptoir de la réception. N'ayant aucun problème avec les femmes d'âge canonique quand il usait de son charme, qui était considérable, il se présenta, lui fit une cour éhontée et apprit en trente secondes que le Pr Dunbrook se trouvait dans la deuxième salle de lecture.

Il trouva Callie assise en tailleur sur sa chaise, ce dont Jake déduisit qu'elle était là depuis plus de vingt minutes, car elle s'asseyait toujours en tailleur au bout de vingt minutes lorsqu'elle devait travailler assise. Son attention concentrée sur l'écran, elle consultait des documents microfilmés. Il s'approcha sans bruit pour lire par-dessus son épaule.

— Pourquoi t'intéresses-tu à des journaux vieux de trente ans ? demanda-t-il au bout d'un moment.

Elle sursauta, faillit tomber de la chaise et se leva si brusquement qu'elle lui percuta le menton d'un coup de tête.

— Merde ! lâchèrent-ils à l'unisson.

— Qu'est-ce qui te prend de me flanquer la frousse ? rugit-elle.

Il lui happa la main avant qu'elle puisse éteindre la machine.

— Et toi, peux-tu me dire pourquoi tu désertes le site ? Pourquoi t'intéresses-tu à un kidnapping de 1974 au lieu de travailler ?

— Fous-moi la paix, Graystone.

Sans lui lâcher la main, il se pencha et continua à lire.

— Jay et Suzanne Cullen, le nome dit quelque chose. « Jessica Lynn Cullen, âgée de trois mois, a été kidnappée hier dans sa poussette au centre commercial de Hagerstown. » Les gens sont des salauds. On l'a retrouvée ?

— Je ne veux pas te parler.

— Tant pis, parce que tu sais très bien que je ne laisserai pas tomber tant que tu ne m'auras rien dit de ce qui te met dans tous tes états. Tu es au bord des larmes, Callie, et tu ne pleures pas pour un oui ou pour un non. Alors ?

Elle se frotta les yeux d'un geste enfantin qui le bouleversa.

— Je suis fatiguée, c'est tout. Crevée.

Il posa les mains sur ses épaules, la massa doucement. Il n'aurait pas besoin de la mettre en colère pour lui tirer les vers du nez. Si elle était au bord des larmes, elle était plus mûre qu'elle ne l'avait jamais été et prête à parler d'elle-même. Il n'eut quand même pas le cœur d'exploiter ce moment de faiblesse.

— Je vais te raccompagner au motel. Tu as besoin de te reposer.

— Je ne veux pas retourner là-bas, pas encore. Ce qu'il me faut, c'est à boire. Quelque chose de fort.

— D'accord. Nous allons déposer ta voiture au motel et boire un coup quelque part.

— Pourquoi es-tu gentil avec moi, Graystone ? Nous ne nous supportons même pas.

— Une question à la fois, mon chou. Viens, cherchons un bar tranquille.

6

Le Blue Mountain Hideaway était un ancien relais de routiers à quelques kilomètres de Woodsboro. Une rangée de tables d'un côté de la salle faisait face à un long comptoir de bois noirci par l'âge. Deux consommateurs y étaient accoudés quand Jake et Callie firent leur entrée. Ils avaient l'allure et les vêtements de travail d'ouvriers du bâtiment, peut-être des employés de Dolan venus se désaltérer à la fin de leur journée de labeur.

— Je ne sais pas pourquoi je suis ici, dit Callie en s'asseyant. J'aurais mieux fait d'aller me coucher, comme tu me l'avais suggéré.

— Tu es venue boire et manger parce que tu avais besoin d'un remontant, répondit Jake.

— Je n'ai pas faim.

— Je ne t'ai jamais vue refuser de manger, surtout quelque chose de bien gras.

Il fit signe à la serveuse et commanda d'autorité deux hamburgers avec des frites et deux bières pression. Callie ouvrit la bouche pour protester, la referma sans rien dire. Ce manque de combativité accrut l'inquiétude de Jake. Si elle ne le couvrait pas d'injures pour avoir pris une décision à sa place, c'était mauvais signe. Il l'avait déjà vue physiquement épuisée. Là, elle paraissait moralement accablée. Il aurait voulu lui prendre la main, lui dire des mots tendres, lui promettre que, quelle que soit la cause de ce qui la troublait, il trouverait le moyen d'arranger les choses. Au fond, c'était peut-être la bonne méthode pour la faire sortir de ses gonds. La faire redevenir elle-même, en un sens…

Elle ne desserra pas les dents avant d'avoir bu une longue gorgée de bière. La gentillesse dont Jake faisait preuve, sans qu'elle puisse imaginer pourquoi, la déconcertait.

— Comment se fait-il que tu ne m'aies pas encore engueulée pour m'être absentée du site ? demandat- elle en reposant son verre.

— J'allais y venir, mais je voulais d'abord m'humecter le gosier, répondit-il avec un large sourire. Veux-tu que je commence tout de suite ou que j'attende d'avoir mangé ?

— J'avais une affaire urgente à régler. De toute façon, tu n'es pas mon patron, tu n'as donc le droit ni de te plaindre ni de récriminer si je décide de prendre une journée quand cela me convient. Je m'intéresse autant que toi à ces fouilles, et même davantage puisque j'y étais avant toi.

— Alors là, tu m'en bouches un coin ! déclara Jake avec un sourire encore plus épanoui.

— Arrête, Graystone ! Je ne suis pas obligée de...

Elle s'interrompit en voyant les deux durs qui buvaient au comptoir s'approcher de leur table en roulant des mécaniques.

— Vous êtes avec la bande de connards qui grattent la terre à côté du Trou de Simon ? voulut savoir le plus gros.

— Oui, approuva Jake en tartinant de la moutarde sur son hamburger. En fait, nous sommes même les connards-chefs. En quoi pouvons-nous vous être utiles, messieurs ?

— Foutez le camp et arrêtez de faire joujou avec des vieilles saloperies pour empêcher les honnêtes gens de gagner leur croûte.

Callie prit calmement le flacon de ketchup.

— Vous travaillez pour Dolan, je pense ?

— Parfaitement. On est chez nous ici, on n'a pas besoin que des étrangers viennent nous dire ce qu'on doit faire.

— Permettez-moi de vous contredire, fit Jake aimablement. Comme je suppose que vos connaissances de l'archéologie, de l'anthropologie, sans même parler des domaines connexes tels que la dendrochronologie et la stratigraphie, sont assez limitées, nous sommes venus nous en occuper à votre place. Une autre bière, Callie ?

— Volontiers, merci.

Tout en parlant, il saupoudrait ses frites de sel et passait la salière à Callie. Son ton plaisant, ses gestes désinvoltes donnaient l'impression d'un homme n'éprouvant aucune envie de se bagarrer. Callie savait d'expérience que ceux qui se fiaient à une telle impression le faisaient à leur risques et périls.

— Si vous croyez qu'en nous jetant des grands mots à la gueule ça nous empêchera de vous chasser d'ici à coups de pied dans le cul, vous vous gourez, connard prétentieux ! gronda le gros.

Jake se contenta de pousser un soupir résigné. Mais Callie reconnut l'éclair glacial qui s'allumait dans son regard. S'il préférait manger son hamburger en paix au plaisir d'une bataille rangée, les deux zèbres avaient encore une chance d'éviter le massacre.

— Les connards prétentieux dans notre genre n'ont pas grand-chose d'autre que des mots à jeter à la gueule des gens, voyez-vous. À votre place, je me méfierais quand même. Il se trouve que ma charmante collègue est ceinture noire de karaté et qu'elle est plus vicieuse qu'un serpent à sonnette. Je suis bien placé pour le savoir, elle est aussi ma femme.

— Ex-femme, corrigea Callie. Mais il a raison, je suis une vicieuse.

— Lequel veux-tu ? lui demanda Jake.

— Laisse-moi le gros, répondit-elle en décochant à l'intéressé son sourire le plus charmeur.

— Si tu veux, mais n'y va pas trop fort. N'oublie pas la dernière fois, le Mexicain qui est resté cinq jours dans le coma. Nous ne voudrions pas avoir encore des ennuis de cet ordre.

— Dis donc, c'est toi qui as fracturé la mâchoire et décollé la rétine de ce type dans l'Oklahoma !

— C'est vrai, je croyais qu'un cow-boy serait plus costaud. On en apprend tous les jours. Alors, les gars, vous voulez bien aller régler ça dehors ? poursuivit-il en repoussant son assiette. Je préférerais ne pas être obligé de payer les dégâts si on s'explique à l'intérieur.

Les deux terreurs se dandinèrent un instant et relâchèrent peu à peu leurs poings serrés.

— On voulait juste dire ce qu'on avait à dire, déclara le moins gros. On se bat pas avec des bonnes femmes, nous autres.

— À votre aise, messieurs, dit Jake en hélant la serveuse de la main. Mademoiselle ! Deux autres bières, s'il vous plaît.

Sur quoi, il mordit dans son hamburger avec appétit pendant que les autres gagnaient la sortie en grommelant des insultes.

— Il ne faut pas les prendre au sérieux, dit la serveuse en déposant les deux nouvelles bières sur la table. Austin et Jimmy sont idiots, mais ils ne sont pas méchants.

— Ce n'est pas grave, la rassura Jake.

— Pour la plupart, les gens d'ici sont vraiment intéressés par ce qui se passe au Trou de Simon, mais il y a des mécontents. Dolan avait embauché des équipes supplémentaires qui se sont retrouvées au chômage avec l'arrêt des travaux. Quand le portefeuille souffre, on est en colère, vous comprenez. Les hamburgers vous plaisent ?

— Délicieux, merci, dit Callie.

— Faites-moi signe si voulez autre chose. Et ne vous inquiétez pas pour Austin et Jimmy, ils avaient bu une bière de trop, voilà tout.

— Une bière de trop peut causer des problèmes, commenta Jake quand la serveuse se fut retirée. Digger campe sur place, mais ce ne serait pas une mauvaise idée de renforcer la sécurité.

— Nous avons de toute façon besoin de personnel, j'en parlerai à Leo, répondit Callie. Je comptais faire un tour au site, voir ce que tu as fait aujourd'hui.

— Le quadrillage est terminé, les sections sont enregistrées dans l'ordinateur. Nous avons commencé à dégager la couche superficielle. J'ai envoyé le rapport complet à ton ordinateur. Nous pouvons en parler si tu veux, mais tu le liras tout à l'heure. Dis-moi plutôt ce qui ne va pas, Callie. Explique-moi pourquoi au lieu d'aller sur le site à ton retour je t'ai trouvée à la bibliothèque en train de lire des articles sur un kidnapping qui a eu lieu en 1974. L'année de ta naissance.

— Je ne suis pas venue ici pour en parler, mais pour boire une bière. Et manger un hamburger dont je n'avais pas envie.

— Bien. Alors, moi j'en parle. Hier soir, quand je suis entré dans ta chambre, tu étais bouleversée. J'ai vu des photos sur le lit, tu m'as dit que ce n'étaient pas des photos de famille. Aujourd'hui, tu consultes les archives de la presse locale au sujet de l'enlèvement d'une petite fille du même âge que toi. Qu'est-ce qui te fait croire que tu pourrais être cette petite fille ?

Callie s'accouda à la table, la tête dans ses mains. Elle était sûre qu'il aurait deviné. Pour tirer une hypothèse brillante, voire des conclusions définitives d'une poignée d'indices insignifiants, Jake n'avait pas son pareil dans la communauté scientifique. Elle savait aussi qu'elle finirait par tout lui dire. Dès l'instant où il l'avait retrouvée à la bibliothèque, il lui était devenu évident que si elle en parlait à quelqu'un, ce serait à lui. Mais elle n'était pas prête à en analyser les raisons.

— Suzanne Cullen est venue me voir hier soir dans ma chambre, commença-t-elle.

Il la laissa parler sans l'interrompre ni la quitter des yeux. Il connaissait bien ses humeurs et savait les interpréter. Elle était encore en état de choc, un choc mêlé d'un sentiment de culpabilité qu'il ne s'expliquait cependant pas.

— Il faudra donc effectuer les examens d'ADN pour le vérifier, conclut-elle. Mais compte tenu des éléments dont je dispose, il est d'ores et déjà vraisemblable que Suzanne Cullen ne s'est pas trompée.

— Il faudra avant tout retrouver l'avocat, le médecin, toutes les personnes impliquées de près ou de loin dans ce circuit d'adoptions.

Cette simple observation lui permit de comprendre pourquoi elle pouvait et devait lui en parler. Jamais il ne l'avait accablée sous une compassion stérile ni pris son parti sans raisons valables. Il savait que pour résoudre un problème, quel qu'il soit, il fallait d'abord en définir tous les éléments pratiques.

— J'ai déjà commencé, répondit-elle. Mon père se chargera de rechercher le gynécologue, mais je me suis heurtée à un mur en ce qui concerne l'avocat. J'ai donc engagé quelqu'un pour s'en occuper, Lana Campbell, l'avocate qui représente les associations de sauvegarde. J'ai fait sa connaissance l'autre jour, elle m'a paru intelligente et obstinée, de ces gens qui ne laissent pas tomber avant d'avoir obtenu ce qu'ils veulent. Disons que je commence à déblayer la couche superficielle pour découvrir ce qui se cache dessous.

— L'avocat devait être au courant de tout. C'est donc lui ton point de référence. Tout part de lui et y revient. Je veux t'aider.

— Pourquoi ?

— Nous sommes aussi doués l'un que l'autre pour résoudre les énigmes, mon chou. En équipe, nous serons imbattables.

— Ce n'est pas une réponse à ma question.

— Crois-tu sérieusement que tu as cessé de compter pour moi parce que tu m'as flanqué à la porte ?

— Je ne t'ai pas flanqué à la porte ! C'est toi qui...

— Laissons cette discussion pour une autre fois, veux-tu ?

— Sais-tu ce qui m'a toujours exaspéré chez toi ?...

— J'ai dressé une liste complète et détaillée de mes offenses.

— C'est ta maudite habitude de m'interrompre quand tu sais que j'ai raison !

— Tiens, je l'ajouterai, celle-là. Nous avons été des tas de choses l'un pour l'autre, mais je me suis rendu compte que nous n'avions pas encore eu l'occasion d'être amis. J'aimerais essayer.

S'il lui avait dit qu'il abandonnait la science pour vendre des cosmétiques au porte-à-porte, elle n'aurait pas été plus ahurie.

— Tu voudrais que nous soyons... amis ? répéta-t-elle.

— Je t'*offre* d'être ton ami, tête de mule ! Je veux t'aider à découvrir ce qui s'est passé.

— Me traiter de tête de mule n'est pas très amical.

— Ça l'est plus que d'autres mots qui me viennent à l'esprit.

— Admettons. Il y a pas mal de débris entre nous, Jake.

— Nous les tamiserons un de ces jours. Mais dans l'immédiat, nous avons deux priorités : les fouilles et ton puzzle à résoudre. Nous ne pouvons pas faire autrement que de travailler ensemble sur les premières. Pourquoi ne pas en faire autant sur le second ?

— Parce que nous nous battrons.

— Nous ne pourrons jamais nous en empêcher.

— Ce n'est que trop vrai, soupira-t-elle. J'apprécie ta proposition, Jake. Sincèrement. Allons-y, il doit être tard.

Ils se levèrent, Jake paya l'addition. En franchissant la porte, Callie cligna des yeux, surprise par la lumière. Elle avait eu l'impression d'être restée des heures dans la pénombre du bar, mais le soleil était encore haut sur l'horizon. Il restait assez de jour, se dit-elle, pour aller inspecter le site – si elle en avait le courage.

Pendant qu'elle mettait ses lunettes de soleil, Jake prit une feuille de papier glissée sous son essuie-glace.

— « Retournez à Baltimore, ou vous le paierez », lut-il en froissant le papier en boule. Je ferais bien d'aller voir Digger.

— Je t'accompagne.

— D'accord. Au fait, dit-il en s'installant au volant, je t'ai entendue jouer du violoncelle avant-hier soir. J'ai la chambre à côté de la tienne, les cloisons ne sont pas épaisses.

— Tu as raison de me le dire, j'essaierai d'être discrète quand j'inviterai Austin et Jimmy à faire la fête.

— Tu vois comme tu es aimable et prévenante maintenant que nous sommes bons amis ?

Elle pouffait de rire quand il se pencha vers elle et posa ses lèvres sur les siennes.

Sa première réaction fut la stupeur. Quoi, le feu couvait encore en elle ? Était-ce concevable ? La stupeur le céda aussitôt au besoin viscéral de se serrer contre lui et de se laisser consumer par ces flammes.

Avant qu'elle n'ait eu le temps de passer à l'acte, il s'était déjà redressé et tournait la clef de contact. Elle était folle de rage, contre elle-même plus que contre lui.

— Surveille tes mains et ta bouche, Graystone, sinon cette amitié toute neuve ne durera pas longtemps, dit-elle en grinçant des dents.

— Mmm... ton goût est toujours aussi délicieux, commenta-t-il d'un ton désinvolte en manœuvrant pour sortir du parking. Je me demande bien pourquoi, au bout de tout ce temps... Attends ! À propos de goût. Suzanne Cullen. Le Fournil de Suzanne.

— Hein ?

— Mais oui, je savais que ce nome disait quelque chose. Bon sang, Callie, Le Fournil de Suzanne, c'est Suzanne Cullen !

— Tu veux dire... les fabuleux cookies au chocolat ?

— Oui, sans parler de ceux aux noisettes. Et j'en passe.

— Suzanne Cullen ? C'est elle qui fabrique tout ça ?

— Son histoire est exemplaire, tu en as sûrement entendu parler. Les pâtisseries qu'elle fabriquait elle-même dans la cuisine de sa petite maison au fin fond de la campagne, les foires et les marchés où elle a commencé à vendre ses tartes et ses gâteaux, la grande distribution qui s'en est emparée et a fait d'elle une gloire nationale.

— Le Fournil de Suzanne ? répéta Callie. Ça alors !...

— Cela pourrait expliquer génétiquement ton obsession pour tout ce qui est sucré.

Callie n'avait plus du tout envie de rire.

— Très drôle ! Il faut que j'aille la voir, Jake. Lui dire que nous devons passer les tests d'ADN. Mais je ne sais pas comment m'y prendre avec elle, comment lui parler.

Jake lui effleura la main.

— Tu trouveras un moyen, je te fais confiance.

— Elle a un fils. Lui aussi, il faudra que je trouve comment m'y prendre avec lui. C'est encore moins évident.

De son côté, Douglas Cullen essayait de trouver comment manœuvrer avec Lana Campbell. Quand il arriva au restaurant, elle était déjà assise à leur table devant un verre de vin blanc. Sa robe d'été, simple et fraîche, n'avait rien de commun avec les tailleurs stricts qu'il l'avait toujours vue porter.

Elle lui sourit avec un léger étonnement.

— Je me demandais si vous viendriez.

— Si je n'étais pas venu, mon grand-père m'aurait déshérité.

— Que nous sommes méchants de nous liguer contre vous ! Vous voulez boire quelque chose ?

— La même chose que vous. Qu'est-ce que c'est ?

— Un chardonnay de Californie qui n'a rien de méprisable. Je dirais même qu'il a un bouquet raffiné et qu'il est long en bouche. La description vous convient ?

— Tout à fait. Pourquoi vous liguez-vous contre moi, mon grand-père et vous ? demanda-t-il après avoir commandé. Expliquez-moi.

— Roger, parce qu'il vous aime, qu'il est fier de vous et se soucie de votre sort. Il a vécu une vie si heureuse avec votre grand-mère qu'il ne peut pas imaginer comment vous pourriez être heureux sans une femme avec qui partager votre existence.

— Et vous seriez cette femme idéale ?

— Oui, pour le moment du moins. Parce qu'il m'aime aussi et qu'il s'inquiète de me voir vivre seule et élever un enfant sans père. Roger est attaché aux valeurs d'autrefois, au meilleur sens du terme.

— C'est exactement ça, en effet. Et vous ?

Lana prit son temps pour répondre. Elle n'avait pas eu l'occasion de flirter depuis si longtemps, pourquoi se refuser ce plaisir ?

— Je me suis dit que j'aimerais dîner en ville avec un homme séduisant, et vous avez été élu.

— Quand ai-je été inscrit sur la liste des candidats ?

Sa repartie la fit rire.

— Je vais être franche avec vous, Doug. Je n'ai pas rencontré beaucoup d'hommes depuis la mort de mon mari, bien que j'aime la compagnie des gens, la conversation, les échanges d'idées. Je doute fort que Roger ait des raisons sérieuses de se faire du souci à notre sujet, mais cela n'exclut pas que nous passions ensemble un moment agréable en partageant un dîner et une conversation. En plus, ajouta-t-elle en ouvrant le menu, la cuisine est excellente ici.

Un serveur apporta le vin blanc, vanta les mérites des spécialités de la maison et se retira pour leur laisser le temps de se décider.

— Comment est-il mort ? demanda Doug à brûle-pourpoint.

Elle marqua une pause, pas assez brève pour qu'il n'ait le temps de voir la douleur assombrir son regard et s'effacer aussi vite. Elle en souffrait encore, elle en souffrirait toujours, elle le savait, mais elle ne craignait plus d'être brisée par l'évocation de ce souvenir.

— Il a été tué pendant le hold-up d'un petit supermarché du quartier. Tyler était insupportable ce soir-là, nous ne pouvions pas dormir et j'ai demandé à Steve de descendre acheter des glaces. Les voleurs sont arrivés au moment où il était en train de payer.

C'était absurde. Il n'y avait presque pas d'argent en caisse, ni Steve ni l'employé n'ont tenté de résister. Mais les autres se sont affolés, ils ont tiré. Pour moi, ç'a été l'horreur. En un instant, ma vie a été bouleversée.

— Je sais ce que c'est.

— Vraiment ?... Excusez-moi, dit-elle en posant sa main sur celle de Doug, j'avais oublié. Votre sœur. Nous vivons tous deux des traumatismes. Espérons que nous avons d'autres points communs moins tristes. J'aime les livres, par exemple, mais je les traite d'une manière qui ferait pleurer des bibliophiles comme Roger et vous.

Avoir été capable de se relever après un coup pareil dénotait une force de caractère qui inspirait le respect, pensa Doug, et méritait au moins qu'il fasse un effort pour se montrer civilisé.

— Vous cornez les pages ?

— Non, je ne vais pas jusque-là. Mais il m'arrive de casser le dos des reliures ou de faire des taches de café sur les pages.

— Ce n'est pas plus pardonnable.

La conversation s'interrompit pendant que le serveur prenait leur commande.

— Dites-moi, reprit-elle, est-ce que vous vous contentez d'acheter et de vendre des livres ou les lisez-vous aussi ?

— Les livres ne sont pas de simples marchandises. À quoi bon en faire le commerce si on ne les apprécie pas à leur juste valeur ?

— Je crains qu'un certain nombre de libraires ignorent ce bon principe. Je sais que Roger adore la lecture. Mais je me trouvais un jour dans sa boutique pendant qu'il déballait une caisse de livres que vous lui aviez expédiés où se trouvait une édition originale de *Moby Dick*. Il a caressé ce livre comme une maîtresse, et vous lui auriez mis le couteau sous la gorge qu'il ne l'aurait ouvert pour rien au monde.

— C'est pourquoi l'on fait des éditions brochées et des livres de poche. On peut les lire sans scrupules et même les abîmer.

— Qu'est-ce qui vous fait courir, alors ? Le plaisir de la découverte ? La chasse au trésor ?

— Un peu des deux.

— Vous êtes intarissable, décidément ! Assez parlé de vous, parlons un peu de moi. Vous ne me demandez pas pourquoi je suis devenue avocate ?

— Vous savez quel est le problème avec la plupart des gens quand on leur pose une question ?

— Oui, dit-elle en souriant, ils y répondent.

— Exact. Mais je vous la pose quand même. Pourquoi êtes-vous devenue avocate ?

— Parce que j'aime discuter.

— C'est tout ? Pas d'autres précisions ?

— Pas pour le moment. La prochaine fois que vous me poserez une question, je préférerais que vous soyez réellement intéressé par la réponse. Qu'aimez-vous faire dans la vie, à part lire et aller à la chasse aux éditions rares ?

— J'y consacre le plus clair de mon temps.

Le faire parler se révélait plus pénible que lui arracher une dent. Mais Lana était décidée à utiliser des tenailles s'il le fallait.

— Vous aimez les voyages, au moins ?

— Dans certains cas, oui.

— Lesquels, par exemple ?

Son expression trahissait un tel mécontentement qu'elle éclata de rire.

— Je suis impitoyable ! enchaîna-t-elle. Allons, ne résistez plus et parlez-moi de vous. Jouez-vous d'un instrument de musique ? Aimez-vous le sport ? Pensez-vous que Lee Harvey Oswald ait agi seul ?

— Non. Oui. Sans opinion.

— Ah, je vous y prends ! Vous avez souri.

— Pas du tout.

— Oh si ! Et tenez, vous recommencez. Un charmant sourire, d'ailleurs. Cela vous fait mal ?

— Un peu seulement. Je manque d'habitude.
Elle leva son verre comme pour porter un toast.
— Nous devrions pouvoir arranger cela, dit-elle en riant.

Quand ils sortirent du restaurant, Doug avait passé une meilleure soirée qu'il ne s'y était attendu – ce qui ne voulait pas dire grand-chose puisqu'il avait accepté de dîner avec elle uniquement pour mettre fin au harcèlement de son grand-père.
Mais s'il voulait être honnête avec lui-même, il devait admettre que la compagnie de Lana lui avait plu. Elle l'intriguait. Il avait découvert une femme intelligente, intéressante, assez forte pour avoir encaissé un coup aussi terrible et se refaire une vie nouvelle. Il l'admirait d'autant plus qu'il n'avait pas lui-même aussi bien réussi sur ce point. Il devait aussi s'avouer que la regarder n'avait rien d'une torture. La voir, l'écouter, se sentir même attiré par elle avait détourné son esprit des problèmes de sa famille pendant au moins quelques heures.
— J'ai passé une très agréable soirée, dit-elle quand ils atteignirent sa voiture. J'aimerais recommencer. Mais la prochaine fois, c'est vous qui m'inviterez.
Sur quoi, elle se dressa sur la pointe des pieds et l'embrassa sur la bouche.
Doug ne s'y était pas attendu non plus. Un petit bisou sur la joue, à la rigueur, lui aurait paru plus conforme à la personnalité de Lana. Mais ce baiser-là était une invite manifeste à aller plus loin. De quoi faire glisser un homme sur une pente vertigineuse en haut de laquelle il ne se doutait même pas s'être aventuré.
Il sentit ses doigts lui caresser les cheveux, il goûta sur sa langue le chocolat du dessert. Son parfului fit tourner la tête et le léger soupir qu'elle poussa résonna plus fort à son oreille que le crissement sur le gravier des pneus d'une voiture qui sortait du parking.
Quand elle s'écarta, il avait littéralement le vertige.
— Bonne nuit Doug, dit-elle en ouvrant la portière.

Elle s'assit au volant, lui lança à travers la vitre un long regard de ses yeux bleus, démarra et disparut.

Il fallut à Doug une longue minute avant d'être capable de mettre bout à bout deux pensées cohérentes.

— Bon sang ! soupira-t-il en marchant vers sa voiture. Dans quel guêpier m'as-tu fourré, grand-père ?

7

Callie avait décidé de fouiller à la fois horizontalement et en profondeur. Cette méthode devait permettre à l'équipe d'étudier la chronologie des périodes de peuplement et les rapports pouvant exister entre les objets exhumés et l'environnement naturel, tout en observant les modifications survenues d'une période à l'autre. Elle apporterait également la preuve qu'un village néolithique permanent et non un simple campement avait occupé le site.

Elle devait s'avouer que la coopération de Jake dans ce domaine serait essentielle. Seul un anthropologue de son niveau et de son expérience était capable d'identifier et d'analyser les objets afin de les replacer dans leur contexte culturel. Il pouvait surtout élaborer des théories cohérentes à partir de ces éléments, ce qui lui permettrait à elle de consacrer plus de temps à l'étude des ossements.

Tout le monde s'affairait. Armé d'instruments de dentiste et de brosses de peintre, Digger travaillait son carré avec la délicatesse et la précision d'un chirurgien. Rosie s'activait dans le carré voisin, tandis que les deux étudiants faisaient la navette pour porter les seaux de terre à la zone réservée au tamisage. Jake et Leo photographiaient sans relâche. Ils allaient avoir besoin d'un photographe, d'autres assistants, de spécialistes en tout genre. Certes, les fouilles venaient de commencer, mais il n'est jamais trop tôt pour constituer une équipe solide.

Callie s'était attaquée au carré situé au bout de la première rangée, près de l'étang. Elle avait besoin de se concentrer sur son travail pour oublier ses préoccupations, et le meilleur moyen d'y parvenir consistait à s'écarter du groupe. Ne penser qu'à son carré, à ses gestes, à ce qu'elle voyait et à rien d'autre.

Les moustiques la harcelaient, la sueur lui coulait dans les yeux, mais rien ne la détournait de ce qui commençait à apparaître sous son pinceau. Elle continua à brosser, à gratter puis, au bout de quelques minutes, elle s'assit sur ses talons. Comme s'il répondait à un appel muet, Jake interrompit son travail à l'autre bout du site et la rejoignit. Arrivé au bord du carré, il s'arrêta, regarda et s'accroupit près d'elle.

Au fond de l'excavation, encore englués dans une gangue de boue, gisaient les squelettes presque intacts d'un adulte et d'un enfant. Celui de l'adulte, couché sur le dos, tenait au creux de son bras le plus petit qui reposait sur le côté, tourné vers lui.

— Ils les ont enterrés ensemble, dit Callie au bout d'un long silence. D'après leurs tailles respectives, l'enfant a dû mourir à la naissance ou peu de temps après. La mère n'a probablement pas survécu à l'accouchement, le labo pourra le confirmer. Et ils les ont enterrés ensemble, répéta-t-elle. Il ne s'agit plus de rites tribaux, mais véritablement familiaux, dans une société structurée.

— Il faut que Leo les voie avant que nous les exhumions. Si ces gens avaient une culture aussi avancée, nous devrions en découvrir d'autres témoignages.

— Sûrement. Ce secteur devait être leur cimetière.

Avaient-ils eu le temps de s'aimer ? se demandaitelle. Le lien entre la mère et l'enfant se forge-t-il aussi vite ? Suzanne avait-elle eu le même geste de la tenir contre elle après l'avoir mise au monde ? Qu'est-ce qui se grave dans les gènes, dans l'esprit du fœtus, du nouveau-né ? Et ce qui est gravé le reste-t-il en permanence ? Qu'est-ce qui fait un enfant, sinon l'amour ? Un amour qui défie le temps, elle en avait la preuve sous les yeux. Et pourquoi cette découverte, moins macabre qu'émouvante, lui inspirait-elle autant de tristesse ?

— Il nous faut un avis du Conseil amérindien avant de procéder à l'exhumation, dit Jake. Je vais les appeler.

Callie s'ébroua, revint à la réalité.

— Fais vite, nous ne devrons pas tarder à les sortir. Les rites et les sentiments sont une chose, mais maintenant qu'ils sont exposés à l'air, il est impératif de les traiter pour qu'ils ne tombent pas en poussière.

Jake jeta un coup d'œil vers le ciel, où les nuages s'accumulaient. Les premiers grondements du tonnerre roulaient déjà au loin.

— Rien ne risque de se dessécher aujourd'hui, l'orage va éclater d'une heure à l'autre. Dépêchons- nous d'accumuler des informations avant la pluie. Allons, ajouta-t-il en caressant une écorchure qu'elle s'était faite à la main, ne sois pas aussi triste.

— Cette découverte est importante, se borna-t-elle à dire.

— Oui. Et elle te touche d'un peu trop près, n'est-ce pas ?

— La question n'est pas là, répliqua-t-elle, agacée.

Elle commença à photographier. Un long moment, on n'entendit plus que le cliquetis de l'obturateur. Jake se força à rester patient.

— Bien, dit-il enfin, je vais appeler les gens du Conseil.

— Dépêche-toi, je te le répète. Il n'est pas question que cette femme et son bébé retournent au néant pendant que tu palabres avec les chefs indiens.

La découverte des squelettes fit passer au second plan celles de Digger, un bois de cerf ouvragé et un os creux ayant servi de flûte ou de sifflet, ainsi qu'une pointe de flèche déterrée par Rosie. Selon leurs emplacements, Callie commençait à se représenter l'organisation et la topographie du village.

Ainsi que Jake l'avait prédit, l'orage éclata peu après. Callie en profita pour s'abriter dans sa chambre du motel et esquisser sur le papier la répartition des zones d'activité. Ils avaient déjà une idée de l'emplacement de l'atelier, du cimetière, de quelques huttes. Si elle ne se trompait pas dans ses déductions, ils devraient découvrir une cuisine collective entre les carrés D 25 et E 12. Mais il lui fallait davantage de personnel, donc de crédits. Elle ne pouvait qu'espérer que la découverte du jour hâterait le processus et balaierait les réticences.

En entendant la sonnerie du téléphone, elle répondit distraitement. La voix de son père fit voler sa concentration en éclats.

— Comme je n'étais pas sûr de te joindre à cette heure-ci, j'ai préféré essayer ton logement plutôt que risquer de te déranger dans ton travail en t'appelant sur ton portable.

— Nous avons un gros orage. Je fais de la paperasse.

— Je voulais te dire que j'ai retrouvé le Dr Simpson. Il a pris sa retraite et habite en Virginie. Je lui ai parlé brièvement parce que je ne savais pas jusqu'à quel point tu souhaitais qu'il soit au courant, ma chérie. Je lui ai seulement dit que tu cherchais à en savoir un peu plus sur tes parents biologiques. J'espère que cela te convient.

— C'était le plus simple, en effet.

— De toute façon, il n'a pas pu me dire grandchose. Il pense que Marcus Carlyle a déménagé lui aussi, mais il ignore où et depuis quand. Il m'a quand même promis qu'il essaierait de retrouver sa trace.

— Je te remercie de tout ce que tu fais, papa. Ce n'est pas facile pour toi ni pour maman, je le sais. Si je décide de parler moi-même au Dr Simpson, je te demanderai peut-être de l'appeler de nouveau, de lui donner plus de détails.

— Comme tu voudras, ma chérie. Dis-moi, Callie, cette femme… Suzanne Cullen. Que penses-tu lui dire ?

L'image des squelettes enlacés de la mère et de l'enfant dans la tombe revint la hanter.

— Je ne sais pas. Tout ce que je sais, c'est que je ne veux pas laisser la situation en l'état, sans rien faire. Je ne pourrais plus me regarder dans la glace.

Il y eut un silence. Le Dr Dunbrook poussa un long soupir.

— Non, je sais, tu en serais incapable. Si tu as besoin de quoi que ce soit, appelle-moi. Nous ne bougeons plus d'ici.

— J'ai toujours su que je pouvais compter sur vous deux.

Après avoir raccroché, Callie était hors d'état de se remettre au travail. Elle jeta un coup d'œil à son violoncelle, mais il y avait des moments où la musique elle-même était sans pouvoir. La seule manière d'avancer consistait donc à faire ce qui devait l'être.

Elle redécrocha le téléphone et appela Suzanne Cullen.

L'itinéraire indiqué était précis et détaillé, ce qui dénotait chez Suzanne un sens indiscutable de l'organisation. Normal, après tout, pensa Callie en s'engageant dans la longue allée bordée d'arbres. On ne lance ni ne dirige une affaire aussi importante que Le Fournil de Suzanne avec l'esprit perturbé qu'elle avait prêté à Suzanne lorsqu'elle l'avait vue au motel. Callie nota que l'isolement de la maison trahissait le désir de préserver son intimité. Dans l'architecture luxueuse sans ostentation et les jardins particulièrement soignés, elle vit aussi les indices d'un goût sûr et d'une solide aisance financière.

L'orage était passé, mais il pleuvait toujours à verse. Le temps de descendre de voiture et de courir à la porte, Callie était trempée. Elle levait le doigt vers la sonnette quand la porte s'ouvrit. En pantalon noir et chemisier pastel, maquillée de frais et coiffée à la perfection, Suzanne se tenait sur le seuil. À côté d'elle, un gros labrador noir agitait la queue avec une joyeuse frénésie.

— Entrez vite vous mettre à l'abri. Sadie n'est pas méchante, mais je peux l'enfermer si vous voulez.

— Pas du tout, j'aime beaucoup les chiens.

Un long moment, elles restèrent face à face dans un silence malaisé. Callie caressait la chienne pour se donner une contenance.

— Il faut que nous parlions, dit-elle enfin.

Suzanne parut sortir d'un rêve et désigna d'un geste le salon.

— Oui, bien sûr. Venez, j'ai fait du café. Je suis si heureuse que vous m'ayez appelée. Je ne savais pas quoi faire après vous avoir imposé ma visite. Je ne le sais toujours pas, d'ailleurs.

Callie la suivit, s'assit sur un canapé. La chienne se coucha à ses pieds en lui lançant un regard plein d'affection.

— J'ai parlé à mes parents, commença-t-elle pour établir d'emblée qu'elle n'entendait pas les renier.

— Vous leur avez parlé de ?...

— Oui. Ils m'ont adoptée en décembre 1974 par un circuit officieux. Mes parents sont foncièrement honnêtes, madame Cullen, et...

— Je vous en prie, ne me dites pas madame. Pourriez-vous au moins m'appeler Suzanne ?

Pour se prouver qu'elle ne tremblait pas, elle versa le café dans les tasses sans en répandre une goutte à côté.

— Ils s'étaient adressés à un avocat recommandé par le gynécologue de ma mère, reprit Callie. Il leur a confié une petite fille peu de temps après en demandant des honoraires extrêmement élevés, mais sans leur donner d'indications sur la mère biologique.

— Vous m'aviez pourtant dit que vous n'étiez pas adoptée. Vous ne le saviez pas encore ?

— Ils avaient leurs raisons de me l'avoir caché, des raisons qui n'ont rien à voir avec personne d'autre qu'eux-mêmes. Quelle que soit la situation dans laquelle nous nous retrouvons tous maintenant, vous devez comprendre et admettre qu'ils n'ont rien à se reprocher.

La main de Suzanne trembla un peu quand elle porta sa tasse à ses lèvres.

— Vous les aimez beaucoup.

— Oui, et cela aussi, il faut que vous l'admettiez. Si je suis vraiment l'enfant qui vous a été volé...

— Vous savez que vous l'êtes, l'interrompit Suzanne, qui se retint à grand-peine d'ajouter : *ma Jessica chérie.*

— Je peux le comprendre en théorie, mais je n'en ai aucune certitude. Nous devrons passer des tests pour le déterminer.

Suzanne sentait ses joues lui brûler.

— Vous voulez bien les passer ?

— Oui, parce que nous devons le savoir et parce que vous le méritez. Je ferai mon possible pour découvrir la vérité, mais je ne me crois pas capable de vous offrir davantage. Je le regrette sincèrement, croyez-moi, ajouta-t-elle en voyant des larmes apparaître dans les yeux de Suzanne. Tout ceci est pénible pour nous tous, je sais. Mais même si nous avons la preuve que j'étais cette petite fille, je ne le suis plus maintenant.

— Je passerai ces tests, dit Suzanne d'une voix rendue hésitante par les larmes qu'elle s'efforçait de retenir. Et Jay, ton... votre... mon ex-mari, les passera aussi, je le lui demanderai. Combien de temps faudrat-il pour en connaître les résultats ?

— Mon père est médecin, il accélérera le processus.

— Comment saurai-je s'il ne modifie pas les résultats ?

Pour la première fois, Callie eut un bref éclair de colère.

— Parce qu'il est qui il est, répliqua-t-elle. Si vous ne me faites pas confiance sur ce point, il est inutile de poursuivre cette conversation. Voici les informations nécessaires, ajouta-t-elle en prenant dans son sac une feuille de papier qu'elle posa sur la table. Si vous avez des questions sur la manière dont les tests sont effectués et interprétés, votre médecin pourra vous renseigner.

— Je ne peux pas réfléchir... Ma vie a été bouleversée par ce bref moment où j'ai eu le dos tourné pendant que vous dormiez dans votre poussette. Une minute, deux peut-être, pas plus. Ma vie a changé, la vôtre aussi. Je voudrais avoir une chance de revenir sur ce passé, de mieux vous connaître, de partager avec vous au moins un peu de ces années perdues.

— Je ne peux vous donner maintenant que des réponses aux questions qui se posent : comment, pourquoi, qui – du moins je l'espère. Mais cela ne nous fera pas revenir en arrière ni n'effacera ce que vous avez subi. Rien ne pourra me faire redevenir votre fille.

C'était horrible ! pensait Suzanne avec amertume. Retrouver son enfant pour l'entendre parler avec tant de froideur, tant de distance. Voir sa propre fille l'observer comme si elles étaient des étrangères.

— Si c'est votre conviction, pourquoi être venue me voir ? Vous auriez pu faire comme si je n'existais pas.

— On ne m'a pas éduquée à mentir ou à dédaigner la douleur des autres. Ce qui est arrivé n'était pas votre faute, ni la mienne, ni celle de mes parents. Mais quelqu'un en est responsable. Quelqu'un qui a bouleversé sans scrupules le cours de nos vies et l'a fait pour de l'argent. Je veux découvrir ce responsable.

— Vous êtes directe et franche. J'avais souvent imaginé nos retrouvailles, mais jamais comme elles se déroulent en ce moment.

— Vous espériez une réunion à laquelle je ne suis pas en état de participer. Renouer un lien dont je ne sens pas l'existence.

Les blessures du cœur de Suzanne se remirent à saigner.

— Que ressentez-vous, alors ?

Callie aurait voulu surmonter ses propres réticences, lui prendre la main, lui donner une marque d'affection.

— Je suis désolée, madame… Suzanne, se repritelle. Je regrette profondément ce qui est arrivé à votre famille, à la mienne aussi. Je ne sais pas moi-même comment réagir. J'en arrive à regretter que vous m'ayez vue à la télévision, parce que vous avez bouleversé ma vie et que je ne sais plus quelle direction lui donner.

— Je ne ferais jamais rien pour vous blesser, voyons !

— Je voudrais pouvoir vous en dire autant, mais je crains que tout ce que je ferai désormais ne puisse que vous faire du mal.

— Vous pourriez au moins me parler un peu de vous. De ce que vous faites, de ce que vous souhaiteriez faire. Quelque chose.

Callie se força à sourire, prit dans l'assiette un des petits gâteaux auxquels elles n'avaient encore touché ni l'une ni l'autre.

— Aujourd'hui, j'ai découvert des ossements. Dans les fouilles, précisa-t-elle en voyant le mouvement de recul de Suzanne. Ce que nous sommes en train d'explorer était un village de l'époque néolithique établi près du lit de la rivière. Ma découverte en apportera une preuve définitive, du moins je l'espère. Si ce village était aussi important que nous le pensons, les fouilles se prolongeront plusieurs années.

— Ronald Dolan en piquera une crise de rage.

— Sans doute, mais cela ne l'avancera à rien. Avec l'attention que nous accorderont les médias et la communauté scientifique, Dolan peut faire une croix sur son lotissement.

— Si je venais un jour sur votre site, me montreriez-vous ce que vous faites ?

— Bien sûr, avec plaisir. C'est vraiment vous qui fabriquez ces délicieux gâteaux ? ajouta-t-elle.

— Ils vous plaisent ? Je vous en donnerai une boîte et...

— Merci, volontiers, l'interrompit Callie en regrettant de ne pouvoir lui donner de plus grand signe d'intérêt. Mon associé a reconnu votre nom. Le Fournil de Suzanne, n'est-ce pas ? Je me goinfre de vos produits depuis des années.

— Vraiment ? Cela me fait tellement plaisir. Vous êtes gentille.

— Non. Je suis têtue, irritable, égoïste, exigeante, mais presque jamais gentille. Je n'y pense d'ailleurs même pas.

— Vous l'êtes pourtant avec moi, alors que... Je suppose que vous m'en voulez.

— Je ne sais pas. Je n'y ai pas encore pensé, en tout cas.

— Vous n'extériorisez pas facilement vos sentiments. Je veux dire, précisa Suzanne en voyant Callie froncer les sourcils, vous me donnez l'impression de ne pas les extérioriser volontiers. Douglas est comme cela, lui aussi. Il l'a toujours été. Il réfléchit un peu trop, si vous voyez ce que je veux dire. Il y a tant et tant de choses que je voudrais vous dire… Je veux vous donner quelque chose.

— Suzanne…, commença à protester Callie.

— Ce n'est pas un cadeau à proprement parler, dit Suzanne en se levant pour aller chercher une boîte dans un tiroir. Ce sont les lettres que je vous ai écrites tous les ans le jour de votre anniversaire. Elles m'ont aidée à… à vivre.

— Nous ne savons pas encore avec certitude si c'est à moi que vous les avez écrites.

— Mais si, nous le savons, répondit-elle en posant la boîte sur les genoux de Callie. Vous me causeriez une grande joie en les acceptant. Vous n'êtes pas obligée de les lire, mais je crois que vous en lirez quand même quelques-unes. Vous avez l'esprit curieux, sinon vous n'exerceriez pas cette profession. Et puis, vous vous êtes déjà posé des questions sur… sur ce qui nous arrive.

— D'accord, fit Callie en se levant. Il faut que je m'en aille, j'ai beaucoup de travail.

— Il y avait encore tant de choses que…

Un aboiement l'interrompit. La chienne s'était levée d'un bond et courait en jappant joyeusement vers la porte. Douglas entra, repoussa en riant les assauts affectueux de l'animal, commença à parler et se tut brusquement en voyant qui était au salon.

— Doug ! s'exclama Suzanne avec un évident embarras. Je ne savais pas que tu viendrais. J'ai reçu la visite de…

— Callie Dunbrook, se présenta-t-elle en souhaitant fuir le plus vite possible.

— Oui, je sais, grommela Doug. Désolé, ajouta-t-il en se tournant vers sa mère. J'aurais dû appeler avant de venir.

— J'allais partir, intervint Callie. À bientôt.

Se forçant à garder son calme, elle fixa Doug, le frôla en franchissant la porte et, une fois dehors, courut jusqu'à sa voiture.

— Pourquoi êtes-vous venue ? s'entendit-elle demander pendant qu'elle posait la main sur la poignée de la portière.

Doug se tenait derrière elle. Il émanait de lui une tension telle qu'elle s'attendait presque à voir les gouttes d'eau s'évaporer en touchant sa peau.

— Je n'avais pas l'intention de vous provoquer, je ne vous connais même pas.

— L'état psychologique de ma mère est fragile en ce moment. Elle n'a pas besoin que vous l'aggraviez en venant déguster ses petits gâteaux.

— Si j'ai envie de manger des petits gâteaux, je ne vois pas pourquoi vous m'en empêcheriez. De toute façon, je n'étais pas venue pour cela. Je ne cherche pas plus à aggraver le chagrin de votre mère qu'à vous compliquer la vie. Mais nous avons tous besoin de réponses.

— Dans quel but ?

— Pour savoir.

— Tous les ans depuis que Le Fournil de Suzanne est devenu une marque célèbre, une fille vient lui dire qu'elle est son enfant perdue. Votre travail est toujours tributaire de subventions, non ?

Le menton levé, Callie fit un pas vers lui.

— Allez-vous faire foutre !

— Je ne laisserai personne la torturer. Plus jamais.

— Et ça suffit à vous rendre un bon fils affectueux ?

— Ça ne suffit sûrement pas à faire de moi votre frère.

— Tant mieux ! Permettez-moi d'abord de vous rappeler que c'est elle qui est venue me voir la première et que, depuis, ma propre vie est sens dessus dessous. Hier, quand j'ai quitté mes parents, ils étaient au bord de la dépression. Je suis maintenant obligée de régler des problèmes dont je ne suis pas le moins du monde responsable. Ça ne me plaît pas du tout, croyez-moi. Alors foutez-moi la paix.

— Elle n'est rien pour vous.

— Ce n'est pas ma faute non plus. Ni la sienne. Si vous vous inquiétez pour votre héritage, rassurez-vous, je n'en veux pas à sa fortune. Et pour le moment, je suis furieuse contre le monde entier de l'avoir vue faire des efforts surhumains pendant vingt minutes pour ne pas s'effondrer devant moi. Si vous voulez que je me défoule sur vous, je m'exécuterai avec plaisir. Sinon, j'ai mieux à faire que de rester sous la pluie à discuter pour ne rien dire.

Sur quoi, elle lui tourna le dos, monta dans sa Land Rover, claqua la portière et démarra.

Si c'est ça avoir un grand frère, se dit-elle en se retenant de justesse de ne pas lui rouler sur les pieds, elle avait eu de la chance pendant les vingt-huit premières années de sa vie.

Quand elle arriva au motel, sa mauvaise humeur atteignait des sommets. Pour comble, la porte à peine ouverte, son téléphone portable et celui de la chambre sonnèrent en même temps.

Elle pêcha le portable dans son sac, dit « Dunbrook, une minute » et décrocha l'autre.

— Dunbrook. Qu'est-ce que c'est ? aboya-t-elle.

— Ne me mordez pas, fit la voix de Lana. J'appelais simplement pour vous tenir au courant des derniers événements. Mais si vous le prenez comme ça, j'augmenterai mes honoraires.

— Désolée. Alors, quoi de neuf ?

— Je préfère vous le dire de vive voix. Je peux passer ?

— Je viens tout juste de rentrer, je suis plutôt crevée.

— Bon, j'arrive d'ici une demi-heure.

— Vous ne pourriez pas ?...

— Non. Une demi-heure.

Lana avait déjà raccroché.

Callie lâcha un juron, reposa sans douceur l'écouteur et allait reprendre son portable quand on frappa à la porte.

— C'est le bouquet ! cria-t-elle en ouvrant pour voir Jake sur le seuil, sourire aux lèvres. Personne n'a rien d'autre à faire aujourd'hui que me casser les pieds ?

Elle lui tourna le dos, reprit son portable :

— Oui, qu'est-ce que c'est ?

— Je me demandais où tu étais, fit la voix de Jake en stéréo. Je viens du restaurant où j'ai appris un certain nombre de choses que je voulais te communiquer. Comme tu ne répondais pas dans ta chambre, j'ai essayé ton portable.

Callie se retourna. Il était adossé au chambranle, son propre téléphone à l'oreille.

— Pourquoi t'amuses-tu à ça alors que tu es derrière moi ? voulut-elle savoir.

— Et toi, pourquoi es-tu toi ?

Elle leva les yeux au plafond d'un air excédé.

— Alors, ces nouvelles ? Je t'écoute.

Il entra, ferma posément la porte. En voyant qu'il continuait à avancer, elle leva la main comme un agent de police qui règle la circulation. Elle connaissait trop bien la lueur qui s'allumait dans ses yeux.

— Stop !

— Tu es trempée. Tu sais que je deviens fou quand tu es trempée.

— Tu deviendras fou pour de bon quand je t'aurai assommé avec cette lampe. Bas les pattes, Graystone. Je ne suis pas d'humeur à jouer.

— Tu as pourtant l'air d'en avoir besoin.

— Pourquoi les hommes s'imaginent-ils toujours qu'une femme a besoin de faire l'amour quand elle est de mauvaise humeur ?

— Parce que l'espoir est éternel.

— Cela dit, qu'est-ce que tu veux à part faire l'amour ?

— Tout ce qui me vient à l'esprit n'est que du deuxième choix. Pourtant, dit-il en s'affalant sur le lit, je viens de me plonger dans le marécage des racontars du pays. Frieda, la serveuse, m'a appris que Dolan a déjà entendu parler de la découverte d'aujourd'hui. Il en est devenu *balistique*, terme qu'elle tient de son neveu qui travaille pour Dolan et était présent quand il a appris la nouvelle.

— Et alors, qu'est-ce que tu veux que ça me fasse ?

— Ça *nous* fait qu'il parle de nous traîner devant les tribunaux sous prétexte que nous inventons tout et que nous agissons au nod'intérêts louches, sans doute la mafia, pour anéantir son projet de lotissement et nous en mettre plein les poches. Tu as de la bière, ici ?

— Non. Il peut brailler tant qu'il veut, les ossements sont là.

— Mais ce n'est pas tout. Les gens racontent que le site est maudit. Tu sais, les tombes des ancêtres profanées par des savants fous.

Amusée cette fois, elle alluma sa bougie parfumée.

— La malédiction de la momie de Toutan-
khamon ?

— Une légère variante. Nous libérons d'antiques pouvoirs que nous sommes incapables de contrôler, etc. Selon Frieda, ce serait sérieux, les gens adorent ce genre de légendes.

— Bon. Nous avons donc sur les bras un site maudit, un promoteur fou de rage et, pour faire bonne mesure, le Grand Conseil des Amérindiens qui se mêle de superviser notre travail. Sans parler de la pluie qui va transformer le site en lac de boue.

Jake fut déçu de la voir se retirer dans la salle de bains pour enlever sa chemise détrempée. Quand elle revint quelques instants plus tard avec une chemise sèche, elle se mit à marcher de long en large en s'essuyant les cheveux. Nul, pensa-t-il, ne pouvait accuser Callie Dunbrook d'être une femme apathique.

— L'un dans l'autre, dit-elle en souriant, cela se présente bien. Décidément, j'adore ce métier.

— Où étais-tu partie ?

Le sourire s'effaça immédiatement.

— Une affaire personnelle.

De la pointe du pied, Jake tapota la boîte posée sur le lit.

— Tu t'es acheté des chaussures ? Prendrais-tu des habitudes féminines, par hasard ?

Callie empoigna la boîte, la reposa en soupirant.

— Ce sont les lettres que Suzanne Cullen écrivait à sa fille tous les ans le jour de son anniversaire. Seigneur, Jake ! Si tu l'avais vue quand je suis allée chez elle, pendant que je lui parlais. Cette soif d'amour, ce besoin dévorant... Je ne savais pas, je ne sais toujours pas quoi faire.

— J'aurais pu t'accompagner.

— Non. C'est déjà assez dur entre nous deux sans ajouter une personne de plus, ce qui s'est d'ailleurs produit. Son fils est arrivé juste au moment où je partais et il n'a pas été heureux du tout de me voir là. Il m'a traitée comme si j'étais sortie toute seule de cette fichue poussette rien que pour lui empoisonner la vie. Il m'a même accusée d'avoir des visées sur la fortune de sa mère.

— Pour combien de temps l'as-tu expédié à l'hôpital ?

La boutade de Jake lui remonta un peu le moral.

— Tu as un frère et une sœur, je crois ? Vous battez-vous au sujet de vos parents comme des chiens se disputent un os ?

— Non, on se bagarre, c'est tout. Rivalités, compétition, petites rancunes sont normales dans les rapports entre frères et sœurs. Comme de faire front contre les étrangers. Je flanque volontiers un coup de pied au derrière de mon frère, mais si un autre veut en faire autant, je tape sur lui deux fois plus fort. Et s'il arrivait quelque chose à ma petite sœur, je crois que j'aurais des envies de meurtre.

— J'ai été sa petite sœur pendant trois mois. Quel genre de lien peut se former en trois mois ?

— Un lien viscéral, Callie. Instinctif. Le lien du sang. En plus, c'est lui l'aîné, et ses parents ont dû lui inculquer qu'il avait le devoir de veiller sur toi et de te protéger. Ton enlèvement était donc un échec personnel. Depuis qu'il est adulte, fils unique par-dessus le marché, il a transféré ce devoir sur sa mère. Pour lui, tu es à la fois l'intruse et l'enfant perdue. Le pauvre bougre hérite d'un sacré dilemme.

— On dirait que tu prends son parti.

— Non, je me contente de résumer des théories élémentaires. Maintenant, tu te jetterais lascivement sur moi en me promettant le paradis si j'allais lui casser la figure, je l'envisagerais peut-être.

On frappa à la porte.

— Dehors ! lui ordonna-t-elle en allant ouvrir.

Mais Jake se croisa les mains derrière la tête et s'installa encore plus commodément sur le lit.

8

— Quel temps ! s'écria Lana en secouant son parapluie sur le pas de la porte. On peut à peine... Désolée, reprit-elle en voyant Jake sur le lit. Je ne savais pas que vous aviez de la visite.

— Ce n'est pas une visite, c'est une calamité, déclara Callie. Jacob Graystone, Lana Campbell.

— Nous avons déjà fait connaissance quand je suis allée au site l'autre jour. Enchantée de vous revoir, professeur Graystone.

Calamité ou pas, il avait l'air chez lui.

— Appelez-moi Jake. Tout va bien ?

— Très bien, merci. Dites, Callie, si je tombe mal, nous pouvons nous voir demain à mon bureau.

— Autant nous voir aujourd'hui. Sauf que ma chambre est un peu trop encombrée, ajouta Callie en fusillant Jake du regard.

— Pas du tout, il y a encore beaucoup de place, dit-il en indiquant la moitié du lit à côté de lui.

— Ce que j'ai à dire à Callie est couvert par le secret professionnel, hasarda Lana.

— Aucune importance, nous sommes mariés, déclara-t-il.

— Divorcés, rectifia Callie. Mais si vous avez appris quelque chose, vous pouvez parler devant cet imbécile, il est au courant.

Lana regarda autour d'elle et, faute de mieux, alla s'asseoir sur la chaise près de la porte.

— J'ai obtenu quelques renseignements sur Marcus Carlyle, commença-t-elle. Il a en effet exercé à Boston au cours de la période que vous m'avez indiquée. Auparavant, il avait passé quatorze ans à Chicago puis treize à Houston. Après avoir quitté Boston, il a ouvert un cabinet à Seattle où il est resté dix ans.

— L'oiseau sur la branche, ce type, commenta Jake.

— En effet, cela ne me plaît pas. Il a cessé son activité en 1986 et, à partir de là, je perds sa trace. Je peux poursuivre mes recherches ou charger un enquêteur disponible, ce qui n'est pas mon cas, d'aller réunir des informations dans les villes où il est passé, ce qui risque de coûter très cher. Mais avant de vous décider, Callie, il faut que vous écoutiez le reste de ce que j'ai appris, dit Lana en sortant de son cartable les documents de l'adoption. J'en ai fait une copie pour mon dossier et je les ai vérifiés pour le principe. Ils n'ont jamais été enregistrés.

— Jamais été enregistrés ? Que voulez-vous dire ?

— Je veux dire que l'adoption n'a pas été régularisée. Elle n'a fait l'objet d'aucune procédure légale ni à Boston ni dans l'État du Massachusetts. Il n'existe nulle part de preuve légale que Vivian et Elliot Dunbrook ont adopté un enfant à cette date, ni à une date antérieure ou postérieure à celle figurant sur ces documents.

— Je n'y comprends rien ! Qu'est-ce que cela signifie ?

— Cela signifie que Marcus Carlyle n'a pas accompli les démarches nécessaires. Le numéro du dossier et le jugement sont des faux, comme la signature du juge et le cachet du tribunal. Ce juge étant décédé en 1986, je n'ai aucun moyen de le vérifier, mais je peux quand même tenter de remonter la piste. Ces documents, Callie, ne sont jamais sortis du cabinet de Carlyle. Autrement dit, l'adoption n'a officiellement pas eu lieu.

Effarée, Callie contempla les papiers sur lesquels figuraient les noms de ses parents.

— Ça ne tient pas debout, parvint-elle à dire enfin.

— Ça tiendrait peut-être un peu mieux debout si vous me disiez pourquoi vous m'avez engagée pour rechercher cet avocat, dit Lana.

Jake se leva, prit Callie par les épaules et l'attira vers le lit.

— Assieds-toi, mon chou. Tu veux que je le lui dise ?

Elle acquiesça d'un signe. Jake savait mieux que personne présenter les faits avec clarté et concision, élaguer les détails inutiles pour aller au cœur du sujet. Elle avait l'impression d'écouter le synopsis d'un événement n'ayant rien à voir avec elle. Telle était sans doute son intention en parlant à ma place, pensa-t-elle.

Pendant le récit de Jake, elle alla dans la salle de bains, avala trois aspirines coup sur coup et, au lieu de regagner la chambre, resta debout devant le lavabo en se regardant dans la glace. As-tu jamais été ce que tu croyais être ? se demanda-t-elle. Pourtant, elle savait qui elle était et, documents ou non, rien ne pourrait la changer. Rien ni personne qu'elle-même ne pourrait lui brouiller le jugement et bouleverser son existence jusqu'à la rendre méconnaissable. Aussi longtemps qu'elle le croirait et s'y accrocherait, elle ne risquait rien. Elle surmonterait cette épreuve et celles qui suivraient.

Quand elle rentra dans la chambre, Lana finissait de noter l'exposé de Jake.

— Callie, dit-elle en levant les yeux vers elle, je dois vous poser une question vitale à laquelle je vous demande de ne répondre qu'en faisant abstraction de vos sentiments. Est-il envisageable qu'Elliot et Vivian Dunbrook aient eu un rapport quelconque, même lointain ou indirect, avec le kidnapping ?

Callie était si lasse qu'elle était prête à se laisser tomber sur le lit et sombrer dans le sommeil.

— Ma mère est scrupuleuse au point d'avoir des remords quand elle rend un livre en retard à la bibliothèque. C'est par amour pour elle que mon père a accepté de ne parler à personne de l'adoption, mais son honnêteté l'a poussé à conserver les documents. Ils n'ont rien à voir de près ou de loin dans cet enlèvement. Il m'a suffi de voir leur expression quand je leur ai parlé de Suzanne Cullen. Ils en sont les victimes autant qu'elle.

Et autant que vous, s'abstint de compléter Lana.

— Vous ne les connaissez pas, reprit Callie, donc vous avez le droit de ne pas me croire sur parole. Vous pouvez vérifier les éléments que Jake vous a communiqués, vous pouvez enquêter sur leur compte si vous vous y croyez obligée. Mais je ne veux pas que vous perdiez votre temps sur une fausse piste au lieu de rechercher ce misérable salaud. Non seulement il volait des bébés, mais il les vendait. Il est inconcevable que j'aie été la seule. Il devait avoir monté une organisation, un réseau pour exploiter les couples qui voulaient désespérément un enfant et étaient prêts à en payer le prix.

— Je suis d'accord, mais il faudra étayer cette hypothèse par des preuves.

— Engagez l'enquêteur dont vous parliez.

— Cela coûtera cher, je vous l'ai dit.

— Faites-le quand même. Je vous préviendrai quand je ne pourrai plus suivre.

— Je m'en occupe dès ce soir. Les Cullen sont-ils au courant ?

— Je suis allée voir Suzanne cet après-midi. Nous sommes d'accord pour nous soumettre aux tests d'ADN.

Lana le nota avant de reprendre la parole.

— Il faut que je vous dise autre chose. J'ai des relations personnelles avec Roger Grogan, le père de Suzanne Cullen. C'est un ami très cher. Et je suis sortie dîner hier avec Douglas Cullen.

— Je croyais que vous étiez mariée ?

— Je suis veuve, mon mari est mort il y a quatre ans. Si mes rapports avec Roger et Douglas vous posent un problème, nous devrons le résoudre avant d'aller plus loin.

— Les trous de province ! soupira Callie. Je ne vois pas quelle importance cela peut avoir tant que vous n'oubliez pas que c'est moi que vous représentez. Votre petit ami croit que je cherche à m'approprier la fortune de sa mère, ajouta-t-elle.

— Un simple dîner ne fait pas de lui mon petit ami, répondit Lana sans s'offusquer, et j'imagine qu'il y aura un certain nombre de frictions entre nous jusqu'à ce que toute cette affaire soit éclaircie. Il ne me donne pas l'impression d'être un homme simple et facile à vivre.

— Il m'a fait l'effet d'un rustre et d'un emmerdeur.

— C'est en effet celui qu'il produit de prime abord, dit Lana en souriant. Je vais poursuivre mes recherches et appeler l'enquêteur. Il faudra que vous passiez à mon bureau demain dans la journée, j'espère pouvoir vous donner de nouvelles informations à ce moment-là.

Elle se leva, donna à Callie une vigoureuse poignée de main.

— Je ne vous dis pas de ne pas vous inquiéter, je n'en serais pas capable moi-même, reprit-elle. Mais je vous assure que tout ce qui pourra être fait le sera. Je suis aussi bonne dans mon métier que vous dans le vôtre. À demain, donc. Au revoir, Jake.

— Au revoir, Lana.

Puis, comme elle était le genre de femme pour qui un homme se fend volontiers de quelques égards, il se leva pour lui ouvrir la porte.

Quand il l'eut refermée, il hésita, ne sachant que faire de et pour Callie. Elle avait réussi à se maîtriser devant Lana, mais il voyait sous la surface qu'elle était abattue et profondément malheureuse. Il l'avait déjà vue dans cet état – sauf qu'à l'époque, il en était la cause.

— Commandons une pizza, déclara-t-il après avoir réfléchi.

Callie était restée immobile, comme hébétée.

— Hein ?

— J'ai dit, commandons une pizza avant de travailler un peu.

— Je n'ai pas envie de… Ne me dis pas que tu as faim, tu sors du restaurant !

— J'ai juste pris un café pour faire parler Frieda. Un morceau de tarte aussi, d'accord, mais ça ne compte pas. Très bonne, d'ailleurs, leur tarte aux pêches.

— Va-t'en, fiche-moi la paix.

— Si je te laisse seule, tu vas t'apitoyer sur ton sort, ce qui ne t'avancera pas. Tu ne peux rien faire de plus sans informations supplémentaires. Il doit bien y avoir une pizzeria, dans ce bled ?

— Oui, Modesto. Au coin de la grand-rue et de Mountain Laurel. Le numéro est sur le bloc à côté du téléphone.

— Pizzeria, caviste, bureau de poste..., énumérat- il en décrochant. Toujours aussi bien organisée, à ce que je vois.

Il commanda une pizza géante en se rappelant qu'elle préférait la garniture aux poivrons et aux olives noires.

— Ils livreront dans une demi-heure, annonça-t-il en raccrochant. Tu sais, ce motel n'est pas pratique. Nous devrions louer une maison.

— Pour quoi faire ? Nous sommes déjà presque en août. Il ne nous reste pas beaucoup de temps d'ici à la fin de la saison.

— C'est assez long pour justifier une meilleure installation.

D'un geste impatient, Callie signifia que la question la laissait indifférente.

— Qu'est-ce que je vais dire à mes parents ? lâchatelle au bout d'un long silence. Qu'est-ce que je vais pouvoir leur dire ?

— Rien. Inutile de leur parler tant que tu n'en sauras pas davantage. Tu sais comment conduire une fouille, Callie. Couche après couche, centimètre par centimètre. Formuler trop vite une théorie fait manquer des détails souvent essentiels.

— Je n'arrive pas à raisonner.

— Tu y arriveras, dit-il en s'approchant. Pourquoi ne te reposes-tu pas sur moi, au moins un moment ? Tu ne l'as encore jamais essayé.

Il la prit dans ses bras. Après une brève résistance, elle se laissa aller et appuya la tête sur son épaule.

— Je me demande pourquoi je ne suis pas furieuse contre toi.

— Rassure-toi, tu le seras bientôt. Tu ne peux pas t'en empêcher.

Elle ferma les yeux, soupira d'aise. Jake avait raison, il était bon de temps en temps de s'appuyer sur un homme fort, solide.

Il lui mordilla l'oreille, le menton. Oh ! elle les connaissait bien, ses manœuvres d'approche ! Devaitelle résister ? Elle tourna la tête juste assez pour que leurs lèvres se rencontrent et éprouva aussitôt le choc électrique du désir. Serrée contre lui, elle sentait leurs cœurs battre l'un contre l'autre. Cette faimutuelle, qu'elle n'avait plus connue depuis trop longtemps et dont elle sentait les ondes parcourir leurs corps, lui apporta une sorte de libération.

Elle était toujours la même, la vraie Callie Ann Dunbrook. Et elle désirait toujours autant ce qu'elle savait lui être sinon néfaste, du moins déconseillé pour la paix de son esprit.

Elle allait se laisser emporter par la chaleur croissante du désir quand il relâcha son étreinte, lui prit le visage entre les mains et lui effleura les lèvres d'un baiser avec une tendresse qui la désarçonna.

— C'est toujours là, Callie, murmura-t-il.

— Ça n'a jamais été un problème entre nous.

Il posa ses lèvres sur son front, s'écarta.

— Tu veux une bière avec la pizza ? J'en ai dans ma chambre.

Interloquée, elle recula elle aussi d'un pas en lui lançant un regard soupçonneux.

— Toi, renoncer à faire l'amour pour une bière et une pizza ?

— Présenté comme cela, c'est blessant. Alors, tu veux une bière, oui ou non ?

Déçue, presque mortifiée, elle se retourna, ouvrit son ordinateur.

— Oui. Non. Peu importe. Je voudrais finir d'enregistrer les découvertes d'aujourd'hui.

— Bonne idée. Je reviens tout de suite.

Une fois seul dans sa chambre, Jake se cogna la tête contre les murs. Il avait encore dans la bouche la saveur de Callie, dans les narines le parfude ses cheveux exacerbé par la pluie. Une saveur, un parful'un et l'autre uniques. Elle était en lui comme une drogue ou, plutôt, comme un virus dont il était incapable de se guérir. Le pire, c'est qu'il était arrivé à la même conclusion depuis des mois et qu'il ne cherchait même plus à lutter. Il ne voulait que la reprendre, par tous les moyens. Et il réussirait, même s'il devait y laisser sa peau.

Il s'assit au bord du lit le temps de se calmer. Il n'aurait pas pu choisir plus mal son moment. Elle se trouvait dans une situation impossible, elle avait besoin d'aide. Il était loin de la subtile campagne de reconquête qu'il avait mise au point avant son arrivée ! Se contenter de coucher avec elle pour ranimer la flamme n'était pas la solution – même si c'était fort dommage. Il fallait l'habituer de nouveau à sa présence, faire en sorte qu'elle retombe amoureuse de lui et ensuite, mais ensuite seulement, l'amener à passer à l'acte de son plein gré. C'est-à-dire reprendre, en quelque sorte, son plan originel, mais en l'améliorant.

Quand Lana lui avait révélé que son adoption était non seulement illégale mais inexistante, Callie avait réagi comme un boxeur sonné par un direct à la mâchoire. Malgré tout, elle avait encaissé. Sans gémir, sans pleurer, sans flancher. Solide comme un roc. Comme la femme dont il n'avait jamais cessé d'être éperdument amoureux et à laquelle il tenait comme au premier jour.

Maintenant, elle avait besoin de lui – elle avait *enfin* besoin de lui ! Et lui, il devait lui prouver, comme se démontrer à lui-même, qu'il était à la hauteur et ne la laisserait pas tomber. Quelle que soit l'intensité de son désir pour elle, il n'avait pas le droit cette fois-ci de laisser le sexe altérer leurs rapports et compromettre la situation.

Depuis bientôt un an qu'ils étaient séparés, il était passé par toute la gamme des sentiments de frustration, de la rage au déchirement, de l'amertume au désespoir, de la résignation à la détermination. Il y avait dans la nature des espèces animales qui s'unissaient pour la vie.

Lui, il appartenait à l'une d'elles et il lui laisserait le loisir de s'en rendre compte. Entre-temps, il l'aiderait à se sortir de l'épouvantable imbroglio où elle était enlisée. Alors, ils pourraient repartir du bon pied, refaire leur vie ensemble. Et pour toujours.

Un peu rasséréné, il prit deux canettes de bière dans le petit frigo de sa chambre et arriva chez Callie juste avant le livreur de pizza.

Jake avait eu raison, pensa-t-elle en se préparant pour la nuit, le travail lui avait fait du bien. Non seulement il l'avait distraite de ses soucis, mais il lui avait rendu sa lucidité et avait dissipé le brouillard qui lui obscurcissait l'esprit. Elle voyait maintenant ce qu'elle devait faire et comment procéder. D'abord, la prise de sang ; un laboratoire local enverrait l'échantillon à celui de Philadelphie avec lequel travaillait son père. Lana serait officiellement témoin de l'opération et veillerait à ce que l'envoi soit effectué sous scellés, afin d'éviter toute éventualité de contestation ultérieure.

Elle ne parlerait pas à ses parents de ce que Lana avait découvert. Jake avait raison sur ce point, mieux valait attendre d'en savoir davantage. Elle traiterait cette affaire personnelle comme ses affaires professionnelles, méthodiquement, scientifiquement, minutieusement. Elle enregistrerait toutes ses découvertes et rédigerait un rapport journalier. Elle parviendrait ainsi à rester organisée et à ne pas se laisser déborder.

Enfin, pour museler une fois pour toutes Douglas Cullen, elle demanderait à Lana de préparer un document légal par lequel elle déclarerait refuser tout ou partie de la succession de Suzanne Cullen.

Ainsi défini, pensa-t-elle, son plan était bon. Il était temps de le laisser de côté pour prendre du repos.

Mais elle n'avait pas éteint la lumière depuis cinq minutes qu'elle la ralluma, se releva et alla chercher la boîte donnée par Suzanne. Oui, elle était curieuse de nature et c'était cela qui lui valait sa réussite professionnelle. Ce serait aussi grâce à son caractère inquisiteur et obstiné qu'elle trouverait la solution de ce puzzle et serait en mesure de remettre les choses en place.

Dans la boîte, les enveloppes étaient bien alignées par ordre chronologique. Suzanne avait donc, elle aussi, l'esprit méthodique. Mais elle n'était pas la seule sur terre, pensa-t-elle. La lecture de ces lettres lui dévoilerait en partie le caractère de cette femme et, peut-être, lui fournirait quelques indices. C'est avec le sentiment d'anticipation qu'elle éprouvait en dégageant à coups de pinceau un vestige encore recouvert de terre qu'elle ouvrit la première enveloppe.

Ma Jessica chérie,

Aujourd'hui, tu as un an. J'ai peine à croire qu'une année entière s'est écoulée depuis que je t'ai prise dans mes bras pour la première fois. Cette année reste pour moi comme un mauvais rêve, irréel, confus, chaotique. À certains moments, je crois qu'il s'agissait vraiment d'un rêve. À d'autres, je t'entends pleurer et je me lève pour aller dans ta chambre. À d'autres aussi, je te sens bouger en moi, comme si tu n'étais pas encore venue au monde. Mais alors je me souviens, et ce souvenir m'est insoutenable.

Ma mère m'a fait promettre de t'écrire cette lettre. Je ne sais pas ce que je serais devenue sans elle ces derniers mois. Je me demande si quiconque, sinon une autre mère, est capable de comprendre ce par quoi je passe. Ton père fait de son mieux, je connais son chagrin, mais je ne crois pas qu'il puisse éprouver ce que j'éprouve. Je me sens vide, il n'y a plus rien en moi que du vide, au point que je crois parfois que je vais m'effondrer sur moi-même, me désintégrer dans le néant.

Une partie de moi le souhaiterait s'il n'y avait ton frère. Le pauvre chéri, si gentil, si troublé... Il ne comprend pas pourquoi tu n'es plus avec nous. Comment lui expliquer ce que je n'arrive pas à m'expliquer à moi-même ?

Tu reviendras, je le sens, j'en suis sûre. Il faut que tu saches, ma Jessie, que jamais nous n'arrêterons de te chercher. Je prie tous les jours pour que tu sois ici chez nous, dans ton berceau. Et jusqu'à ce que ma prière soit exaucée, je prierai pour que tu sois en sûreté, en bonne santé, que tu n'aies pas peur. Je prie tous les jours pour que celle qui t'a enlevée à moi t'aime et soit bonne avec toi. Qu'elle te berce comme tu aimais que je te berce et te chante tes chansons préférées. Qu'un jour elle prenne conscience que ce qu'elle a fait était mal et qu'elle te ramène chez nous.

Jamais je ne me pardonnerai de m'être détournée, même si ce n'était qu'un instant. Car ce n'était qu'un instant, je te le jure. Si je pouvais revenir en arrière, je ne t'aurais jamais laissée seule une seconde. Je t'aurais serrée si fort dans mes bras que personne n'aurait pu t'arracher à moi.

Nous te cherchons tous, Jessie. La famille entière, papa, maman, ton grand-père et ta grand-mère. Les voisins aussi et la police. Ne crois surtout jamais que nous t'avons abandonnée. Jamais nous ne nous résignerons à t'avoir perdue.

Tu seras toujours dans mon cœur, ma Jessie chérie. Mon bébé qui me manque plus que tout au monde et que j'aime si fort.

Ta maman.

Callie replia les feuillets, les remit dans l'enveloppe, referma la boîte, éteignit la lumière. Et elle resta couchée dans le noir à souffrir de la douleur d'une femme qu'elle connaissait à peine.

Elle consacra le plus clair de la journée du lendemain au travail fastidieux du dégagement des squelettes. Il lui fallut des heures, à l'aide de brosses, de pinceaux et d'instruments divers, pour éliminer la terre et la boue qui les recouvraient encore.

Cette spectaculaire découverte avait déjà eu pour effet d'attirer de l'université deux nouveaux étudiants, titulaires d'une maîtrise et préparant un doctorat.

Dory Teasdale, belle brune svelte aux jambes interminables, fut aussitôt affectée aux fonctions de photographe. Bill McDowell, qui avait l'allure d'un gamin mais comptait cinq saisons de fouilles à son actif, devint sans discussion l'assistant de recherche de Callie. Dory lui parut assez compétente et enthousiaste pour ignorer sa fâcheuse ressemblance avec la brune responsable de son divorce d'avec Jake. Tant qu'elle se contenterait de bien faire son travail, Callie lui passerait ce travers.

— J'en ai dégoté un autre, lui annonça Jake en désignant du menton un grand maigre debout à côté de Digger. Un itinérant qui possède son propre outillage. Il s'appelle Matt Kirkendal. Il a entendu parler de nos fouilles. Ça l'intéresse et il connaît le boulot.

Callie observa le nouveau venu. Il avait un long catogan grisonnant, des bottes ayant connu des jours meilleurs, un tatouage qui remontait sous la manche de son T-shirt. Il paraissait costaud et aguerri. Digger et lui se parlaient déjà comme des amis d'enfance.

— On a besoin de mains, se borna-t-elle à dire. Mets-le en équipe avec Digger les premiers temps, nous verrons ce qu'il vaut. Que penses-tu des nouveaux étudiants ?

— La fille est agréable à regarder et n'a pas peur de se salir les mains. Le jeunot est débordant d'activité pour se faire bien voir de toi. Il te décoche des regards de caribou amoureux.

— Pas du tout !

— Si, il a un gros béguin. Je suis bien placé pour savoir ce qu'il ressent.

— Un béguin n'a rien à voir avec le fait de s'évertuer à vouloir mettre une femme à poil pour l'étendre sur la première surface horizontale disponible ! le contra-t-elle avec un ricanement dédaigneux.

— Dans ce cas, j'ignore ce qui lui passe par la tête, je l'avoue.

Elle se retint d'éclater de rire et ne se permit un sourire que lorsque Jake eut le dos tourné.

Callie se remit au travail dans un silence concentré. Une heure plus tard, la voyant reposer ses outils et prendre son appareil photo, Jake s'approcha.

— Qu'est-ce que tu as trouvé ? demanda-t-il en se penchant par-dessus son épaule.

— On dirait une carapace de tortue coincée entre les squelettes. Je veux les photographier pendant qu'ils sont encore en place.

— Je vais chercher Dory. Repose-toi, tu n'as pas arrêté.

— Je veux savoir ce qu'est cet objet et pourquoi il se trouve à cet endroit.

Pendant que Dory photographiait, Callie fit les cent pas pour se dégourdir les jambes. Le rouleau de filter-miné, elle s'agenouilla à nouveau devant l'excavation et dégagea la carapace de tortue. Quand elle la souleva enfin, elle entendit crépiter des cailloux à l'intérieur.

— C'est un jouet. Un hochet, murmura-t-elle. Ils ont voulu enterrer le bébé avec son hochet.

Jake prit le hochet, le secoua légèrement.

— C'est sans doute son père ou son grand-père qui l'avait fabriqué avant sa naissance. La famille l'attendait, l'espérait. Et ils ont pleuré sa mort.

Sans répondre, Callie nota les particularités de la découverte.

— Je vais dire à Leo de préparer le matériel pour les enlever, dit-elle quand elle eut terminé. J'ai rendez-vous avec Lana, je serai de retour dans une heure.

— Tu es sale comme un cochon, mon chou, lui dit Jake en lui caressant la joue.

— Je sais, je vais me laver.

— Avant que tu partes, je dois te dire que Leo était au téléphone avec Dolan. Il nous menace d'un référé pour nous interdire de déplacer quoi que ce soit du site.

— Il passera pour un imbécile.

— Peut-être, mais s'il n'est pas complètement idiot il invoquera le respect dû aux morts, etc. Il trouvera des appuis.

— Dans ce cas, comment compte-t-il bâtir des maisons ici ?

— Bonne question à laquelle il doit déjà être en train de chercher une bonne réponse. C'est vrai que l'endroit est agréable, ajouta-t-il en regardant autour de lui.

— Les gens enterrés ici pensaient sans doute la même chose.

— Oui, sans aucun doute. De toute façon, il cherche tous les moyens de stopper les fouilles. Le terrain lui appartient, il peut nous compliquer méchamment la vie s'il s'en donne la peine.

— Eh bien, nous contre-attaquerons encore plus méchamment.

— Essayons d'abord la raison et la diplomatie. J'ai rendez-vous avec lui demain.

— Toi ? Pourquoi toi ?

— Parce que je suis moins susceptible que toi de lui taper dessus sans préavis. Disons, un peu moins. Et comme je suis l'anthropologue de l'équipe, je suis mieux placé que toi pour l'assommer de termes choisis sur la culture préhistorique, les sociétés primitives et l'impact de nos découvertes sur la science contemporaine.

— Foutaises ! grommela-t-elle en marchant vers sa voiture. Leo a simplement pensé qu'il te recevrait mieux que moi parce que tu es un homme et que vous êtes aussi machos l'un que l'autre.

— Possible. Nous aurons donc une conversation d'homme à homme et je verrai si je réussis à le convaincre.

— Convaincs-le, Graystone. Sinon, je serai obligée de le trucider à coups de pelle.

— Je ferai de mon mieux, Dunbrook, dit-il pendant qu'elle ouvrait sa portière. Et débarbouilletoi. Tu ferais fuir un grizzly.

9

Lorsque Callie sortit de sa chambre le lendemain matin, elle vit rouge. Au propre comme au figuré.

Du pare-chocs avant au pare-chocs arrière, sa Land Rover était couverte de graffitis à la peinture rouge, plus brillante que du sang frais. SALOPE et PILLEUSE DE TOMBES précédaient un assortiment d'obscénités dont GO HOME ! constituait le point d'orgue.

Son premier mouvement fut de bondir vers sa chère voiture comme une mère volerait au secours de son enfant racketté à la sortie de l'école. Des grognements inarticulés lui échappèrent en découvrant GOUINE et PUTE badigeonnés sur toute la largeur du capot. Mais le premier choc fit vite place à une explosion de rage.

Elle rentra en coup de vent dans sa chambre, empoigna l'annuaire et y chercha l'adresse des bureaux de Dolan & Fils. Elle en sortait en claquant de nouveau la porte quand Jake ouvrit la sienne.

— Combien de fois as-tu l'intention de claquer cette porte avant de ?..., commença-t-il.

Il s'interrompit en voyant la voiture, lâcha un juron et, bien que pieds nus et seulement vêtu d'un jean, sortit de sa chambre pour estimer de plus près la gravité de la profanation.

— Austin et Jimmy ou leurs semblables, à ton avis ?

— Je vais le savoir ! gronda-t-elle en ouvrant la portière.

Il reconnut la lueur de meurtre qui étincelait dans ses yeux.

— Attends ! Je t'accompagne. Donne-moi deux minutes pour m'habiller.

Par précaution, il lui prit des mains la clef de contact et rentra mettre une chemise et des chaussures. Trente secondes plus tard, il n'avait pas fini d'enfiler sa chemise qu'il lâcha une nouvelle bordée de jurons en la voyant démarrer en trombe. Il avait oublié qu'elle gardait toujours une clef de secours dans la boîte à gants.

Callie écumait de fureur. La Land Rover était à elle depuis six ans, elle faisait partie de son matériel de travail. Chaque bosse, chaque éraflure représentait un souvenir, une médaille. Personne ne se permettait de souiller ce qui lui appartenait sans le payer chèrement.

Crachant le feu par les naseaux, elle bloqua les freins devant les bureaux de Dolan, sauta à terre, se retint de justesse d'enfoncer à coups de pied la porte fermée et se contenta d'y tambouriner de ses poings. Une employée effarée entrebâilla le vantail en l'informant que les bureaux n'ouvraient qu'un quart d'heure plus tard.

— Je veux voir Dolan ! rugit Callie. Où est Dolan ?

— M. Dolan est sur un chantier.

— Lequel ?

— Celui de Turkey Road. Vous connaissez ?

— Non. Dites-moi où c'est.

Vingt minutes plus tard, après s'être trompée trois fois de carrefour, avoir fait des détours et des demitours sans prêter la moindre attention au charme bucolique de la campagne qu'elle traversait, Callie était au comble de la fureur. Il lui suffisait de baisser les yeux sur son capot pour sentir ses envies de meurtre monter d'un degré. Quelqu'un allait payer cet affront, se répétait-elle. Et peu lui importait qui ce serait.

Au bout d'un chemin de terre qui serpentait entre les arbres, elle franchit un petit pont et entendit les bruits d'un chantier de construction, grincements de scie, coups de marteau, grondements de moteurs. Le squelette d'une maison se dressait au milieu des débris habituels. Des camions et des fourgonnettes étaient garés au hasard dans la boue produite par l'orage de la veille.

Des ouvriers s'affairaient. Parmi eux elle repéra Dolan, en bleu de travail encore propre et coiffé d'un casque orné du monogramme de l'entreprise, qui surveillait ses hommes, les poings sur les hanches.

Callie claqua sa portière avec un bruit de détonation qui couvrit le vacarme. Dolan tourna la tête avant de faire pivoter son imposante personne pour l'accueillir de face.

— Austin et Jimmy, les jumeaux de la connerie ! rugit-elle. Où sont-ils ?

Dolan considéra la peinture rouge qui décorait la voiture et s'abstint de manifester sa satisfaction.

— Si vous avez un problème avec n'importe lequel de mes employés, c'est à moi que vous devez vous adresser.

— Tant mieux. Vous voyez ça ? dit-elle en pointant un index vengeur sur la Land Rover souillée. Je vous en tiens pour personnellement responsable.

Sentant que ses hommes observaient la scène, Dolan crocha les pouces dans ses bretelles et prit une pose majestueuse.

— Vous prétendez que c'est moi qui ai peint ces graffitis ?

— Je dis que celui ou ceux qui l'ont fait travaillent pour vous et vous ont entendu débiter vos âneries sur ce que fait mon équipe à AntietaCreek.

— Je ne sais rien de ce que vous racontez. Ça m'a plutôt l'air d'un coup de gamins mal élevés. Et puisque vous parlez de ce que vous faites à AntietaCreek, vous n'en avez plus pour longtemps.

— Vous avez deux génies dans votre personnel, Austin et Jimmy. Ça m'a tout l'air, à moi, d'être de leur niveau intellectuel.

Dolan commit alors une erreur fatale : il ricana. Du coup, Callie perdit le peu de contrôle qu'elle exerçait encore sur elle-même.

— Ah ! vous trouvez ça drôle ? cria-t-elle en lui lançant une bourrade qui ne l'ébranla pas mais fit instantanément cesser le travail autour d'eux. Vous croyez que le vandalisme, la peinture d'obscénités sur une voiture et les menaces sont une plaisanterie ?

Dolan aurait voulu lui rendre sa bourrade pour montrer qu'il ne se laissait pas bousculer par une femme. Il se contint cependant et se résigna à ne la menacer que d'un index pointé sur le bout de son nez.

— Moi, je vous dis que quand on vient dans un endroit où on ne veut pas de vous et où on fait quelque chose qui ne plaît pas aux gens, il faut s'attendre à en payer le prix.

Callie lui écarta la main d'une claque sonore.

— Ce n'est pas du cinéma, bougre d'imbécile ! Nous ne sommes pas dans un western ! Nous verrons qui paiera et quel prix ! Si vous vous imaginez, vous et les autres, précisa-t-elle avec un regard méprisant aux robustes travailleurs qui faisaient maintenant le cercle autour d'eux, que je vais vous laisser faire n'importe quoi sans réagir, vous vous fourrez le doigt dans l'œil ! Et si vous croyez que vous me ferez peur avec ce genre de malfaisances infantiles, vous êtes encore plus idiot que vous n'en avez l'air !

Des ricanements fusèrent, Dolan devint cramoisi.

— Vous êtes ici chez moi, je vous ordonne de partir ! Nous n'avons pas besoin que des gens de votre espèce privent d'honnêtes travailleurs de leur salaire. Ni que vous veniez pleurnicher pour un peu de peinture sur votre tas de ferraille.

— Pleurnicher ? C'est vous, Dolan, qui allez pleurnicher quand je vous aurai mis la tête au carré !

Un concert de huées salua cette déclaration belliqueuse. Les poings de Callie se serraient d'eux-mêmes et le pire était imminent quand une main s'abattit sans douceur sur son épaule.

— Je crois que M. Dolan et sa bande de joyeux lurons en diront davantage à la police, suggéra Jake. Si nous allions nous en occuper ?

— Je ne sais rien de cette histoire, répéta Dolan. Et je ne pourrai rien dire de plus au shérif.

— Il vous écoutera quand même, c'est son métier, dit Jake en entraînant Callie vers sa voiture. Considère qu'il y a ici une douzaine d'hommes musclés armés d'outils et de gros marteaux, poursuivit-il à voix basse. Considère aussi qu'ils s'en serviront d'abord sur moi qui ne suis pas une femme. Alors boucle-la.

Elle ne put toutefois s'empêcher de lâcher une dernière salve :

— Je n'en ai pas fini avec vous, Dolan ! Je bloquerai votre cher lotissement de manière que vous ne couliez pas un gramme de béton avant dix ou vingt ans ! J'en fais une affaire personnelle !

Sur quoi, elle claqua sa portière et démarra en projetant des giclées de boue. Cinq cents mètres plus loin, elle s'arrêta sur le bas-côté de la route. Jake stoppa derrière elle et ils mirent tous deux pied à terre.

— Je t'avais dit que je n'avais pas besoin d'aide ! fulmina-t-elle.

— Et moi, je t'avais dit d'attendre une minute !

— C'est ma voiture ! dit-elle en frappant du poing sur la tôle.

— Veux-tu me dire à quoi t'ont avancée tes coups de gueule contre Dolan ?

— À rien. La question n'est pas là.

— La vraie question, c'est que tu as commis une erreur de tactique. Tu l'as affronté sur son territoire, entouré de ses troupes. Provoqué dans ces conditions par une petite bonne femme de soixante kilos, il n'avait pas d'autre choix que de t'envoyer paître, rien que pour prouver aux autres qu'il n'est pas un dégonflé. Enfin bon sang, Dunbrook, c'est de la psychologie élémentaire, tu aurais dû le comprendre ! Un macho comme lui ne peut pas se laisser houspiller devant ses employés ! Il ne peut pas se permettre de perdre la face !

— Je me fiche de la psychologie, des symboles ou de la hiérarchie tribale. On me donne un coup, j'en rends un autre. Et depuis quand évites-tu une bagarre ? D'habitude, c'est toi qui commences.

Ce n'était pourtant pas l'envie qui lui en avait manqué quand il l'avait vue seule, cernée par les gros bras de Dolan.

— Je me domine quand je me trouve à dix contre un et que les autres ont en main des perceuses et des tronçonneuses. Je te signale aussi qu'être forcé de battre en retraite ne me met pas précisément d'humeur joyeuse.

— Personne ne t'avait demandé de t'en mêler.

— Non. Personne.

En un clin d'œil, elle le vit passer du feu à la glace et le remords l'emporta sur sa colère.

— D'accord, je n'aurais peut-être pas dû y aller seule, ou j'aurais dû attendre de me calmer. Mais puisque tu es venu de toute façon, tu n'aurais pas pu en boxer quand même un ou deux ?

Si ce n'étaient pas des excuses à proprement parler, cela s'en approchait d'aussi près qu'il lui était possible.

— Je ne me considère pas comme obligé de toujours gagner, mais je préfère mettre le maximude chances de mon côté et terminer une bagarre en un seul morceau.

— Je tiens à cette voiture. Pourquoi s'en sont-ils pris à la mienne au lieu de barbouiller la tienne ? demanda-t-elle avec un regard envieux à la peinture noire immaculée du gros 4 × 4 Mercedes.

— Peut-être parce qu'ils n'avaient pas conscience que ta fureur est plus incontrôlable que la mienne.

— Je déteste me mettre en colère, je deviens incapable de penser comme il faut. Et je déteste encore plus devoir te dire que tu as raison.

— Attends une seconde ! Laisse-moi prendre le magnétophone dans ma voiture, je ne veux pas laisser perdre un événement pareil !

— Si tu te conduis comme un imbécile, j'arrête de te remercier !

— Quoi, « tu as raison » et « merci » en moins de dix secondes ? Je sens que je vais m'écrouler !

Avec un haussement d'épaules, elle lui tourna le dos, contempla le ruisseau qui babillait joyeusement en rebondissant sur son lit de galets. Il était venu à la rescousse, pensait-elle, et il aurait fait un carnage si quelqu'un avait seulement posé un doigt sur elle. Elle le savait, mais elle s'attendrissait dangereusement en y pensant.

— Bon, dit-elle d'un ton radouci, je disais simplement que je n'aurais pas dû m'en prendre à Dolan devant ses ouvriers ni peut-être lui reprocher personnellement les graffitis. Donc, je te remercie de m'avoir tirée de ce mauvais pas avant que je sois allée trop loin.

— Pas de quoi. Tu veux prévenir la police ?

— Oui. Mais je veux d'abord un café. Au fait, comment as-tu su où j'étais ?

— Facile. Je suis passé aux bureaux de Dolan où j'ai demandé à la secrétaire, tremblante et au bord de la crise de nerfs, si une blonde crachant le feu par tous les bouts s'était manifestée. C'est toi qui paieras le café, ajouta-t-il en montant dans sa voiture.

Lana arriva sur le site cet après-midi-là avec Tyler. Elle espérait que la proposition de Callie tenait toujours et que son fils, surexcité, se conduirait convenablement.

Du plus loin qu'il les vit, Leo vint à leur rencontre en essuyant ses mains boueuses sur son pantalon.

— Notre plus jeune recrue ? Bravo, mon garçon ! Il n'est jamais trop tôt pour devenir archéologue.

— Je sais creuser, déclara Tyler avec fierté en brandissant une pelle de plastique à faire des pâtés de sable.

— Eh bien, nous allons te mettre au travail.

— Je vous présente mon fils Tyler, intervint Lana qui attendait de pouvoir placer un mot. Tyler, ce gentil monsieur est le Pr Greenbaum. Tu seras très sage, compris ? J'espère que nous ne vous dérangeons pas trop. Callie m'avait dit que je pouvais l'amener et depuis, il meurt d'envie de venir.

— Je le comprends. Tu viens avec moi, Tyler ?

— Me voilà remplacée, commenta-t-elle avec une grimace de dépit amusé en voyant l'empressement avec lequel le petit garçon lui lâchait la main pour prendre celle de Leo.

— Le magnétisme du grand-père, dit ce dernier avec un clin d'œil complice. Il sent que je suis à sa merci. Nous avons déjà une belle collection d'outils et de pointes de flèche en silex. Ça vous intéresse ?

— Bien sûr, mais il faut d'abord que je parle à Callie.

— Eh bien, venez nous rejoindre quand vous aurez fini. Entre-temps, Tyler et moi aurons fait du bon travail.

En souriant, Lana les regarda s'éloigner et s'approcha du carré où travaillait Callie en contournant des déblais et des excavations.

— Qu'est-il arrivé à votre voiture ? lui demandat- elle après les salutations d'usage.

— Quelqu'un a dû trouver amusant de la décorer d'obscénités. Un des hommes de Dolan, sans doute. Je lui ai fait savoir ce matin ce que j'en pensais.

— Vous lui en avez parlé ?

— Parlé est un euphémisme, répondit-elle en souriant.

— Vous avez besoin d'un avocat ?

— Pas encore. Le shérif s'en occupe.

— Le shérif Hewitt ? Il n'est pas renommé pour sa rapidité, mais il est tenace.

— C'est l'impression qu'il m'a donnée. Il doit aller voir Dolan aujourd'hui.

— Malgré les regrets sincères que m'inspire votre voiture, je dois dire que plus Dolan aura de problèmes et de complications, plus je me réjouirai.

— Enchantée de vous aider sur ce point.

Callie prit un thermos dans son sac et remplit de thé glacé deux gobelets en plastique. Elle en tendit un à Lana.

— Leo a mis Tyler au travail, à ce que je vois ?

Lana se tourna vers l'endroit où Tyler maniait la pelle avec entrain à côté de Leo.

— Il est au septième ciel.

— Ce tas de terre a déjà été tamisé, l'informa Callie. Ça ne m'étonnerait pas que Leo y ait glissé des silex ou des fossiles pour qu'il les découvre.

— Je le trouve très sympathique.

— Il adore les enfants et se laisse mener par le bout du nez.

— C'est ce que je vois. Pendant qu'ils sont occupés, il faut que je vous parle.

— Je m'en doutais. Marchons un peu, j'ai besoin de me dégourdir les jambes.

Callie s'éloignait déjà. Lana dut courir pour la rattraper.

— J'ai des renseignements sur Carlyle, commença-t-elle.

— Votre enquêteur l'a retrouvé ?

— Pas encore, mais il a découvert des éléments intéressants. Quand il exerçait à Chicago et à Houston, Carlyle est intervenu dans plus de soixante-dix adoptions dûment légalisées, ce qui constituait à l'évidence l'essentiel de sa clientèle et de ses honoraires. À Boston, il s'est seulement chargé de dix adoptions officielles puis, à Seattle, ce chiffre est tombé à quatre, c'est-à-dire moins d'une par an. Qu'est-ce que cela indique, à votre avis ?

— La même chose que ce que vous pensez. Il a dû se rendre compte qu'il était plus profitable de voler des bébés pour les revendre que de suivre les circuits légaux. L'hypothèse est intéressante, mais nous n'avons pas assez d'éléments pour la prouver.

— Pas encore, c'est vrai. Mais si nous retrouvons un ou plusieurs des couples qui sont passés par lui et dont l'adoption n'a pas été légalisée, nous tiendrons un commencement de preuve ou, au moins, une amorce de piste que nous pourrons remonter. On a beau s'entourer de précautions, les agissements illégaux de ce genre laissent toujours une trace.

— Et que dirons-nous à ces gens, si nous les retrouvons ? Leur annoncerons-nous que l'enfant qu'ils ont aimé, élevé a été volé à une autre famille ? Qu'il n'a jamais été légalement leur enfant ? Non, Lana, je refuse d'entraîner d'autres familles dans cette histoire. Ce n'est pas leur faute si cet infâme salaud a tourné en marché sordide l'acte honorable, l'acte d'amour qu'est une adoption.

— Mais si nous le retrouvons et que ce qu'il a fait finisse par se savoir, il faudra le cas échéant…

Callie se tourna vers les fouilles. Couche par couche, carré par carré. C'était la seule méthode.

— Le cas échéant, peut-être. Mais je ne peux pas voir aussi loin. Il faut que je prenne les choses comme elles se présentent.

— Voulez-vous que je décommande l'enquêteur ?

— Non, je veux simplement qu'il retrouve Carlyle, pas qu'il constitue un dossier exploitable après nous. Nous verrons ce que nous ferons le moment venu.

Dans le silence qui retomba, on entendit un pivert marteler frénétiquement un tronc d'arbre. De l'autre côté de la route, un vieux chien faisait sa sieste au soleil.

— Suzanne m'écrivait des lettres, reprit-elle. Tous les ans, le jour de mon anniversaire. Elle les conservait dans une boîte qu'elle m'a donnée. J'en ai lu une hier soir. J'en ai eu le cœur brisé et, malgré tout, je n'en ai pas été, comment dire ? touchée, émue, comme elle aurait voulu que je le sois. Comme elle aurait *besoin* que je le sois. Elle n'est pas ma mère, c'est un fait que rien ne pourra changer. Mais quelqu'un doit payer pour ce que je qualifie de crime. Carlyle paiera quand nous le retrouverons. Carlyle et tous ceux qui ont trempé de près ou de loin dans son immonde trafic. Je peux au moins faire cela pour elle.

— J'essaie d'imaginer ce que je ressentirais si on me volait Tyler, mais j'en suis incapable, ce serait trop… terrifiant. Je peux imaginer, en revanche, que vous avoir retrouvée doit être pour Suzanne à la fois une joie immense et une épreuve terriblement douloureuse. Je ne sais pas si vous pouvez faire autre chose que ce que vous faites, mais votre façon d'agir dénote beaucoup de bonté et de courage.

— Ni l'un ni l'autre, dit Callie avec un éclat de rire sans gaieté. Je ne fais que le nécessaire. C'est la moindre des choses.

— Vous avez tort, mais je ne vais pas perdre mon temps et le vôtre à discuter ce point. Ce qui m'amène à dire qu'il n'était ni nécessaire ni indispensable de me faire préparer ceci, dit Lana en sortant un document de son sac. Voici la déclaration par laquelle vous refusez tout ou partie de la succession de Suzanne et de Jay Cullen. Vous la signerez aux endroits marqués d'une croix. Il faudra un témoin.

Callie prit distraitement la liasse de feuillets.

— Leo me rendra ce service.

— J'aimerais aussi vous donner un conseil. Réfléchissez quelques jours avant de signer.

— Suzanne n'est pas ma mère, je n'ai droit à rien de ce qui lui appartient. Je vous le rendrai demain avec ma signature et je tiens à ce que vous en donniez une copie en main propre à Douglas Cullen.

— Merci mille fois ! Cela simplifiera mes rapports avec lui.

— S'il vous laisse tomber pour un motif pareil, c'est qu'il ne vaut pas la peine que vous vous intéressiez à lui.

— Facile à dire, soupira Lana en reprenant avec Callie le chemin des fouilles. Vous avez un homme, vous.

— Si vous voulez dire Graystone, vous faites erreur. Entre lui et moi, c'est fini et bien fini.

— Disons qu'il s'agit de ma part d'une remarque teintée d'envie. Il est irrésistible.

— Ouais, il est beau garçon, admit Callie du bout des lèvres. Mais Jake et moi sommes collègues, rien de plus. Et nous faisons notre possible pour nous tolérer l'un l'autre sans en venir aux mains quand nous sommes dans la même pièce.

— Vous paraissiez pourtant bien vous entendre, l'autre soir. Je connais la manière dont un homme regarde une femme comme s'il voulait n'en faire qu'une bouchée – c'est d'ailleurs ce qui m'a rendue envieuse. Je surprenais parfois mon mari à me regarder de la même façon. C'est le genre de chose qui ne s'oublie pas et que j'ai reconnue dans les regards que Jake posait sur vous.

Callie se tourna vers Jake, qui jouait avec Tyler en le faisant rire aux éclats. Comment s'y prenait-il pour séduire aussi bien les enfants que les femmes ? se demanda-t-elle, agacée. En fait, quand il voulait s'en donner la peine, il séduisait tout le monde, même les hommes...

— Nous avions cédé à une attirance que je qualifierais de... viscérale. Nous faisions merveilleusement l'amour, mais nous ne nous faisions aucun bien l'un l'autre en dehors du lit.

— Pourtant, vous lui avez parlé de votre... affaire.

Callie se tapota distraitement la jambe avec la liasse de papiers.

— Disons qu'il m'a surprise à un moment de faiblesse. On peut lui faire une confiance absolue pour garder un secret. De plus, il est de bon conseil, ne laisse échapper aucun détail et possède un jugement pour ainsi dire infaillible.

Le jugement de Jake fut pourtant gravement pris en défaut avec Ronald Dolan au cours de leur rencontre de l'après-midi.

Il essaya tous les angles d'attaque, mais l'homme était retranché dans ses positions et refusait de bouger d'un pouce. Complicité masculine, autorité scientifique, humour, appels à la raison, menaces voilées, rien n'y faisait. Finalement, au bout d'une demiheure de discussion serrée au cours de laquelle Jake fit preuve d'une patience qui aurait plongé Callie dans la stupeur, Dolan ne se domina plus :

— J'exige que vous et votre cirque déguerpissiez de ma terre ! hurla-t-il en tapant du poing sur son bureau. C'est clair ?

Jake se leva. Ses yeux jetaient des éclairs et son ton, jusqu'alors mesuré, se fit plus tranchant qu'une lame de rasoir.

— Répétez-le à l'État du Maryland, à la commission d'urbanisme et au tribunal, vous verrez ce qu'ils vous répondront. Attaquez-nous, Dolan, et je vous garantis que les médias vous auront enterré longtemps avant que la justice décide lequel de nous a tort ou a raison. Dolan & Fils finira dans la boue avec les autres vestiges. Sauf que ceux-là n'auront aucune valeur pour personne.

Il prononça ces derniers mots en ouvrant la porte et vit la secrétaire, les yeux écarquillés, manifester un subit intérêt pour sa machine à écrire. Elle avait à l'évidence écouté une bonne partie, sinon la totalité de la conversation. Le bruit allait s'en répandre et les curieux afflueraient sur le site dans les jours, voire les heures à venir.

Une fois en voiture, il alluma son téléphone portable.

— La guerre est déclarée, Leo. Dolan est encore plus obtus que je le craignais. Je passe demander à Lana Campbell de lancer toutes les procédures qu'elle pourra imaginer.

— Elle est encore ici.

— Dans ce cas, j'arrive. Dis-lui de m'attendre.

À quelques kilomètres de là, dans la maison bâtie par le même Dolan selon les spécifications de sa cliente, Jay Cullen était assis à côté de son ex-épouse et regardait la cassette vidéo de Callie Dunbrook. Comme chaque fois que Suzanne le confrontait à son cauchemar, il sentait sa poitrine serrée dans un étau et ses entrailles se nouer.

Jay avait toujours été un homme tranquille, plutôt terne. À la fin de ses études secondaires, il avait épousé Suzanne Grogan, dont il était amoureux depuis l'âge de six ans, avant d'obtenir ses diplômes d'enseignant. Douze ans durant, il avait enseigné les mathématiques au lycée d'où il était sorti. Incapable de supporter la pression constante à laquelle le soumettait l'obsession de Suzanne, il avait poursuivi, après leur divorce, son obscure carrière dans une école du comté voisin où il avait retrouvé une certaine paix de l'esprit. Il pouvait parfois passer des semaines sans penser à sa fille perdue, mais il ne s'écoulait pas une journée sans que Suzanne revienne lui occuper l'esprit.

Il la revoyait maintenant dans une maison trop grande et trop luxueuse où il n'avait jamais vécu avec elle et qui le mettait mal à l'aise. Et il se retrouvait avec elle dans le cercle vicieux qui avait brisé leur ménage et déstabilisé sa propre existence.

— Écoute, Suzanne...

— Avant que tu m'énumères toutes les bonnes raisons pour qu'elle ne soit pas notre fille, laisse-moi terminer. Elle a été adoptée quatre jours après l'enlèvement de Jessica. Assise là où tu es en ce moment, elle m'a expliqué que, d'après les premières recherches qu'elle avait entreprises, elle estimait nécessaire que nous nous soumettions à des tests. Je ne te demande pas d'être d'accord avec moi, Jay. Je te demande seulement d'accepter de t'y soumettre toi aussi.

— À quoi bon ? Tu es déjà persuadée qu'elle est Jessica, je le vois dans ton expression.

— Parce qu'elle a besoin d'en être elle-même convaincue. Toi et Doug...

— Suzanne, je t'en prie ! N'attire pas encore Doug là-dedans.

— Elle est sa sœur.

— Pour lui, elle est une étrangère. Quels que soient les résultats de ces analyses, ils sont des inconnus l'un pour l'autre, dit-il en se détournant de l'écran où Suzanne avait commandé l'arrêt sur image d'un gros plan de Callie. Nous ne retrouverons jamais notre Jessica, Suzanne. Tu auras beau faire, on ne peut pas remonter le temps.

— Tu préférerais ne rien savoir, n'est-ce pas ? ditelle avec amertume. Faire une croix dessus, oublier qu'elle existe de manière à reprendre le cours de ta petite vie sans problèmes ?

— Je voudrais pouvoir oublier et je ne le peux pas ! Mais si je ne peux pas oublier, je refuse de laisser cette obsession bouleverser ma vie comme tu la laisses bouleverser la tienne, Suzanne. Je refuse d'encaisser comme toi des coups les uns après les autres...

Il s'interrompit pour caresser la chienne qui avait posé affectueusement la tête sur ses genoux. Si seulement il était aussi facile de réconforter Suzanne, de se réconforter lui-même...

— Ce qui nous est arrivé ce 12 décembre, reprit-il, ne m'a pas seulement coûté ma fille. Je n'ai pas seulement perdu mon enfant ce jour-là, mais aussi ma femme. Ma meilleure amie. J'ai perdu tout ce à quoi je tenais le plus au monde quand tu as cessé de me regarder, pire, de me voir. Tu ne voyais plus que Jessie. Que le souvenir de Jessie.

Ces mots, elle les avait déjà entendus maintes fois. Elle avait déjà vu sur son visage la même expression de tristesse résignée. Il souffrait encore, certes. Mais il restait un faible...

— Tu as jeté l'éponge, dit-elle en ravalant les larmes qui aggravaient son amertume. Tu t'es résigné à sa disparition comme à celle d'un petit chien.

— C'est faux, répondit-il avec plus de lassitude que de colère. Je n'ai pas abandonné, j'ai accepté l'inéluctable parce que je ne pouvais pas faire autrement. Tu étais devenue aveugle en ce qui me concernait, tu ne voyais ni ce que je faisais ni ce que je ressentais. Au bout de sept ans de ce régime, il n'y avait d'ailleurs plus rien à voir. Il ne restait rien de moi ni de nous deux.

— Tu me l'as assez reproché !

— Oh non, ma chérie ! Je ne t'ai jamais rien reproché. Pas une seule fois.

Ne supportant plus de la voir à nouveau aspirée par ce tourbillon de désespoir, de culpabilité, de chagrin, il se leva, la prit dans ses bras. Et tandis qu'elle tremblait en pleurant sur son épaule, il se sentit aussi inutile, aussi incapable de l'aider que lorsqu'elle l'avait appelé au téléphone ce jour-là pour lui annoncer que Jessica avait disparu.

— Je me soumettrai à ces tests, lui dit-il. Dis-moi simplement ce que je dois faire.

Il prit rendez-vous avec le médecin avant de quitter Suzanne. Cette démarche, qui parut la rasséréner, aggrava au contraire le malaise de Jay. La pression de l'étau sur sa poitrine lui coupait le souffle.

Il ne voulait pas se rendre au site archéologique, comme Suzanne l'en avait presque supplié. Il n'était pas prêt à rencontrer Callie Dunbrook. Que pourraient-ils se dire ? « Bonjour, ma fille. – Bonjour, papa. Nous ne nous sommes pas vus depuis longtemps » ? Absurde...

Le jour des vingt et un ans de Jessica, il avait pris conscience que si sa fille était encore en vie, comme il en priait le ciel, elle était une femme adulte, une étrangère qui jamais plus ne lui appartiendrait.

Il se sentait aussi hors d'état de reprendre la route pour rentrer chez lui que de passer une nouvelle soirée dans la solitude. Une solitude qu'il avait pourtant recherchée, voire souhaitée quand il avait accepté le divorce que lui demandait Suzanne. Après tant d'années chaotiques, il lui fallait prendre du recul. Du repos. Était-ce à cause de ce désir de solitude qu'il ne s'était jamais remarié ? Il aimait parfois s'en convaincre. En réalité, Jay Cullen était foncièrement monogame. Si Jessica était le fantôme qui hantait l'esprit de son ex-épouse, c'était son mariage avec Suzanne qui hantait celui de Jay. Lorsqu'il lui arrivait de céder aux exigences de son propre corps et qu'il passait une nuit avec une femme, il se sentait coupable d'adultère. Aucun jugement ne lui ferait croire, au plus profond de lui-même, qu'il n'était plus le mari de Suzanne.

De même, il s'efforçait de ne pas penser aux hommes que Suzanne aurait pu connaître depuis leur séparation. Et il savait qu'elle lui aurait reproché ce qui, à ses yeux, était son plus gros défaut : cet instinct de se replier sur lui-même, de s'isoler de ce qui le rendait malheureux ou, plus simplement, lui déplaisait et troublait le cours paisible de son existence. Il le reconnaissait d'ailleurs volontiers.

Quand il arriva à Woodsboro, il éprouva le mélange contradictoire de regret et de plaisir que lui procurait chacun de ses retours dans la ville de sa jeunesse et de ses plus belles années avec Suzanne. Même s'il n'y vivait plus depuis longtemps, il se sentait toujours ici chez lui. Chaque rue, chaque maison évoquait un souvenir.

Par la force de l'habitude, il se gara dans le premier emplacement libre et parcourut à pied les quelques dizaines de mètres le séparant de la librairie de Roger. Il trouva celui-ci en train de servir un client, lui fit signe de ne pas se déranger et flâna entre les rayonnages en attendant qu'il se libère.

Il avait été plus proche de Roger que de son propre père, qui aurait préféré voir son fils en champion sportif plutôt qu'en élève studieux. Roger le considérait toujours comme son gendre malgré le divorce, mais leurs rapports avaient quand même changé. Encore une perte, en plus de celles de Suzanne et de Jessica...

En voyant Doug ranger des livres sur une étagère, Jay s'arrêta. Il l'avait revu deux fois depuis son retour à Woodsboro, mais il avait encore du mal à se faire à l'idée que ce grand gaillard aux larges épaules était son fils.

— Tu as des bons bouquins de vacances, mon garçon ?

Doug regarda par-dessus son épaule et fit un large sourire en reconnaissant son père.

— J'ai des romans cochons dans ma collection privée, mais ils te coûteront un max. Qu'es-tu venu faire en ville ?

À peine eut-il posé la question qu'il en connut la réponse, et son sourire s'effaça.

— Peu importe, reprit-il. C'est à cause de maman, n'est-ce pas ?

— Tu as vu la vidéo, je crois.

— J'ai même fait mieux, je l'ai vue elle, en chair et en os.

— Alors, qu'en penses-tu ? demanda Jay en se rapprochant.

— Qu'est-ce que je suis censé en penser ? Je ne la connais pas. Tout ce que je sais, c'est qu'elle a mis maman dans tous ses états.

— Ta mère m'a dit que c'est elle qui était allée la voir.

— Oui, bon. Cela revient au même.

— Et Roger ?

— Le reportage de la télé l'a secoué, mais il s'en est remis. Tu connais grand-père. Un roc.

— A-t-il été la voir sur le site archéologique ?

— Non. Il craint que, s'il donne l'impression de lui courir après, elle parte ou refuse de faire faire les analyses ou je ne sais trop quoi. Depuis quelques jours, il lit des livres sur l'archéologie pour avoir des sujets de conversation avec elle quand nous serons redevenus une belle grande famille heureuse, dit Doug avec un rire amer.

— Écoute, si elle est ta sœur, il faut que nous le sachions. Quoi que nous décidions par la suite, nous avons besoin de le savoir. Je vais en parler à Roger avant de partir. Garde un œil sur ta mère, d'accord ?

10

Lorsque Lana arriva à la librairie, Tyler se précipita pour montrer ses trouvailles à Roger, en grande conversation avec un homme. Lana leur présenta ses excuses pour l'interruption.

— Je vais m'occuper de notre jeune savant, lui dit Roger en souriant. Lana, je vous présente mon... Jay Cullen, le père de Douglas. Jay, Lana Campbell, la plus charmante avocate du comté, sinon de tout le Maryland, et son fils Tyler.

Le mot « gendre » avait failli lui échapper.

Lana vit chez Jay les yeux de Callie et le nez de Douglas. Reconnaître ses propres traits dans la physionomie de ses enfants, se demanda-t-elle, lui donnait-il le même plaisir que celui qu'elle éprouvait en distinguant les siens et ceux de son mari sur le visage de Tyler ?

— Tyler et moi arrivons d'une visite au site archéologique d'AntietaCreek, dit-elle après lui avoir serré la main.

Elle vit son expression changer. Il sait donc que sa fille disparue il y a près de trente ans n'est qu'à quelques centaines de mètres de lui, se dit-elle. Pourquoi n'y va-t-il pas ? Heureusement, Tyler meubla aussitôt le silence qui suivit par une description, aussi enthousiaste que confuse, de ses activités de l'aprèsmidi et de ce que lui avaient enseigné le Pr Greenbauet le Pr Graystone.

Il en était aux fossiles quand Lana vit du coin de l'œil une forme bouger au fond de la boutique et se retourna.

— Bonjour, Douglas.

— Bonjour, Lana.

Il est mignon ce gamin, il ressemble à sa mère, pensa-t-il en regardant Tyler qui sautillait sur place, surexcité, et faisait étalage de ses connaissances toute neuves.

Lana parvint quand même à faire les présentations.

— Tu veux devenir archéologue, toi aussi ? demanda Doug en lui ébouriffant distraitement les cheveux.

— Non, pal… comment on dit déjà, maman ?

— Paléontologue, précisa Lana.

— Oui, c'est ça, parce que je veux trouver des dinosaures. J'ai un livre plein de dessins de dinosaures. C'est eux les meilleurs.

— C'est vrai, approuva Doug. J'avais une collection de dinosaures en plastique, à ton âge. Ils passaient leur temps à se battre et à se dévorer. Tu t'en souviens, papa ?

— Difficile d'oublier le raffut que tu faisais dans ta chambre quand tu jouais avec eux, répondit Jay en souriant.

— C'est ton papa, ce monsieur ? voulut savoir Tyler.

— Oui.

— Moi, mon papa il est monté au ciel, mais il veille toujours sur moi parce que c'est ce que les papas doivent faire. N'est-ce pas ?

— Du moins, nous nous y efforçons, dit Jay en réprimant une grimace de douleur.

La conversation entre Jay et Tyler, sous l'arbitrage de Roger, ayant dévié sur les vertus comparées du baseball et du football, Lana se tourna vers Doug.

— Il faut que je vous parle. Vous avez une minute ?

— Bien sûr, répondit-il sans conviction.

— Doug, intervint Roger en constatant que son petit-fils restait planté sur place, emmène donc Lana dans l'arrière-boutique et offre-lui à boire. Il y a tout ce qu'il faut dans le frigo. Soyez tranquille, Lana, vous pouvez nous confier Tyler.

— Merci, Roger. Enchantée d'avoir fait votre connaissance, monsieur Cullen. Tu seras bien sage, Tyler. Promis ?

Et Lana suivit Doug qui disparaissait déjà dans l'arrière-boutique.

— Je constate, dit-elle pendant qu'il se penchait sur le frigo, que vous n'avez pas passé une aussi bonne soirée que moi l'autre soir.

— Je vous ai dit que si, répondit-il avec une gêne évidente.

— En tout cas, vous ne m'avez pas rappelée pour me demander si nous pouvions sortir dîner une autre fois.

— J'avais des tas de choses à faire, dit-il en lui tendant une boîte de coca. Mais je n'avais pas oublié.

— Eh bien, puisque nous en parlons, invitez-moi donc maintenant. C'est l'occasion ou jamais.

— Bon, d'accord. Vous voulez demain soir ?

— Avec plaisir. Quelle heure ?

Il eut l'impression désagréable d'être le dos au mur.

— Je ne sais pas... Sept heures ?

— Parfait. Cette question étant réglée, poursuivitelle en posant son cartable sur le bureau de Roger, je dois vous informer que je représente Callie Dunbrook dans l'action qu'elle a engagée pour déterminer sa véritable identité.

Doug sentit les muscles de son cou se tétaniser.

— Pourquoi diable a-t-elle besoin d'un avocat pour ça ?

— La réponse est couverte par le secret professionnel. Elle m'a chargée, en revanche, de vous remettre ceci, dit-elle en sortant un document de son cartable. J'ai rédigé cet acte à sa demande.

Doug ne tendit pas la main. À quoi joue-t-elle ? se demanda-t-il, excédé. D'abord, elle me manœuvre pour se faire inviter et elle lâche sa bombe ensuite. Le tout sans même battre des cils...

— Êtes-vous venue dans le but de m'extorquer un rendez-vous ou de me coller un truc juridique dans les mains ?

— Le terme « extorquer » est exact, bien que peu flatteur. Par ailleurs, ma cliente m'a chargée de vous remettre une copie d'un acte officiel dont elle souhaite que vous preniez connaissance. Donc, pour répondre à votre question, la réponse est oui dans les deux cas. Et si le fait que je représente Callie vous gêne pour sortir dîner avec moi, je le comprendrai et je respecterai votre décision. Quand bien même elle me paraîtrait absurde et dénotant de l'étroitesse d'esprit, ajouta-t-elle.

— Je n'aime pas être manipulé, grogna-t-il.

— Traiter un avocat de manipulateur est un pléonasme. Voulez-vous annuler votre proposition de m'inviter à dîner demain ?

— Et passer pour un imbécile à l'esprit étroit ?

— Exactement, répondit-elle avec son sourire le plus charmeur. Car vous vous priveriez de ma compagnie, que d'aucuns considèrent comme tout à fait agréable et intellectuellement stimulante.

Il ne put s'empêcher ni de rire – ni de reculer d'un pas.

— Écoutez... vous me plaisez, c'est vrai. Et c'est parce que vous me plaisez que je serai franc. Je ne suis pas doué pour contrôler la situation avec une femme comme vous.

— Et si j'avais simplement envie de faire l'amour ?

Il en resta un long moment bouche bée.

— Hein ? Vous voulez dire ?...

— Ce n'est pas le cas, le rassura-t-elle, amusée par sa réaction. Mais c'est une preuve de sexisme et d'étroitesse d'esprit de vous imaginer que, parce que je suis une femme, je cherche à m'attacher un homme avec qui j'aurai dîné deux fois ou que je veuille mettre le grappin sur lui parce que je suis jeune, veuve et mère d'un enfant à élever.

— Je ne voulais pas insinuer... Je croyais que...

Il s'interrompit, avala une longue gorgée de coca.

— Je ne pourrais rien dire, à ce stade, sans m'enfoncer encore plus. Donc, il vaut mieux que je me taise. À demain soir, sept heures.

— Bien.

Sur quoi, elle lui tendit de nouveau les papiers.

— Que diable y a-t-il là-dedans ? grommela-t-il.

— Le sens en est très clair. Cependant, je vous donnerai volontiers toutes les explications que vous souhaitez si certains termes vous échappent.

Il ne put faire autrement que d'y jeter un coup d'œil et le sens, en effet, lui apparut aussitôt en dépit du jargon juridique. Lana vit son expression se durcir, ses yeux lancer des éclairs. La colère lui va bien, se dit-elle. Curieux comme un mauvais caractère peut donner de la séduction à certains hommes. Avec lui, elle commettait probablement une erreur, mais la vie était trop courte pour ne pas s'en accorder une de temps en temps...

— Vous direz à votre cliente qu'elle peut aller se faire voir, gronda-t-il en finissant sa lecture.

— Je préférerais que vous lui transmettiez le message vous-même, dit-elle avec suavité.

— Bon. C'est ce que je ferai.

— Avant d'aller l'agonir d'injures, dit-elle en posant la main sur son bras, je ne violerai pas le secret professionnel en vous disant que Callie est une femme au caractère bien trempé et au cœur d'or, qui se trouve en ce moment dans une situation plus que difficile et s'efforce de faire ce qu'elle estime le mieux pour toutes les parties en cause. Je pense que vous êtes inclus dans le lot.

— Je m'en fiche.

— Peut-être, dit Lana en refermant son portedocuments. Cela vous intéressera ou vous amusera quand même de savoir que lorsque Callie a rencontré Tyler pour la première fois, elle a eu exactement le même geste que vous pour lui ébouriffer les cheveux.

La lueur qui s'alluma dans ses yeux pour s'éteindre aussitôt ne dénotait plus la colère, mais un doute mêlé de perplexité.

— Et alors, qu'est-ce que ça prouve ? bougonnat- il.

— Peut-être rien. À demain.

— Je ne crois pas que...

— Non, on ne revient pas sur sa parole. Je vous attendrai chez moi à sept heures. Roger vous donnera mon adresse.

Callie et Jake enveloppaient les ossements exhumés dans des linges humides et des sacs en plastique après les avoir photographiés, dessinés, enregistrés. Les examens de laboratoire en révéleraient davantage. D'autres scientifiques, des spécialistes de diverses disciplines, des étudiants les observeraient et les analyseraient à leur tour.

Le fémur dont ils s'occupaient à ce moment-là semblait faire partie du squelette désarticulé en raison des mouvements de terrain provoqués par les crues successives de la rivière au cours de plusieurs millénaires qu'ils tentaient de reconstituer.

— La fracture de l'humérus paraît avoir été provoquée par un coup de hache, commenta Callie. Se faisaient-ils déjà la guerre à l'époque ?

Elle était en proie à une lutte intérieure, pensa Jake qui voyait depuis un moment son expression s'assombrir. Et elle s'absorbait dans l'examen de ces ossements pour tenter de s'en distraire.

— Les hommes se sont toujours battus. Il s'agissait peut-être de l'agression d'une autre tribu, d'une vengeance pour du bétail volé, une récolte dévastée. Les causes n'ont jamais manqué.

— Ou celui-ci était peut-être un imbécile qui avait bu trop de jus fermenté et qui a provoqué son meilleur ami et s'est fait tuer pour rien.

— Tu as toujours été trop romantique pour ton bien, Dunbrook.

— C'est pourtant vrai. Les crétins machos ne sont pas un phénomène récent. Les hommes ne se battaient pas seulement pour défendre leur territoire ou leur honneur, ils s'entretuaient aussi pour le plaisir. Plus la science progresse, moins elle dépeint nos ancêtres sous des couleurs idylliques, tu le sais aussi bien que moi.

— Tu devrais écrire un article sur le sujet. « Le crétin macho préhistorique et son influence sur l'homme moderne. »

— Pourquoi pas ? Tiens, ajouta-t-elle en se tournant vers la route où venait de claquer une portière, puisque nous parlons de crétins machos, en voilà un. Contemporain.

— Tu connais ce type ?

— Oui. Douglas Cullen.

Jake se redressa, jaugea du regard le nouvel arrivant qui fonçait vers eux d'une manière manifestement belliqueuse.

— Vraiment ? Il n'a pas l'air très fraternel.

— Ne t'en mêle surtout pas, Graystone.

Doug nota la présence d'un homme à côté de Callie mais n'en tint pas compte. C'était à elle qu'il avait affaire, et à elle seule. Si l'autre en prenait ombrage, tant pis ou, plutôt, tant mieux. Il était d'humeur à se battre avec la terre entière.

Il se campa devant Callie, sortit de sa poche le document remis par Lana, le montra ostensiblement. Puis, avec une lenteur calculée, le déchira en menus morceaux qu'il jeta par terre. Rien n'aurait pu susciter plus vite la fureur de Callie – et aussi son respect.

— Vous polluez notre site, Cullen.

— Estimez-vous heureuse que je ne vous l'aie pas fait avaler.

Jake pensa alors avoir le droit d'intervenir.

— Ramassez ces papiers et essayez de faire ce que vous venez de dire, dit-il sèchement.

— Je t'ai déjà demandé de ne pas t'en mêler ! le rabroua Callie.

Autour d'eux, l'activité cessa aussi subitement que sur le chantier de Dolan le matin même. Malgré elle, Callie pensa que Douglas Cullen et elle avaient plus en commun qu'ils ne le croyaient l'un et l'autre.

— Ceci est strictement entre elle et moi, gronda Doug.

— Pour une fois, je suis d'accord, approuva Callie.

— Mais si vous voulez un round de boxe quand nous aurons terminé, dit-il à Jake, je ne demande pas mieux.

Callie résolut le conflit en s'interposant entre eux.

— La connerie des hommes remonte vraiment à la plus haute antiquité, grommela-t-elle entre ses dents. Et maintenant, ramassez vos détritus et filez.

— Ces paperasses sont insultantes pour moi et pour ma famille !

— Ah oui ? répliqua Callie, le menton levé d'un air de défi. Vous m'avez insultée en m'accusant d'en vouloir à l'argent de votre mère !

— C'est exact. Nous sommes quittes.

— Non ! Nous ne serons quittes que quand je serai venue faire un scandale sur votre lieu de travail en présence de vos collègues !

— D'accord. Pour le moment, je bricole à la librairie de mon grand-père dans la rue principale. Nous sommes ouverts du lundi au samedi, de dix heures à dix-huit heures.

— J'en prends bonne note. D'ici là, disparaissez avant que je cède à l'envie de vous chasser de ces lieux à coups de pied au derrière.

Elle souligna sa menace d'un sourire de défi qui déclencha l'apparition de ses trois fossettes. Doug parut soudain frappé par la foudre. Il vacilla comme si le sol se dérobait sous ses pieds et devint si pâle que Callie crut qu'il allait se trouver mal et s'écrouler devant elle.

— Qu'est-ce qui ne va pas ?

Il fallut à Doug un moment pour se ressaisir.

— Vous êtes le portrait de ma mère. Avec les yeux de mon père. Qu'est-ce que je suis censé faire, moi ? Qu'est-ce que je dois croire ?

Son évident désarroi eut raison de l'humeur agressive de Callie. Elle se sentait elle-même sur le point de craquer.

— Je ne sais pas… Je ne sais pas ce que les uns et les autres…

Jake posa une main sur son épaule.

— Allez donc tous les deux poursuivre cette conversation dans la caravane de Digger. À moins que tu ne veuilles en faire profiter tout le monde. Je finirai le travail pendant ce temps.

— Tu as raison. Venez, Douglas.

Jake se baissa pour ramasser les papiers, se redressa, lança autour de lui un long regard qui suffit à faire reprendre le travail. Callie partit sans se retourner pour s'assurer si Douglas la suivait. Son expression lui avait assez dit qu'il le ferait et, s'il renâclait, Jake se chargerait de le mettre sur le bon chemin.

Elle entra, louvoya entre les détritus qui encombraient le plancher, ouvrit le minifrigo et demanda, entendant des pas derrière elle :

— Bière, eau minérale ou limonade ?

— C'est une décharge publique, cette caravane !

— Digger a congédié ses domestiques à vie.

— Digger, c'est un node personne ?

— Oui. Reste à prouver scientifiquement qu'il est un être humain.

— Une bière.

Elle prit deux boîtes, les décapsula et se retourna enfin pour lui tendre la sienne. Douglas la fixa avec effarement.

— Désolé. Je ne sais vraiment pas par quel bout prendre tout ça.

— Bienvenue au club.

— Je voudrais que vous ne soyez pas venue ici, je voudrais même que vous n'ayez jamais existé. Je me considère comme un franc salaud de le penser, mais je ne veux pas non plus que tout cela retombe encore une fois sur ma mère. Et sur moi. Trop, c'est trop.

Son absolue sincérité pour exprimer un sentiment que Callie comprenait et partageait lui fit réviser son jugement sur Douglas. Dans d'autres circonstances, elle aurait éprouvé pour lui de l'amitié, et même de l'affection.

— Cette situation ne me plaît pas davantage. J'ai moi aussi une famille, et elle en souffre. Alors, vous la prenez, cette bière ?

— J'aurais préféré que ma mère se soit trompée, ça lui est arrivé souvent, dit-il en prenant la boîte. Mais cette fois-ci, quand je vous regarde, je ne peux pas croire que ce se soit le cas.

Ils se retrouvaient aussi assommés l'un que l'autre, elle par un frère, lui par une sœur que le destin leur imposait sans préavis.

— Non, répondit-elle, je ne crois pas qu'elle ait commis d'erreur. Il faudra le confirmer par des tests, mais nous disposons déjà d'assez d'éléments concordants pour étayer l'hypothèse. C'est d'ailleurs comme cela que je gagne ma vie, en étayant des hypothèses.

— Vous êtes vraiment ma sœur...

Le mot lui brûla la langue au point qu'il dut boire une longue gorgée de bière. Elle sentit elle-même son estomac faire des bonds.

— Il est plutôt vraisemblable que *j'aie été* votre sœur.

— On peut s'asseoir ?

— Bien sûr, au risque d'attraper plusieurs infections variées.

D'un geste décidé, elle balaya les magazines, bouteilles vides et autres débris qui jonchaient l'étroite couchette. Doug s'y laissa tomber.

— Je ne veux pas que vous lui fassiez du mal, c'est tout.

— Pourquoi lui ferais-je du mal ? s'étonna Callie.

— Vous ne pouvez pas comprendre...

— Eh bien, expliquez-moi.

— Elle ne s'est jamais remise du kidnapping. Je crois que si vous étiez morte, elle l'aurait admis plus facilement.

— C'est un peu dur à avaler, mais je le comprends.

— L'incertitude continuelle, le besoin de croire qu'elle vous retrouverait un jour, le désespoir qui revenait jour après jour... Tout cela l'a changée, a tout changé autour d'elle. Et je l'ai vécu à ses côtés.

Callie se rappelait avoir lu dans les journaux de l'époque qu'il était présent au moment de son enlèvement. Il en avait donc subi les conséquences toute sa vie.

— Oui. Et pas moi.

— Non, pas vous. Cela a brisé le ménage de mes parents et les a brisés eux-mêmes, en un certain sens. Ma mère s'est rebâti une nouvelle vie, mais elle l'a construite sur les ruines de celle d'avant. Je ne veux pas la voir brisée une fois de plus.

Le chagrin sincère qu'éveillèrent ses paroles chez Callie lui restait pourtant lointain, théorique, presque aussi étranger que la mort de l'homme préhistorique dont elle avait exhumé les ossements.

— En aucun cas je ne voudrais aggraver sa peine, répondit-elle. Je ne peux pas éprouver pour elle les mêmes sentiments que vous, bien entendu, mais je ne veux pas lui faire du mal. Elle veut retrouver sa fille, mais rien n'est capable de la lui rendre réellement. Tout ce que je peux faire pour elle, c'est lui donner la preuve que je suis en vie, en bonne santé et que j'ai été élevée par des gens bons et honnêtes. Je ne sais pas si ce sera pour elle une forme de consolation.

— Ils vous ont volée !

D'instinct, elle serra les poings.

— Non. Ils ignoraient que j'avais été volée. Et, parce qu'ils sont honnêtes, ils en souffrent cruellement depuis qu'ils le savent.

— Vous les connaissez, pas moi.

Il venait de mettre le doigt sur le nœud du problème. Ils ne connaissaient pas leurs familles respectives, ils ne se connaissaient même pas l'un l'autre. Mais au point où ils en étaient, ils allaient devoir apprendre à le faire.

— Je vous ai parlé des sentiments de ma mère, reprit-il. Et les vôtres ? Que ressentez-vous ?

— J'ai peur, admit-elle. Peur de me trouver devant une grande roue que je ne maîtrise pas et qui risque de m'écraser. Mes rapports avec mes parents ont déjà changé. Nous sommes prudents les uns envers les autres comme nous ne l'avions jamais été. Je ne sais pas combien de temps il nous faudra pour revenir à la normale. Je ne crois pas que nous y reviendrons tout à fait, et cela me rend malade. D'autant plus malade, ajouta-t-elle, que votre mère n'a rien fait pour mériter cette épreuve. Votre père non plus. Ni vous.

— Ni vous non plus. Quel est votre premier souvenir net ?

Lui reprocher sa réapparition, dut-il s'avouer, était une manière de masquer son propre sentiment de culpabilité.

— Mon premier souvenir ? répéta-t-elle.

Elle réfléchit en buvant quelques gorgées de bière.

— J'étais à cheval sur les épaules de mon père. Au bord de la mer, à Martha's Vineyard sans doute, nous y allions passer quinze jours presque tous les étés. Il sautait dans les rouleaux, je le tenais par les cheveux et je riais aux éclats. J'entends encore ma mère lui crier : « Sois prudent, Elliot ! », mais elle riait elle aussi. Et le vôtre ?

— J'attendais pour voir le Père Noël à Hagerstown. Il y avait du bruit, de la musique, beaucoup de monde. Le gros bonhomme de neige me faisait peur. Vous… tu dormais dans ta poussette.

Il s'interrompit, but de la bière pour se donner du courage. Ce souvenir-là, il fallait qu'il l'évoque. Surtout devant elle.

— Tu portais une belle robe de velours rouge avec de la dentelle par-devant. Maman t'avait enlevé ton bonnet parce que tu protestais. Tes cheveux étaient comme du duvet blond, presque blanc. En fait, tu étais quasiment chauve…

Elle sentait peu à peu un lien s'établir entre elle et le petit garçon qu'il avait été et qui se souvenait d'elle.

— J'ai changé de ce côté-là, dit-elle avec un sourire en passant une main dans sa tignasse indisciplinée.

Doug réussit à lui rendre son sourire.

— Oui, plutôt. J'avais une terrible envie de faire pipi, mais je n'aurais quitté la file d'attente pour rien au monde parce que j'attendais de dire au Père Noël quels jouets je voulais. Mais plus je m'en approchais, plus il me paraissait laid et plus les elfes me faisaient peur. Quand mon tour est venu, maman m'a dit de m'asseoir sur les genoux du Père Noël. Et là, j'ai été pétrifié. Il ne ressemblait pas du tout à ce que je m'étais imaginé, il était trop gros. Alors, quand il a braillé son : « Ho ! Ho ! Ho ! », j'ai paniqué. Je me suis mis à crier, à me débattre, je suis tombé par terre et j'ai même saigné du nez. Maman m'a ramassé, m'a pris dans ses bras, et j'ai compris que tout irait bien de nouveau. C'est juste après qu'elle a commencé à hurler. J'ai regardé et... tu n'étais plus dans ta poussette.

Il avait trois ans, pensa-t-elle. Il était terrorisé, sans aucun doute. Traumatisé à vie, rongé de remords parce qu'il se croyait responsable de l'enlèvement de sa petite sœur pour avoir détourné l'attention de sa mère...

D'instinct, elle sentit qu'elle devait lui répondre comme elle aurait voulu qu'on lui parle à elle.

— Si je comprends bien, vous... tu as toujours peur des gros bonshommes habillés en rouge ?

Il éclata d'un rire franc et joyeux. Et, pour la première fois, elle le vit se détendre.

Il était minuit passé lorsque Dolan émergea du couvert des arbres et observa le terrain qu'il avait divisé avec tant de soin en parcelles constructibles. Le lotissement d'AntietaCreek, son chef-d'œuvre, son legs aux générations futures ! De belles et bonnes maisons à des prix raisonnables, destinées à de jeunes familles souhaitant concilier le confort moderne et le charme de la vie rurale. Un cadre à la fois paisible, pittoresque, historique – et à un quart d'heure de l'autoroute.

Il avait payé ce terrain un bon prix, assez en tout cas pour que les seuls intérêts bancaires engloutissent une année de ses bénéfices s'il ne rattrapait pas le temps perdu. S'il ne reprenait pas d'urgence les travaux et dépassait soixante jours de retard, les contrats de vente déjà signés seraient caducs et il devrait rembourser les acomptes.

Un scandale ! pensa-t-il avec rage. Un vrai scandale que des gens se permettent de venir lui dire ce qu'il pouvait ou ne pouvait pas faire sur un terrain qui lui appartenait ! Ces maudites associations de préservation du patrimoine lui avaient déjà coûté plus de temps et d'argent qu'un homme sensé ne pouvait se permettre de gaspiller. Il avait pourtant joué le jeu, respecté les règlements à la lettre, payé des avocats, exposé ses projets en conseil municipal, donné des interviews à la presse.

La plaisanterie n'avait que trop duré !

Qui pouvait affirmer que cette petite mijaurée de Lana Campbell et ses écolos bêlants n'avaient pas manigancé tout cela pour le pousser à revendre son terrain à perte ? Quant à ces prétendus scientifiques à l'allure de hippies, qui pouvait dire s'ils ne trempaient pas dans ce complot et ne faisaient pas tout un plat des tas d'os qu'ils déterraient ? Les braves gens du pays ne vivent pas de vieux os, il leur faut des maisons solides pour élever leurs enfants. Et ces maisons, il allait les leur construire, que les autres le veuillent ou non !

L'idée lui était venue quand cette grande gueule de Graystone lui avait rebattu les oreilles de l'impact historique et scientifique de leurs découvertes. Découvertes, mon œil ! On verrait ce que dirait la presse de l'« impact historique » quand elle apprendrait qu'il ne s'agissait que d'os de bœufs et de cochons ! Il en gardait toujours une provision pour ses chiens dans le frigo de son garage. Avec un sourire satisfait, il regarda le grand sac-poubelle qu'il avait sorti de sa voiture, garée à quelques centaines de mètres de là. Graystone allait voir ce qu'il allait voir.

Et cette petite garce de Dunbrook aussi. Pour qui elle se prenait, celle-là, de venir sur son chantier l'engueuler devant ses hommes ? Et lui coller le shérif sur le dos, en plus ! L'humilier ! Il était un homme respectable, connu dans tout le comté, pas un de ces petits saligauds qui s'amusent à taguer les murs à coups de bombe ! Il n'allait pas se laisser faire, ah mais non ! Elle l'accusait de vandalisme ? Eh bien, il allait lui montrer de quoi il était capable ! Puisqu'ils voulaient lui faire des coups tordus, il leur en rendrait de plus tordus encore. Et quand ces enfants de salauds se seraient ridiculisés et auraient filé la tête basse et la queue entre les jambes, il se remettrait enfin au travail. Ses ouvriers avaient besoin de gagner leur vie, ses concitoyens de se loger. Il avait le droit et la morale pour lui. D'ailleurs, avec la banque pendue à ses basques, ses équipes au chômage qui venaient tous les jours lui demander quand le travail reprendrait et sa femme qui passait ses nuits à récriminer et à s'inquiéter pour leurs finances, il n'avait pas le choix.

Dolan s'engagea sans bruit sur le terrain en jetant un coup d'œil à la caravane. La lumière était éteinte, sans doute parce que le zigoto qui y campait ronflait en cuvant son whisky. Il crut entendre un bruit derrière lui, tendit l'oreille. Le soudain ululement d'une chouette le fit sursauter au point de lâcher son sac d'os qu'il ramassa en riant de sa frayeur. Un vieux dur à cuire comme lui avoir peur dans le noir ! Un comble ! Il rôdait déjà dans ces parages quand il était tout gamin.

Pas dans les bois, c'est vrai. Les gens ne s'aventuraient guère dans les bois autour du Trou de Simon. Non qu'il ait jamais cru aux fantômes, lui, mais les endroits où camper, chasser ou même se promener ne manquaient pas. Alors, pourquoi se risquer dans un coin où des hommes dignes de respect avouaient avoir senti les cheveux se dresser sur leur tête ?

Quand son lotissement serait terminé, il y aurait là des gens qui dîneraient autour du barbecue avant de faire une partie de cartes ou de regarder le journal télévisé, qui tondraient leur pelouse où les gosses joueraient en sortant de l'école. Plus question de fantômes, pensait-il en essuyant d'un revers de main la sueur qui lui perlait au front. La vie prendrait le dessus pour de bon.

Il pressa le pas en regardant autour de lui les ombres qui paraissaient bouger, onduler. Arrivé devant un des trous, il posa son sac, l'ouvrit, empoigna un os encore frais et humide. Il n'allait quand même pas y descendre, cela ressemblait trop à une tombe ! Non, il allait prendre une des pelles qui traînaient partout et enfouir les os autour des trous ou sous les tas de déblais. Cela suffirait largement.

Un nouveau bruit lui fit dresser l'oreille, comme si quelqu'un se glissait à travers un buisson. Il se retourna, braqua le pinceau de sa torche électrique vers les arbres, vers l'étang.

— Qui va là ? cria-t-il d'une voix mal assurée. Vous n'avez pas le droit de rôder ici, vous êtes sur mon terrain ! J'ai une arme et je n'aurai pas peur de m'en servir.

Il lui fallait vite une pelle, autant comme arme que comme outil. Il s'élança vers un déblai où en était plantée une, se prit le pied dans une des ficelles délimitant les carrés, tomba lourdement sur les genoux. La torche lui échappa des mains, s'éteignit en tombant. Pestant, jurant, il se releva.

— Je déraille, grommela-t-il. Il n'y a personne ici à près d'une heure du matin, voyons ! Je perds la tête, pour trembler comme une femmelette et crier à des ombres !

Mais quand l'ombre fut sur lui, il n'eut pas le temps de crier. Le coup assené sur sa tête lui fit perdre conscience en une seconde. Et lorsque l'ombre traîna son corps jusqu'à l'étang, il était aussi mort que le jeune Simon qui s'y était noyé deux siècles auparavant.

Deuxième partie

LA FOUILLE

Pourquoi cherches-tu
les vivants parmi les morts ?

Luc, 24/5

11

Trempé de la tête aux pieds, Digger tirait de longues bouffées gourmandes de la cigarette quémandée à l'un des hommes du shérif. Il s'était arrêté de fumer depuis plus de deux ans, mais la découverte d'un cadavre en allant se vider la vessie à l'aube justifiait cette rechute.

— J'ai sauté à l'eau sans réfléchir. J'avais réussi à le tirer sur la rive quand j'ai vu qu'il avait le crâne défoncé. Pas la peine de se fatiguer à lui faire du bouche-à-bouche, hein ?

— Tu as agi au mieux, le rassura Callie. Tu devrais maintenant aller te changer, mettre des vêtements secs.

— Ils m'ont dit qu'ils voulaient encore me parler, dit-il en portant la cigarette à sa bouche d'une main tremblante. J'aime pas parler aux flics, moi. Et ils veulent fouiller ma caravane.

Callie fronça les sourcils avec inquiétude.

— Tu as du cannabis, là-dedans ? Autre chose qui pourrait t'attirer des ennuis ?

— Non, j'ai laissé tomber l'herbe en même temps que le tabac, mais je vais peut-être me remettre aux deux, dit-il avec un sourire en coin. Tu te rends compte ? Ces connards croient que j'ai fait le coup !

— Ils doivent tout vérifier, c'est normal. Mais si tu es vraiment inquiet, nous pouvons prévenir un avocat.

— Non, qu'ils fouillent tant qu'ils veulent, ils ne trouveront rien en rapport avec cette affaire. Enfin, bon sang, si j'avais voulu tuer ce bonhomme, je m'y serais mieux pris ! Je ne sais même pas qui c'est, je ne l'avais jamais vu.

— Bon, attends-moi ici, je vais voir ce qui se passe.

Digger s'assit dans l'herbe en regardant les minces écharpes de brume qui rampaient encore autour du Trou de Simon. Callie fit signe à Rose de lui tenir compagnie et alla rejoindre Jake.

— Qu'est-ce qu'ils disent ?

— Pas grand-chose, mais on peut déjà se faire une idée de ce qui s'est passé.

Le shérif et ses agents avaient isolé avec du ruban de plastique POLICE-RECHERCHES EN COURS les zones B 10 à D 15. Le corps de Dolan gisait à plat ventre dans l'herbe, là où Digger l'avait hissé sur la rive. La plaie ne saignait plus. L'enfoncement de la boîte crânienne avait dû être provoqué par un coup assené par-derrière avec une grosse pierre. Un sillon ensanglanté reliait l'endroit où le corps était tombé au bord de l'étang où l'assassin l'avait traîné.

Parmi les nombreuses empreintes de chaussures, on distinguait celles des pieds nus de Digger quand il était descendu de sa caravane jusqu'au bord de l'eau, puis les mêmes, plus appuyées et plus espacées, quand il était reparti en courant. Les policiers, pensa Callie, pouvaient les voir clairement, en tirer des déductions logiques et comprendre qu'il disait la vérité.

Chacun pouvait aussi expliquer la raison de la présence de Dolan sur le site cette nuit-là : des os d'animaux débordaient d'un grand sac-poubelle près du carré B 14. Un agent photographiait le corps, les os, les traces dans l'herbe et la terre boueuse. Le médecin légiste était alerté et devait arriver d'un instant à l'autre.

— Dolan a dû venir disséminer des os d'animaux, il était assez remonté pour avoir une idée pareille, dit Callie. Il espérait peut-être discréditer notre travail et faire cesser les fouilles. Pauvre bougre ! Qui pouvait vouloir lui fracasser le crâne ? S'il avait amené quelqu'un, ç'aurait été un complice, un ami en qui il avait confiance. Digger est terrifié qu'on le soupçonne de l'avoir tué.

— Les soupçons ne tiendront pas, il ne connaissait même pas Dolan, observa Jake. Et tous ceux qui connaissent Digger sont prêts à jurer sur la Bible qu'il est incapable de tuer une mouche. L'autre jour, un écureuil s'est jeté sous ses roues, il en a pleuré pendant une heure !

— Pourquoi as-tu l'air inquiet, alors ?

— Parce qu'un meurtre est toujours inquiétant et qu'un meurtre commis sur le site sera bien plus efficace pour retarder ou stopper les fouilles que la présence de quelques os de bœuf.

— Grand Dieu, Jake, crois-tu vraiment que quelqu'un a tué Dolan rien que pour nous créer des problèmes ? Ce serait absurde !

— Le crime même est une absurdité.

Il posa un bras sur ses épaules pour faire front commun en voyant le shérif Hewitt venir vers eux. Grand, corpulent, il se déplaçait avec une lenteur majestueuse. Son uniforme brun lui donnait l'allure d'un ours débonnaire.

— J'aimerais vous poser quelques questions, professeur Dunbrook.

— Je ne sais pas ce que je pourrais vous apprendre d'utile, shérif.

— Commencez, par exemple, par me dire ce que vous avez fait hier, juste pour que je dispose de quelques repères.

— Je suis arrivée sur le site un peu avant neuf heures du matin et j'ai travaillé la plus grande partie de la journée dans ce secteur, répondit-elle en désignant la zone isolée par la bande de plastique.

— Seule ?

— Un certain temps et ensuite avec le Pr Graystone, car nous préparions des ossements avant leur enlèvement. J'ai pris une heure de pause vers midi pour déjeuner et mettre mes notes à jour, dit-elle en montrant deux chaises pliantes encore sous un arbre près de la rivière. Après, nous nous sommes remis au travail jusque vers sept heures et j'ai acheté un sandwich chez l'italien en rentrant au motel.

— Êtes-vous de nouveau sortie ?

— Non.

— Vous avez passé toute la soirée dans votre chambre ?

— Oui. Seule, précisa-t-elle avant qu'il pose la question. Vous êtes déjà au courant de mon altercation d'hier matin avec Dolan sur son chantier et vous en connaissez la raison. J'étais furieuse qu'un énergumène se soit amusé à vandaliser ma voiture. Mais je n'ai pas pour habitude d'assassiner les vandales ou ceux qui les connaissent. Et si vous voulez que je vous fournisse un alibi, je n'en ai pas.

— Elle n'a pas quitté sa chambre de la nuit, intervint Jake. La mienne est juste à côté et je l'ai entendue jouer du violoncelle à onze heures du soir pendant près d'une heure.

— Change de chambre si ça te dérange ! grommela Callie.

— Je n'ai pas dit que ça me dérangeait. Elle joue toujours du Bach quand elle veut se détendre avant de dormir, ajouta-t-il à l'adresse du shérif. Elle s'est arrêtée peu après minuit. Si vous demandez aux occupants des autres chambres voisines, ils le confirmeront. Je dors toujours d'un œil. Sa voiture était garée à côté de la mienne. Si elle était sortie, je l'aurais entendue démarrer.

Jake s'abstint de préciser qu'il avait passé une heure à l'écouter dans le noir en souhaitant que la musique lui apporte la sérénité.

Sans se presser, le shérif prit son calepin dans une poche de sa vareuse et en tourna les pages jusqu'à ce qu'il trouve la bonne.

— J'ai parlé à M. Dolan hier après-midi à la suite de votre plainte. Au cours de votre altercation avec le défunt, l'avez-vous physiquement agressé ?

— Non… c'est-à-dire, je lui ai envoyé une légère bourrade. Pas plus forte que cela, dit-elle en répétant son geste contre la solide poitrine du shérif. Si c'est ce qu'on appelle une agression physique, je plaide coupable. Il m'avait planté un doigt sur la figure à plusieurs reprises, je considérais donc que nous étions quittes.

— Je vois. L'avez-vous menacé de mort s'il continuait à vouloir s'opposer à vos activités ?

— Bien sûr que non ! Je ne l'ai menacé que de lui mettre la tête au carré, ce qui est désagréable mais certainement pas fatal.

— Vous avez eu vous-même une confrontation avec Dolan hier après-midi, n'est-ce pas ? poursuivit le shérif en se tournant vers Jake.

— C'est exact. M. Dolan voulait que nous partions pour libérer son terrain, ce qui l'a sans doute amené à y venir la nuit dernière, répondit Jake en désignant du regard le sac-poubelle plein d'os. S'il avait eu une connaissance précise de ce que nous faisons, de la manière dont nous procédons et des raisons pour lesquelles nous conduisons ces fouilles, il aurait compris que son geste était inutile. Le problème, c'est qu'il refusait de comprendre, et même de s'informer, mais il n'aurait certainement pas dû mourir à cause de cela.

— Je ne peux pas dire que je sois très au courant, moi non plus, de votre travail. Tout ce que je peux vous dire, c'est que vous ne le ferez pas pendant un ou deux jours. J'ai au moins besoin que vous restiez tous à ma disposition, je dis bien toute votre équipe.

— Nous n'avons pas l'intention de bouger, intervint Callie. C'est d'ailleurs ce que nous reprochait Dolan.

— Pendant que nous y sommes, reprit le shérif en tournant d'autres pages de son calepin, je me suis arrêté hier à la quincaillerie. Il paraîtrait que quelqu'un y ait acheté deux bombes de peinture rouge comme celle qu'il y a sur votre voiture.

— Quelqu'un ? répéta Callie. Qui cela ?

— J'ai eu hier soir une petite conversation avec Jimmy Duke, poursuivit le shérif, un léger sourire aux lèvres, ainsi qu'avec son ami Austin Seldon. Austin a prétendu les avoir achetées pour repeindre le chariot de son gamin. Mais quand j'ai constaté que le chariot était toujours aussi rouillé et avait autant besoin de peinture qu'il y a six mois, ils n'ont pas mis longtemps à craquer. Bien sûr, je peux les accuser officiellement et les mettre quelques jours au frais dans une cellule, si vous y tenez. Ou je peux les persuader de rembourser vos frais de peinture et de vous présenter leurs excuses de vive voix et devant témoins.

— Avec lequel des deux êtes-vous allé à l'école, shérif ?

Le sourire du shérif se fit un peu plus chaleureux.

— Avec Austin. Il se trouve aussi qu'il est marié à une de mes cousines. Cela ne veut pas dire que je ne le mettrais pas derrière les barreaux, lui et son copain, si vous voulez maintenir votre plainte.

— Quand j'aurai un devis, ils me remettront sous vingt-quatre heures un chèque certifié. Ils peuvent se dispenser des excuses.

— J'y veillerai.

Jake attendit qu'il ait rangé son calepin avant de parler.

— Dites-moi, shérif, vous connaissez sans doute assez Austin pour savoir qu'il n'est pas toujours tout à fait net dans sa tête.

— Je le sais trop bien.

— Vous savez sans doute aussi, en tant que parent et ami mais aussi comme observateur privilégié de la nature humaine, de quoi il pourrait se montrer capable dans certaines circonstances.

Le shérif fixa longuement Jake avant de se tourner vers l'endroit où Digger était toujours assis, en train de fumer une autre cigarette mendiée à l'un des agents.

— J'y penserai, se borna-t-il à répondre.

Lorsque le médecin légiste arriva, Callie et Jake se retirèrent près de la palissade pour observer les événements sans s'y mêler.

— Je n'avais jamais encore été soupçonnée de meurtre, commenta Callie. C'est moins excitant que je ne l'imaginais, c'est même plutôt vexant. Quant à nous servir l'un l'autre d'alibi, cela ne tiendra pas.

— Pas plus que de croire que l'un de nous a fracassé le crâne de Dolan à coups de pierre. Hewitt est plus futé qu'il n'en a l'air. S'il n'a pas déjà compris que Dolan constitue pour nous un plus gros obstacle mort que vivant, il ne tardera pas à s'en rendre compte. Nous allons perdre plusieurs jours de travail alors que la saison est déjà courte. La ville va être sens dessus dessous et les badauds vont sans doute affluer dès que nous aurons le feu vert pour redémarrer.

Rosie les rejoignit à ce moment-là.

— Ils ont laissé Digger rentrer dans sa caravane pour se changer, annonça-t-elle. Le pauvre garçon est catastrophé.

— Trouver un cadavre vieux de quelques heures au lieu de quelques millénaires ne fait pas le même effet, commenta Callie.

— Tu peux le dire, approuva Rosie. Je n'ai pas envie de traîner par ici tant que ce ne sera pas fini et, de toute façon, nous ne pourrons pas travailler aujourd'hui. Je me disais que je pourrais emmener Digger se promener pour lui changer les idées, ou peut-être aller voir un film. Vous voulez nous accompagner, vous deux ?

— Non, j'ai des affaires personnelles à régler. Tu te sens vraiment capable de t'occuper de lui ?

— Bien sûr. Je le laisserai même me faire la cour, si on peut employer le terme en ce qui le concerne. Ça lui remontera le moral.

— Laisse-moi d'abord lui parler, dit Jake. Toi, ajouta-t-il en tapant sur l'épaule de Callie, tu ne bouges pas jusqu'à ce que je revienne.

— Vous vous rabibochez, Jake et toi ? demanda Rosie quand il se fut éloigné.

— Mais non, ce n'est pas du tout ce que tu crois.

— Je ne crois rien, mon chou, je constate. C'est toujours la même chose entre vous deux, les étincelles volent dans tous les sens. Toujours aussi beau garçon, ajouta-t-elle en le suivant des yeux.

— Ouais, il garde la forme, marmonna Callie de mauvaise grâce.

Rosie pouffa de rire et lui donna un coup de coude amical.

— Tu es toujours folle de lui, tu le sais bien.

— Il m'excite encore, je l'admets, mais ce n'est pas pareil. Tu cherches à me remonter le moral à moi aussi, ou quoi ?

— Il faut bien essayer. La seule fois où j'ai vu des flics de près, c'était dans le Tennessee. Un type qui escaladait une falaise a décroché et s'est cassé le cou. C'était affreux, mais ici c'est pire.

— Oui, admit Callie. C'est pire.

— Je lui ai dit que tu avais le béguin pour lui, annonça Jake qui revenait de la caravane. Ça l'a requinqué, il prend une douche.

Pendant que Rosie s'éloignait en riant, Jake prit Callie par le bras et l'entraîna vers la route.

— Pourquoi n'irais-tu pas avec Rosie et Digger ? demanda-t-elle.

— Parce que je vais avec toi.

— J'ai déjà dit que je voulais régler des affaires personnelles.

— C'est exact. Je te conduirai.

— Tu ne sais même pas où je vais !

— Eh bien, dis-le-moi.

— Je vais en Virginie voir le Dr Simpson. Je n'ai pas besoin de me faire accompagner et j'ai envie de conduire.

— Et moi j'ai envie de vivre. De combien de contraventions pour excès de vitesse as-tu écopé l'année dernière ?

Elle hésita entre éclater de rire et se fâcher.

— La question n'est pas là !

— Elle y est en plein, au contraire. Sans compter le fait que je te vois mal aller en Virginie avec ces commentaires plutôt désobligeants inscrits sur ta carrosserie.

Callie lâcha un juron dépité mais dut admettre qu'il avait raison.

— Si tu prends le volant, dit-elle en montant dans la voiture de Jake, je me charge de la musique.

— Pas question, répondit-il en allumant le lecteur de CD. Le code de la route stipule que le choix de la musique incombe au conducteur.

— Si tu crois que je vais subir des heures de country, tu as le cerveau dérangé, répliqua-t-elle en éteignant le lecteur de CD pour allumer la radio.

Leur dispute se poursuivit pendant un quart d'heure. Elle eut au moins le mérite de dissiper les tensions de la matinée.

Le Dr Henry Simpson résidait dans un lotissement de grand standing dont, Callie n'en douta pas, Ronald Dolan aurait été fier. Sur des pelouses rigoureusement manucurées, des maisons vastes et opulentes se dressaient en bon ordre comme des soldats à la parade. Leur uniformité sans âme avait toutefois de quoi plonger dans une profonde dépression. Pas un arbre un peu ancien ou d'aspect singulier. Pas une fleur ne dépassant des massifs tirés au cordeau. Ici ou là, un propriétaire ou son jardinier faisait montre d'un effort de créativité, mais ces timides tentatives restaient des exceptions.

— Si j'étais obligée de vivre ici, je me flinguerais, dit Callie.

— Non, fit Jake qui roulait au pas en vérifiant les numéros des maisons. Tu peindrais ta porte et tes volets en jaune fluo, tu mettrais des faux flamants roses dans le jardin et tu te ferais un devoir sacré de pousser tes voisins à l'aliénation mentale.

— Ce serait amusant... C'est là, la maison blanche avec la Mercedes noire devant la porte du garage.

— Laquelle ? J'en vois au moins quatre.

— La deuxième à gauche. Je te rappelle que tu es d'accord pour me laisser parler.

— Je n'ai pas dit que j'étais d'accord, j'ai simplement reconnu qu'on ne peut jamais te faire taire.

— J'ai vraiment besoin de mener cette conversation comme je l'entends, Jake.

— Bien sûr, je sais. Je te laisserai faire, mais je ne me tairai pas si j'estime avoir mon mot à dire.

— Bon, soupira-t-elle. Allons-y.

La femme qui répondit à son coup de sonnette était d'un âge mûr dont elle s'efforçait d'atténuer les stigmates, non sans succès d'ailleurs. Ses cheveux châtains, au brillant entretenu avec soin, mettaient en valeur la blancheur de son teint. Son pantalon ajusté soulignait la finesse de sa taille et ses orteils aux ongles laqués en rose saumon pointaient au bout de légères sandales.

— Vous êtes Callie Dunbrook, n'est-ce pas ? Barbara Simpson. Enchantée de faire votre connaissance et celle de monsieur ?...

— Pr Jacob Graystone, mon confrère. Je suis très reconnaissante que le Dr Simpson et vous ayez accepté de me recevoir aussi vite.

— Aucun problème, voyons ! Entrez donc. Mon mari est ravi de vous rencontrer enfin. Il revient de son parcours de golf et fait une petite toilette, il descend dans un instant. Installez-vous au salon, je vais chercher des rafraîchissements.

— Nous ne voudrions pas vous déranger, madame Simpson.

— Vous ne me dérangez pas du tout. Allez vous asseoir, je reviens tout de suite.

L'intérieur était à l'image de l'extérieur, cossu et impersonnel. Jake se laissa tomber dans un profond canapé de cuir, au bord duquel Callie se posa avec une sorte de malaise.

— À l'évidence, il n'y a pas ici d'enfants pour mettre un peu de désordre, observa Jake. Et encore moins de petits-enfants.

— Papa m'a dit qu'il avait une fille de son premier mariage et deux petits-enfants, mais ils vivent dans le Nord. Barbara est sa deuxième femme, mes parents ne l'ont jamais connue. Ils se sont mariés peu après l'arrivée de mes parents à Philadelphie et sont partis ensuite pour la Virginie. Depuis, ils ont perdu le contact.

Ils se levèrent à l'entrée de Henry Simpson. Il arborait le hâle du golfeur impénitent, un ventre plat sous sa chemisette de sport. Une couronne de cheveux blancs cernait son crâne dégarni. Le sachant septuagénaire, Callie s'étonna de la fermeté de sa poignée de main.

— La fille de Vivian et d'Elliot ! s'exclama-t-il. Si c'est un cliché de dire qu'on ne voit pas le temps passer, je le prends pourtant volontiers à mon compte. Je ne vous avais pas revue depuis que vous n'aviez que quelques mois. Dieu, que je me sens vieux !

— Vous n'en avez pas du tout l'air, dit Callie poliment. Je vous présente Jacob Graystone, un de mes confrères.

— Archéologue, vous aussi ? dit Simpson en s'emparant de la main de Jake. Passionnant ! Passionnant ! Asseyez-vous donc. Barbara prépare des jus de fruits et des petits gâteaux, elle va nous rejoindre dans un instant. Ainsi, vous êtes maintenant le professeur Dunbrook ? Vos parents doivent être fiers de vous.

— Je l'espère, docteur Simpson...

— Appelez-moi Henry, je vous en prie.

— Merci. Je ne sais pas ce que mon père vous a dit quand il vous a appelé pour vous demander de me recevoir.

— Il m'en a dit assez pour me préoccuper et me faire chercher dans ma mémoire tout ce qui pourrait vous être utile.

— Non, non, restez assis, dit sa femme à Jake, qui se levait quand elle entra en poussant une table roulante. Je vois que vous avez commencé à parler.

— J'ai rapporté à Barbara ma conversation avec votre père, dit Simpson. Pour être tout à fait franc avec vous, Callie, je suis persuadé que cette femme qui vous a contactée commet une grossière erreur. Marcus Carlyle avait une réputation irréprochable à Boston. Je ne l'aurais jamais recommandé à vos parents s'il en avait été autrement.

— Henry est très affecté par cette histoire, intervint Barbara en posant une main affectueuse sur le bras de son mari. S'il y avait la moindre possibilité que ce soit vrai, il s'en sentirait responsable.

— Bien sûr, puisque c'est moi qui ai conseillé à Vivian et Elliot d'envisager une adoption par l'intermédiaire de Carlyle. Je me souviens encore du jour où j'ai dû apprendre à Vivian qu'elle devait subir une hystérectomie. Elle était accablée, désespérée de ne plus pouvoir avoir d'enfant. Elliot était aussi déprimé qu'elle, d'ailleurs.

— Pourquoi précisément leur aviez-vous recommandé Carlyle ?

— Le mari d'une de mes patientes était stérile. Nous avions examiné les méthodes de conception artificielle pratiquées à l'époque, mais elles étaient décevantes. Comme vos parents, son mari et elle s'étaient heurtés aux longues listes d'attente des agences officielles. Lorsque cette patiente est revenue me voir pour sa visite annuelle, elle débordait de joie en m'apprenant que son mari et elle avaient adopté un enfant par l'intermédiaire de Carlyle. Elle me chantait ses louanges, ne pouvait pas me dire assez de bien de lui. Du fait de ma spécialité, j'ai souvent eu affaire à des patientes qui ne pouvaient pas concevoir ou mener une grossesse à terme, ce qui était aussi le cas des confrères avec lesquels je gardais le contact.

Il s'interrompit pour boire une gorgée de la citronnade que lui avait servie Barbara.

— De différents côtés, reprit-il, j'entendais des commentaires flatteurs sur Carlyle. J'ai fait sa connaissance peu après chez des amis communs qui nous avaient invités à dîner. Je l'ai trouvé cultivé, intéressant, distrayant et, surtout, sincèrement soucieux du bonheur des familles qu'il aidait ainsi à se constituer, pour reprendre sa propre expression. Ayant été favorablement impressionné, je l'ai recommandé à votre père quand il m'a fait part de ses préoccupations.

— L'avez-vous recommandé à d'autres personnes ?

— Oui, trois ou quatre si mes souvenirs sont bons. Il m'a appelé peu de temps après pour m'en remercier, nous nous sommes découvert la même passion pour le golf. Nous avons souvent joué ensemble par la suite et nous sommes devenus ce qu'on appelle des amis professionnels. Je ne peux pas m'empêcher de croire que tout ceci est une erreur, Callie. L'homme que je connaissais était incapable de se trouver mêlé à des kidnappings.

— Parlez-moi un peu de lui, alors.

— Il était... dynamique, c'est le terme qui me vient d'abord à l'esprit. Oui, dynamique. Intelligent, le goût très sûr, une vraie distinction naturelle. Il tirait une grande fierté de son activité.

— Et ses proches ? Ses amis personnels ou professionnels ?

— Sur le plan professionnel, je ne peux guère vous en dire plus. Sur le plan personnel, nous nous sommes découvert beaucoup d'amis et de relations communes. Sa femme était charmante, un peu absente, si vous voyez ce que je veux dire. Elle parlait peu, elle était très dévouée à son mari et à leur fils, mais elle me paraissait trop... effacée, peut-être. Ce n'était pas, maintenant que j'y pense, le genre de femme que l'on associerait à un homme aussi dynamique que son mari. Bien entendu, tout le monde savait qu'il avait des aventures.

— Ainsi, il trompait sa femme, dit Callie d'un ton glacial.

— Parfois, j'imagine, répondit Simpson avec gêne. Il était bel homme, énergique, extraverti. Autant que je sache, son épouse préférait fermer les yeux sur ses... escapades. Jusqu'à leur divorce, du moins. Mais l'infidélité conjugale ne fait pas de lui un monstre, Callie. Et puis, si vous me permettez d'insister, l'enfant volé l'avait été dans le Maryland. Vous, vous avez été adoptée à Boston. Je ne vois vraiment pas comment ces deux faits peuvent être reliés. Comment Carlyle aurait-il pu, comment quiconque aurait-il pu savoir qu'il y aurait une occasion, même infime, d'enlever un enfant à cet endroit et à ce moment-là, alors même qu'un autre enfant était désiré avec ardeur dans une ville distante de plusieurs centaines, voire d'un millier de kilomètres ?

— C'est bien ce que j'ai l'intention de découvrir.

— Avez-vous gardé le contact avec Carlyle ? intervint Jake.

— Non, pas depuis de longues années. Depuis son départ de Boston, en fait. En outre, Marcus était sensiblement plus âgé que moi. Il se pourrait même qu'il soit décédé.

— Oh, Henry ! Tu es morbide ! s'exclama Barbara en passant à Callie l'assiette de petits-fours.

— Réaliste, plutôt. Il doit maintenant avoir quatre-vingt- dix ans, ou peu s'en faut. En tout cas, il n'exerce sûrement plus sa profession. J'ai moi-même pris ma retraite il y a une quinzaine d'années et nous sommes venus nous installer ici pour échapper aux hivers de la Nouvelle-Angleterre, que nous ne supportions plus.

— Cette femme du Maryland a dû subir une terrible épreuve, dit Barbara. Je n'ai pas d'enfants, mais j'imagine sans peine ce qu'elle a éprouvé. Ne pensez-vous pas que, dans une situation pareille, n'importe qui agripperait les moindres brindilles qui passeraient à sa portée ?

— En effet, approuva Callie. Mais il se peut aussi que celui qui tend la main vers toutes les brindilles finisse par saisir la bonne.

Remontée dans la voiture de Jake, Callie ferma les yeux. Elle se félicitait que Jake ait insisté pour la conduire, elle n'aurait pas eu le courage de prendre le volant et de rentrer seule.

— Il ne veut même pas y croire. Il considère toujours Carlyle comme un ami. Carlyle, le brillant et dynamique coureur de jupons qui trompait sa femme sans vergogne, dit-elle avec amertume.

— Et tu penses que cette description pourrait s'appliquer à quelqu'un d'autre, n'est-ce pas ?

Cette brève parenthèse dans la conversation ne lui avait donc pas échappé, pensa-t-elle en sentant poindre une migraine.

— Ne recommençons pas, je t'en prie.

— Tout à fait d'accord, grogna Jake en terminant sa manœuvre en marche arrière.

Au bout de quelques mètres, il stoppa au beau milieu de la rue en s'efforçant de dominer son exaspération.

S'il lui avait promis de l'aider, de la soutenir – il lui avait même forcé la main dans ce sens –, ce n'était pas pour lui imposer ses propres états d'âme et continuer à nourrir sa rancune.

— Disons que nous venons de sortir de la maison et que nous n'avons encore rien dit. D'accord ?

— Pourquoi ? demanda-t-elle, étonnée.

Il tendit la main, lui effleura la joue.

— Parce que je... je tiens à toi, que tu le croies ou non.

Elle aurait voulu se glisser sur ses genoux, se serrer contre lui, sentir ses bras autour d'elle. Mais l'habitude de nier ses envies était désormais trop bien ancrée en elle.

— D'accord, nous venons de monter en voiture, se borna-t-elle à répondre. Mon premier commentaire, c'est que nous n'avons pas précisément apporté la joie et la bonne humeur chez Henry et Barbara.

Il embraya, passa la première.

— C'est ce à quoi tu t'attendais ?

— Je ne sais pas ce que j'attendais. Tout ce que je sais, c'est que quelqu'un d'autre est inquiet, malheureux et bourrelé de remords à cause de moi, même s'il refuse de me croire. Il le sera plus encore en pensant aux autres patientes à qui il a recommandé Carlyle. Sans parler de toutes celles que les patientes en question ont envoyé chez Carlyle.

— Je pense justement que le bouche-à-oreille devait lui amener le plus gros de sa clientèle. Une clientèle captive, en un sens, à laquelle il ne lui restait qu'à livrer le produit commandé...

— Bon sang, Graystone, le *produit* ? s'écria-t-elle, horrifiée.

— Considère-le sous cet angle, c'était le sien. Le *produit* devait provenir d'un marché radicalement différent. Si sa clientèle était aisée, voire riche, il devait se fournir dans une classe moins favorisée, ouvriers, petits employés, mères célibataires, bref, des gens n'ayant ni les moyens de payer un détective privé ni de relations haut placées pour activer les recherches officielles. Il ne pouvait pas non plus se fournir sur place. Pour vendre un enfant à Boston, il ne devait pas le voler à proximité, cela se serait su.

— Logique. Il devait donc disposer d'un réseau d'indicateurs, de complices. Les gens veulent un enfant en bas âge, pas un déjà assez grand pour avoir des souvenirs. Et on ne va pas se promener au hasard dans les rues en espérant trouver un bébé à kidnapper. Il faut donc cibler les victimes – les *produits*, comme tu dis.

Il observa avec plaisir qu'elle retrouvait ses couleurs et sa vitalité.

— Bien raisonné. Il faut aussi que le produit soit une valeur sûre, que le bébé soit en bonne santé, si on veut éviter les réclamations. Pour cela, on a un besoin vital d'informations fiables.

— Des contacts dans les hôpitaux, les maternités, enchaîna-t-elle. Médecins, infirmières, peut-être aussi les services sociaux dans le cas de mères célibataires ou de couples très pauvres.

— Où est née Jessica Cullen ?

— À l'hôpital du comté de Washington, le 8 septembre 1974.

— Cela vaudrait la peine de chercher de ce côté-là, de demander à Suzanne de retrouver son gynécologue, de fouiller dans ses souvenirs. Pendant que Lana est sur la piste de Carlyle, rien ne nous empêche d'en explorer d'autres.

— Si tu continues comme cela, tu m'inspireras peut-être des sentiments amicaux, dit Callie en souriant.

— Je n'en ai jamais douté, mon chou. Tu sais, il y a plein de motels le long de la route. Si tu as envie de me sauter dessus, amicalement s'entend, tu n'as qu'à me faire signe.

— C'est très généreux de ta part, mais je me crois encore capable de maîtriser mes pulsions. Pour le moment, conduis.

— Préviens-moi quand même si ne tu te maîtrises plus.

— Tu en seras le premier informé. Tu sais quoi, Graystone ?

— Non, Dunbrook. Quoi ?

— Tu ne m'exaspères plus tout à fait autant qu'avant.

Il tendit la main, lui caressa doucement la joue.

— Donne-moi le temps, tu finiras par me découvrir des vertus.

À sept heures du soir, Lana pliait la lessive. Elle avait nettoyé la cuisine de haut en bas, passé l'aspirateur dans les moindres recoins de la maison et baigné le chien, qui n'avait pas apprécié. Bref, elle avait fait tout ce qui lui venait à l'esprit pour ne plus penser à Ronald Dolan.

En vain.

Elle lui avait dit des choses affreuses et avait pensé des choses encore plus affreuses. Pendant quatorze mois, elle s'était évertuée à faire capoter par tous les moyens son projet de lotissement d'AntietaCreek. Elle avait dit du mal de lui et l'avait traité de tous les noms devant témoins. Et depuis qu'il était mort, chacune de ses manœuvres juridiques plus ou moins légitimes, chacune de ses médisances, chacune des menaces voilées dont elle émaillait leurs rencontres revenait la hanter.

Elle soulevait son panier de linge quand le chien la bouscula en se ruant vers la porte d'entrée dans un concert de joyeux aboiements, une fraction de seconde avant le tintement de la sonnette. Lana s'efforçait de le calmer et de le faire asseoir avant d'ouvrir quand Tyler déboula de l'escalier en criant à tue-tête :

— Qui c'est, maman ? Qui c'est ? Qui c'est ?

— Je n'en sais rien, ma vision aux rayons X est en panne.

Elle ouvrit – et cligna des yeux en découvrant Doug sur qui le chien et Tyler se précipitaient avec le même enthousiasme. Tandis qu'elle attrapait l'animal par son collier, Doug avait déjà empoigné Tyler qu'il tenait sous son bras comme un ballon de rugby.

— Oh, Doug ! Je suis désolée, j'avais complètement oublié notre dîner. Entrez, je suis un peu déboussolée.

— Mais ravissante.

— Pas de mensonges polis, de grâce !

Elle portait un short rose, un T-shirt à rayures roses et blanches et des chaussures de toile blanche. Avec ses cheveux blonds tirés en queue-de-cheval, elle avait l'allure d'un délicieux bâton de sucre d'orge.

— Question : coordonnez-vous toujours les couleurs de ce que vous mettez les jours de lessive ? demanda-t-il avec un sourire épanoui.

— Bien entendu. Tyler, sois gentil, emmène le chien dans ta chambre et restes-y avec lui au moins cinq minutes.

— Je peux lui montrer ma chambre ?

— On ne dit pas « lui », on dit « M. Cullen ». Tout à l'heure, peut-être. Pour le moment, débarrasse- nous du toutou.

Doug reposa le petit garçon sur ses pieds et, tandis que le chien et lui s'engouffraient dans l'escalier, il regarda autour de lui.

— Charmante, votre maison.

— Merci. Je suis vraiment désolée, Doug. Notre dîner m'est sorti de la tête, comme presque tout le reste depuis que j'ai appris ce qui est arrivé à Dolan. Je n'arrive pas à m'y faire.

— La ville entière est en état de choc.

— J'ai été affreuse avec lui. Ce n'était pas un méchant homme, je le savais, juste un adversaire, mais je devais me forcer à ne penser que du mal de lui. Un avocat est obligé de considérer ses adversaires comme des ennemis et de tout faire pour gagner, vous comprenez. Pourtant, c'était un brave homme. Il avait une femme, des enfants, des petits-enfants. Il croyait avoir raison comme moi je croyais...

Doug la prit par les épaules, la retourna pour lui faire face.

— Arrêtez ! À moins que vous ne vouliez avouer que vous étiez cette nuit au Trou de Simon et que vous lui avez fracassé le crâne, vous n'êtes pas coupable ! Vous culpabiliser parce que vous faisiez bien votre travail ne vous avancera à rien.

— Mais c'est abominable de le voir mort, alors que vivant… Comment dois-je me considérer ?

— Comme une personne normale qui n'est pas une sainte et qui a grand besoin de sortir se changer les idées.

— Je ne pourrai pas, dit-elle en levant les mains avec découragement. Je ne suis pas d'humeur à me distraire, je n'ai pas prévenu la baby-sitter et…

— Eh bien, emmenez le petit. Ce que j'avais prévu lui fera de toute façon plaisir.

— Vous voulez que nous sortions avec Tyler ? demanda-t-elle, effarée.

— Sauf si vous pensez qu'il voudrait aller voir un film X. À mon avis, il n'est jamais trop tôt pour commencer son éducation sexuelle, mais ce n'est pas ce que je comptais faire ce soir.

— Après tout, soupira-t-elle, vous avez raison. Cela me fera du bien de me changer les idées. Je monte m'habiller.

Il n'était pas question de la laisser troquer son délectable short rose contre un tailleur ni même une robe.

— Surtout pas, vous êtes parfaite comme cela, dit-il en lui prenant la main pour l'entraîner au pied de l'escalier. Tyler ! cria-t-il. Descends vite, nous sortons tous ensemble !

Le dernier endroit où Lana s'attendait à passer la soirée était un parc d'attractions. Il comptait trois terrains de base-ball pour adultes, trois autres pour les enfants, un golf miniature, un stand de tir, deux snacks et un marchand de glaces. Le tout bondé, bruyant et grouillant d'enfants surexcités.

Doug lui montra comment tenir la batte, l'encouragea de ses conseils. Il fallut toutefois que la machine crache une bonne douzaine de balles avant qu'elle réussisse à en rattraper une, puis deux ou trois autres.

— Alors, comment je me débrouille ? demandat- elle pendant que Tyler, derrière le grillage de protection, poussait des hourras assourdissants.

— Vous ne signerez jamais avec une équipe nationale, mais ce n'est pas trop mal, dit-il en souriant. À toi, Tyler !

Lana sortit de la cage pour les regarder. Les grandes mains de Doug recouvraient les petites mains de son fils, serrées sur la poignée de la batte trop grosse pour lui. Un instant, elle eut la sensation que l'homme qu'elle avait aimé et perdu se tenait derrière elle, comme il le faisait parfois quand ils regardaient tous deux leur enfant endormi, et son cœur se serra.

Et puis, un instant plus tard, l'éclat de rire plein de joie de Tyler qui venait de frapper sa première balle la ramena au présent. Sa peine se dissipa. Et il n'y eut plus devant elle que son enfant et l'homme, l'ami qui guidait ses mains serrées sur cette batte trop grosse.

12

Le travail ne put reprendre sur le site qu'au bout de trois jours. Pendant ce temps, Callie rédigea des rapports, passa une journée au labo à Baltimore et répondit aux questions du shérif, dont l'enquête piétinait. Elle tendait aussi l'oreille aux rumeurs qui couraient en ville, lisait la presse et restait à l'affût du moindre indice.

Elle savait qu'en sondant et en grattant la terre elle explorait l'endroit où un homme avait été tué. D'autres y étaient morts avant lui de maladie, de vieillesse, de mort violente. Avec eux, elle était capable de rassembler des éléments, de reconstituer des circonstances, de formuler des théories cohérentes. Dans le cas de Dolan, elle était autant dans le noir que la police locale.

Elle pouvait comprendre l'existence, l'organisation sociale et même la routine quotidienne d'hommes ayant vécu des milliers d'années avant sa naissance, et elle ignorait presque tout d'un homme qu'elle avait connu en personne – et avec lequel elle s'était querellée. Elle aurait beau creuser, fouiller, elle ne découvrirait rien sur son compte. Et quand elle aurait creusé et fouillé son propre passé, elle découvrirait quelque chose, mais cela n'y changerait rien.

— Tu n'as jamais été aussi heureuse qu'avec un tas de terre et une pelle à la main, fit une voix au-dessus elle.

Callie essuya son front plein de sueur et leva la tête en reconnaissant la voix de son père.

— Erreur, papa, ce n'est pas une pelle mais un poinçon de dentiste. Je t'épargne l'épreuve de te serrer dans mes bras, dit-elle en se hissant hors du trou, tu as un beau costume propre. Maman est venue avec toi ? ajouta-t-elle en l'embrassant sur les joues.

— Non. Vous avez beaucoup de travail, à ce que je vois.

— Nous essayons de rattraper le temps perdu. La police nous a empêchés de travailler pendant trois jours.

— La police ? Il y a eu un accident ?

— Pas un accident, un crime. J'oubliais que nous ne sommes pas le centre du monde et que la nouvelle n'est pas arrivée jusque chez vous.

— Un crime ? s'écria Elliot Dunbrook en lui prenant la main. Un membre de votre équipe ?

La gêne initiale qu'elle avait éprouvée se dissipa.

— Non, non. La victime était un promoteur, le propriétaire du terrain. Pour le moment, personne ne sait qui l'a tué ni pourquoi. Viens, allons nous mettre à l'ombre.

— Tu ne campes pas ici, j'espère ?

— Non, j'ai une chambre dans un motel en ville, je ne risque rien. C'est Digger qui couche dans la caravane. Tu te souviens de Digger ? Je vous l'avais présenté quand maman et toi étiez venus sur l'un de mes chantiers, dans le Montana. C'est lui qui a découvert le corps le lendemain matin. La police le soupçonne, il crève de frousse qu'on l'arrête. Il est pourtant tout ce qu'il y a d'inoffensif, et ce n'est sûrement pas lui qui a tué le promoteur. D'après ce que je sais, l'homme avait autant d'ennemis que d'amis et les opinions étaient très divisées sur son projet de lotissement.

— Que va-t-il se passer maintenant avec vos fouilles ?

— Je n'en sais trop rien. Nous travaillons au jour le jour. Jake a négocié avec un de ses amis du Conseil amérindien, nous avons le feu vert pour l'enlèvement des squelettes.

Elliot lança un coup d'œil en direction de l'homme qui avait été son gendre et qu'il connaissait à peine.

— Quel effet cela te fait-il de travailler avec Jacob ?

— Dans le travail, il est parfait. Pour le reste, nous nous entendons mieux qu'avant. Je ne sais pas pourquoi, mais il est moins pénible, ce qui fait que je le suis moins moi-même. Tu n'es quand même pas venu de Philadelphie me parler de mon travail et de Jake ?

— Ton travail et ta vie m'ont toujours intéressé, ma chérie, mais en effet ce n'est pas l'objet de ma visite.

— Tu as les résultats des analyses de sang, n'est-ce pas ?

— Ils ne sont pas encore définitifs, mais j'ai pensé que tu aurais hâte de les connaître.

La Terre ne s'arrêta pas de tourner, mais le monde de Callie s'en trouva à jamais transformé.

— J'en étais déjà sûre. Tu l'as dit à maman ?

— Non, pas encore. Je lui parlerai ce soir.

— Dis-lui que je l'aime.

La vision d'Elliot se brouilla et il dut s'éclaircir la voix.

— Je le lui dirai. Elle s'en doute elle aussi, elle s'y est préparée autant que nous le pouvions tous, mais cela lui fera du bien de savoir que c'est ta première réaction. Tu devras sans doute l'annoncer aux Cullen. Veux-tu que j'aille les voir avec toi ?

— Je t'aime, papa...

— Écoute, Callie...

— Non, laisse-moi parler. Tout ce que j'ai, tout ce que je suis, je vous le dois, à toi et à maman. Peu importe la couleur de mes yeux ou la forme de mon visage, tout ce qui compte me vient de vous deux. Tu es mon père, mon vrai père. Je suis désolée pour les Cullen ; non, je suis profondément, sincèrement affligée. Je suis en colère aussi, pour eux, pour maman, pour toi, pour moi. Mais je ne sais pas ce qui va se passer maintenant et cela me fait peur. J'ai peur, papa.

Elle appuya le visage sur sa poitrine. Il la prit dans ses bras, la serra contre lui. Elle pleurait rarement. Même enfant, la douleur ou la colère ne se traduisaient pas chez elle par des larmes. Quand il lui arrivait de pleurer, il fallait que sa peine soit si profonde, si intense qu'elle ne pouvait pas la raisonner. Il aurait voulu être fort, solide, sûr de lui, mais ses propres larmes l'étouffaient.

— Je voudrais tant trouver une solution pour toi, ma chérie. Mais je ne sais pas comment.

— C'est à moi d'affronter la situation, papa. Et je ne pourrai y arriver qu'à ma manière, pas à pas, point par point. Comme une fouille. Je ne peux pas me contenter de ne regarder que la surface, je dois voir ce qu'il y a dessous.

— Je sais, ma chérie. Je ferai tout ce que je pourrai pour t'aider.

Il tira son mouchoir de sa poche, lui essuya les joues.

— Je sais, papa. Essuie-toi, toi aussi. Et ne dis pas à maman que j'ai pleuré.

— Je ne lui dirai pas, rassure-toi. Alors, veux-tu que je t'accompagne quand tu iras parler aux Cullen ?

— Non, mais merci quand même. Je m'en sortirai toute seule.

Jake les observait de loin. De même que Callie, il avait compris dès l'arrivée d'Elliot. La voir pleurer dans les bras de son père lui brisait le cœur. Serrés l'un contre l'autre, ils essayaient de se réconforter, de se donner des forces. Il y avait entre eux une tendresse qu'il n'avait jamais connue dans sa propre famille. Les Graystone n'étaient pas doués pour exprimer leurs sentiments.

Stoïque était le qualificatif qui s'appliquait le mieux à son père, homme taciturne qui travaillait dur et se plaignait rarement. Jake ne doutait pas que ses parents s'aimaient et aimaient leurs enfants, mais il n'avait jamais entendu son père dire « Je t'aime » à quiconque. Pour lui, ces mots auraient été superflus. Il manifestait son amour en les nourrissant bien, en leur transmettant son expérience, en leur lançant de temps à autre une tape dans le dos en signe d'affection. C'était sans doute à cette éducation spartiate, pensa-t-il, qu'il devait de ne s'être jamais senti à l'aise pour dire à Callie les mots qu'une femme aime parfois entendre. Qu'elle était belle, qu'il l'aimait. Qu'elle était au cœur de son univers et que pour lui, rien ni personne au monde ne comptait plus qu'elle.

Il ne pouvait pas revenir en arrière et corriger les fautes qu'il avait commises. Mais cette fois, il ferait ce qu'il fallait, comme il le fallait. Et, que Callie accepte ou non son soutien, il ne la lâcherait pas pendant la crise qu'elle traversait.

Tandis que Callie faisait quelques pas vers la rivière, les regards des deux hommes se croisèrent. Elliot quitta l'ombre pour le soleil écrasant qui régnait sur le site. Jake alla à sa rencontre.

— Bonjour, Jacob. Je suis content de vous voir, car je tiens à vous dire que Vivian et moi avons beaucoup regretté que les choses ne se soient pas arrangées entre Callie et vous.

— Je vous en remercie. Il faut d'abord que vous sachiez que je suis au courant de ce qui se passe.

— Elle s'est confiée à vous ?

— Disons plutôt que je lui ai tiré les vers du nez.

— Bien. Bien, répéta Elliot. Je suis heureux de savoir qu'elle a près d'elle quelqu'un sur qui s'appuyer.

— Elle n'aime pas s'appuyer, c'est un des problèmes qui persistent entre nous. Mais je reste à portée de main.

— Dites-moi, avant qu'elle nous rejoigne, dois-je m'inquiéter au sujet du crime qui a été commis ici ?

— Si vous craignez qu'elle puisse s'y trouver mêlée d'une manière ou d'une autre, sûrement pas. Et puis, comme je vous l'ai dit, je ne la lâche pas.

— Mais que ferez-vous à la fin la saison de fouilles ?

— J'ai quelques idées sur la question, répondit Jake en regardant Callie qui revenait vers eux. Quelques très bonnes idées.

Consciente que c'était une dérobade et une forme de lâcheté, Callie demanda à Lana d'appeler Suzanne pour qu'elle organise une réunion à son cabinet. Lana avait justement un créneau libre le lendemain à trois heures de l'après-midi. Callie aurait pu attendre quelques jours de plus, mais retarder l'épreuve aurait constitué un surcroît de lâcheté qu'elle n'aurait pas pu justifier à ses propres yeux.

Ce soir-là, incapable de se concentrer sur son rapport journalier, elle pensa sortir. Mais pour aller où ? Il n'y avait rien à voir aux environs, surtout à la nuit tombée, rien à faire en ville. Camper à la belle étoile ? L'idée passa dans sa tête sans s'y arrêter plus d'une fraction de seconde. En attendant, elle était enfermée dans une chambre de quatre mètres sur cinq avec une seule fenêtre, un lit dur et des pensées qui tourbillonnaient à lui donner le vertige.

Énervée, elle se laissa tomber sur son lit et ouvrit la boîte à chaussures. Elle ne voulait plus lire ces lettres et, pourtant, quelque chose l'y poussait. Cette fois, elle en prit une au hasard.

Bon anniversaire, ma Jessica. Aujourd'hui, tu as cinq ans.

Es-tu heureuse ? Es-tu en bonne santé ? Au plus profond de toi-même, me connais-tu un peu ?

Il fait très beau aujourd'hui. On sent poindre l'automne. Les arbres commencent à peine à jaunir et le buisson-ardent devant la maison de grand-mère est déjà tout rouge.

Tes deux grand-mères sont venues me voir ce matin car elles savent, bien sûr, que c'est une dure journée pour moi. Elles croyaient m'aider à l'oublier avec des bavardages, des projets. Elles voulaient m'emmener faire des courses, déjeuner. J'ai eu du mal à contenir ma colère. Je voulais n'importe quoi, mais pas de rires, de boutiques, de foule. Je voulais rester seule, je leur ai dit, je les ai froissées, mais cela m'est égal. Je ne veux plus me soucier de l'opinion des autres.

Il y a des moments où j'ai envie de crier, de hurler sans m'arrêter. Parce qu'aujourd'hui, tu as cinq ans et je ne t'ai toujours pas retrouvée.

Je t'ai fait un beau gâteau couvert de sucre glace rose, j'y ai planté cinq bougies, je les ai allumées et j'ai chanté Joyeux Anniversaire ! *Je veux que tu le saches, ma chérie. Que tu saches que tous les ans, je te ferai un beau gâteau avec autant de bougies que tu auras d'années. Je ne peux pas le dire à ton papa, il ne me comprend pas et nous nous disputons. Ou, ce qui est pire, il ne dit pas un mot. Mais toi et moi, au moins, nous le savons.*

Quand Doug est revenu de l'école, je lui ai donné un morceau de ton gâteau. Il avait l'air si sérieux, si triste pendant qu'il était assis à table en le mangeant. Je voudrais lui faire comprendre que je t'avais fait un gâteau parce qu'aucun de nous ne peut ni ne pourra jamais t'oublier. Mais Doug n'est encore qu'un petit garçon.

Je n'ai pas abandonné l'espoir de te revoir, ma Jessie. Je ne me résigne pas à ta perte. Je t'aime et je t'aimerai toujours de tout mon cœur.

Maman.

En repliant la lettre, Callie se représenta Suzanne qui allumait les bougies et chantait dans une maison déserte *Joyeux Anniversaire !* au fantôme de sa fille perdue. Elle se rappela aussi les larmes de son père quand il était venu l'après-midi. Pourquoi l'amour est-il si souvent associé au chagrin ? Que l'humanité ne se lasse pas de le rechercher avait de quoi étonner. Peut-être parce que la solitude était pire…

Et la solitude, ce soir-là, lui était insupportable.

Elle avait déjà la main sur la poignée de la porte quand elle prit conscience de ce qu'elle faisait : elle allait chez Jake. Pour accomplir quoi ? Noyer sa peine dans un accès de sexualité aveugle ? Meubler sa solitude en parlant boutique ? En déclenchant une querelle ? L'un ou l'autre serait sans doute aussi efficace.

Non, elle n'avait pas le droit de courir se jeter à sa tête. Mais qui l'empêchait de faire en sorte que ce soit lui qui vienne à elle ? Ce serait encore une dérobade, soit. Mais au point où elle en était, une de plus, une de moins…

L'idée la remonta assez pour la faire sourire tandis qu'elle sortait le violoncelle de son étui et passait l'archet à la colophane. Elle allait attaquer du Brahms quand elle changea d'avis. Et avec un sourire, ironique cette fois, elle joua quelques mesures.

Il ne fallut pas trente secondes pour qu'elle entende Jake tambouriner à la cloison. Son sourire s'élargit et elle continua de jouer. Quelques secondes plus tard, elle entendit claquer la porte de Jake et ses coups de poing reprendre sur la sienne. Sans se presser, elle s'arrêta à la fin d'une mesure, appuya l'instrument contre sa chaise et alla ouvrir. Qu'il était séduisant quand il était fou de rage !

— Arrête ça ! rugit-il.

— Pourquoi, je te prie ? Il n'est pas encore dix heures du soir, je ne dérange personne et j'ai le droit de jouer ce qui me plaît.

— Je te dis d'arrêter ! Tu sais pertinemment que je ne supporte pas ce thème des *Dents de la mer* ! Tu le joues uniquement pour m'emmerder, ne dis pas le contraire !

— Aucun requin n'a été repéré au large des côtes du Maryland depuis au moins un millénaire, tu peux dormir tranquille.

Ses yeux lançaient des éclairs, il était vert de rage. Il était à sa merci, se dit-elle avec satisfaction.

Il lui arracha l'archet de la main, le jeta au hasard.

— Dis donc !..., commença-t-elle.

— Estime-toi heureuse que je ne t'aie pas étranglée avec !

— Essaie, répliqua-t-elle avec un ricanement de défi.

— Je préfère mes mains, dit-il en lui empoignant le cou.

— Tu ne me fais pas peur, Graystone !

— Tu vas changer d'avis !

Moins grisé par la fureur que par l'odeur de sa peau et de ses cheveux, il l'agrippa aux épaules et ils luttèrent un instant avant de tomber ensemble sur le lit. Des mois de désir refoulé les précipitèrent l'un contre l'autre dans un déchaînement de luxure sauvage qui les laissa tous deux assouvis d'un plaisir dont ils avaient oublié qu'il pouvait atteindre une telle intensité.

Couché sur le dos, les yeux au plafond, Jake éprouvait toutefois plus d'amertume et de frustration que d'apaisement. Une vulgaire chambre de motel, une querelle sans objet, une séance de fornication. Devaient-ils encore et toujours retomber dans les mêmes ornières ? Cela ne faisait pas partie de son plan. Ils n'en avaient tiré l'un et l'autre qu'une rémission temporaire de leurs tensions. Pourquoi semblaient-ils résignés, sinon disposés à se contenter d'une aussi pitoyable soupape de sécurité ? Dieu sait s'il en voulait bien davantage pour elle, pour lui, pour eux deux ! Ou n'y avait-il en réalité rien d'autre entre eux ? Cette seule idée le rendit à la fois triste et furieux.

— Tu te sens mieux maintenant ? demanda-t-il en se levant pour aller chercher son jean.

Elle tourna la tête, lui lança un regard méfiant.

— Pas toi ?

— Si, bien sûr. Mais la prochaine fois que tu auras simplement envie de baiser, cogne trois fois sur la cloison, ce sera plus simple.

Elle ne se détourna pas assez vite pour cacher l'éclair de colère et de honte qui lui traversa le regard.

— Quoi ? Je t'ai vexée ? lâcha-t-il en souffrant lui-même de son ton insultant. Allons, Dunbrook, ne perds pas ton temps à embellir ce que nous venons de faire. Tu as appuyé sur le bouton, tu as obtenu le résultat que tu cherchais. Pas de mal, pas de regrets.

Elle aurait tant voulu qu'il la prenne dans ses bras, qu'il la serre contre lui sans plus jamais la lâcher…

— Exact, dit-elle sèchement. Au moins, nous dormirons mieux cette nuit.

— Moi, chérie, je n'ai aucun problème pour dormir. À demain.

Elle attendit qu'il ait refermé la porte, qu'il ait ouvert et refermé la sienne. Alors, pour la deuxième fois de la journée, elle pleura.

Quand elle entra dans le bureau de Lana le lendemain après-midi, Callie s'efforça de se persuader qu'elle se dominait. Elle allait faire le nécessaire. Elle avançait encore d'un pas dans la bonne direction, un point c'est tout.

— Un café ? offrit Lana.

— Non, merci. Tout va bien.

— Ça n'en a pourtant pas l'air. On dirait que vous n'avez pas fermé l'œil depuis huit jours.

— J'ai mal dormi cette nuit, rien de plus.

— Cette situation est pénible pour tout le monde, je sais, mais surtout pour vous.

— Je dirais plutôt pour les Cullen.

— Non. Quand on tire sur la corde, la corde souffre plus que ceux qui tirent dessus.

Incapable de répondre, Callie se frotta les yeux.

— Merci, dit-elle enfin. Merci de comprendre et de ne pas vous contenter du rôle d'observateur objectif.

— Avez-vous envisagé une assistance psychologique, Callie ?

— Je n'ai pas besoin d'un psy, j'ai besoin de réponses. C'est la meilleure thérapie.

— Bien, dit Lana en s'asseyant derrière son bureau. L'enquêteur a pu établir que Carlyle avait mis son système au point dès les années 1950, à savoir un accroissement du montant de ses honoraires parallèlement à une diminution des adoptions officielles dont il s'occupait. Nous n'avons pas encore retrouvé sa piste après son passage à Seattle et il n'existe aucune trace indiquant qu'il ait exercé par la suite sur le territoire des États-Unis. Mais nous avons découvert autre chose.

— Quoi donc ?

— Son fils, Richard Carlyle. Il est avocat à Atlanta. L'enquêteur n'a rien découvert de suspect à son sujet. Il est diplômé de Harvard, dans les premiers de sa promotion, et a travaillé dans un gros cabinet de Boston. Il a fait la connaissance de sa femme chez des amis communs à Atlanta, l'a épousée deux ans après et s'est installé là-bas. Il a commencé par être associé dans un cabinet avant d'ouvrir le sien.

Callie hocha la tête, Lana referma le dossier.

— Il exerce à Atlanta depuis seize ans, reprit-elle, et s'est spécialisé dans les affaires immobilières. Rien n'indique qu'il mène un train de vie au-dessus de ses moyens. Il devait avoir dix-neuf, vingt ans au moment de votre enlèvement. Rien ne permet non plus de croire qu'il y ait été mêlé d'une manière ou d'une autre.

— Il doit au moins savoir ce qu'est devenu son père.

— L'enquêteur l'interrogera sur ce point, si vous êtes d'accord.

— Je le suis.

— Bien, je m'en occupe. Voilà sans doute les Cullen, dit-elle en entendant ronfler l'interphone. Prête ?

Callie acquiesça d'un hochement de tête.

— Si vous voulez que je prenne le relais, que je parle à votre place ou que je demande une pause, vous n'aurez qu'à me faire signe.

— D'accord. Finissons-en.

13

Il était plus qu'étrange de se trouver face à la famille qui aurait été la sienne si le destin avait pris une autre route. Callie ne savait que faire quand ils entrèrent dans le bureau. Se lever, rester assise ? Où poser les yeux ? Quelle attitude adopter ? Elle observa discrètement Jay Cullen, qu'elle voyait pour la première fois. En costume de toile claire, avec une chemise à petits carreaux bleus et verts et une cravate bleue, il avait l'air... sympathique, se dit-elle. Tout à fait l'allure du professeur de maths quinquagénaire qui s'exerce à garder la forme. Et si elle en croyait ses yeux cernés – les mêmes yeux qu'elle ! –, lui non plus n'avait pas bien dormi la nuit précédente.

Il n'y avait pas assez de sièges dans le bureau de Lana pour installer tout le monde. Pendant quelques secondes qui parurent durer une éternité, ils restèrent tous debout, figés comme pour une photo de famille. Déjà, Lana se précipitait, la main tendue.

— Madame Cullen, monsieur Cullen, merci d'avoir répondu à mon appel. Je suis désolée, je ne savais pas que Doug viendrait aussi. Un instant, je vais chercher une chaise.

— Pas la peine, je resterai debout, lui dit-il.

Un nouveau silence tomba, plus pesant.

— Asseyez-vous, je vous en prie, reprit Lana. Puis-je vous offrir du café ? une boisson fraîche ?

Une main sur son épaule, Doug guida sa mère vers une chaise.

— Inutile d'essayer de donner à cette réunion un tour normal, Lana, elle est pénible pour nous tous. Commençons, s'il vous plaît.

Lana admit qu'elle ne pouvait rien faire et prit place derrière son bureau, dans son rôle de conseillère et, peut-être, d'arbitre.

— Comme vous le savez, commença-t-elle, je représente Callie dans son action en recherche de filiation. Certaines informations nous sont parvenues récemment concernant...

— Laissez, Lana, je le dirai moi-même, l'interrompit Callie. Les résultats préliminaires des tests auxquels nous avons accepté de nous soumettre m'ont été communiqués. Ces résultats ne sont encore que partiels, les analyses d'ADN exigent plus de temps. Mais déjà à ce stade, se força-t-elle à poursuivre alors que Suzanne laissait échapper un léger cri, ils indiquent une forte probabilité d'un lien biologique entre nous. En outre...

— Callie, intervint Doug, c'est oui ou c'est non ?

— C'est oui. Une marge d'erreur est possible, mais extrêmement faible. Nous ne pourrons toutefois en être absolument certains que lorsque nous aurons localisé et interrogé Marcus Carlyle, l'avocat qui a établi les documents de mon adoption. Maintenant que je vous vois tous réunis, il m'est impossible de contester nos ressemblances physiques, de même qu'il m'est impossible de nier les premières données scientifiques établies à ce jour.

— Bientôt vingt-neuf ans, dit Suzanne d'une voix à peine audible qui résonna malgré tout dans la pièce. Je savais que nous te retrouverions. Je savais que tu reviendrais.

Devant les larmes qui ruisselaient sur les joues de Suzanne, Callie n'eut pas le cœur de répliquer « Non, je ne suis pas revenue » et se leva quand Suzanne se leva d'un bond et la prit dans ses bras. Nous sommes exactement de la même taille, pensa-t-elle malgré elle. La chevelure de Suzanne était aussi abondante, aussi soyeuse que la sienne, à peine moins claire. Elle sentait leurs cœurs battre aussi follement l'un que l'autre dans leurs poitrines. Malgré sa vision qui se brouillait, elle vit Jay se lever aussi et leurs regards se croisèrent. Alors, incapable de soutenir la peine, les regrets, les larmes qu'elle voyait dans ses yeux, elle préféra fermer les siens.

— Je suis... je suis désolée... désolée...

Callie ne savait pas que dire d'autre. Elle ne savait pas davantage si ces mots s'adressaient à Suzanne ou à elle-même.

Suzanne la serrait toujours dans ses bras en lui caressant les cheveux, le dos.

— Tout ira bien, maintenant, dit-elle du ton qu'on prend avec un petit enfant qui a du chagrin. Tout ira bien.

Bien ? Comment ? se demanda Callie en se forçant à ne pas s'arracher à cette étreinte et partir en courant sans s'arrêter jusqu'à ce que sa vie ait retrouvé un cours normal.

— Suzanne, viens.

Jay la prit par l'épaule, l'entraîna avec douceur.

— Notre bébé, Jay. Notre fille chérie.

— Chut ! Ne pleure pas, assieds-toi. Tiens, dit-il en prenant le verre d'eau que lui tendait Lana. Bois un peu, ma chérie.

Suzanne agrippa sa main libre, repoussa le verre d'eau.

— Nous avons retrouvé Jessica, tu ne comprends pas ? Nous avons retrouvé notre bébé, comme je te le disais, comme je te l'ai toujours dit.

— Oui, tu me l'as toujours dit, soupira Jay.

— Venez quelques instants avec moi, madame Cullen, intervint Lana en lui prenant le bras. Vous rafraîchir vous fera du bien.

Elle la fit lever, la soutint par la taille. Suzanne se laissa faire, inerte comme une poupée de son. En se dirigeant vers la porte, Lana lança un regard à Doug qui resta impassible.

Jay attendit que la porte soit refermée avant de se tourner vers Callie.

— Nous n'avons pas retrouvé Jessica, n'est-ce pas ? dit-il d'une voix sourde. Vous n'êtes plus Jessica.

— Monsieur Cullen...

Sa main tremblait si fort que Jay dut poser le verre d'eau qu'il tenait encore.

— Peu importe ce que diront les résultats des examens, les données biologiques n'y changeront rien. Vous le savez, je le vois clairement sur votre visage. Vous n'êtes plus notre fille. Et quand elle finira par le comprendre...

Sa voix se brisa. Callie le vit se ressaisir à force de volonté avant de pouvoir continuer :

— Quand elle l'aura enfin admis, ce sera comme si elle vous perdait de nouveau.

Callie leva les mains en un geste accablé.

— Que voudriez-vous que je dise ? Que je fasse ?

— Je n'en sais rien. Vous... vous n'aviez pas besoin de faire ce que vous faites. Je ne sais pas si vous me comprendrez, mais je tiens à vous dire ma fierté en voyant que vous n'êtes pas le genre de personne qui tourne le dos par lâcheté à une telle épreuve.

Callie sentit quelque chose se dénouer en elle.

— Merci, bredouilla-t-elle.

— Quoi que vous décidiez désormais de faire ou de ne pas faire, reprit Jay, je vous demande seulement de ne pas lui infliger plus de peine qu'il ne sera nécessaire. J'ai besoin de prendre l'air, ajouta-t-il en allant vers la porte. Doug, occupe-toi de ta mère.

Seule avec Doug, Callie se laissa tomber sur une chaise.

— Tu as quelque chose de profond à déclarer ? lui demanda-t-elle.

Il s'assit en face d'elle, se pencha en avant, les coudes sur les genoux, en la regardant droit dans les yeux.

— Toute ma vie, aussi loin que remontent mes souvenirs, tu as été le fantôme de la maison. Peu importe laquelle, tu nous suivais partout et tu étais toujours là par ton absence même. Ton ombre se projetait sur chaque jour de vacances, chaque jour de fête, chaque jour ordinaire. Je t'ai souvent haïe à cause de cela.

— Ce n'était vraiment pas gentil de ma part de m'être laissé kidnapper, n'est-ce pas ? dit-elle avec un ricanement amer.

— Sans toi, sans ton ombre, tout serait redevenu normal, enchaîna Doug. Mes parents ne se seraient pas séparés. Mon existence n'aurait pas été obscurcie par cette ombre. Je n'aurais pas vu la panique saisir ma mère chaque fois que je rentrais à la maison avec cinq minutes de retard. Je ne l'aurais pas entendue pleurer la nuit ou errer dans la maison à la recherche de quelque chose ou de quelqu'un qui n'y était pas.

— Je ne peux rien y changer.

— C'est exact. J'ai l'impression que tu as eu une enfance normale, heureuse, choyée, mais pas au point de t'avoir gâtée.

— Et pas toi, n'est-ce pas ?

— Non. Mon enfance n'a été ni normale ni facile. Si je m'accorde une auto-analyse à trois sous, c'est sans doute ce qui m'a empêché de me construire une vraie vie jusqu'à maintenant. Pourtant, c'est peut-être – je n'en suis pas sûr, je dis peut-être – ce qui me permettra de surmonter cette histoire mieux que vous tous. Il me sera plus facile de gérer le problème avec un être en chair et en os plutôt qu'un fantôme.

— Jessica est toujours un fantôme.

— Je sais. Tu voulais repousser ma mère quand elle t'a prise dans ses bras, mais tu ne l'as pas fait. Pourquoi ?

— Je suis volontiers garce, mais pas une garce sans cœur.

— Dis donc, personne n'a le droit de traiter ma sœur de garce ! Sauf moi, bien entendu. Je t'aimais, tu sais, poursuivit-il malgré lui. Je n'avais que trois ans, se corrigea-t-il, je t'aimais peut-être comme j'aurais aimé un petit chien ou un petit chat. J'espère que nous pourrons au moins essayer d'être bons amis.

Callie laissa échapper un long soupir et reprit son souffle en l'observant. Il avait le regard direct, franc. Et au trouble qu'elle y lisait se mêlait une bienveillance qu'elle ne s'attendait pas à voir.

— Il n'est pas aussi difficile de se découvrir un frère que des...

Elle ne put achever sa phrase et se contenta d'indiquer la porte.

— Pas sûr, j'ai du retard à rattraper. Par exemple, qu'est-ce que fait ce type, Graystone, à te tourner autour ? Vous êtes divorcés, non ?

Callie sursauta.

— Tu plaisantes ?

— Oui, mais pour le moment seulement. Parle-moi plutôt de ce salaud de Carlyle, ajouta-t-il en se penchant un peu plus vers elle.

Callie allait répondre quand la porte s'ouvrit.

— Plus tard, chuchota-t-elle pendant que Lana revenait avec Suzanne.

— Excusez-moi, je n'aurais pas dû craquer, dit Suzanne en regardant autour d'elle. Où est Jay ?

— Il est sorti prendre l'air, répondit Doug.

— Je vois, dit-elle sèchement.

— Ne sois pas méchante, maman. C'est dur pour lui aussi.

Affectant de n'avoir pas entendu, Suzanne s'assit à côté de Callie et lui prit la main.

— Cette journée est un grand bonheur. Tu dois être bouleversée et je sais qu'il te faudra du temps pour t'y habituer, ma chérie, mais j'ai tant et tant de choses à te dire ! Tant de questions à te poser ! Je ne sais même pas par où commencer.

Callie parvint à refréner l'envie de dégager sa main.

— Écoutez, Suzanne, ce qui vous est arrivé à vous tous est abominable, mais nous ne pouvons plus rien y changer.

— Que si ! s'exclama Suzanne avec une joie quasi hystérique. Puisque maintenant tu es saine et sauve, tu es ici, avec nous...

— Nous ne savons rien ! Nous ne savons pas comment, pourquoi j'ai été enlevée ni par qui. C'est ce qu'il faut découvrir.

— Bien sûr, bien sûr. Mais tout ce qui compte, c'est que tu sois revenue. Nous pouvons rentrer chez nous et...

— Et quoi ? l'interrompit Callie, qui sentait la panique la gagner.

Elle n'avait pas repoussé Suzanne quelques minutes auparavant, mais elle devait le faire maintenant, avant qu'il soit trop tard.

— Quoi ? reprit-elle. Faire comme s'il ne s'était rien passé ? J'ai vécu une vie entière entre ce jour-là et aujourd'hui ! Je ne peux pas vous rendre ce que vous avez perdu, Suzanne. Je ne peux être ni votre bébé ni même votre grande fille. Je ne peux pas faire une croix sur ce que j'ai et ce que je suis pour vous rendre ce que vous aviez, je ne saurais d'ailleurs pas comment.

— Tu ne peux pas non plus me demander de partir, de te quitter sans rien dire, de tourner la page, Jessie !

— Je ne suis plus, je ne suis pas Jessie ! Et il faut savoir pourquoi. Vous n'abandonnez jamais, n'est-ce pas, Suzanne ? poursuivit-elle en voyant ses yeux se remplir à nouveau de larmes. Moi non plus, nous avons au moins cela en commun. Je veux, je dois découvrir la vérité, et vous allez m'y aider.

— Je ferai tout ce que tu voudras.

— Bien. Il faudra donc m'accorder un peu de votre temps, chercher dans votre mémoire, vos souvenirs. Le node votre médecin quand vous étiez enceinte de moi, les gens qui travaillaient dans son cabinet, ceux avec qui vous avez été en contact au moment de l'accouchement, le pédiatre, ses collaborateurs. Qui savait que vous iriez à Hagerstown ce jour-là ? Qui vous connaissait et était assez au courant de vos habitudes pour avoir été là, à ce moment précis ? Faites une liste, je suis imbattable quand je pars d'une liste.

— Si tu veux, mais à quoi cela servira-t-il ?

— Il doit exister un lien entre Carlyle et vous. Une personne qui vous connaissait et que vous connaissiez. Vous avez été une cible précise, Suzanne, j'en suis convaincue. Le coup était préparé. Tout s'est passé trop vite, trop bien pour être dû au hasard.

— La police..., commença-t-elle.

— Oui, la police, le FBI. Retrouvez les papiers que vous possédez encore, vos souvenirs de l'enquête. Mon métier consiste à creuser et à reconstituer ce que je trouve de manière cohérente. Il faut que je le fasse pour vous, et pour moi aussi. Aidez-moi, Suzanne.

— Je le ferai, bien entendu. Mais j'ai aussi besoin de passer un peu de temps avec toi. Je t'en prie.

— Nous nous arrangerons. En attendant, laissez-moi déjà vous raccompagner à votre voiture.

— Vas-y, maman, dit Doug en ouvrant la porte. Je te rejoins dans une minute.

Quand elles furent sorties, il referma la porte, s'y adossa.

— Voilà une forme encore inédite de famille décomposée, dit-il à Lana. Merci d'avoir aidé ma mère à se ressaisir.

— Elle a assez de force de caractère pour avoir le droit de craquer de temps en temps. J'étais près de craquer, moi aussi. Et toi, ça va ?

— Je ne sais pas encore. Je n'aime pas le changement, dit-il en allant regarder par la fenêtre. La vie serait plus simple si on la laissait suivre son cours.

— Tout change, crois-moi. En mieux, en pire, en neutre, mais rien ne reste jamais pareil.

— Bien sûr, si on s'acharne à vouloir s'en mêler. Callie n'est pas du genre à ne jamais toucher à rien. Elle dégage de l'énergie même en restant immobile. Ce qui nous arrive est un exemple de la théorie des dominos. Un seul domino renversé, et tout devient méconnaissable.

— L'ancienne situation te convenait mieux ?

— Je la comprenais, au moins. Maintenant, je ne sais plus où j'en suis. Tout à l'heure, j'ai eu une conversation avec… avec ma sœur, la deuxième en quelques jours. Avant, quand je l'avais vue pour la dernière fois, elle n'avait pas de cheveux, pas de dents et faisait pipi dans ses couches. C'est plutôt irréel, non ?

— Oui, mais ils ont tous plus ou moins besoin de toi.

— Je ne crois pas, dit-il en fronçant les sourcils.

— C'est pourtant évident pour l'observatrice impartiale que je suis. Cela m'explique aussi pourquoi tu passes ton temps à partir et à revenir.

— Mon travail me force à partir et à revenir.

— Jusqu'à un certain point. Tu n'es pas obligé de revenir pour rester aussi longtemps chaque fois. Une visite de temps en temps suffirait. Si tu reviens, ce n'est pas seulement pour eux, mais aussi pour toi et c'est ce qui me plaît chez toi. Ou plutôt ce n'en est qu'une partie. Pourquoi ne pas te changer un peu les idées ce soir ? Viens à la maison, je te ferai un bon dîner.

Il ne se rappelait pas avoir jamais vu de femme plus jolie, plus attirante. Plus apaisante, aussi, même quand elle plaçait un homme le dos au mur, comme elle le faisait avec lui.

— Je n'ai pas l'intention de rester, il faut que tu le saches.

— Je te proposais de rôtir un poulet, pas de libérer une penderie pour que tu t'installes à demeure.

— Je voudrais pourtant passer au moins une nuit avec toi.

Il avait lâché ces mots presque sur le ton de la menace. Lana se retint d'éclater de rire.

— Ce n'est pas au menu de ce soir, déclara-t-elle. Ça le sera peut-être dans un avenir plus ou moins proche, mais ce n'est pas pour cela que je viderais une de mes penderies.

— Je gâche toujours tout avec les femmes, c'est pour ça que j'ai cessé de les fréquenter.

— Je te préviendrai si tu gâches tout avec celle-ci, dit-elle en passant devant lui et en lui effleurant les lèvres. Ce soir, donc, poulet rôti. Il n'y aura malheureusement pas de sexe pour le dessert, car je dois penser à Tyler.

Mais je peux me laisser séduire au point de sortir une tarte aux pêches du congélateur. Elle vient du Fournil de Suzanne, au fait. Nous en faisons une grande consommation.

Leurs rapports allaient se compliquer de plus en plus, pensa-t-il. C'était automatique, voire obligatoire. La femme, l'enfant, tout ce que l'un et l'autre éveillaient en lui, exigeraient de lui. Pourtant, il n'était pas prêt à leur tourner le dos. Pas encore, du moins.

— J'ai toujours eu un faible pour la tarte aux pêches de ma mère. À quelle heure, le dîner ?

Quand Callie sortit avec Suzanne, Jay regardait fixement le bac de géraniums sur le petit perron. Son regard se leva d'abord vers Suzanne, enregistra la présence de Callie, comme il aurait consulté le baromètre pour se préparer à affronter une éventuelle tempête.

— J'allais justement rentrer te rejoindre, lui dit-il.

— Vraiment ? dit sèchement Suzanne.

— J'avais besoin de m'éclaircir les idées un moment, Suzanne.

Il tendit une main vers son bras, qu'elle écarta avec autant de brusquerie que si elle l'avait giflé.

— Nous parlerons plus tard, dit-elle d'un ton glacial. Je croyais que tu aurais quelque chose à dire à ta fille.

— Je ne sais pas quoi dire ni quoi faire.

— Donc, tu te dérobes, comme d'habitude. Je t'aime, poursuivit-elle en se détournant ostensiblement pour embrasser Callie sur la joue. Je vais attendre Doug dans la voiture.

Seul avec Callie, Jay se tourna vers elle, les bras ballants.

— Vous êtes belle, très belle, je ne peux penser à rien d'autre pour le moment. Vous ressemblez... à votre mère, dit-il avant de s'éloigner.

Doug sortit à ce moment-là.

— Tu vas te trouver entre deux feux, lui dit Callie.

— Je l'ai été toute ma vie. Dis-moi, je ne voulais rien te demander, mais pourrais-tu quand même aller voir mon grand-père ? La petite librairie dans la rue principale.

— Oui, bon. D'accord, soupira-t-elle.

— Merci. À bientôt.

— Hé, Doug ! le rappela-t-elle. Nous pourrions peut-être boire une bière, un de ces jours ? Le coup d'envoi de l'amitié dont nous avions parlé. Tu pourrais m'initier à la dynamique familiale des Cullen, je ne sais pas par quel bout les prendre.

— Bienvenue au club ! dit-il avec un bref éclat de rire. Une bière ne suffira pas, il nous faudra un baril.

Elle le suivit des yeux en notant un premier indice sur la « dynamique familiale » des Cullen : Doug au volant, Suzanne à côté de lui, Jay seul à l'arrière. Et moi, quelle place aurais-je eue ? se demanda-t-elle en se dirigeant vers sa voiture.

La vue de Jake accoudé au capot ralentit son pas.

— Qu'est-ce que tu fais là ? voulut-elle savoir.

— Je passais dans le quartier.

— Où est ta voiture ?

— Je l'ai laissée au site, Sonya m'a déposé en ville. Elle a des jambes canon, cette souris, ajouta-t-il avec un grand sourire.

— Ses jambes et le reste de sa personne ont moins de vingt ans.

— Vingt et un. Digger a déjà entrepris ses travaux d'approche, ce qui fait que mes chances sont minces.

Callie prit ses clefs, les fit tinter un instant.

— Le fait que tu « passes dans le quartier » signifie-t-il que tu n'es plus furieux contre moi ?

— Je n'irais pas jusqu'à l'affirmer.

— Je t'ai exploité, je l'admets, mais tu n'as pas protesté.

Il lui happa un bras avant qu'elle s'éloigne.

— Nous nous sommes servis l'un de l'autre et ce qui me fout en rogne, c'est que ce soit aussi facile pour nous deux. Tu veux qu'on se dispute sur ce point ?

— Je ne me sens pas capable de me disputer en ce moment.

Il posa les mains sur ses épaules, lui massa la nuque.

— Je m'en doutais. Ça s'est mal passé ?

— Ç'aurait pu être pire. Vas-tu me dire enfin ce que tu fais ici, Jake ? Tu voles à ma rescousse, ou quoi ?

— Non. Je conduis, dit-il en lui prenant ses clefs.

— C'est ma voiture !

— Justement, je voulais te demander quand tu te déciderais à la faire repeindre.

— Je commence à m'y habituer. Qu'est-ce que tu fais ?

— J'ouvre la portière, tout simplement.

Sur quoi, il la souleva, la jeta comme un sac sur le siège du passager, fit le tour du capot, monta de l'autre côté, l'immobilisa en lui prenant les poignets et posa sa bouche sur la sienne avec voracité.

Elle dut faire appel à toute sa volonté pour ne pas se laisser emporter par le torrent de feu qui se rua dans ses veines.

— Arrête ! Il y a deux minutes, tu étais en rogne que nous nous soyons laissés aller à la facilité hier soir et maintenant tu recommences ! En plein jour et sur la voie publique !

— Je t'ai dans la peau, Callie. Comme une tumeur maligne.

— Trouve-moi un bistouri, et je pourrai régler le problème.

Il pianota sur le volant en l'étudiant derrière ses lunettes noires.

— Ça t'a quand même changé les idées une ou deux minutes, avoue.

— Un direct dans la mâchoire m'aurait fait le même effet.

— Considérant que je ne frappe jamais les femmes, même toi, alors que l'envie ne m'en manque pas et que les occasions se présentent en rangs serrés, je n'ai pas trouvé mieux. Mais je ne suis pas venu dans le but de commettre un outrage à la pudeur sur la voie publique ou d'échanger avec toi des injures choisies, bien que l'un et l'autre auraient été fort distrayants. Nous avons loué une maison.

— Quoi ?

— Notre prochain petit nid d'amour, ma douce. Les chambres du motel sont trop exiguës, trop incommodes, et il faut un camp de base à l'équipe.

Elle avait atteint la même conclusion, mais était vexée qu'il en ait pris l'initiative.

— La saison se termine dans moins de deux mois, le motel ne coûte pas cher et il n'y a que toi, moi et Rosie qui y logeons !

— Oui, mais nous avons tous les trois besoin de davantage de place pour travailler. Dory, Bill et Matt y logeront aussi et nous avons récupéré cet aprèsmidi deux gamins en chaleur de l'université de Virginie-Occidentale. Ils se lutineront quand ils le pourront mais, entretemps, ils travailleront. Il a déjà de l'expérience et prépare sa maîtrise. Elle n'y connaît pas grand-chose, mais fera sans discuter ce qu'on lui dira de faire.

Les pieds sur la planche du tableau de bord, Callie réfléchit une minute.

— Bon. Nous avons besoin d'aide, c'est vrai.

— Je ne te le fais pas dire. Leo aura lui aussi besoin d'une base quand il viendra. Nous recevrons les spécialistes de passage, il nous faut de quoi stocker du matériel, et une cuisine sera la bienvenue.

Callie ne répondit pas, mais il savait qu'elle fulminait intérieurement et qu'il devait trouver un argument décisif.

— De plus, ajouta-t-il, il faudra te garder une base ici après la fin de la saison. Nous avons d'autres fouilles devant nous.

— Nous ?

— Je t'ai dit que je voulais t'aider. Nous aurons donc pour cela aussi une base d'opérations.

Ils roulèrent quelques instants sans mot dire.

— Je ne sais plus que penser de toi, Jake, dit-elle quand il quitta la route pour s'engager dans un chemin de terre. Une minute, tu es l'emmerdeur exaspérant que tu as toujours été, celle d'après un exaspérant emmerdeur qui essaie d'être gentil. Que cherches-tu, au juste ?

Il s'abstint de répondre, freina et montra la maison d'un geste.

— Qu'en penses-tu ?

Abritée par des arbres, vaste mais dépourvue de style, elle se dressait au bord de la rivière. La pelouse appelait la tondeuse – on avait de l'herbe jusqu'au-dessus des chevilles –, mais l'ensemble était plaisant.

— Comment l'as-tu trouvée ? demanda-t-elle.

— Un type de la ville venu visiter le site en a parlé à Leo. C'était la maison de sa sœur. Elle a divorcé il y a quelques mois et elle cherche à la louer jusqu'à ce qu'elle décide ce qu'elle en fera. Il y reste quelques meubles je crois, ceux dont aucun des deux n'a voulu. Nous avons un bail de six mois qui nous coûtera moins cher que le motel.

La maison lui plaisait, mais elle n'était pas encore disposée à l'admettre.

— À combien sommes-nous du site ? Je n'ai pas fait attention au chemin que tu as suivi.

— Une dizaine de kilomètres.

— Pas trop mal, dit-elle en s'approchant de la porte qu'elle essaya d'ouvrir. Tu as les clefs ?

— Où est-ce que j'ai bien pu les mettre ?

Il lui montra sa main vide, pivota le poignet et fit apparaître les clefs. Le tour de passe-passe la fit sourire malgré elle.

— Ouvre plutôt la porte, Houdini.

Il ouvrit et, encore une fois, la souleva dans ses bras.

— Qu'est-ce qui te prend, à la fin ?

— Je ne t'avais pas portée pour franchir le seuil quand nous nous sommes mariés.

— Arrête ! De toute façon, il n'y avait pas de seuil à franchir dans l'hôtel de Las Vegas où nous avons passé notre nuit de noces.

— Peut-être. Je garde pourtant un souvenir ému de cette chambre, avec sa baignoire en forme de cœur, le miroir au-dessus du lit et...

— Oui, je m'en souviens.

Il la reposa debout, la gratifia d'une petite tape sur le derrière.

— Commençons la visite. Ceci est le living, la salle commune.

— Qu'est-il arrivé à ce canapé ? s'exclama-t-elle en montrant l'accoudoir déchiqueté.

— Ils avaient des chats. La cuisine est par ici, les appareils sont en bon état. Il y a une salle de bains et une salle d'eau à ce niveau, une autre à l'étage avec trois chambres. Par là, poursuivit-il en traversant le living, une autre chambre ou un bureau.

La pièce vaste et gaie, éclairée par une grande baie vitrée, donnait sur une petite terrasse. Callie ouvrit la bouche.

— Trop tard, ma belle, dit-il sans lui laisser le temps de parler. J'ai déjà jeté mon dévolu sur celle-ci.

— Salaud !

— Trop gentil, surtout après que je t'ai réservé la plus belle chambre là-haut.

Elle traversa la pièce, alla sur la terrasse.

— Bon, je verrai, bougonna-t-elle. C'est tranquille, ici.

— Ça ne le sera plus quand nous y vivrons.

Aussi étrange que cela lui paraisse, tout semblait de nouveau... normal, après l'éprouvante séance chez Lana.

Il s'approcha, posa une main à la base de son cou.

— Pourquoi te renfermes-tu comme cela, Callie ? Pourquoi as-tu tant de mal à exprimer ce qu'il y a en toi ?

— Je ne sais pas... Elle a craqué, Jake. Elle s'est écroulée devant moi dans le bureau de Lana. Elle me serrait si fort dans ses bras que je pouvais à peine respirer. Je ne sais pas ce que j'ai ressenti ni ce que je ressens à présent, je suis incapable de l'identifier. Mais je me suis mise à me demander comment ils auraient été, comment j'aurais été, comment auraient été mes parents si rien ne s'était passé. Si elle ne s'était pas détournée de ma poussette pendant une minute, si j'avais grandi ici.

Elle fit mine de s'écarter. Jake la retint.

— Continue à parler. Fais comme si je n'étais pas là.

— J'oubliais que tu avais aussi un diplôme de psychologie... Je me pose des questions, c'est tout. Qui serais-je si j'étais restée Jessica Lynn Cullen ? Jessica Lynn serait sans doute portée sur la mode, roulerait en monospace dernier modèle, aurait son deuxième enfant en route. Elle aurait peut-être fait des études artistiques pour décorer sa maison avec goût et envisagerait de se remettre à travailler quand les enfants auraient grandi, mais pour le moment elle présiderait l'association de parents d'élèves, ce qui lui suffirait comme activité. Ou alors, elle serait encore Jessie, ce qui serait tout à fait différent.

— En quoi ?

— Jessie aurait plutôt été supporter de l'équipe de football de son école et amoureuse du capitaine, mais cela n'aurait pas duré. Elle aurait plutôt choisi d'épouser un de ses admirateurs de la fac, qui étaient nombreux à lui tourner autour parce qu'elle était toujours drôle et exubérante. Jessie aurait un job à mi-temps pour arrondir ses fins de mois, un enfant, pas plus, et de l'énergie à revendre.

— Et elle serait heureuse ?

— Bien sûr. Pourquoi ne le serait-elle pas ? Aucune de ces deux-là, en tout cas, ne passerait son temps à gratter la terre ni ne saurait identifier un tibia vieux de six mille ans. Elles n'auraient pas de cicatrice sur l'épaule droite à la suite d'une chute dans le Wyoming quand elles avaient vingt ans. Et surtout, elles n'auraient pour rien au monde épousé un type comme toi, ce qui serait un bon point pour elles. Tu les aurais terrorisées, poursuivit-elle en se tournant vers lui. Et c'est pour toutes ces raisons, y compris celle d'avoir commis l'erreur de t'épouser, que je suis heureuse de n'être ni l'une ni l'autre. Je le pense même en me souvenant de

Suzanne en train de sangloter dans mes bras. Je suis heureuse d'être ce que je suis.

— Nous sommes deux à le penser.

— Oui, mais nous ne sommes pas des gens comme il faut, nous. Suzanne voudrait l'une des deux, Jessie ou Jessica. Pire encore, elle voudrait retrouver son bébé. Je me sers de son obsession pour la pousser à m'aider à trouver les réponses qu'il me faut.

— Elle en a besoin, elle aussi.

— J'espère qu'elle le comprendra quand nous les aurons obtenues.

14

Callie se remit au travail avec acharnement. Dix heures par jour, elle grattait, sondait, fouillait sous le soleil écrasant ou dans la boue des pluies d'orage. Le soir, elle rédigeait des rapports, formulait des théories, dessinait les objets les plus intéressants avant leur envoi au laboratoire de Baltimore. Sa chambre contenait un sac de couchage déroulé à même le parquet, un bureau et une lampe dénichés dans une brocante, son ordinateur portable et son violoncelle. Il ne lui fallait rien de plus.

Elle n'utilisait que rarement ce qu'ils étaient convenus d'appeler la « salle commune », car les membres de l'équipe prenaient régulièrement le prétexte d'occupations absorbantes sur le site ou de distractions en ville pour la laisser seule avec Jake. Ces tête-à-tête la ramenaient un peu trop à leur passé conjugal. Si les sentiments qu'il lui inspirait étaient le plus souvent à fleur de peau, ils étaient encore profondément enracinés en elle. De fait, elle prenait conscience de n'avoir jamais vraiment fait une croix sur Jacob Graystone. Pour son malheur peut-être, il restait l'homme de sa vie.

Et voilà maintenant qu'il lui offrait son amitié !

Avec lui, elle n'avait jamais été sûre de rien. Elle n'avait jamais non plus cru qu'il l'aimait, du moins pas autant qu'elle. C'est pourquoi elle l'avait toujours poussé dans ses retranchements pour le forcer à le lui dire. Mais elle avait eu beau faire, cet imbécile ne lui avait jamais dit ces simples mots : « Je t'aime ». Donc, Dieu merci, tout était sa faute à lui ; elle n'avait rien à se reprocher.

Un peu rassérénée par cette conclusion, elle se remit au travail ce soir-là jusqu'à ce que son estomac lui annonce que le dîner était déjà loin et que le moment de son rituel snack nocturne était venu. Elle descendit sans allumer, le clair de lune suffisait à l'éclairer et elle pouvait se fier à son instinct, plus sûr qu'un radar, quand il fallait trouver de quoi manger.

Elle avait la main sur la porte du frigo quand la lumière s'alluma. Elle lâcha un cri de frayeur qu'elle réussit à transformer en imprécations en se retournant.

— Bon Dieu, Graystone, ça t'amuse de me faire peur ?

— Et toi, pourquoi t'amuses-tu à rôder dans le noir ?

— Je ne rôde pas ! Je marche sans faire de bruit pour ne pas déranger les autres quand je cherche quelque chose à grignoter.

Jake jeta un coup d'œil à sa montre.

— Minuit dix. Tes habitudes te perdront, Dunbrook.

— Et alors ? Elles te dérangent, mes habitudes ?

Elle empoigna un sachet de biscuits au chocolat du Fournil de Suzanne, ouvrit en même temps le frigo et se versa un verre de jus d'orange. Jake lui arracha les biscuits et, du même mouvement, se versa un verre de lait.

— Rends-moi ces biscuits ! protesta-t-elle.

— C'est moi qui les ai achetés !

— J'achèterai le prochain paquet. Donne-le-moi.

Il ne portait qu'un short noir. Callie choisit de ne pas se plaindre de sa tenue – même une ex-femme a le droit de se rincer l'œil. En d'autres temps, elle n'aurait pas résisté à l'envie de se jeter sur lui, de planter ses dents dans la partie de son anatomie qui se trouvait là. Ils auraient fait l'amour sur la table de la cuisine, par terre, ou, s'ils s'étaient sentis d'humeur plus civilisée, se seraient traînés l'un l'autre vers le lit le plus proche. Cette fois, elle se contenta de lui reprendre le sachet de biscuits en se complimentant de son admirable maîtrise d'elle-même.

— Viens, je voudrais te montrer quelque chose, dit-il en sortant de la cuisine. Et apporte les biscuits.

Elle déplorait de se trouver ainsi seule avec lui à minuit, alors qu'il était plus qu'à moitié nu et que sa seule odeur déclenchait dans son système nerveux des vibrations inquiétantes. Elle décida néanmoins de se fier à son admirable maîtrise d'elle-même et le suivit dans le bureau dont il faisait aussi sa chambre.

Jake avait aménagé un espace de travail avec une planche de contre-plaqué sur deux tréteaux, surmontée, au mur, d'un panneau sur lequel étaient punaisés des photos, des dessins, des relevés. D'un coup d'œil, Callie reconnut la rigueur de son organisation et de sa méthode de réflexion. Dans le travail, elle le connaissait aussi intimement qu'elle se connaissait elle-même. Un grand dessin en perspective étalé sur le plan de travail retint aussitôt son attention. En partant du quadrillage du site et des plans esquissés à mesure de la progression des fouilles, il avait réussi à reconstituer le village tel qu'il avait été.

Les bâtiments modernes étaient éliminés du paysage pour faire place aux groupes de huttes. Le secteur de l'atelier était représenté avec ses outils, ses pierres brutes, d'autres en cours de dégrossissage. Un muret de pierres sèches délimitait l'emplacement du cimetière. Au-delà s'étendaient les champs vert tendre des céréales de printemps.

Mais ce qui la fascina, ce fut le réalisme quasi photographique avec lequel étaient représentés les habitants. Hommes, femmes, enfants vaquaient à leurs occupations quotidiennes. Un petit groupe de chasseurs s'éloignait vers les bois, une jeune fille tendait une écuelle de nourriture à un vieil homme assis devant une hutte, une femme donnait le sein à son bébé, des hommes fabriquaient des haches et des outils. Plus loin, des enfants jouaient avec des galets et des morceaux de bois. L'un d'eux riait aux éclats, la tête levée vers le ciel. L'ensemble reflétait de manière saisissante une organisation sociale, un sens de la solidarité humaine que

Jake était capable de discerner dans un fragment de silex taillé ou un tesson de poterie.

— Pas mal, dit-elle en faisant la moue.

Il se contenta de lui reprendre les biscuits, un sourcil levé.

— Bon, c'est sensationnel, je suis bien forcée de le reconnaître. Le type même de reconstitution qui justifie notre travail et donnera à Leo des atouts pour convaincre les financiers.

— À part cela, qu'est-ce que ça te dit ?

— Que nous avons vécu, chassé et planté pour nous nourrir. Que nous avons donné la vie à des enfants et pris soin des vieillards. Que nous avons enterré nos morts et honoré leur mémoire. Je voudrais être capable de dessiner aussi bien.

— Tu ne te débrouilles pas si mal.

— Je sais, mais à côté de toi je suis nulle.

Il lui caressa doucement un bras. Quand il remonta vers la nuque, elle se détourna, ouvrit la baie vitrée et sortit sur la terrasse. La lune couvrait les arbres de reflets argentés. La rivière gazouillait sur son lit de galets, les criquets crissaient dans la nuit tiède.

Jake vint s'accouder à la balustrade à côté d'elle.

— Quand tu es imprégné de l'atmosphère d'un site, demanda-t-elle, t'arrive-t-il de sentir vivre les gens sous la terre, de les entendre murmurer ?

— Bien sûr. Pourquoi ?

— Parce que je me crois privilégiée quand j'éprouve cela, dit-elle en riant. Et puis, quand l'impression s'efface, je me sens idiote.

— Tu as toujours eu du mal à être idiote.

— Il m'a constamment fallu faire mes preuves ; pour mes parents, mes professeurs, mon travail. On a beau dire, les femmes seront toujours minoritaires dans ce métier. Et si elles se permettent des fantaisies, comme de dire qu'elles entendent murmurer les morts, les machos ne se priveront pas de les ridiculiser ou de se débarrasser d'elles.

— Je ne suis pas de ton avis. Pour ma part, dit Jake en lui caressant les cheveux, je ne me suis jamais moqué de toi.

— Non, parce que tu voulais qu'on couche ensemble.

— C'est vrai, et cette envie ne m'a pas quitté. Mais ton esprit m'excitait autant, sinon plus que ton corps. Je respecte sincèrement ton travail, Callie. Tout le monde le respecte, tu le sais très bien.

Il le lui disait pour la première fois et cela lui fit chaud au cœur.

— Peut-être, mais à quoi bon prendre un risque ? Mieux vaut être intelligente, pragmatique, sensée et bien faire ce qu'on doit faire. Tu es la seule grosse bêtise que j'aie jamais commise et tu vois comment ça a tourné. Plutôt mal, non ?

— C'est toi qui le dis. Les choses n'ont peut-être pas fini de tourner entre nous…

D'un geste, elle le fit taire.

— Il y a quelqu'un dehors, chuchota-t-elle.

Elle le sentit se raidir, les muscles tendus, prêt à bondir.

— Où ?

— Deux heures, sous les arbres. J'ai d'abord cru que c'était une ombre, mais ce n'en est pas une. Quelqu'un nous épie.

Il ne douta pas une seconde de ce qu'elle disait, il savait qu'elle avait des yeux de chat. Il tourna légèrement la tête dans la direction qu'elle lui avait indiquée.

— Tu vas m'engueuler, me repousser et rentrer. Je te suivrai.

Elle n'eut pas besoin d'autres explications.

— Ah non ! Tu ne vas pas recommencer ! criat- elle avec fureur. Jamais plus, tu comprends ? Cherche-toi une des petites étudiantes qui t'adorent, tu n'auras que l'embarras du choix !

Sur quoi, elle tourna les talons et regagna la pièce.

— Si tu me jettes ça encore une fois à la figure, je ne me dominerai plus !

Il rentra derrière elle, ferma avec une brusquerie affectée la baie coulissante, éteignit la lumière.

— Vérifie si toutes les portes sont bien fermées, monte dans ta chambre et n'en bouge plus, dit-il en s'habillant à la hâte.

— Pas question !

— Fais ce que je te dis. Je vais sortir par la porte de derrière ; tu la verrouilleras derrière moi.

Elle le vit empoigner une batte de base-ball appuyée contre un mur.

— Bon sang, Jake, qu'est-ce que tu veux faire ?

— Écoute Callie, Dolan a été tué à quelques kilomètres d'ici. Ce que je veux faire, c'est ne prendre aucun risque. Boucle toutes les portes. Si je ne suis pas revenu dans dix minutes, appelle la police.

Quand il se fut glissé en silence par la porte entrebâillée, elle la verrouilla et courut dans sa chambre se munir de la seule arme dont elle disposait, une bombe insecticide. Moins d'une minute après Jake, elle sortit à son tour par la porte d'entrée.

Elle avança dans l'herbe à pas de loup, l'œil aux aguets, l'oreille tendue pour écouter le moindre bruit qui trancherait sur le crissement lancinant des grillons. Elle se rappelait clairement l'endroit où elle avait repéré la silhouette cachée dans l'ombre des arbres. Si Jake continuait d'avancer dans la même direction, elle et lui prendraient en tenaille l'individu qui épiait la maison. Un des minus des équipes Dolan, pensait-elle. Austin, Jimmy ou un de leurs semblables, tout juste bon à peindre des obscénités sur une voiture. Il attendait sans doute que les lumières soient éteintes pour renouveler son exploit sur une autre voiture ou lancer des cailloux pour casser des vitres.

Au loin, une chouette ululait, un chien aboyait, la rivière gargouillait et les grillons stridulaient à qui mieux mieux. Et là, à quelques pas, bougeait une ombre plus dense que les autres.

Callie décapsulait sa bombe quand elle entendit un bruit très net de branches et de feuilles froissées sur sa gauche, près de la maison. Elle allait s'élancer quand un coup de feu éclata.

Tout parut se figer, les aboiements du chien, le ululement de la chouette, le bourdonnement des insectes. Pendant quelques secondes de silence absolu, elle crut que son cœur cessait de battre. Dans un soudain accès de panique, elle hurla le node Jake et partit en courant, sans prêter attention aux bruits de pas derrière elle.

Quand elle les entendit, il était trop tard. Un violent coup sur le dos l'envoya la tête la première contre un tronc d'arbre. Avant de perdre connaissance, elle eut le temps d'éprouver une intense douleur et de sentir le sang lui couler sur les lèvres.

Plus effrayé par le cri de Callie que par le coup de feu, Jake se précipita en se frayant un passage dans les branches basses et les broussailles. En la découvrant écroulée dans l'herbe, il se jeta à genoux à côté d'elle et lui tâta le pouls d'une main tremblante. Le sang coulait d'une grosse écorchure au front, mais le pouls était fort et régulier et Jake ne lui trouva aucune autre blessure. Il s'assit, lui souleva la tête pour la poser sur ses genoux, la caressa tendrement.

— Oh, Callie, quelle peur tu m'as faite ! Tu vas bien, ma chérie ? tu n'as rien de grave ? Réveille-toi.

Constatant qu'elle ne reprenait pas connaissance, il se releva, la prit dans ses bras et l'emporta vers la maison.

Elle battit des paupières comme il approchait du perron.

— J'ai mal, gémit-elle. Qu'est-ce qui s'est passé ?

— Selon les apparences, tu as couru te jeter contre un arbre. Le malheureux a dû beaucoup souffrir, je n'en doute pas un instant.

Tout en parlant, il la porta à la cuisine, l'assit sur un comptoir.

— Reste tranquille, ne bouge plus, je vais voir ce que je peux faire pour ce crâne de granit massif.

Elle referma les yeux, s'appuya la tête sur un placard en s'efforçant de dominer la douleur qui l'élançait.

— Je ne me suis pas jetée contre un arbre. On m'a poussée juste après... Oh, Jake ! Le coup de fusil ! Tu n'es pas blessé ?

— Non, dit-il en l'empêchant de sauter du comptoir. Je t'ai dit de rester tranquille. Ai-je l'air d'avoir reçu un coup de fusil ?

— J'ai pourtant entendu un coup de feu.

— Moi aussi. J'ai même vu une balle se planter dans un arbre à moins d'un mètre sur ma gauche. Ne bouge pas, te dis-je ! répéta-t-il en lui posant une compresse sur le front.

— On t'a tiré dessus ?

— Sans doute, mais l'individu visait mal. Je t'avais pourtant demandé de rester enfermée dans ta chambre. Pourquoi es-tu sortie ?

— Je n'ai pas d'ordres à recevoir de toi. Tu n'as rien ?

— Rien. Mais toi, tu vas souffrir parce que je m'apprête à mettre de l'antiseptique sur ta vilaine écorchure. On y va ?

Elle acquiesça d'un signe – et dévida une bordée de jurons en sentant une seconde après une épouvantable brûlure.

— J'ai presque fini. Continue à jurer, tu enrichis mon vocabulaire.

Elle ne s'en priva pas jusqu'à ce que la douleur s'atténue.

— Bien, dit Jake en lui posant une autre compresse, le pire est passé. Maintenant, regarde-moi. Ta vision est-elle claire ?

— Oui. Donne-moi de l'aspirine, n'importe quoi.

— Pas encore, tu avais perdu connaissance. Vertiges ?

— Non.

— Nausée ?

— Seulement quand je pense avoir été assez idiote pour laisser ce salaud me sauter dessus. J'ai un effroyable mal de crâne, c'est tout. Dis donc, tu as le visage écorché de partout, toi aussi. Veux-tu que je te mette de ce merveilleux antiseptique ? Tu verras l'effet qu'il produit.

— Les branches m'ont fait quelques égratignures quand j'ai volé à ton secours, je n'ai besoin de rien. Plus j'y pense, plus je crois qu'il n'y avait pas qu'un seul type dehors, ajouta-t-il en rangeant le flacon. Tu étais à plus de vingt mètres de moi quand il m'a tiré dessus.

— Et j'ai été attaquée par-derrière, approuva-t-elle. J'ai couru tout de suite après avoir entendu la détonation.

— Et tu as hurlé.

— Non, je t'ai appelé parce que j'avais peur que tu sois blessé.

— J'aime beaucoup que tu m'appelles, en hurlant ou pas.

Malgré elle, ses lèvres esquissèrent un sourire.

— Disons que j'ai crié ton noen courant vers l'endroit où tu étais, mais je ne suis pas allée loin. Il ne s'est pas écoulé plus de dix à quinze secondes entre le coup de feu et le moment où j'ai perdu connaissance. Ils devaient donc être au moins deux. Nos chers amis Austin et Jimmy, à ton avis ?

— Si c'était eux, ils ont sérieusement augmenté la mise.

— Il faut prévenir la police.

— J'en ai l'impression.

Ils restèrent toutefois immobiles, les yeux dans les yeux.

— J'ai eu peur, dit-elle au bout d'un long silence.

— Moi aussi, admit-il.

Elle le prit dans ses bras, se serra contre lui.

— C'est anormal, dit-elle. Si quelqu'un a le droit de te tirer dessus, c'est moi.

— Tout à fait d'accord. De même que je devrais être le seul à avoir le droit de t'assommer.

Elle se serra un peu plus contre lui, appuya une joue contre la sienne. Elle aurait beau faire, il était bien l'homme de sa vie.

— Nous sommes au moins d'accord sur ce point, reprit-il. Maintenant, je vais appeler le shérif et je te donnerai quelque chose pour ton mal de crâne.

— Je m'en occupe, dit-elle en se soulevant pour descendre du comptoir.

— Pourquoi tu ne me laisses pas te soigner quand tu as mal ? dit-il en la maintenant assise.

— Mais... le flacon est là, dans ce placard !

— Bon, d'accord, fais-le toi-même, grogna-t-il avec un agacement qui la déconcerta.

Elle hésita un instant. Ces attentions, cette affection bourrue ne lui ressemblaient pas, du moins dans ses souvenirs. Comment fallait-il les prendre ?

— Tu as raison, aide-moi à descendre. J'ai l'impression que ma tête tombera toute seule si je fais des gestes trop brusques. J'ai dû aussi me tordre une cheville en courant.

En maugréant, il la souleva par la taille et la reposa à terre avec une délicatesse qui accrut son étonnement. Jamais il ne l'avait traitée avec tant d'égards que cette nuit-là. La vue de son visage égratigné, de ses cheveux en désordre, de sa mine agacée l'attendrit.

— Tu m'as portée dans tes bras jusque dans la maison ?

— C'était ça ou te laisser dehors, grommela-t-il. Tiens, ajouta-t-il en prenant un flacon dans le placard au-dessus d'elle. Voilà ton aspirine.

— Merci. Je crois qu'il vaut mieux que je m'asseye.

Elle se rassit par terre, autant parce qu'elle en avait vraiment besoin que pour voir comment il réagirait. Et elle ne manqua pas l'éclair d'inquiétude qui traversa son regard avant qu'il se retourne pour ouvrir le robinet et remplir un verre d'eau.

— Avale les cachets avec ça, dit-il en s'accroupissant à côté d'elle. La tête te tourne ?

— Non, j'ai horriblement mal, c'est tout. Je resterai assise ici à prendre mes drogues jusqu'à l'arrivée de la police.

— Je vais téléphoner. Après je te mettrai de la glace sur la tête, ça te fera du bien.

— Merci.

Elle déboucha le flacon, secoua deux comprimés au creux de sa main pendant qu'il composait le numéro du shérif. Elle ne savait pas encore ce qu'elle devait penser de cet aspect inconnu de Jacob Graystone, mais ce qu'elle découvrait était à tout le moins intéressant.

15

Après quelques heures de mauvais sommeil, Callie ne se sentait pas capable de travailler. La bosse de son front avait pris la taille d'un œuf de pigeon et la douleur lancinante qui l'accompagnait lui interdisait de se concentrer sur des paperasses. La sieste exigeait des facultés qu'elle n'avait jamais cultivées, car trop proches de l'inaction, à laquelle elle était foncièrement inapte. Elle consacra donc une vingtaine de minutes à essayer plusieurs manières de se coiffer susceptibles de dissimuler ses meurtrissures. De guerre lasse, elle se contenta d'une simple frange sous un chapeau de brousse à large bord et de lunettes noires, dont l'efficacité était prouvée en pareil cas.

Elle ajournait depuis plusieurs jours la visite à la librairie promise à Doug, il était temps de tenir parole. Elle comprenait pourquoi il le lui avait demandé, et elle-même était poussée par la curiosité de découvrir un autre membre de la famille Cullen. Mais comment aborder le vieux monsieur ? se demanda-t-elle en cherchant une place de stationnement. « Salut grand-père, ça va ? » Jusqu'à présent, son séjour à Woodsboro avait été un peu trop mouvementé. Secrets de famille, graffitis injurieux sur sa voiture, crime, mystères en tout genre et, pour couronner le tout, coups de fusil dans la nuit et plaies et bosses. De quoi donner, même à une fanatique du terrain comme elle, l'envie de reprendre le chemin douillet des cours magistraux et de la sécurité des bibliothèques.

Quand Callie entra dans la boutique, une femme était assise devant le comptoir derrière lequel se tenait un homme aux cheveux blancs. À la vue de la nouvelle arrivante, son visage exprima une telle stupeur qu'il cessa de parler aussi soudainement que s'il avait reçu un coup de poing sur la pomme d'Adam.

— Vous ne vous sentez pas bien, monsieur Grogan ? demanda la cliente en se retournant pour lancer un coup d'œil à Callie.

— Si, tout va bien. Excusez-moi, j'avais la tête ailleurs. Je suis à vous dans une minute, ajouta-t-il à l'adresse de Callie.

— Prenez votre temps, je vais regarder les livres, répondit-elle.

Tout en flânant le long des rayonnages, elle écouta malgré elle la conversation qui reprenait. La cliente demandait à Roger une estimation de vieux volumes qu'elle cherchait à vendre.

— Il y a des éditions originales que je voudrais voir de plus près. Laissez-les-moi quelques jours, je vous appellerai pour vous donner un prix, conclut Roger.

— D'accord et merci, monsieur Grogan. Dites bonjour à Doug de la part de ma Nadine.

— Je n'y manquerai pas.

— Nous sommes tous contents qu'il soit revenu. Va-t-il rester un peu plus longtemps, cette fois ?

— Cela se pourrait.

Ayant hâte qu'elle s'en aille, Roger sortit de derrière le comptoir pour aller lui ouvrir la porte, mais la dame s'approchait déjà de Callie.

— Vous ne seriez pas avec les archéologues ? lui demanda-t-elle en regardant avec curiosité la bosse bleuâtre mal dissimulée sous le bord du chapeau. Je crois bien vous avoir déjà vue quelque part.

— C'est possible, nous sommes ici depuis bientôt un mois.

— C'est mon beau-frère qui a tout déclenché en déterrant le premier crâne.

— Vraiment ? Il ne l'oubliera sans doute pas de sitôt.

— Surtout que ça lui a enlevé du travail. À mon mari aussi.

— Je m'en doute. Je le regrette beaucoup pour eux.

Déçue que sa remarque ne provoque pas une discussion, la dame fronça les sourcils et changea d'angle d'attaque.

— Il y a des gens qui croient que l'endroit est maudit parce que vous profanez des tombes.

— Ces gens-là regardent trop de vieux films d'horreur, se borna à commenter Callie.

— En tout cas, ce pauvre Ron Dolan est mort. C'est terrible.

— Oui, nous en avons tous été secoués. Je n'avais encore jamais connu personne qui ait été assassiné. Et vous ?

L'attitude conciliante de Callie détendit un peu la commère.

— Moi personnellement, non. Mais mon petit-fils va à l'école maternelle avec le fils Campbell qui lui a dit que son papa avait été tué pendant un hold-up dans un supermarché de Baltimore. Pauvre gosse ! Des histoires comme celle-là donnent à penser. Nous sommes bien peu de chose, n'est-ce pas ?

Callie dissimula son étonnement. Elle avait livré à Lana les détails de sa propre vie, mais elle ignorait comment Lana était devenue veuve.

— C'est vrai, approuva-t-elle avec conviction.

— Il faut que je m'en aille, dit enfin la dame. J'emmènerai mon petit Peter voir ce que vous faites. Ses camarades y sont déjà allés.

— Avec plaisir. Nous sommes toujours très heureux de faire visiter le site et d'expliquer ce que nous faisons.

— Merci. J'ai vraiment l'impression de vous avoir déjà vue quelque part, répéta la dame. Au revoir, monsieur Grogan. Je compte sur votre appel.

— Après-demain au plus tard, Terri. Dites bonjour à Peter.

Roger attendit qu'elle ait refermé la porte et se soit éloignée sur le trottoir avant de revenir près de Callie.

— Vous vous y êtes très bien prise avec elle.

— Maintenir de bonnes relations avec les gens du pays fait partie de notre travail, vous savez.

Roger alla accrocher la pancarte *Fermé* à la devanture et donna un tour de clef.

— Je ferme la boutique pour que nous soyons tranquilles. Si vous le voulez bien, ajouta-t-il.

— Bien sûr. Doug souhaitait que je vienne vous voir, mais j'avais tellement de travail que je n'ai pas pu venir plus tôt.

— J'apprécie votre effort. Cette visite doit être plutôt embarrassante pour vous.

— Assez, oui.

— Venez donc dans l'arrière-boutique. Voulez-vous un café ?

— Volontiers, merci.

Il ne lui prenait pas la main, ne la dévisageait pas comme une bête curieuse. Il la recevait avec naturel et gentillesse, comportement qui remit Callie à l'aise.

— Votre boutique est sympathique, dit-elle en le suivant. J'avais toujours considéré les bibliophiles comme de lugubres fanatiques qui conservaient leurs trésors sous clef dans des vitrines blindées.

— Et moi, je croyais que les archéologues étaient des jeunes gens athlétiques qui exploraient les pyramides coiffés d'un casque colonial.

— Qui vous dit que je n'ai pas de casque ?

Sa repartie le fit rire.

— Je pensais me rendre sur le site pour voir votre travail. Vous voir aussi, bien sûr. Mais je ne voulais pas avoir l'air de m'imposer. Il vous tombe trop de choses dessus d'un seul coup. Alors, je me suis dit qu'un grand-père surnuméraire pouvait avoir un peu de patience.

— Doug m'avait annoncé que je vous aimerais. Il avait raison.

Roger versa le café, apporta les tasses sur la table.

— Comment vous êtes-vous blessée à la tête ?

Elle aurait voulu éluder la question par une boutade, elle se surprit à répondre la vérité.

— Grand Dieu, c'est incroyable ! s'exclama Roger Qu'en dit le shérif ?

— Comme tous les policiers, qu'il ouvre une enquête. Il interrogera deux énergumènes qui nous avaient insultés, Jake et moi, peu après notre arrivée et qui se sont amusés à décorer ma voiture de graffitis obscènes à la peinture rouge.

— Qui sont-ils ? vous le savez ?

— Austin et Jimmy, un grand gros et un petit maigre. Des émules de Laurel et Hardy, mais en moins drôles.

— Austin Seldon et Jimmy Duke ? Non, ils n'auraient jamais été capables d'un coup pareil. Dire qu'ils ne sont pas des lumières est un euphémisme, mais aucun des deux ne ferait feu sur un homme ni ne porterait la main sur une femme. Je les connais depuis toujours.

— Ils veulent que nous déguerpissions et ils ne sont pas les seuls.

— Le lotissement n'est plus en cause. Kathy Dolan, la veuve de Ronald, m'a appelé hier soir. Elle a décidé de vendre le terrain à l'Association pour la préservation des sites. Nous aurons du mal à réunir les fonds pour payer ce qu'elle demande, mais nous y arriverons. Le site d'AntietaCreek est sauvé du béton.

— Les membres de l'association seront mal vus, eux aussi.

— Pas par tout le monde, répondit-il avec un sourire qui séduisit Callie. Beaucoup de gens nous féliciteront chaleureusement.

— Simple supposition, mais aurait-on pu tuer Dolan pour forcer sa femme à vendre le terrain ?

— Je refuse même de l'imaginer. Je connais la ville, les gens. Les choses ne se passent pas comme cela, ici.

Il se leva pour aller chercher la cafetière et remplir les tasses. Le téléphone sonnait dans la boutique, il n'y prêta même pas attention.

— Beaucoup de gens pensaient du bien de Dolan, beaucoup d'autres non, reprit-il. Mais aucun de ceux qui le détestaient n'aurait été capable de lui fracasser le crâne et de jeter le corps dans le Trou de Simon.

— Je peux en dire autant des membres de mon équipe. Je ne les connais pas tous aussi bien que vous connaissez vos voisins, mais les archéologues, même amateurs, n'ont pas pour habitude de trucider les gens du pays qui désapprouvent les fouilles.

— Vous aimez beaucoup votre travail, n'est-ce pas ?

— Il me passionne. Je devrais y retourner, dit-elle sans faire mine de se lever. Puis-je vous poser une question personnelle ?

— Bien sûr, voyons !

— Que s'est-il passé entre Suzanne et Jay ?

Roger laissa échapper un long soupir.

— Le malheur engendre trop souvent le malheur, je crois. Votre enlèvement nous a tous affolés, terrifiés d'une manière que je ne peux pas décrire. Qui pouvait être capable de voler un bébé innocent ? Qu'allait-on faire de vous ? Comment une telle horreur avait-elle pu se produire ? Des semaines, des mois, nous n'avons pensé qu'à vous, prié pour vous. Les quelques pistes envisagées par la police n'aboutissaient nulle part. De fait, vous vous étiez évanouie sans laisser la moindre trace. Nous étions des gens ordinaires qui menaient des vies ordinaires. Des tragédies de ce genre ne sont pas censées frapper ce genre de gens. Le drame s'est pourtant produit, et il a transformé Suzanne et Jay.

— Je le comprends, mais comment ? En quoi ?

— Vous retrouver était devenu pour Suzanne une véritable obsession. Elle harcelait la police, apparaissait à la télévision, parlait aux journalistes. Suzanne avait toujours été une jeune fille, puis une femme heureuse, pas débordante de joie et de gaieté, mais contente de son sort, satisfaite de son existence, si vous voyez ce que je veux dire. Elle n'avait pas d'ambitions dévorantes, elle voulait simplement épouser Jay, élever leur famille, lui donner un foyer. Elle n'avait jamais rien demandé de plus à la vie.

— C'est sur les ambitions modestes que se fondent les sociétés. Sans foyer, sans famille, nous n'aurions pas de structure de base sur laquelle édifier des systèmes plus complexes.

— Interprétation intéressante, approuva Roger. Pour eux deux, cette structure constituait un unique objectif. Jay était un brave garçon, il est resté un brave homme, droit, solide. Un bon professeur qui aime son métier et se soucie de ses élèves. Il est tombé amoureux de Suzanne quand ils avaient à peu près six ans.

— Je ne savais pas qu'ils avaient grandi ensemble. C'est touchant.

— Tout le monde disait « Suzanne et Jay », comme si c'était un seul mot. Dès l'adolescence, ils ne flirtaient que l'un avec l'autre. Jay aimait encore plus qu'elle la vie paisible et sans surprise qu'ils menaient. Ils se sont mariés, Doug est né. Jay enseignait, Suzanne était l'épouse et la mère au foyer idéale. Trois ans après, ils ont eu leur fille. Le parfait tableau du bonheur paisible, un jeune couple, deux beaux enfants, une jolie petite maison dans leur ville natale.

— Et puis, d'un seul coup, leur paradis a volé en éclats.

Roger n'oublierait jamais la voix de Suzanne quand elle lui avait dit au téléphone : « Papa, on m'a volé mon bébé ! »

— Oui. L'épreuve a brisé quelque chose en elle et anéanti le lien qui existait entre eux. Jay n'a jamais su le renouer. Il leur arrivait de se disputer, bien sûr, même quand ils étaient fiancés. Je me souviens du jour où Suzanne est arrivée à la maison en jurant de ne jamais plus adresser la parole à Jay Cullen. Le lendemain, il sonnait à la porte avec ce sourire timide qui le rendait irrésistible à ma fille.

— Ensuite, ça n'a donc plus été de simples disputes ?

— Leurs rapports se sont transformés au point d'amener Jay à se replier plus que jamais sur luimême et Suzanne à... comment dire ? À sortir d'ellemême. D'un coup, cette jeune femme tranquille a débordé d'activité. Elle avait une mission à accomplir. Mais quand elle ne remuait pas ciel et terre pour vous chercher, n'assistait pas à des réunions, ne constituait pas de comités de soutien, elle sombrait dans la dépression. Jay était hors d'état de la suivre, du moins comme il aurait fallu. Il n'avait pas en lui l'énergie nécessaire pour la remonter, lui redonner du courage.

— Ça devait être dur aussi pour Doug.

— Très. Se trouver pris en le marteau et l'enclume à son âge n'avait rien d'une partie de plaisir. Dieu sait s'ils essayaient de recréer pour eux-mêmes l'illusion d'une vie normale, mais cela ne durait jamais très longtemps. Pourtant, ce sont l'un et l'autre de braves gens, honnêtes, aimants, qui adoraient leur fils.

— Je comprends. Ils ne pouvaient pas rebâtir une vie normale parce qu'il en manquait une pièce essentielle.

Roger ne put s'empêcher d'effleurer du bout des doigts le dos de la main de Callie. Celle-ci la retourna et mêla ses doigts à ceux de ce grand-père qu'elle découvrait.

— Non, ils en étaient incapables, soupira-t-il. Il survenait toujours quelque chose qui déstabilisait Suzanne, une nouvelle piste, un autre vol d'enfant, et leur enfer recommençait de plus belle. Les deux dernières années, ils vivaient comme des étrangers, ils ne restaient sous le même toit qu'afin de sauver les apparences pour Doug. J'ignore encore ce qui les a poussés à franchir le pas et à divorcer, je ne leur ai jamais demandé.

— Pourtant, Jay l'aime encore.

— Oui. Comment le savez-vous ?

— Quelques mots qu'il a dits quand elle était sortie un instant du bureau de l'avocate. J'en suis sincèrement navrée pour eux, monsieur Grogan, mais je ne vois pas ce que je pourrais faire.

— Ni vous ni personne n'y peut rien. Je ne connais pas ceux qui vous ont élevée, mais ils doivent être de braves gens, eux aussi.

— Oui, très.

— Je leur suis profondément reconnaissant de tout ce qu'ils ont fait pour vous, de tout ce qu'ils vous ont donné. Mais vous avez aussi reçu quelque chose de Suzanne et de Jay à votre naissance, poursuivit-il après s'être éclairci la voix. Si vous vous sentez prête à l'admettre et à y accorder une certaine valeur, je crois que cela suffira.

Callie baissa les yeux vers leurs mains restées jointes.

— Je suis heureuse d'être venue vous voir.

— J'espère que vous reviendrez. Et puis, nous nous sentirions sans doute un peu plus à l'aise l'un avec l'autre si vous vouliez bien m'appeler Roger.

— Marché conclu. Dites-moi, Roger, êtes-vous obligé de rouvrir la boutique tout de suite ? demandat- elle en se levant.

— Un des seuls avantages d'être propriétaire de son commerce, c'est de faire ce qu'on veut la plupart du temps.

— Eh bien, si cela vous tente, je vous emmène au site et je vous le ferai visiter. D'accord ?

— On ne m'a rien proposé de mieux depuis longtemps !

Callie était à peine arrêtée à l'entrée du site que le jeune Bill McDowell se précipita sur elle, haletant.

— Callie, où étiez-vous passée ? J'espérais pouvoir travailler avec vous aujourd'hui.

— J'avais des choses à faire. Roger, je vous présente Bill, un des étudiants de l'équipe. Je vais faire visiter le site à...

Elle s'interrompit en voyant Jake, à l'autre bout du terrain, face à face avec le gros Austin qui avait artistement repeint sa voiture.

— Qu'est-ce qui se passe ? demanda-t-elle.

— Oh, ce type-là ? répondit Bill distraitement. Il vous cherchait, Jake l'a happé au passage.

— Excusez-moi, Roger, il faut que je m'occupe de cet olibrius. Bill, allez donc montrer à M. Grogan l'atelier de taille des silex.

— Je peux parler à Austin, intervint Roger. Je lui donnais des bonbons en cachette quand il était petit.

— Pas la peine, je m'en charge. Ce ne sera pas long.

Et elle s'éloigna à grands pas.

— Il paraît que vous voulez me voir, dit-elle en arrivant près d'Austin.

— Je suis venu vous donner le chèque pour les... les dégâts.

Sans mot dire, elle tendit la main. Austin pêcha le chèque dans sa poche, le déposa sur sa paume. Callie le déplia, lut le montant et constata qu'il était celui du devis qu'elle avait remis au shérif.

— Bien. Maintenant, filez le plus loin possible.

— J'ai aussi quelque chose à vous dire et je vais le dire comme je lui ai dit, précisa-t-il en désignant Jake d'un geste du pouce. Et aussi comme je l'ai dit à Jeff Hewitt, le shérif. J'étais chez moi la nuit dernière, au lit avec ma femme. On s'est couchés à onze heures. J'ai même pas regardé le dernier journal parce que j'avais un job de bonne heure ce matin, un job qu'a foiré parce que je voulais venir ici vous parler les yeux dans les yeux. Bon, je l'admets, Jimmy et moi on a peut-être un peu charrié avec votre 4 × 4...

— Peut-être ? Un peu ? répéta Callie avec un calme inquiétant.

La mâchoire d'Austin se contracta visiblement.

— Bon, on a eu tort, et c'est pour ça qu'on vous dédommage des frais. Mais je suis pas du genre à taper sur les femmes ou à tirer sur les gens, bon Dieu ! Jimmy pas plus que moi. Jeff arrive ce matin sur le chantier où on travaillait, il nous dit qu'il veut savoir où on était hier soir à minuit, ce qu'on faisait et si quelqu'un peut témoigner sous serment qu'on lui dit bien la vérité.

Il avait une mine si mortifiée que Callie maîtrisa sa colère.

— Si vous n'aviez pas vandalisé ma voiture, le shérif ne serait pas allé vous mettre dans une situation embarrassante sur votre lieu de travail. Je considère donc que nous sommes quittes, parce que j'étais plus qu'embarrassée de rouler en ville avec GOUINE à la peinture rouge sur mon capot, sans parler du reste.

Austin devint plus cramoisi qu'une tomate mûre.

— Je suis venu m'excuser de ça. Pour Jimmy et moi.

— C'est vous qui avez tiré la courte paille ? s'enquit Jake.

De nouveau, les muscles maxillaires d'Austin tressaillirent.

— On a tiré à pile ou face, avoua-t-il. Je sais pas ce qui s'est passé la nuit dernière, mais je vous répète que j'ai jamais de ma vie levé la main sur une femme, pas une seule fois. Même sur la mienne, précisa-t-il en jetant un bref coup d'œil au front de Callie. Je suis chasseur, mais j'ai jamais non plus tiré sur un être humain. Je voudrais que vous soyez jamais venus ici, je vous le dis en face, mais c'est pas pour ça que je tuerais des gens. Ron Dolan était un brave type et un ami. Ce qui lui est arrivé... c'est pas juste. Non, c'est pas juste.

— Sur ce point au moins nous sommes d'accord, dit Callie en glissant le chèque dans sa poche.

— Je me demande si ce qu'on dit serait pas vrai, qu'il y aurait un mauvais sort sur l'endroit, hasarda Austin en regardant l'étang avec inquiétude. De toute façon, j'y travaillerai plus.

— Soyez tranquille, nous nous chargeons des mauvais sorts, le rassura Callie en lui tendant la main. À un de ces jours, peut-être.

Désarçonné par ce geste, Austin hésita et finit par la serrer.

— Un type qui abîme une femme comme ça, dit-il en désignant la bosse d'un hochement de tête, mérite qu'on lui casse la main.

— Encore un point d'accord entre nous, approuva Jake.

— Bon, eh bien... j'ai rien d'autre à dire.

Sur quoi, il salua d'un signe de tête et s'éloigna d'un pas pesant.

— Au moins, c'était distrayant, commenta Callie. On ne me fera jamais croire que ce balourd t'a tiré dessus, Jake. Pourquoi étais-tu prêt à le boxer quand je suis arrivé ?

— Il la ramenait un peu trop, je me suis senti obligé de lui rabattre le caquet. Il a commencé par me dire que ce n'était pas à moi qu'il voulait parler, et patati et patata, ce qui signifiait que nous étions obligés de nous lancer des injures à la figure par simple souci de sauvegarder notre dignité. On se serait bien amusés si tu n'étais pas arrivée à ce moment-là en exhibant ton visage tuméfié. Comment te sens-tu aujourd'hui ?

— Comme quelqu'un qui a reçu un arbre dans la figure.

— Je m'en doute. Qui est le vieux monsieur ?

Elle se tourna vers l'endroit où Roger était accroupi entre Bill et Matt qui lui montraient quelque chose.

— Roger Grogan, le père de Suzanne. Je suis allée lui rendre visite ce matin, il est… plus que sympathique. Je vais lui faire faire la visite.

— Présente-moi, nous lui ferons tous les deux les honneurs du site, dit-il en lui prenant la main. Allez, laisse-toi faire, poursuivit-il en l'empêchant de se dégager. Bill devient fou quand je te touche.

— Laisse ce pauvre gamin tranquille, il est inoffensif.

— Tu ne te rends pas compte que tu l'affoles ? Il ne rêve que de ramper devant toi pour te sucer les doigts de pieds. S'il avait une arme, je serais déjà transformé en passoire.

— Tu n'es qu'un salaud bête et méchant.

Il lui lâcha la main, posa un bras sur ses épaules.

— Précisément les qualités que tu aimes, mon chou.

Callie préparait ses outils, le lendemain matin, quand Lana arriva sur le site. Amusée, elle la vit regarder la boue, ses chaussures fines et lever les yeux au ciel avant de s'avancer avec précaution.

— Il n'est pas un peu tôt pour une femme de loi ? lui demanda-t-elle d'un ton ironique.

— Pas quand ladite femme de loi a un fils à emmener à l'école et un chien chez le vétérinaire. Aïe ! fit-elle en voyant la bosse de Callie.

— C'est le moins qu'on puisse dire.

— Je tiens à préciser qu'apprendre par la rumeur publique les aventures nocturnes de ma cliente est plutôt gênant. Vous auriez dû m'appeler.

— Je ne sais toujours pas qui je dois poursuivre en justice.

— La police n'a pas de suspect ?

— Ils ont extrait une balle d'un tronc d'arbre. Quand ils auront trouvé le fusil dont elle est sortie, ils tiendront peut-être un suspect.

— Vous n'avez pas peur ?

— Si. Jake m'a dit que la balle l'a manqué d'à peine un mètre et je ne crois pas qu'il m'ait menti. Il y avait quand même quelqu'un dehors qui nous tirait dessus. Et ici même, on a fait bien pire.

— Les deux sont liés, à votre avis ?

— Le shérif prétend que non, mais il garde bouche cousue. Pour le moment, on n'en est qu'aux hypothèses. Il y a en ville des gens qui voudraient nous voir partir. Une manière de nous chasser consisterait à nous créer des problèmes. Un cadavre sur le site et une fusillade dans la nuit constituent d'assez gros problèmes.

— J'ai reçu des nouvelles qui ne vous plairont pas davantage.

— L'enquêteur ?

— Commençons par lui. Le fils Carlyle ne se montre pas coopératif. Il a dit à l'enquêteur qu'il ignore où se trouve son père et que s'il le savait, il ne lui dirait certainement pas.

— Qu'il continue quand même.

— C'est vous qui payez.

— Il me reste quelques économies. Pas des masses, mais de quoi tenir encore une quinzaine de jours.

— Prévenez-moi quand il faudra réduire les dépenses. J'aime bien votre nouvelle frange, au fait.

— Ah oui ? Pas moi. Elle me gâchera la vie quand elle poussera jusque dans mes yeux.

— Les coiffeurs ont été créés pour régler ce genre de problèmes. Le point suivant à l'ordre du jour traite des potins de la ville. Vous ne pourriez pas sortir de votre trou ? Si je descends vous y rejoindre, mes pauvres chaussures seront bonnes pour la poubelle.

Callie pouffa de rire et se hissa hors de la fosse.

— Alors, ces potins ?

— Vous êtes allée voir Roger hier, n'est-ce pas ?

— Oui, il est adorable. Pourquoi ?

— Je l'aime beaucoup, moi aussi. Ensuite, vous l'avez emmené quelque part.

— Je lui ai fait visiter le site. Quelle importance ?

— Il y avait quelqu'un dans la boutique quand vous y êtes allée.

— Oui, une femme qui voulait lui vendre des livres. Elle m'a dit que son beau-frère avait déterré le premier crâne. En quoi cela peut-il être intéressant ?

— Elle vous a reconnue.

— Parce qu'elle m'avait vue à la télévision...

Callie s'interrompit en comprenant tout à coup où Lana voulait en venir.

— Non, impossible ! reprit-elle. Elle n'a pas pu me parler à peine deux minutes et en conclure que j'étais Jessica Cullen !

— Je ne sais pas combien de temps il lui a fallu, mais deux et deux font toujours quatre, même pour les plus obtus. Elle a noté que Roger avait fermé la boutique aussitôt après son départ et qu'il était ensuite sorti avec vous. D'après ce que j'ai entendu dire, elle en a parlé à quelqu'un d'autre qui vous avait vue quitter mon bureau avec Suzanne et Jay. Nous sommes dans une petite ville, Callie. Les gens se connaissent et ils ont de la mémoire. Le bruit court déjà que vous êtes la fille disparue de Suzanne. J'ai pensé qu'il fallait vous en avertir pour que vous décidiez comment réagir et que je sache quoi faire de mon côté.

Callie arracha son chapeau de brousse qu'elle jeta rageusement par terre.

— Bon sang ! Je n'en sais rien, moi. On ne peut pas se contenter d'un : « Pas de commentaire », les gens croiront que nous leur cachons quelque chose.

— La rumeur arrivera aux oreilles des journalistes, c'est inévitable. Il faudra que vous fassiez une déclaration, Callie. Les Cullen devront aussi en faire une de leur côté. Vos parents n'y échapperont pas eux non plus. Vous devrez tous vous mettre d'accord sur l'attitude à adopter.

Callie regarda autour d'elle. Elle aurait donné n'importe quoi pour ne devoir penser qu'à son travail.

— Je refuse de parler aux médias. Je ne veux pas non plus imposer cette nouvelle épreuve à mes parents.

— Vous n'aurez pas le choix, Callie. L'histoire avait fait beaucoup de bruit, à l'époque. Suzanne est devenue une célébrité dans toute la région. Il faut vous préparer.

— On ne se prépare pas à tomber dans un merdier, on essaie de s'en sortir comme on peut. Suzanne est au courant ?

— J'ai rendez-vous avec elle dans une heure. Je lui dirai ce qu'elle ne sait pas déjà.

Callie ramassa son chapeau, l'enfonça sur sa tête d'un coup de poing.

— Il me faut sa liste, le node son médecin, des infirmières, de celles qui auraient partagé sa chambre d'hôpital. Je n'avais pas voulu insister, mais maintenant c'est urgent.

— Je m'en charge, pas de problème.

— Communiquez-moi aussi le nodu fils Carlyle et son numéro de téléphone, j'arriverai peut-être à le convaincre de parler. Je vais avertir ma mère de ce qui arrive. Je vous laisse Suzanne.

— Je comprends.

— Merci, c'est bon de savoir que quelqu'un comprend. Roger a compris, lui aussi. Il a su me faciliter notre rencontre.

— Roger est un homme remarquable. Et puis, je pense qu'une situation comme celle-ci est sentimentalement moins éprouvante pour un homme que pour une femme. Une mère, surtout. Je sais que Doug en est lui aussi très affecté, mais il est capable de se dominer.

— Il y a… quelque chose, entre vous et lui ?

— La définition de « quelque chose » est plutôt nébuleuse, mais la réponse est oui, je crois. Cela vous pose un problème ?

— À moi, aucun. Ce n'est qu'une coïncidence bizarre de plus. Je prends une avocate qui a « quelque chose » avec mon frère de sang. Je décroche ce qui sera peut-être une des fouilles les plus importantes de ma carrière, mon ex-mari y est nommé lui aussi. Je découvre que je suis née à un jet de pierre de l'endroit où je travaille et j'apprends que ma mère biologique fabrique les biscuits au chocolat dont je raffole depuis que je suis toute petite. Pour couronner le tout, un ou plusieurs inconnus assaisonnent l'ensemble de crime et de violence. Un seul de ces facteurs serait déjà étrange, mais tous réunis cela fait...

— Un beau merdier.

— Ça ne sonne pas pareil dans votre bouche, mais c'est bien cela. Bousculez Suzanne s'il le faut pour avoir cette liste, Lana. Il est grand temps de quadriller le terrain et de se mettre à gratter sérieusement sous la surface.

Suzanne écouta tout ce que Lana avait à lui dire. Elle lui servit du thé et des petits gâteaux, lui donna une liste impeccablement établie à l'ordinateur, comportant tous les noms exhumés de son passé et conserva un calme olympien jusqu'à ce qu'elle ait raccompagné l'avocate à la porte. Alors seulement, elle se tourna vers Jay.

— Je t'avais demandé de venir parce que Lana devait nous parler à tous les deux. Tu n'as pas dit un mot ! Tu n'as pas levé le petit doigt !

— Que voulais-tu que je dise ? Que voulais-tu que je fasse ? Tu t'étais déjà occupée de tout.

— Oui, de tout. Comme toujours !

— Tu n'as même pas voulu que je t'aide. Comme toujours.

Les poings serrés, elle lui tourna le dos et traversa le salon en direction de la cuisine.

— Laisse-moi, Jay. Va-t'en.

Il faillit s'en aller, comme il était parti des années auparavant quand elle lui avait dit les mêmes mots, sur le même ton. Mais cette fois, il sut se ressaisir. Il courut après elle et lui saisit le bras.

— Tu m'avais chassé de ta vie à l'époque, tu recommences maintenant. Et après, c'est toi qui me regardes avec mépris ? Que veux-tu au juste, Suzanne ? J'ai toujours essayé de te donner ce que tu voulais et tu n'as jamais rien accepté.

— Je veux qu'on me rende ma fille ! Ma Jessie !

— C'est impossible.

— Tu dis ça parce que tu ne veux rien faire. Tu lui as à peine parlé dans le bureau de Lana, tu ne l'as même pas effleurée !

— Elle ne voulait pas que je la touche. Crois-tu vraiment que je suis insensible, que je n'ai pas de cœur ?

— Je crois que tu as fait une croix sur elle il y a longtemps.

— C'est faux, Suzanne ! J'ai souffert autant que toi. Mais tu ne voyais rien, tu n'entendais rien. Plus rien ni personne au monde ne comptait pour toi que Jessie. Tu ne voulais même plus être ma femme. Tu ne pouvais même pas rester au moins mon amie, parce que tu avais décidé de ne plus être que sa mère.

Ces mots firent à Suzanne l'effet de flèches en plein cœur. Jay ne lui avait jamais encore parlé sur ce ton. Jamais elle ne l'avait vu aussi blessé et aussi en colère.

— Tu étais un homme, tu étais son père ! Tu t'es replié sur toi-même au moment où j'avais le plus besoin de toi.

— Peut-être, mais tu en as fait autant. J'avais moi aussi besoin de toi, Suzanne. Je voulais essayer de sauver notre ménage alors que tu étais prête à tout sacrifier pour ce que nous avions perdu.

— Elle était ma fille. Mon bébé.

— *Notre* bébé, Suzanne. Notre fille à nous deux !

— Tu voulais la remplacer !

Il recula comme si elle l'avait giflé.

— Ce que tu viens de dire est stupide ! Stupide et cruel. Oui, je voulais avoir un autre enfant avec toi, mais pas en *remplacement* ! Je voulais que nous redevenions une famille, je voulais retrouver ma femme, et tu ne me laissais même plus te toucher ! Nous avions perdu notre fille, Suzanne, mais moi, j'ai aussi perdu ma femme. Ma meilleure amie. Ma famille. J'ai tout perdu, moi ! Tout.

Suzanne essuya ses larmes d'un revers de main.

— Tout cela ne mène à rien. Je dois aller voir Jessie... Callie.

— Tu n'iras pas.

— Qu'est-ce que tu dis ? Tu n'as pas entendu ce qu'a dit Lana ? Elle est blessée.

— J'ai très bien entendu. Lana a dit aussi que les gens commencent à jaser et que cela la mettra bientôt dans une situation délicate. Si tu vas sur le site, on t'y verra et ta présence aggravera les rumeurs.

— Que les gens jasent, je m'en moque ! Elle est ma fille. Pourquoi personne ne devrait le savoir ?

— Parce qu'elle a un cœur, en plus d'une tête bien faite, Suzanne ! Si tu y vas, tu la pousseras à s'éloigner davantage. Si tu n'attends pas qu'elle se rapproche d'elle-même de toi, si tu ne la laisses pas décider de ce qu'elle veut ou doit faire, tu la perdras une deuxième fois, et ce sera sans doute pour toujours. Elle ne nous aime pas, elle n'a pas de raisons de nous aimer. Le comprendras-tu, à la fin ?

— Comment oses-tu me dire des choses pareilles ? Si, elle nous aime ! Elle nous aime au plus profond d'elle-même. C'est forcé !

— Je m'en veux de te parler comme je le fais, je m'en veux de te faire de la peine. Je préférerais m'éloigner une fois de plus plutôt que de te causer une seule minute de chagrin. Mais si je ne te le dis pas, si personne ne te le dit, tu souffriras bien davantage.

Il lui empoigna les bras, elle tenta de lui échapper, mais il résista. Comme il aurait dû le faire depuis le début, pensa-t-il. Oui, il aurait dû affermir sa prise sur elle et ne plus la lâcher, au lieu de se laisser pousser dehors.

— Elle a de la peine pour nous, Suzanne. Elle nous plaint, elle se sent obligée de faire quelque chose pour nous. Alors, si nous lui accordons du temps, si nous la laissons libre de ses décisions, peut-être éprouverat- elle pour nous autre chose que de la pitié.

— Je veux qu'elle revienne à la maison ! Je veux la tenir dans mes bras, je veux qu'elle redevienne un bébé pour que je puisse la serrer contre moi, la bercer.

— Je sais, ma chérie. Je le voulais, moi aussi. Tu ne me crois peut-être pas, mais je le désirais de tout mon cœur. Laisse-moi te prendre dans mes bras, pour une fois. Repose-toi sur moi.

— Mon Dieu, Jay... C'est trop triste. Trop triste. J'essaie d'être forte, j'ai essayé de l'être tout au long de ces années, et voilà que je ne peux plus m'arrêter de pleurer, dit-elle en fondant en larmes.

— Pleure, cela te fera du bien. Nous sommes seuls, personne d'autre que moi ne le saura.

Il ne l'avait pas tenue dans ses bras, il n'avait pas senti le poids de sa tête sur son épaule depuis si longtemps que Jay s'étonna de n'avoir oublié aucune de ces sensations.

Suzanne reprit la parole d'une voix entrecoupée par les larmes.

— Je croyais, vois-tu... Quand je suis allée la voir pour la première fois, je croyais qu'il me suffisait de savoir que notre bébé allait bien, qu'elle était heureuse, qu'elle était devenue belle et intelligente. Je croyais vraiment que je m'en contenterais, Jay. Mais je n'ai pas pu. Je ne peux pas. Chaque jour, j'en veux un peu plus. Une heure avec elle, une journée, une année entière...

Suzanne se dégagea, prit avec douceur entre ses mains le visage de Jay. C'est alors qu'elle vit qu'il pleurait sans bruit. Il était toujours silencieux quand un autre aurait fait retentir une tempête de douleur ou de joie. Elle effleura d'un baiser ses joues trempées de larmes.

— J'ai lu sur Internet sa biographie en annexe à l'exposé de certains projets auxquels elle a participé. J'y ai lu aussi qu'elle est diplômée avec mention de Carnegie Mellon.

Jay s'efforça de se ressaisir et prit son mouchoir pour s'essuyer les yeux.

— Vraiment ? C'est une université de très haut niveau.

— Veux-tu que je t'imprime le fichier ? Il y a aussi sa photo. Elle a l'air très sérieuse, très intellectuelle.

— Oui, avec joie.

Suzanne s'approcha de l'ordinateur, s'arrêta à mi-chemin et se tourna vers Jay.

— Tu sais, je crois que tu as raison de dire qu'il vaut mieux la laisser venir d'elle-même vers nous, la laisser libre de décider ce qu'elle veut que nous soyons les uns pour les autres. Mais il est si difficile d'attendre ! Si difficile alors qu'elle est si près de nous.

— Ce serait peut-être moins difficile si nous attendions ensemble.

Suzanne sourit comme elle avait souri jadis lorsqu'il lui avait donné son premier baiser.

— Peut-être, approuva-t-elle.

Lana avait dû manœuvrer habilement pour amener Doug à la recevoir dans son petit appartement au-dessus de la librairie. Elle voulait voir son cadre de vie, même s'il n'était que temporaire. Elle espérait aussi que cette rencontre dans un cadre différent les aiderait à définir ce « quelque chose » qu'il y avait entre eux.

Elle entendit crier « Entrez ! » après avoir frappé. La porte n'était pas fermée, une habitude de Woodsboro qu'elle était trop citadine pour adopter chez elle. Le petit living contenait un canapé bleu et un unique fauteuil vert bouteille qui juraient affreusement avec le tapis marron à rayures orange. Doug devait avoir, pensa-t-elle, de sérieux troubles de la vision des couleurs.

Un comptoir séparait la pièce d'une kitchenette immaculée. Ou bien il était un maniaque de la propreté, ou bien il ne faisait jamais la cuisine. L'un ou l'autre lui convenait, approuva-t-elle.

— J'arrive dans une minute ! cria-t-il de la pièce voisine. Il faut d'abord que je finisse quelque chose.

— Il n'y a pas d'urgence.

Cela lui laissait le temps de fouiner un peu. Quelques objets étaient disséminés çà et là, un trophée de championnat scolaire de base-ball, une maquette de catapulte médiévale et, bien entendu, des livres à foison. Elle ne pouvait qu'approuver, mais le choix des cadres pendus au mur l'amena à se poser de nouvelles questions sur la personnalité de leur possesseur. Un homme qui conserve un trophée de baseball sous une estampe de Mucha a de quoi intriguer et mérite d'être mieux connu.

Pour commencer son enquête, elle ouvrit résolument la porte de la chambre à coucher. Un lit, recouvert d'un dessus-de-lit bleu déployé au petit bonheur. La commode d'acajou aux poignées de cuivre paraissait ancienne. Pas de miroir en vue.

Assis à un vieux bureau métallique, Doug était penché sur son ordinateur portable. Il portait un T-shirt noir, un jean et, remarqua-t-elle avec surprise, des lunettes à monture d'écaille. Ses cheveux étaient encore humides d'une douche prise peu auparavant, comme en attestait la vague odeur de savon qui flottait dans l'air. Elle ne résista pas à l'envie de s'approcher derrière lui et de planter ses doigts dans cette toison noire et moite. Il sursauta, se retourna et la regarda avec effarement à travers ses lunettes.

— Quoi ? Oui, désolé, je voulais terminer cet inventaire.

— Je ne savais pas que vous portiez des lunettes.

— Seulement quand je travaille ou quand je lis. Vous êtes en avance.

La présence de Lana dans sa tanière le mettait visiblement mal à l'aise. Elle en tira un agréable sentiment de puissance.

— Non, juste à l'heure. Mais nous ne sommes pas pressés, le filne débute que dans une heure.

— Une heure, bon. Nous aurons le temps de trouver un endroit pour manger en vitesse.

— Bien sûr, mais je peux aussi préparer quelque chose ici.

La manière dont il écarquilla les yeux quand elle s'assit sur ses genoux causa à Lana un plaisir intense.

— Il n'y a pas grand-chose à...

Elle baissa la tête, posa ses lèvres sur les siennes.

— Enfin, reprit-il, ça devrait suffire. Si vous y tenez.

Elle croisa les mains derrière sa nuque, l'attira plus près d'elle.

— Vous avez fai ?

— Oui.

— Alors, de quoi avez-vous envie ?

Elle éclata de rire quand il lui écrasa la bouche d'un baiser vorace.

16

La nuit était tombée. Ils venaient de faire l'amour sans prêter attention aux sirènes de pompiers dans la rue quand sonna le téléphone portable de Lana. Elle bondit prendre l'appareil dans son cartable avec un mouvement de panique qui n'échappa pas à Doug.

— C'est sûrement la baby-sitter, dit-elle en pressant le bouton. Oui, qu'y a-t-il ?... Ô, mon Dieu !... J'arrive tout de suite.

— Tyler ? demanda Doug. Il est arrivé quelque chose à Tyler ?

— Non, Tyler va bien, répondit-elle en se rhabillant à la hâte. Mais il y a le feu à mon bureau.

Elle ne put rien faire d'autre que regarder du trottoir d'en face les flammes consumer une partie de sa vie. Elle avait subi d'autres pertes, se disait-elle, et de plus cruelles. Un bureau, des meubles, des papiers se remplacent. Les choses n'ont pas d'âme. Et pourtant, elle souffrait de voir partir en fumée la vieille demeure aux pièces biscornues et à la jolie vue sur le parc.

Les pelouses si bien entretenues de la maison et des habitations voisines n'étaient plus qu'un cloaque boueux couvert de débris. Une fumée noire continuait de s'échapper dans le ciel d'été par les fenêtres éclatées et le toit effondré. Des dizaines de curieux étaient sortis de chez eux ou avaient arrêté leurs voitures pour assister au spectacle. Parmi eux, Lana reconnut le jeune ménage aux deux enfants qui habitait le premier étage de la maison adjacente. Terrifiés, ils restaient blottis les uns contre les autres en serrant dans leurs bras les quelques biens qu'ils avaient réussi à agripper en fuyant leur logement menacé. Ils priaient pour que leur maison n'ait pas trop souffert et ne soit pas livrée elle aussi aux démolisseurs.

— Lana, fit une voix derrière elle.

— Roger !

Sa veste de pyjama avait été glissée tant bien que mal dans un pantalon et il avait encore les pieds dans ses pantoufles. Lana lui prit la main comme elle se serait raccrochée à une bouée de sauvetage.

— Les sirènes m'ont réveillé, lui dit-il. J'ai regardé par la fenêtre et j'ai vu la fumée. Vous y étiez ?

— Non, j'étais avec Douglas. Un voisin a appelé chez moi pour prévenir ma baby-sitter qui m'a aussitôt téléphoné. Mon Dieu, pourvu que le feu soit éteint et qu'il ne s'attaque pas aux autres maisons !

— Ne restez pas ici, venez vous asseoir.

— Elle ne veut pas, intervint Doug. J'ai déjà essayé.

— Je ne comprends pas comment c'est arrivé. J'ai fait tout vérifier quand j'ai signé le bail. Les circuits électriques ont été remis aux normes, j'étais prudente, je ne laissais jamais rien allumé quand je partais.

— Nous ne pouvons qu'attendre le résultat de l'enquête des pompiers, dit Doug.

Roger se sentit un peu rassuré en le voyant poser tendrement un baiser dans les cheveux de Lana.

Jake alla secouer Callie dans son lit avant sept heures du matin.

— Réveille-toi, Dunbrook. Le bureau de ton avocate a flambé la nuit dernière.

Elle se redressa, se frotta les yeux.

— Quoi ? Le bureau de Lana ? Bon Dieu ! Où est-elle ?

— Elle n'a rien. Je ne sais que ce que j'ai entendu aux nouvelles de la radio locale, mais le bâtiment était vide.

— Seigneur ! Quand des événements arrivent ici, c'est à la douzaine ! Sait-on comment l'incendie a pris ?

— On soupçonne une origine criminelle, l'enquête est en cours.

— Criminelle ? Qui pourrait vouloir ?... Lana est mon avocate, ajouta-t-elle sans finir sa phrase.

— Exactement.

— Le dossier de nos recherches était dans son bureau.

— Tu as tout compris.

— C'est quand même pousser le bouchon un peu loin...

— Pas de mon point de vue. Il se peut que l'enquête établisse que des gamins jouaient dans la cour avec des allumettes ou que le propriétaire avait de grosses dettes de jeu et voulait toucher l'assurance. Mais il se peut aussi que le fait de fouiller dans ce qui t'est arrivé il y a vingt-neuf ans déplaise sérieusement à quelqu'un. Et en plus, nous ne sommes pas tellement bien vus dans la région.

— Je vais retirer l'affaire à Lana, Jake. Je ne voudrais surtout pas que son fils ou elle courent un danger à cause de moi.

— Je ne la connais pas très bien, mais elle ne me donne pas l'impression de jeter l'éponge aussi facilement.

— Je sais, mais je le ferai quand même. Ensuite, j'irai à Atlanta. Laisse-moi, il faut que je m'habille.

— Je t'ai déjà vue t'habiller, tu sais. Tu veux attaquer le fils Carlyle de front ? D'homme à homme, si je puis me permettre ?

— Tu as une meilleure idée à me suggérer ?

— Non, c'est pourquoi je sais déjà qu'il y a un vol pour Atlanta dans un peu plus de deux heures et qu'il y reste deux places libres.

— Je n'ai besoin que d'une place.

— Tant mieux, ce sera la tienne. Parce que je me suis réservé l'autre. J'y vais avec toi, Callie, enchaîna-t-il sans lui laisser le temps de protester. Je n'ai pas besoin de ta permission. Nous n'avons pas de temps à perdre à ergoter et tu peux, pour une fois, accepter mon aide de bonne grâce. Tu n'iras pas seule, un point c'est tout.

— On a besoin de toi sur le site.

— Les fouilles peuvent attendre. Je t'accompagne ou je m'arrange pour te faire manquer l'avion.

Parce qu'elle n'avait encore que sa chemise sur le dos, elle se résigna à lui concéder l'avantage – pour le moment, du moins.

— Si nous y allons tous les deux, charge-toi de prévenir Leo. Je serai prête dans dix minutes. Nous nous arrêterons chez Lana en partant pour l'aéroport.

— Bon plan, approuva-t-il.

Il ouvrit la porte, se retourna avant de sortir.

— Je ne veux pas qu'il t'arrive quoi que ce soit. Ça ne se discute pas, il faudra que tu t'y fasses.

— Je suis assez grande pour me défendre !

— Je sais. Ce que tu n'as pas encore compris, c'est que les choses ne se passent pas toujours comme tu le voudrais.

— Non, ce n'étaient pas des gamins qui jouaient avec des allumettes.

Assise dans sa cuisine, Lana buvait sa énième tasse de café de la matinée. Sa voix était enrouée de fatigue.

— Les pompiers ont déjà pu me dire que l'origine du feu se situait dans mon bureau, au premier étage, reprit-elle. Ils ont aussi découvert que la serrure de la porte de derrière avait été forcée. Ce qu'ils ignorent, bien entendu, c'est si le salaud qui a mis le feu a volé des dossiers dans le classeur ou piraté mon ordinateur avant de verser de l'essence jusqu'au bas de l'escalier et de craquer l'allumette en partant.

— Ils en sont certains ? demanda Callie.

— Pour eux, c'est l'incendie criminel typique décrit dans les manuels d'instruction. Il y a au moins une bonne nouvelle, c'est que les maisons voisines n'ont pas souffert. L'ordure qui a décidé de me griller ne s'était pas soucié des familles qui dormaient juste à côté. Un autre point auquel il n'avait pas pensé, c'est que je conserve ici, chez moi, une copie de tous mes dossiers et une sauvegarde quotidienne du disque dur de mon ordinateur.

— Je suis vraiment navrée, Lana. J'ai donc pris la décision qui s'impose. Vous n'êtes plus mon avocate.

— Qu'est-ce que vous dites ?

— Je vous retire l'affaire. Envoyez-moi votre note d'honoraires, je vous ferai un chèque. Maintenant, il faut que nous partions, nous avons un avion à prendre.

— Si vous croyez vous débarrasser de moi parce que vous pensez que mon incendie est en rapport avec vos affaires, Callie, vous vous êtes trompée d'avocate ! Gardez votre argent, comme cela vous n'aurez pas le droit de me dire ce que je dois ou ne dois pas faire !

— Si je vous dis de ne plus vous occuper de mes affaires, vous ne vous en occuperez plus. C'est clair !

— Si je ne travaille plus pour vous, vous n'avez pas d'ordres à me donner.

— Voyons, Lana, si cet incendie a un rapport avec moi, vous ne savez pas ce qui risque de vous arriver ! Pensez aussi à votre fils.

— Ne vous permettez pas de me donner des conseils sur la manière d'élever mon fils. Ne vous permettez pas non plus de croire que je suis prête à renier mes engagements parce que les choses se gâtent. De toute façon, quelqu'un a mis le feu à mon bureau, et ce quelqu'un le paiera d'une manière ou d'une autre.

Callie pianota sur la table avant de répondre.

— Voulez-vous me dire pourquoi diable je vous paierais si vous faites quand même le travail ?

— Par simple honnêteté.

— Graystone vous certifiera que je n'ai aucun scrupule à faire des coups tordus.

— Elle en raffole, confirma Jake. Mais comme elle vous aime bien, elle sera honnête avec vous. Elle est seulement folle de rage parce que je l'avais prévenue que vous ne baisseriez pas les bras.

— Boucle-la ! gronda Callie. Qui t'a demandé de parler ?

— Toi.

— Pas de disputes à table, les enfants ! intervint Lana. Où allez-vous en avion ?

— À Atlanta, voir le fils Carlyle.

— Qu'est-ce qui vous fait croire qu'il vous parlera à vous alors qu'il a refusé de parler à l'enquêteur ?

— Parce que je ne lui laisserai pas le choix.

Jake se pencha vers Lana et lui chuchota à l'oreille sur le ton d'un aparté de théâtre :

— Elle a le chic pour vous harceler jusqu'à ce que vous preniez la fuite en hurlant de terreur ou que vous capituliez.

— Je ne harcèle pas, je suis obstinée !

— Désolée de vous assener une vérité première, mais vous êtes aussi mariés que jamais, vous deux. En tout cas, je crois que votre idée est excellente, il lui sera difficile de vous éconduire. Mais s'il préfère me parler, donnez-lui mon numéro de portable et celui d'ici. Je travaillerai chez moi jusqu'à ce que je trouve un nouveau local.

Les bureaux de Richard Carlyle, dans le quartier le plus élégant d'Atlanta, respiraient le charme discret du Vieux Sud. Des meubles anciens ornaient le hall de réception aux boiseries patinées. La réceptionniste avait l'allure aussi distinguée et raffinée que le cadre dans lequel elle officiait. Sa diction avait les inflexions langoureuses dignes d'une Belle du Sud, son sourire exprimait la légendaire hospitalité en honneur dans la défunte Confédération, mais son caractère se révéla inflexible.

— Je regrette, mais l'emploi du temps de Me Carlyle est surchargé. Il n'aura pas une minute avant jeudi de la semaine prochaine. Voulez-vous prendre rendez-vous ?

Jake dut réduire Callie au silence par de discrets coups de pied dans les chevilles et user de tout son charme pour amadouer le cerbère en jupons.

— Il s'agit d'une affaire de famille qui concerne son père, Marcus Carlyle, déclara-t-il en guise d'argument massue. Je suis sûr que si Richard pouvait se libérer quelques minutes, il accepterait de nous recevoir. D'autant plus, ajouta-t-il avec son plus éclatant sourire, que nous ne sommes à Atlanta que pour quelques heures.

— Si vous voulez bien me donner vos noms, soupira la réceptionniste, je lui dirai que vous sollicitez un court entretien. C'est tout ce que je peux faire.

Elle disparut à l'étage et revint quelques instants plus tard en leur annonçant que Me Carlyle acceptait de leur accorder dix minutes. Jake se confondit en remerciements qui firent revenir un sourire sur les lèvres de la farouche gardienne de l'emploi du temps de son patron.

L'étage était aussi luxueux que le hall de réception. Carlyle, estima Callie, devait faire de bonnes affaires, ce que le bureau de l'avocat lui confirma. Quant à Richard Carlyle lui-même, qui les attendait debout derrière son bureau, il correspondait à la description que le Dr Simpson avait faite de son père : bel homme, dynamique, séduisant. Ses tempes grisonnaient avec distinction et, quand il lui tendit la main, Callie ne manqua pas de remarquer l'éclair de l'or de ses boutons de manchettes et de la Rolex à son poignet. Tel père, tel fils, conclut-elle – ce qui, pour elle, n'avait rien d'un compliment.

— Madame Dunbrook, monsieur Graystone, vous avez un avantage sur moi car je ne connais entre nous aucun lien de parenté.

— Le lien existe entre votre père et ma famille, répondit Callie. Je veux savoir où le joindre, c'est très important.

L'expression courtoise disparut aussitôt de son visage.

— Je vois, dit-il. Cette demande étant la deuxième en quelques jours, j'en déduis qu'elles émanent d'une même source. Je regrette, madame, mais je ne puis y répondre. Je dispose de très peu de temps, donc...

— Vous ne voulez même pas savoir pourquoi nous sommes venus ?

— Franchement, tout ce que vous pourriez me dire au sujet de mon père ne présente pour moi aucun intérêt. Maintenant, si vous voulez bien m'excuser…

— Il commanditait des vols de bébés qu'il revendait à des couples sans enfants contre des honoraires exorbitants. Il leur remettait des actes d'adoption frauduleux qu'il ne faisait jamais enregistrer.

Richard Carlyle l'avait écoutée sans sourciller.

— Ce que vous avancez est absurde et diffamatoire.

— Ni l'un ni l'autre, ce n'est que la stricte vérité. J'en possède les preuves.

— Quelles preuves pouvez-vous bien détenir ? demanda-t-il avec dédain.

— Mon propre cas, pour commencer. J'ai été enlevée à l'âge de trois mois et vendue à des clients de votre père. La « livraison » a eu lieu dans son bureau à Boston en décembre 1974.

— Vos allégations sont aberrantes.

— Non. J'ai beaucoup de questions à poser à votre père à ce sujet. Où est-il ?

Carlyle garda le silence un long moment.

— Vous formulez des accusations criminelles. Vous ne pensez quand même pas que je vais vous croire sur parole.

— Voici les copies de mes actes d'adoption, répondit Callie en les sortant de son sac. Vous pouvez vérifier, ils n'ont jamais été enregistrés officiellement. Voici les copies des notes d'honoraires présentées par votre père. Les copies des premières analyses de sang apportant la preuve que je suis la fille de Jay et Suzanne Cullen, dont la fille avait été enlevée en décembre 1974. Les copies des rapports de police. Des articles de journaux parus à l'époque.

Elle les entassait à mesure devant Carlyle.

— Vous devriez les lire, lui suggéra Jake. Prenez votre temps.

Carlyle sortit ses lunettes de sa poche d'une main qui tremblait légèrement et commença à parcourir les documents.

— Rien de tout ceci ne constitue une preuve solide, dit-il au bout d'un moment. Vous accusez un homme de trafic d'enfants volés, de fraude et de je ne sais quoi encore. Quels que soient les problèmes personnels qu'il pourrait y avoir entre mon père et moi, je ne le croirai jamais capable de tels actes. Si vous persistez dans vos accusations mensongères, je me verrai contraint de saisir la justice.

— Saisissez, répondit Callie. Parce que je ne m'arrêterai que lorsque j'aurai toutes les réponses à mes questions. Je ne m'arrêterai que lorsque tous les gens responsables des épreuves infligées aux Cullen et à d'autres familles seront punis. Où est votre père ?

— Je n'ai pas revu mon père depuis plus de quinze ans, répliqua Carlyle avec colère. Et si je savais où il était, je ne vous le dirais certainement pas. J'ai l'intention d'étudier personnellement cette affaire, je vous le garantis. Je ne crois pas un mot de vos allégations, mais si elles s'avèrent, je ferai le nécessaire pour localiser mon père et… Je ferai ce que je pourrai, ajouta-t-il.

— Nous avons essuyé plusieurs tentatives destinées à nous empêcher de retrouver sa trace et les réponses à nos questions. Il s'agit, entre autres, d'agressions physiques et d'un incendie criminel.

Pour la première fois, Carlyle parut perdre contenance.

— Il a quatre-vingt-dix ans, bon sang ! La dernière fois que je l'ai vu, il se remettait difficilement d'une crise cardiaque. Il a une santé fragile. Il n'est certainement pas en état d'agresser qui que ce soit ni d'allumer des incendies !

— Quelqu'un capable d'organiser un réseau de marché noir d'enfants kidnappés n'a pas de mal à trouver un homme de main pour faire le travail à sa place.

— Je ne suis nullement convaincu qu'il ait organisé un tel réseau, rien de ce que j'ai vu dans ces papiers ne constitue une preuve formelle. L'homme que j'ai connu était un père médiocre, un mari détestable et un être souvent invivable. Mais c'était un bon avocat qui respectait la loi et se dévouait pour promouvoir l'adoption. Il aidait des familles à se créer et en était fier.

— Assez fier pour détruire des familles afin d'en créer d'autres à son profit ? Assez fier pour se prendre pour Dieu ?

— Je vous ai dit que j'étudierais la question. D'ici là, j'exige que vous cessiez vos accusations diffamatoires à l'encontre de mon père. Donnez vos coordonnées à mon assistante, je prendrai contact avec vous lorsque j'aurai tiré mes conclusions.

Jake se leva avant que Callie ait pu répondre.

— Cela fait une curieuse impression, n'est-ce pas, Carlyle, de voir l'image de sa famille et sa propre identité transformées en un éclair ? C'est exactement ce qui lui est arrivé, poursuivit-il en prenant la main de Callie pour la faire lever. Nous verrons si vous avez moitié autant de courage qu'elle. Alors, étudiez la question, tirez vos conclusions. Et n'oubliez pas que nous le retrouverons quoi qu'il arrive, j'y consacrerai ma vie s'il le faut. Parce que personne ne peut se permettre de rendre Callie malheureuse sans en payer le prix. Sauf moi. Viens, Calllie, nous n'avons plus rien à faire ici.

Elle ne dit rien jusqu'à ce qu'ils aient quitté l'immeuble.

— Beau discours de clôture, Graystone.

— Il t'a plu ?

— Il était efficace. Mais je ne me suis jamais demandé si j'étais malheureuse. Enragée, résolue, troublée, oui. Malheureuse, non.

— Pourtant, tu l'es. Je le sais, et c'est moi qui t'ai rendue malheureuse. J'y pense souvent depuis un an.

— Nous nous sommes rendus mutuellement malheureux.

Il lui prit le menton pour la regarder dans les yeux.

— C'est possible. Mais s'il y a une chose dont je suis absolument certain, c'est que j'étais plus heureux avec toi que sans toi.

Cette déclaration la désarçonna au point qu'elle ne sut que répondre.

— Je crois qu'il fallait te le dire, enchaîna-t-il. Comme tu es une femme intelligente, tu concluras que j'aime mieux être heureux que malheureux et que, par conséquent, je dois te reprendre.

— Je ne suis pas un… un objet, Jake, un yoyo.

— Pour revenir vers celui qui joue avec, un yoyo n'exige qu'une bonne coordination entre la main et la vue. Tu n'es pas un jouet, Dunbrook. Avec toi, il faut faire un effort – parfois surhumain, je te l'accorde. Et maintenant, veux-tu rester plantée sur un trottoir d'Atlanta pour discuter de mon bonheur futur ?

— Non, bien sûr.

— Nous pouvons demeurer ici un ou deux jours pour faire pression sur cet individu au lieu de le laisser mijoter dans son jus. Nous pouvons aussi reprendre l'avion et nous remettre au travail. Que décides-tu ?

— Je n'en crois pas mes oreilles ! Tu ne décrètes pas ce que je suis censée faire ?

— J'essaie de me corriger sur ce point. Je m'en sors bien ?

— Pas trop mal.

Elle lui caressa la joue avant de se tourner vers les fenêtres de Richard Carlyle.

— Il nous a dit ne pas avoir revu son père depuis plus de quinze ans, et pourtant son premier mouvement a été de le défendre.

— C'est un instinct familial, culturel, social. Toutes les familles se serrent les coudes contre les intrus.

— Je ne crois pas qu'il ignore réellement où est son père. S'il ne connaît pas l'adresse par cœur, il doit au moins savoir comment le joindre. Mais si nous insistons, il se barricadera.

— Sans doute. Soit pour confronter lui-même son père aux informations que tu lui a remises. Soit pour le mettre en garde.

— Ce n'est pas ce qui m'inquiète, Carlyle est sûrement déjà averti que nous le cherchons. Accordons quelques jours au fils, nous verrons ce qu'il en fera. En attendant, je suggère que nous retournions au travail et que nous nous occupions de la liste de noms que m'a donnée Suzanne.

— Aucune chance, donc, d'une nuit dans une suite du Ritz où je pourrais assouvir mes fantasmes ?

Elle devait être plus idiote qu'elle le croyait, pensat-elle, mais elle se sentait elle aussi plus heureuse avec lui que sans lui.

— Aucune cette fois-ci. Mais tu peux m'offrir un verre au bar de l'aéroport et m'émoustiller en me décrivant tes fantasmes.

— Puisque tu ne me laisses pas espérer mieux, trouvons un taxi et mettons-nous en route.

Le lendemain matin, Callie commença par faire le point avec Jake sur le problème de la main-d'œuvre.

— Àpartir de la semaine prochaine, nous n'aurons Sonya que les week-ends, dit-il. Elle reprend ses cours à plein temps.

— Et Dory ?

— Elle veut rester et s'arrangera pour prendre un congé. Chuck et Frannie aussi, de toute façon ils ne peuvent pas se quitter. Je ne sais pas encore si Matt restera. Et tu ne pourrais pas forcer Bill à s'éloigner de toi plus de cinq minutes. Mais nous allons perdre les étudiants venus en intérimaires. Leo leur cherche déjà des remplaçants.

— Dans ce cas, occupons-les au maximutant qu'ils sont là.

Ils regagnèrent chacun leur secteur, Jake ce qu'ils avaient baptisé le « quartier des huttes », Callie le périmètre du cimetière. Et tandis qu'elle explorait de ses mains le lointain passé, son esprit se concentra sur le plus récent, c'est-à-dire le sien.

WilliaBlakeley, le gynécologue de Suzanne Cullen, avait pris sa retraite une douzaine d'années après l'accouchement. Il avait succombé à un cancer de la prostate quatorze ans plus tard.

Sa femme, qui avait été son assistante, était toujours en vie, ainsi que leurs trois enfants. Sa réceptionniste, à l'époque en question, avait elle aussi pris sa retraite et quitté la région. Callie comptait aller voir la veuve du médecin et se renseigner sur la réceptionniste. Il lui manquait les coordonnées de l'infirmière qui s'était occupée de Suzanne pendant ses deux accouchements, ainsi que celles de la femme qui partageait sa chambre à la maternité. Le pédiatre exerçait encore. Il recevrait lui aussi sa visite. Chacun de ces noms constituait un point de triangulation du site qui recelait son passé. Elle les relèverait avec autant de soin que sur un site de fouilles, tracerait le quadrillage et en explorerait chaque secteur jusqu'à ce qu'elle parvienne à se représenter et à reconstituer ce qui gisait sous la surface.

Elle dégageait une mâchoire et tendait la main vers son appareil photo, quand Dory s'accroupit près d'elle, cadra le crâne et prit une série de clichés.

— J'ai ramassé l'appareil quand j'ai vu ce que tu avais trouvé. Je suis de corvée de déjeuner aujourd'hui, c'est pour cela que je vais de l'un à l'autre. Qu'est-ce qui te ferait plaisir ?

— Un gros sandwich au bœuf avec du fromage, de la crème et des oignons, s'ils en ont.

— Comment fais-tu pour manger autant et rester mince ? Je n'ai qu'à regarder un sachet de chips pour prendre trois kilos. Pour moi, ce sera un yaourt – comme d'habitude, ajouta-t-elle en soupirant.

Elle reposa l'appareil, nota la commande de Callie sur un calepin.

— Tu veux de l'argent ? demanda Callie.

— Non, la cagnotte est encore bien garnie. À propos, nous organisons une partie de poker, ce soir. Ça t'intéresse ?

— Peut-être, mais j'ai du travail.

— Tout le monde a besoin de se changer les idées de temps en temps. Tu n'as pas pris une seule soirée depuis mon arrivée sur le site. Et quand tu n'es pas ici, tu voyages. Un aller-retour à Atlanta hier, une journée au labo la semaine dernière...

— Comment sais-tu que je suis allée à Atlanta ?

Callie l'avait interrompue sur un tel ton que Dory sursauta.

— Je crois que c'est Rosie qui en a parlé en passant. Elle disait que Jake et toi deviez aller à Atlanta, c'est tout. Je ne voudrais pas avoir l'air de me mêler de ce qui ne me regarde pas.

— Tu ne te mêles de rien du tout. Bon, je passerai ce soir si je peux, mais je dois m'occuper d'un autre projet qui me prend du temps.

Dory se releva, se brossa les genoux d'un revers de main.

— Essaie de venir, on trouvera toujours une chaise de plus. Il ne devait pas manger beaucoup de sandwiches, celui-là, dit-elle en montrant le crâne encore à demi enfoui sous la terre.

— Sans doute pas.

— Le progrès a quand même du bon, soupira la jeune fille avant de s'éloigner.

Callie attendit qu'elle soit hors de vue pour sortir de l'excavation et faire signe à Rosie qui s'approchait de la glacière.

— Qu'est-ce qu'il y a ? demanda Rosie.

— As-tu dit à quelqu'un que j'allais hier à Atlanta ?

— C'est probable, répondit-elle en prenant une bouteille étiquetée à son nom. Bill, ton amoureux transi, était sens dessus dessous de ne pas te voir. Je lui ai dit que tu devais aller dans le Sud et que tu reviendrais le lendemain ou le surlendemain. Je l'ai peut-être dit aussi à d'autres. C'était un rendez-vous secret, ou quoi ?

— Non, je dois être un peu sur les nerfs, c'est tout. Bill t'a posé d'autres questions sur mon compte ?

— Par dizaines ! Ce que tu aimes faire pendant tes loisirs, par exemple. Si tu as un bon ami, etc. Il lance des regards incendiaires à Jake quand il est sûr qu'il ne le voit pas et te décoche des œillades débordantes d'amour quand tu te trouves dans son champ visuel.

— C'est un gamin ! Il a douze ans.

— Vingt-quatre. Allons, Callie, dit Rosie en lui lançant un coup de coude amical, il est touchant. Sois gentille avec lui.

— Je ne suis pas méchante, mais il m'agace.

L'incident, si incident il y avait, la fit quand même réfléchir à la manière dont les rumeurs se propagent dans les groupes et la décida à aller sans Jake à la recherche du morceau suivant de son puzzle.

Lorna Blakeley avait des cheveux gris acier, des lunettes bifocales et quatre chats. Elle glissa un regard soupçonneux par sa porte à peine entrebâillée pendant que les chats protestaient en lui tournant autour.

— Je ne connais personne du node Dunbrook.

Ce quartier résidentiel de Hagerstown paraissait paisible et sûr. Callie s'étonna que cette femme soit aussi craintive et compte sur une simple chaîne pour résister à un agresseur éventuel.

— Non, madame, vous ne me connaissez pas. Mais je voudrais vous parler d'une patiente de votre mari, Suzanne Cullen.

— Mon mari est mort.

— Je sais, madame. Il était le médecin de Suzanne Cullen, c'est lui qui a mis ses deux bébés au monde. Vous souvenez-vous d'elle ?

— Bien sûr que je m'en souviens, je ne suis pas gâteuse ! Elle habite maintenant le sud du comté et elle est devenue célèbre avec ses pâtisseries. C'était une gentille jeune femme qui avait des beaux bébés. L'un d'eux a été kidnappé, la fille. Une horrible histoire.

— Je sais, madame. C'est de cela que je voudrais vous parler.

— Vous êtes de la police ? Ça s'est passé il y a bientôt trente ans. J'ai parlé à la police à ce moment-là.

Callie se demanda si elle pouvait se fier à son instinct et à son jugement, qui lui disaient l'un et l'autre que cette frêle et méfiante vieille dame n'était pas du genre à revendre frauduleusement les bébés que son mari avait consacré sa vie à mettre au monde.

— Je ne suis pas de la police, madame. Je suis le bébé qui a été kidnappé, la fille de Suzanne Cullen.

— Pourquoi diable ne pas me l'avoir dit tout de suite ? s'exclama Mme Blakeley en dégageant la chaîne et en ouvrant sa porte en grand. Comment va votre maman ? Je n'avais pas entendu dire qu'on vous avait retrouvée. Il faut dire que depuis la mort de William, je ne m'intéresse plus beaucoup aux nouvelles.

— Je ne le sais moi-même que depuis peu de temps. Si je pouvais vous poser quelques questions, cela m'aiderait peut-être à comprendre ce qui s'est réellement passé.

— Quelle histoire ! soupira Mme Blakeley. Venez vous asseoir.

Elle fit entrer Callie dans un living meublé en faux rustique. Tandis qu'elle s'installait dans un fauteuil et posait les pieds sur une ottomane, Callie prit place sur le canapé où les chats s'empressèrent de lui sauter sur les genoux.

— Ne faites pas attention à eux, ils n'ont pas souvent l'occasion de recevoir des visites, les pauvres chérubins. Alors, la fille de Suzanne est revenue au bout de tout ce temps ! Incroyable ! Vous lui ressemblez comme deux gouttes d'eau, maintenant que je vous regarde mieux. L'accouchement s'était passé comme une lettre à la poste. Une belle petite fille, robuste et tout. On avait le cœur brisé de voir comme Suzanne souffrait d'avoir perdu la petite.

— Vous travailliez avec votre mari, je crois ?

— Bien sûr. Vingt-deux ans, j'ai travaillé avec lui.

— Vous rappelleriez-vous si, pendant la grossesse de Suzanne, quelqu'un posait des questions à son sujet ou semblait s'intéresser particulièrement à elle ?

— La police nous l'a aussi demandé à ce moment-là. Nous n'avons rien pu lui dire. Williaen était malade. Il adorait tous ces enfants, vous comprenez.

— Qui d'autre travaillait au cabinet de votre mari à l'époque ?

— Voyons, il avait une réceptionniste et une infirmière, Hallie. Elle était avec nous depuis dix, non, onze ans.

— Et Karen Younger, la réceptionniste ?

— Elle était venue ici après avoir habité Washington. Elle a travaillé pour nous pendant cinq, six ans et puis son mari a été nommé au Texas. Tous les ans elle nous envoyait une carte de Noël en disant qu'elle regrettait bien le Dr William. C'était une brave fille. Willial'a accouchée de son second bébé, un garçon, deux ans avant qu'elle nous quitte.

— Savez-vous où elle habite au Texas ?

— Bien sûr ! Je vous ai déjà dit que je n'étais pas encore gâteuse. Elle habite Houston. Elle a deux petits-fils, maintenant.

— Pourriez-vous me donner son adresse et celle de Hallie ? J'aimerais prendre contact avec elles, voir si elles se souviennent de quelque chose.

— Je ne vois pas ce qu'elles pourraient se rappeler maintenant qu'elles ne se rappelaient pas à l'époque. Un inconnu vous a volée dans votre poussette, voilà toute l'histoire. Les gens sont des sauvages !

— Il y avait aussi le personnel de l'hôpital. Des gens qui connaissaient votre mari et savaient que Suzanne avait un bébé, infirmières, aides-soignantes, d'autres médecins. Une infirmière a assisté aux deux accouchements de Suzanne. Vous rappelez-vous son nom ?

— Voyons... cela pourrait être Mary Stern ou Nancy Ellis. Je n'en suis pas sûre, mais Williademandait le plus souvent ces deux-là.

— Sont-elles toujours dans la région ?

— C'est bien possible, mais on perd les gens de vue quand on devient veuve. Si vous voulez parler à tous ceux qui travaillaient à l'hôpital à ce moment-là, vous devriez vous adresser à Betsy Poffenberger. Elle y a travaillé plus de quarante ans, elle sait tout ce qui s'y passait. Elle fourrait toujours son nez dans les affaires des autres.

La pêche de Callie se révélait plus fructueuse qu'elle ne l'espérait.

— Savez-vous où je pourrais la trouver ? demanda-t-elle.

Betsy Poffenberger habitait à vingt minutes de là, un lotissement construit par Ronald Dolan. Robuste sexagénaire aux cheveux plus noirs que du charbon, elle était assise dans sa petite véranda, une paire de jumelles à portée de la main.

— C'est Lorna Blakeley qui vous envoie ? Cette vieille toupie ! Elle ne m'a jamais portée dans son cœur, elle croyait que je tournais autour du Dr William. Je n'étais pas mariée à l'époque et, dans l'idée de Lorna, les femmes célibataires étaient toujours prêtes à se jeter sur tous les hommes.

— Elle a pensé que vous pourriez m'aider à retrouver les gens qui travaillaient à l'hôpital au moment de la naissance de la fille de Suzanne Cullen. Les noms des infirmières et des autres employés de la maternité. Ce genre de renseignements, quoi.

— C'était il y a longtemps ! Dites donc, je vous ai vue à la télé.

— Je suis avec l'équipe d'archéologues d'Antieta-Creek.

— Oui, c'est ça. Mais vous n'espérez quand même pas que je vous parle sans me dire d'abord pourquoi.

— Vous êtes au courant de l'enlèvement de la fille de Suzanne Cullen. Mes questions ont un rapport avec cet enlèvement.

— Vous êtes archéologue ou détective ?

— C'est souvent la même chose. Je vous serais très reconnaissante de l'aide que vous pourriez m'apporter, madame Poffenberger.

— On était tous bouleversés pour cette pauvre Mme Cullen. Ces choses-là n'arrivent pas, chez nous.

— Elle est pourtant arrivée, cette fois-là. Vous rappelez-vous quelque chose ? Quelqu'un ?

— Nous n'avons parlé de rien d'autre pendant des semaines. Alice Lingstrom, l'infirmière en chef de la maternité, était une bonne amie à moi. Elle, Kate Regan et moi, nous n'arrêtions pas d'en parler pendant les pauses. Kate travaillait à l'administration, nous avions été à l'école ensemble. Je ne peux pas dire que je me souvienne comme ça de ce qui se disait, mais je peux le retrouver. J'ai encore des sources, précisa-t-elle avec un clin d'œil. Oui, je dois pouvoir y arriver. Jay Cullen a été le professeur du fils de ma sœur, Mike. Ce n'était pas un cerveau, si vous voyez ce que je veux dire, et M. Cullen s'occupait spécialement de lui pour qu'il reste au moins au niveau de sa classe. Je dois donc pouvoir retrouver des gens, des noms.

— Merci, dit Callie en lui tendant un papier sur lequel elle avait inscrit son numéro de portable. Vous pouvez m'appeler à n'importe quelle heure. Tout ce que vous retrouverez me sera très utile.

Betsy la dévisagea avec la plus grande attention.

— Dites... vous ne seriez pas de la famille Cullen, par hasard ?

— Apparemment, oui, admit Callie.

La partie de poker était déjà commencée au retour de Callie. Elle se dirigea le plus discrètement possible vers l'escalier dans l'espoir de gagner sa chambre sans se faire remarquer. Sauf que Jake paraissait posséder un sixième sens pour tout ce qui la concernait. Elle était au milieu de l'escalier quand il la rattrapa par le bras et la fit redescendre.

— Fiche-moi la paix ! protesta-t-elle.

— Viens, nous allons nous promener, répondit-il en l'entraînant vers la porte. Comme ça, personne ne pourra intervenir si je te roue de coups.

— Lâche-moi, ou tu te retrouveras K.-O. à compter les étoiles.

— Pourquoi t'es-tu encore esquivée ?

— Je ne me suis pas esquivée, je suis partie sans me cacher dans ma voiture fraîchement repeinte.

— Où es-tu allée ?

— Je n'ai pas de comptes à te rendre.

— Et pourquoi as-tu éteint ton téléphone ? Pour que je ne puisse pas t'appeler et t'engueuler ?

Tout en se chamaillant, ils étaient arrivés au bord de la rivière où Jake lui lâcha enfin le bras.

— J'avais des courses à faire et je voulais les faire seule. Je ne veux plus que l'équipe bavarde parce que nous sommes toujours ensemble. Tu sais combien les rumeurs circulent vite sur un site.

— Je me fous des rumeurs ! Il ne t'est pas venu à l'idée que je pouvais m'inquiéter ?

— Non. Il m'est simplement venu à l'idée que tu serais furieux.

— Je le suis.

— Ça m'est complètement égal, mais je ne voulais pas t'inquiéter, dit-elle en voyant qu'il l'était réellement. Excuse-moi.

— Qu'est-ce que tu viens de dire ?

— Je viens de dire : excuse-moi.

— Toi, t'excuser sans y être contrainte sous la menace ! Un vrai miracle ! Merci mon Dieu ! Laisse-moi en profiter, dit-il en lui prenant le visage entre les mains.

Voyant qu'elle ne se débattait pas ni ne lui envoyait de coups de pied dans les tibias, il l'attira contre sa poitrine, lui donna un long baiser avec une tendresse qui la déconcerta. Ce n'était pas ainsi, pensa-t-elle en se laissant aller dans ses bras, qu'il avait l'habitude de manifester sa colère. De fait, il ne l'avait jamais encore embrassée de cette manière, comme si elle était devenue à la fois fragile et précieuse.

— Qu'est-ce qui t'arrive ? demanda-t-elle pendant le bref instant où ils reprenaient haleine.

— Bonne question, répondit-il en la lâchant un peu. Nous ferions bien de parler, sinon j'oublierai pourquoi je suis furieux contre toi. Où es-tu allée ?

Elle s'apprêtait à refuser de répondre quand elle se rendit compte que ce serait une réaction puérile. Elle avait pris la mauvaise habitude de se rebiffer chaque fois qu'il lui demandait quelque chose. Et à quoi cela l'avançait-il ? À rien.

— Asseyons-nous.

Ils s'installèrent tous les deux dans l'herbe et elle lui relata ses rencontres de la journée.

17

Assise par terre en tailleur, Calllie mettait ses notes à jour. Des voix résonnaient partout sur le site. Pendant le week-end, l'équipe se renforçait de bénévoles et d'étudiants venus en curieux. Leo parlait de donner une conférence pour attirer quelques permanents avant la fin de la saison. Parmi ces nouvelles recrues, certains seraient sans doute plus des handicaps que des collaborateurs utiles, mais Callie estimait que le solde serait quand même positif.

Elle entendait aussi les voitures qui s'arrêtaient près de la palissade, les voix des visiteurs, celle d'un des membres de l'équipe qui débitait l'exposé standard et répondait aux questions. Aussi, quand une ombre s'allongea à côté d'elle, elle n'y fit pas attention et continua à écrire.

— Emportez donc ces seaux à la pile de déblais à tamiser, dit-elle, mais n'oubliez pas de les rapporter.

— Je le ferais volontiers, répondit une voix de femme, si je savais ce qu'est cette pile et où la trouver.

Callie leva la tête en s'abritant d'une main contre le soleil et reconnut Suzanne en lunettes noires et casquette de base-ball. Elle eut l'impression, non sans un choc, de se voir elle-même avec quelques années de plus.

— Excusez-moi, dit-elle en se levant, je vous avais prise pour un de nos grouillots.

— Ce n'est pas grave, j'aurais dû m'annoncer. Je vous ai entendue à la radio, ce matin.

— Jake, Leo et moi sommes de corvée de médias à tour de rôle.

— Vous avez su rendre votre travail si passionnant que j'ai pensé qu'il serait temps de venir m'en rendre compte par moi-même. J'espère que je ne dérange pas.

Callie posa son bloc par terre et crocha les pouces dans les poches de son jean pour empêcher ses mains de trembler.

— Pas du tout. Alors, qu'en dites-vous ?

— Eh bien… c'est plus propre que je ne l'imaginais. Et beaucoup plus bondé.

— Nous avons toujours des volontaires pendant le week-end.

— Je vois que vous les prenez jeunes, dit Suzanne qui montra en souriant Tyler, affairé avec un tamis devant un tas de terre.

— C'est le fils de Lana Campbell, il vient tous les samedis. Nous lui donnons des déblais déjà tamisés dans lesquels l'un de nous glisse quelques débris sans grande valeur. Il est au septième ciel.

— Chaque objet que vous découvrez vous parle de ceux qui vivaient ici et de leurs activités, si j'ai bien suivi votre exposé à la radio.

— C'est exact. Il faut découvrir le passé afin de le comprendre, et le comprendre pour pouvoir le reconstituer. C'est ce que j'essaie de faire, Suzanne, ajouta-t-elle après avoir marqué une pause.

— Je sais, dit Suzanne en lui effleurant le bras. Je sais aussi que vous êtes mal à l'aise avec moi et que c'est en grande partie ma faute pour avoir craqué comme je l'ai fait dans le bureau de Lana. Jay m'a infligé un sermon sévère à ce sujet.

— C'était pourtant compréhensible…

— Non, vous ne pourriez pas comprendre, l'interrompit Suzanne. Jay n'est pas homme à rudoyer qui que ce soit, il est trop patient, trop discret. C'est d'ailleurs pourquoi j'étais amoureuse de lui. L'autre jour, il m'a mis sans ménagement les points sur les *i*. Je ne m'y attendais pas, mais c'était exactement ce dont j'avais besoin.

— Ça ne doit pas être facile pour lui non plus.

— Non, en effet. Des années durant, j'avais trouvé commode de ne pas y penser… Il faut que je vous rassure tout de suite avant que nous poursuivions cette conversation, je n'ai pas l'intention d'exercer sur vous les pressions que je m'étais laissée aller à exercer auparavant, dit-elle avec un petit rire d'excuses. Je veux simplement mieux vous connaître, Callie. Je ne veux pas en perdre l'occasion, je dirais plutôt la chance, par ma faute. Je sais que vous vous efforcez de reconstituer le passé, Betsy Poffenberger m'a téléphoné ce matin. Elle vous a écoutée à la radio, elle aussi. Elle m'a raconté votre visite et m'a demandé si j'étais d'accord pour qu'elle vous communique des informations. En fait, elle cherchait à me tirer les vers du nez. Je ne lui ai rien dit, mais les gens commencent à faire des rapprochements.

— Je sais. Cela vous gêne ?

— Je ne sais pas encore. L'idée de répondre à des tas de questions alors que rien n'est encore complètement élucidé me met les nerfs à rude épreuve. Mais je me crois capable d'y faire face. Je suis plus forte que je vous en ai donné l'impression jusqu'à présent.

— Après avoir lu quelques-unes de vos lettres, je crois que vous êtes une des femmes les plus fortes que j'aie jamais connues.

Sentant les larmes lui monter aux yeux, Suzanne se détourna.

— C'est merveilleux de l'entendre dans la bouche d'une grande fille… Mais ce que je voudrais surtout, c'est que vous me parliez de votre travail et de vous-même pour que je vous comprenne mieux. Je voudrais que nous soyons à l'aise l'une avec l'autre. Cela me suffira pour le moment, que nous nous sentions bien quand nous serons ensemble.

Au prix d'un effort sur elle-même, Callie lui prit le bras et commença à lui faire visiter le site en lui expliquant à mesure ce qu'elle y faisait elle-même.

Jake observait de loin la rencontre de Suzanne et de Callie. Il avait suivi sans mal l'évolution de ses émotions par celle de ses attitudes. Sur la défensive les premières minutes, elle s'était peu à peu détendue.

— C'est bien de les voir ensemble, dit Lana qui l'avait rejoint. De voir qu'elles sont capables de se parler. Ce ne doit pas être facile pour elles de trouver un terrain d'entente sans empiéter sur les limites l'une de l'autre. Surtout pour Callie, à mon avis. Elle a dressé tant de barrières autour de tant de secteurs de sa vie.

— Ce qui veut dire ?

— Je crois que vous me comprenez très bien. Sur le plan professionnel, ces fouilles représentent pour elle un défi qu'elle tient à relever. En même temps, elle subit le stress de chercher à découvrir son passé et de nouer avec Suzanne des rapports qui ne les traumatisent ni l'une ni l'autre. Et au milieu de tout cela, il y a vous, sur le plan personnel autant que professionnel, sans parler des autres. Si vous me permettez de vous le dire...

— Que je le permette ou non, l'interrompit-il, vous m'avez toujours donné l'impression de dire ce que vous voulez dire.

— C'est exact. Et vous, vous ne me donnez pas l'impression d'un homme facile à vivre. J'ai toujours eu une préférence pour les hommes invivables, ils sont rarement ennuyeux. En plus, j'aime beaucoup Callie. Je suis donc très contente de la voir enfin en bons termes avec Suzanne et de vous voir tous les deux essayer de se figurer ce que l'autre a derrière la tête.

— Cela fait longtemps que nous essayons...

L'arrivée de Tyler brandissant un os l'interrompit.

— Regarde, maman ! Regarde ce que j'ai trouvé !

Amusé, Jake se pencha pour examiner sa trouvaille.

— C'est un os de personne ? voulut savoir Tyler.

— Demandons plutôt à l'expert, dit Jake en faisant signe à Callie. Professeur Dunbrook ! Viens voir notre dernière découverte !

— C'est un os ! précisa Tyler pendant que Callie et Suzanne s'approchaient.

— C'en est un, en effet, approuva Callie. Et un beau.

— D'une personne morte ? demanda Tyler d'un air gourmand.

— Non, d'un cerf. Mais c'est aussi important, se hâta-t-elle d'enchaîner en voyant sa mine déçue. Quelqu'un a chassé ce cerf pour que les gens de sa tribu aient de quoi manger, puissent se faire des vêtements, des outils. Tu vois ces bois ? poursuivit-elle en désignant les arbres. Ce cerf y vivait peut-être. Un jeune garçon de ton âge a dû partir à la chasse avec son père, son frère ou son oncle un jour comme aujourd'hui. Sa famille, sa tribu dépendaient de lui. Alors, quand il a abattu le cerf, c'était peut-être la première fois de sa vie qu'il devenait un vrai chasseur. Tu dois te souvenir de lui.

— Je peux emporter l'os en classe ?

— Je te montrerai d'abord comment le nettoyer et l'étiqueter.

Il lui tendit la main, Callie la prit. Un instant, Jake et elles furent reliés par l'enfant qu'ils tenaient chacun par une main. Leurs regards se croisèrent. Elle sentit un tressaillement au plus profond d'elle-même.

— Tu pourrais peut-être expliquer le site à Suzanne du point de vue de l'anthropologue, lui dit-elle après s'être ressaisie. Tyler et moi avons un travail urgent à accomplir.

— Avec plaisir.

— C'est étrange, dit Suzanne lorsqu'ils se furent éloignés. Vous êtes mon gendre – plus ou moins. Et comme j'ignore tout de vos rapports avec Callie, je ne sais pas si je dois vous en vouloir, être déçue ou vous plaindre.

— Un peu des trois, peut-être.

— Vous l'attendiez devant le bureau de Lana, le jour où nous nous y étions retrouvés. Vous êtes allé avec elle à Atlanta. Dois-je en déduire que vous veillez sur elle ?

— Oui.

— C'est bien.

Jake hésita un instant avant de prendre son portefeuille dans sa poche. Puis, s'assurant que Callie, toujours occupée avec Tyler, ne regardait pas, il en sortit une photo.

— Je ne peux pas vous la donner, c'est la seule que j'ai, mais je crois que cela vous fera plaisir de la voir. Notre photo de mariage, en un sens. Nous étions allés à Las Vegas nous marier dans une de ces chapelles du genre service rapide, si vous voyez ce que je veux dire. Un photographe nous a pris à la sortie.

La photo était usée sur les bords, mais les couleurs restaient éclatantes. En guise de robe de mariée, Callie était moulée dans un fourreau rouge vif dévoilant généreusement ses jambes et son décolleté. Jake, en costume sombre, arborait une cravate rouge ornée d'un perroquet vert et bleu. Ils se tenaient étroitement enlacés par la taille, souriaient béatement et avaient l'air au comble du bonheur.

— C'est elle qui avait choisi la cravate, commenta Jake. Je tiens à dire que je l'ai portée ce jour-là pour la première et la dernière fois.

— Vous avez l'air très amoureux, tous les deux.

— Oui, je dirais même trop.

— Et vous l'aimez toujours.

— Regardez-la ! Comment diable peut-on oublier une femme comme elle ? Bref, poursuivit-il en remettant le portefeuille dans sa poche, puisque vous êtes ma belle-mère, plus ou moins, pourriez-vous m'offrir une tonne de vos extraordinaires brownies aux noisettes ?

— Cela peut se faire, répondit Suzanne en souriant.

— Mais que cela reste entre nous, n'est-ce pas ? Si les porcs qui logent dans la maison l'apprenaient, il ne me resterait que des miettes. Il y a décidément beaucoup de visiteurs aujourd'hui, dit-il en voyant une voiture s'arrêter près de l'entrée du site.

Suzanne tourna un instant la tête.

— C'est Doug. Il était parti à Memphis expertiser une bibliothèque, je ne croyais pas qu'il reviendrait aussi vite.

Elle s'apprêtait à aller rejoindre son fils quand elle vit Lana courir vers lui à toutes jambes, Doug la prendre par la taille et la soulever de terre pour l'embrasser.

— Ah ! Ça alors, je ne m'y attendais vraiment pas ! lâcha-t-elle.

— Problème ?

Tyler accourait à son tour pendant que Doug franchissait d'un bond la palissade. Il se pencha pour regarder l'os que le petit garçon brandissait fièrement.

— Non, non, juste une surprise, répondit Suzanne. Une grosse surprise, ajouta-t-elle en pressant une main sur son cœur.

Jake et elle regardèrent Doug examiner l'os en écoutant Tyler babiller avec excitation.

— Sensationnel, dit-il enfin. Après avoir trouvé ça, je ne sais pas si tu voudras encore de ce que je t'ai apporté.

— Qu'est-ce que c'est ? C'est pour moi ? demanda Tyler en tendant la main vers le sac que tenait Doug.

— Oui c'est pour toi, mais si tu n'en veux pas, je le garderai, dit Doug en sortant du sac un dinosaure en plastique.

— Un dinosaure ! s'écria Tyler qui lui sauta au cou et le couvrit de baisers. Un *Tyrannosaurus Rex* ! C'est le plus beau ! Je peux l'enterrer pour le déterrer de nouveau ?

— Bien sûr, approuva Doug alors que Tyler courait déjà vers sa pile de déblais. Je crois avoir mis dans le mille, ajouta-t-il à l'adresse de Lana, qui souriait. Veux-tu un cadeau, toi aussi ?

— Quelle question !

Doug plongea la main dans le sac. Ce qu'il fit apparaître laissa Lana bouche bée.

— Tapette à mouches en forme de guitare bleu électrique, modèle officiel griffé Elvis Presley. Au bout de longues recherches, c'est l'objet le plus ridicule et le plus inutile que j'aie pu dénicher.

Lana lui sauta au cou comme Tyler deux minutes plus tôt.

— Une vraie merveille ! dit-elle en éclatant de rire.

— Tu m'as manquée, tu sais. Je ne sais pas si cela me plaît ou non, personne ne m'avait jamais manqué jusqu'à présent. Toi, si.

— Et toi, as-tu déjà manqué aux autres ?

— Pas vraiment.

— Eh bien, sache que tu m'as manqué, toi aussi. Beaucoup.

Callie disait à l'équipe de réunir et de ranger les outils quand un dernier visiteur arriva dans une berline bleu layette. Déjà chargé de pelles et de seaux, Bill McDowell se proposa aussitôt pour la guider.

— Inutile, Bill, je m'en occupe, répondit Callie en voyant Betsy Poffenberger mettre pied à terre. Je la connais.

— On va faire un feu de camp ici, ce soir. Faire des hot dogs, boire de la bière, se changer les idées, quoi. Tu viendras ?

— Je ne sais pas. Peut-être.

— Bon, eh bien, je ramasse tes outils.

— Merci, Bill, répondit Callie distraitement en s'éloignant. Bonsoir, madame Poffenberger.

— C'est quelque chose ! s'exclama Betsy en regardant autour d'elle. Tous ces trous, ces tranchées ! Vous les creusez vous-même ?

— Quelques-uns, oui. J'espérais avoir de vos nouvelles.

— Je me suis dit, autant aller là-bas voir par moi-même comment ça se passe. Je vous ai écoutée ce matin, à la radio. Très intéressant.

— Merci. Avez-vous pu trouver des renseignements ?

Depuis son arrivée, Betsy ne quittait pas Callie des yeux.

— Vous ne m'aviez pas dit que vous étiez la fille de Suzanne Cullen.

— Cela change quelque chose ?

— Bien sûr ! C'est comme un roman policier. Je me rappelle quand ça s'était passé, la photo de Jay et de Suzanne dans les journaux. La vôtre aussi, vous n'étiez encore qu'un bébé. Il y avait des affichettes partout à Hagerstown. Et maintenant, vous voilà. Incroyable !

— Je vous remercie de tout ce que vous pourrez me dire. Si ces renseignements permettent d'ouvrir de nouvelles pistes, il y aura des articles dans les journaux, des reporters viendront vous interviewer.

— Vous croyez ? Ça alors ! Bref, j'ai parlé à Alice et à Kate. Alice se rappelle que c'était Mary Stern qui était de service pour les deux accouchements de Suzanne Cullen. Elle s'en souvient bien, parce qu'elle en avait parlé à Mary quand vous aviez disparu. J'ai aussi d'autres noms pour vous, ceux qu'elle se rappelait, l'infirmière de garde de nuit, etc. Mais elle ne sait pas si tous ces gens sont encore dans la région, ditelle en sortant une liste de sa poche. J'ai cherché ces noms dans l'annuaire – je suis curieuse de nature, vous savez. Mary Stern vit maintenant en Floride, elle a divorcé et s'est remariée. Elle a même eu un bébé à près de quarante ans, vous vous rendez compte ? Sandy Parker est morte dans un accident de voiture il y a cinq ans. Elle était de service de nuit.

Callie essaya de lui prendre la liste, mais l'autre tenait bon.

— Ah, celle-là ! poursuivit Betsy. Barbara Halloway. Je ne me souvenais pas d'elle jusqu'à ce qu'Alice m'en reparle. Elle n'est pas restée plus d'un an dans le personnel. Je ne connaissais pas bien les filles du service de nuit, mais Alice m'a rafraîchi la mémoire.

— Merci, madame Poffenberger, ces renseignements me seront très utiles...

— Une petite rousse prétentieuse, poursuivit l'autre, impavide. Tout juste sortie de l'école d'infirmières, elle se voyait déjà chef de service. Elle ne pensait qu'à mettre le grappin sur un docteur, et elle y est arrivée, d'après ce que j'ai entendu dire. Elle n'habite plus par ici, elle était partie quelque part dans le Nord pas longtemps après ce qui s'est passé. C'est pour cela qu'elle m'est revenue en tête quand Alice m'en a parlé.

Elle n'était vraiment pas sympathique. Je chercherais à la retrouver, si j'étais à votre place.

— Je le ferai sûrement, merci. Et je ne manquerai pas de vous tenir au courant si je découvre quelque chose.

— J'ai aussi les noms des infirmiers et des aides-soignantes. Le Jack Brewster, par exemple. Un rapide, celui-là ! Toujours à tourner autour des infirmières, qu'elles soient mariées ou pas.

— Professeur Dunbrook ! la héla Jake en s'approchant. Désolé de vous interrompre, mais on vous demande d'urgence au carré 35.

— J'arrive tout de suite ! Excusez-moi, madame Poffenberger, il faut que je vous quitte. Merci encore une fois pour tout le mal que vous vous êtes donné.

— De rien, voyons ! N'hésitez pas à m'appeler si vous avez besoin d'autre chose. Un vrai roman policier, je vous dis. Un vrai roman.

Callie glissa la liste dans sa poche et s'éloigna de la palissade pendant que Mme Poffenberger démarrait.

— Il n'y a pas de carré 35, dit-elle à Jake.

— Je sais, mais tu envoyais des signaux de détresse, j'ai donc volé à la rescousse.

— Ce n'était pas de la détresse, elle me soûlait ! Pas moyen de la faire taire. Mais elle m'a rendu un énorme service. Il y a là une douzaine de noms.

— Comment comptes-tu t'y prendre ?

— Je vais commencer par une recherche sur Internet, trouver combien de ces gens sont encore en vie, où ils habitent. Ensuite, je verrai.

— Veux-tu un coup de main ?

— Tu es remarquablement serviable, ces temps-ci.

Il se pencha, lui mordilla les lèvres.

— Je t'enverrai une facture plus tard.

— Je ne refuse pas le coup de main. Et je suis même prête à te verser un acompte sur cette facture.

Il approcha sa bouche de la sienne, s'écarta au dernier moment.

— Pas de problème, mon chou, je te fais confiance.

Callie le regarda s'éloigner de sa démarche la plus désinvolte.

— Un mystère de plus, marmonna-t-elle en levant les yeux au ciel.

Bill McDowell but délibérément deux bières de trop pour rester ivre jusqu'à la fin de la soirée. Il avait bien vu la manière dont Jake avait rejoint Callie avant de l'embrasser. Et elle s'était laissé faire. Pire, elle avait réagi comme si cela lui plaisait ! Elle ne reviendrait donc pas au site ce soir manger des hot dogs, bavarder, rire avec les autres. S'offrir à son admiration.

Il n'était ni idiot ni aveugle, il savait très bien ce qui se passait en ce moment même. Seule dans la maison avec ce salaud ! Il ne fallait pas un grand effort d'imagination. Pendant qu'il était là sous les étoiles à écouter cet imbécile de Matt gratter sa guitare en chantant faux, Jake Graystone faisait l'amour avec Callie.

Elle était beaucoup trop bien pour lui, cela crevait les yeux. Elle était si intelligente, si belle. Et quand elle riait, ses trois fossettes avaient de quoi le rendre fou. Si seulement elle lui laissait une chance de lui montrer comment un homme, un vrai, doit traiter une femme ! Tout en buvant sa bière, Bill se voyait en train de rosser Graystone comme il le méritait. Et c'est ce qui finirait par arriver si Callie s'entêtait à ne pas ouvrir les yeux, à ne pas comprendre ce qu'il valait, lui.

Écœuré, il se leva en vacillant. Digger le soutint par le bras.

— Attention mon pote ! dit-il en riant. Combien en as-tu avalé ?

— Quelques-unes.

— Ça en a l'air. Où vas-tu, comme ça ?

— Pisser. Ça te dérange ?

— Pas le moins du monde. Tu veux te servir du cabinet dans ma caravane ?

Refusant de se laisser amadouer par l'âme damnée de son ennemi intime, Bill se dégagea d'une secousse.

— Non, je veux marcher. Il y a trop de monde, par ici.

— Tu as raison. Mais ne va pas tomber dans l'étang.

Se disant qu'une pause-vessie ne lui serait pas inutile à lui non plus, Digger s'éloigna à son tour vers sa caravane.

D'un pas mal assuré, Bill partit vers le Trou de Simon, le plus loin possible des fausses notes de Matt, des rires de ces imbéciles. Et s'il prenait sa voiture et allait voir ce qui se passait à la maison ? Inutile de rester ici puisque Callie n'y était pas. Bien sûr, il ne savait pas avec certitude si Jake était en train de faire l'amour avec elle, se disait-il en louvoyant entre les excavations. Peut-être voulait-elle venir et Graystone l'en empêchait-il par la force, ce salaud en était bien capable. Alors, il arriverait pour la sauver des griffes de cette brute. *« Oh, Bill, tu es là, Dieu soit loué ! Il est complètement fou, il me fait peur ! »* Oui, c'était sûrement ainsi que ça se passerait. Il lui suffirait d'y aller, de régler le problème une fois pour toutes, et Callie serait à lui. À lui seul. Il la voyait déjà l'étreindre avec passion, lui offrir ses adorables lèvres...

Il imaginait ce premier baiser avec tant de concentration qu'il n'entendit pas le léger bruit de pas derrière lui. Le coup violent sur sa tête le fit tomber à plat ventre. Il eut la force de gémir une fois lorsque des mains brutales le firent rouler sur lui-même jusqu'à l'étang. Mais la douleur s'était déjà évanouie quand sa tête s'immergea.

— Bon, voici donc le quadrillage de base.

Jake dessinait, pendant que Callie se servait de l'ordinateur. Ils s'étaient mis d'accord pour travailler dans le bureau de Jake. Le plan de travail y était plus grand et plus commode. Les autres étant partis piqueniquer sur le site, la maison était silencieuse. On n'entendait que les ronflements de Leo, endormi sur le canapé du living.

Callie se détourna de l'écran de l'ordinateur pour voir ce que Jake avait fait. Elle dut admettre qu'il était doué.

Il l'avait placée au centre du graphique, avec ses parents d'un côté et les Cullen de l'autre. Les noms des acteurs ou intervenants étaient reliés aux uns ou aux autres. Henry Simpson, Marcus Carlyle, son fils Richard, le pédiatre de Boston et les collaborateurs des uns et des autres figuraient du côté Dunbrook. Les noms de la liste établie par Suzanne et de la liste de Betsy Poffenberger du côté Cullen.

— Tu constitues le seul lien connu entre ces gens, commença-t-il. Mais il doit y en avoir d'autres, c'est ce qu'il faut découvrir. J'ai indiqué les dates en abscisse : celles de la fausse couche de ta mère, de ta naissance, du premier rendez-vous de tes parents avec Carlyle. Sous chaque nom, nous inscrirons les données dont nous disposons. Et c'est ce qui nous fera découvrir les liens. Tu as fini le dernier cookie ?

— Non, c'est toi. Et tu as vidé la cafetière. Va refaire du café pendant que je tape les données.

— Ton café est meilleur que le mien.

— Oui, mais je tape mieux que toi.

— Comme tu voudras. Mais ne m'assomme pas de tes jérémiades si mon café a le goût d'eau croupie.

Ils retombaient dans leurs vieilles habitudes, pensa-t-elle, mais avec des variantes intéressantes. Ils ne se chamaillaient plus autant ni de la même manière. L'un d'eux faisait preuve de retenue quand la dispute risquait de dégénérer. Et surtout, ils ne se jetaient plus sur un lit à la première occasion. Cette forme d'abstinence ajoutait un agréable piment à leurs nouveaux rapports. Certes, ils se désiraient toujours autant, rien n'avait changé sur ce plan-là. Même après leur divorce, même séparée de lui par des milliers de kilomètres, elle le désirait. Elle espérait qu'il en avait souffert autant qu'elle.

Plutôt que de se laisser aller une fois de plus à remâcher ses rancunes inutiles, elle se remit au travail. Un article citant le node Henry Simpson la fit bâiller.

— Qu'est-ce qu'on peut faire de cette ânerie sur un tournoi de golf pour une bonne œuvre ? grogna-t-elle.

Elle allait le laisser de côté quand quelque chose la retint. Principe intangible : ne jamais négliger de tamiser les déblais.

— Il lui en faut du temps pour faire un pot de café, grommela-t-elle en reprenant la lecture de l'article.

Elle manqua presque le détail essentiel. Son regard avait déjà dépassé la ligne quand son cerveau l'enregistra. Un doigt sur la souris, elle revint lentement en arrière.

— Il n'y a plus de lait, annonça Jake. Même si tu le juges infect, tu le boiras noir. Tu as trouvé quelque chose ? ajouta-t-il en remarquant sa concentration.

— Un lien. Barbara Simpson, née Halloway.

— Barbara Halloway. L'infirmière de la maternité ?

— Elle-même, et ce n'est pas une simple coïncidence. Bizarre, quand nous sommes allés la voir, qu'elle ait passé sous silence le fait qu'elle avait travaillé à l'hôpital où Suzanne Cullen accouchait. Encore plus bizarre qu'elle n'ait pas dit avoir habité cette région au moment du kidnapping.

— Il faut le vérifier, dit Jake en posant la cafetière.

— Absolument. Betsy Poffenberger ne pouvait pas la sentir. « Une petite prétentieuse… tout juste sortie de l'école d'infirmières », m'a-t-elle dit. Cette garce est au moins complice, Jake. Simpson se relie à Carlyle, Halloway à Simpson, donc à Carlyle, Simpson et Carlyle à mes parents et Halloway à Suzanne.

— Nous le vérifierons, répéta Jake. Cherche à quelle école elle allait, Callie. Explore la couche du dessous.

— Nous étions assis dans leur salon et ils nous ont tartiné de leur fausse compassion en nous offrant de la citronnade !

Jake posa les mains sur ses épaules, les massa doucement.

— Ils le paieront, je te le garantis.

— Je veux retourner en Virginie leur cracher à la figure !

— Dès que nous aurons les autres informations la concernant. J'irai avec toi.

Elle leva une main, la posa sur celle de Jake.

— Ce salaud a tenu la main de ma mère, exploité le chagrin de mon père. Je veux les faire souffrir, ces deux-là !

— Tout à fait d'accord. Laisse-moi te remplacer un moment.

— Non, il faut que je continue, j'en ai besoin. Pour mes parents, pour les Cullen. Pour moi-même.

La sonnerie stridente du téléphone les fit tous deux sursauter.

— Qui ça peut bien être à cette heure-ci ? gronda Jake en décrochant. Graystone ! Hein ?

Callie se figea. Elle se leva en le voyant changer de figure.

— Node Dieu ! Comment cela ? D'accord, d'accord. Calme-les tous, nous arrivons.

— Qu'y a-t-il ? demanda-t-elle. Quelqu'un de blessé ?

— Bill McDowell. Et il n'est pas blessé, Callie. Il est mort.

18

Callie et Jake partirent immédiatement après le coup de téléphone avec Leo et Rosie. Ils arrivèrent au site dix minutes avant la police, mais trop tard pour Bill McDowell. Ils ne pouvaient plus rien faire qu'attendre.

Aussi éblouissantes que des rayons laser, les étoiles brillaient dans le ciel noir et la demi-lune paraissait avoir été sciée en deux. La brise apportait des montagnes une fraîcheur qui annonçait l'automne. Callie s'assit par terre, au bord du champ de l'autre côté de la route ; Sonya était à côté d'elle, en larmes. Les autres membres de l'équipe s'étaient assis eux aussi ou faisaient nerveusement les cent pas. Le premier choc passé, ils gardaient un silence hébété. On voyait à travers les arbres briller les lampes des policiers, dont les voix leur parvenaient par bouffées. De temps à autre, Callie entendait près d'elle un murmure : « Qu'est-ce qui va se passer maintenant ? » Ils n'en étaient déjà plus à se demander comment cela s'était passé, mais ce qu'il allait leur arriver, et ils se tournaient vers elle, attendant des réponses à leurs questions. Jake étant avec Digger dans la caravane et Leo avec la police, elle était la seule personne en position d'autorité. Mais elle n'avait pas de réponses à leur donner.

— Je n'en peux plus ! gémit Sonya entre deux sanglots. Je ne peux pas comprendre pourquoi il est mort comme ça. Nous étions là en train de parler, de rire. Je ne l'ai même pas vu partir du côté de l'étang.

— Moi si, dit Bob, mais je n'y avais pas fait attention. Digger et lui ont échangé une ou deux phrases avant que Bill s'éloigne. J'ai compris qu'il devait aller se soulager, mais je n'aurais jamais cru qu'il avait bu à ce point. Je n'y avais pas fait attention, répéta-t-il.

— Ni personne d'autre, intervint Dory. J'ai vaguement entendu Digger lui dire en riant : « Ne va pas tomber dans l'étang », ou quelque chose comme ça. Et j'ai ri moi aussi, dit-elle en ravalant un sanglot. J'ai ri.

— Nous nous moquions tous de lui, dit Bob. Il était tellement godiche, ce pauvre Bill. J'aurais dû être plus sympa.

— Ce n'est pas ta faute, lui dit Dory en s'essuyant les yeux. Nous ne l'aurions pas retrouvé aussi vite si tu ne t'étais pas demandé où il était passé et si tu ne t'étais pas rappelé l'avoir vu partir dans cette direction-là. Il serait encore dans l'eau si...

— Je veux rentrer chez moi, l'interrompit Sonya, dans un nouvel accès de larmes. Je ne veux plus rester ici.

Callie la prit par les épaules, l'attira contre elle.

— Dès que le shérif dira que nous pouvons partir, tu iras te coucher. Demain, tu décideras si tu veux rester.

Elle fit signe à Dory de la relayer auprès de Sonya et s'éloigna vers la caravane. Qu'elles pleurent ensemble, se dit-elle. Elle se sentait elle-même incapable de verser une larme.

— Bois ça, dit Jake en posant une tasse de café devant Digger.

— J'ai pas envie de café. Bon Dieu, Jake, ce gamin est mort !

— Tu ne peux plus rien pour lui. Et tu ne pourras rien pour toi si tu ne dessoûles pas pour commencer à réfléchir.

— Réfléchir à quoi ? Je l'ai laissé partir assez bourré pour aller tomber dans la flotte et se noyer. Je suis responsable du site, j'aurais dû aller avec lui.

— Tu n'es pas le baby-sitter de service, tu n'es pas responsable de ce qui est arrivé à McDowell.

— C'était encore un gosse, Jake ! Ce sont presque tous des gosses.

Jake s'appuya la tête au placard, ferma les yeux. Combien de fois avait-il sciemment provoqué le jeune Bill en embrassant Callie devant lui, rien que pour l'énerver ?

— Je sais. Mais il était assez grand garçon pour travailler, assez grand garçon pour boire trop, reprit-il. Tu n'es pas ici pour jouer les papas poules, tu es ici pour veiller à la sécurité du site.

— Ça fait quand même un sacré coup de retrouver un gamin de son âge en train de flotter sur l'étang, non ? Où sont mes clopes ?

Jake happa sur le comptoir un paquet froissé et le lui lança.

— Bois ce café, fume une de tes foutues cigarettes et dis-moi exactement ce qui s'est passé. Si tu tiens à chialer, tu le feras plus tard.

— Je vois que Monsieur Cœur-Sensible est en plein travail, dit Callie qui entrait à ce moment-là.

— Il essaie de me remettre d'aplomb, protesta Digger.

— Je sais. Et s'il te flanquait la figure dans la boue, tu dirais que c'est pour te donner un joli teint.

Callie contourna la table pliante et, pour la première et sans doute la dernière fois de sa vie, serra Digger dans ses bras comme on le fait d'un bébé qui a un gros chagrin.

— Bon, eh bien, j'étais venu ici me servir des toilettes et déplier le lit, commença Digger. J'avais même mis de la musique, pour le cas où j'aurais décidé Sonya à me tenir compagnie un petit moment. J'avais bien vu qu'il était bourré, il ne marchait pas droit. Les autres se tenaient bien. Matt grattait sa guitare. Il chante faux, mais c'est toujours agréable d'avoir quelqu'un qui fait de la musique pendant une veillée. Les deux de Virginie, comment ils s'appellent, déjà ?

Oui, Frannie et Chuck, se pelotaient tant qu'ils pouvaient. Bob écrivait quelque chose. Il avait ficelé une lampe sur son chapeau, comme un casque de mineur. Dory roupillait à moitié, Sonya chantait avec Matt. Elle se trompait dans les paroles, mais au moins elle a une jolie voix. La nuit était claire, juste un peu fraîche. J'ai vu le gamin se lever. Il titubait comme sur le pont d'un bateau dans la tempête. Il avait l'air énervé, sans doute parce qu'il croyait que tu faisais du gringue à Callie...

Jake ne réagit pas. Il buvait son café sans quitter Callie des yeux.

— Quand je lui ai proposé de se servir du pipiroode ma caravane, reprit Digger, il m'a dit qu'il voulait marcher. Il devait plutôt avoir envie de me dire d'aller me faire voir, mais ce n'était pas son genre, même soûl comme une vache. Alors, je lui ai dit... je lui ai dit de faire gaffe de ne pas aller se noyer dans l'étang. Et c'est justement ce qu'il a fait, bon Dieu !

— Combien de temps avant que quelqu'un parte à sa recherche ? demanda Jake.

— Je ne sais pas au juste, je suis resté un petit moment ici. Je m'étais dit que si j'avais de la veine avec Sonya, ce ne serait pas plus mal de faire un peu de ménage. Ça a dû me prendre un quart d'heure, peut-être vingt minutes. J'entendais encore Matt jouer de la guitare. Quand je suis retourné avec les autres, j'ai commencé à baratiner Sonya. C'est Bob qui a le premier demandé où était passé Bill. Je ne sais plus qui a répondu qu'il devait être parti se coucher, un autre qu'il était plutôt allé pisser. Alors, Bob a dit qu'il devait en faire autant et qu'il en profiterait pour voir si Bill ne s'était pas écroulé en cours de route. Deux minutes plus tard, il est revenu en courant et en criant au secours. Nous sommes tous partis voir ce qui se passait. Et on a vu. Exactement comme avec Dolan. Comme avec Dolan, répéta-t-il.

Callie dut attendre plus d'une heure pour pouvoir parler à Leo.

— Que sais-tu, au juste ? demanda-t-elle.

— Pas grand-chose. Le shérif ne veut pas se prononcer avant les résultats de l'autopsie. Quand ils auront fini de prendre les dépositions, il vaut mieux que ceux qui campent ici dégagent le terrain, pour quelques jours du moins.

— J'ai déjà demandé à Rosie de prévoir leur hébergement à la maison. Mais il faut quand même que quelqu'un reste surveiller, et Digger n'est pas en état de le faire.

— Je resterai cette nuit.

— Non, relayons-nous. Jake et moi monterons la garde jusqu'à demain matin. Rosie et toi êtes mieux placés que nous pour maintenir le calme pendant la journée. Je n'aime pas du tout la manière dont le shérif regarde Digger.

— Moi non plus, mais le fait est qu'il se trouvait sur les lieux lors des deux morts.

— Il y avait beaucoup de monde présent cette fois-ci et Digger était dans sa caravane au moment de l'accident. Pour Jake et moi, c'est un accident. Bill tenait à peine debout, il a trébuché au bord de l'étang et s'est noyé. Personne n'avait de raisons de tuer ce pauvre gamin.

— J'espère que tu as raison. Bien, Rosie et moi allons rassembler l'équipe et les emmener à la maison. Nous reviendrons demain matin.

— Pour travailler ?

— Ceux qui voudront travailler le feront. Nous allons encore subir les médias, Blondie. Tu te sens d'attaque ?

— Oui. Va dormir, Leo. Tout le monde fera ce qu'il doit.

Callie retourna à la caravane, jeta le reste du café préparé par Jake et en fit passer du frais. Elle entendait dehors les voix et les ronflements de moteurs des membres de l'équipe qui partaient. Elle avait envie de calme, de silence. De solitude aussi, mais Leo n'aurait jamais accepté qu'elle passe la nuit seule sur le site. Et elle devait admettre que Jake était la seule personne dont elle supporterait la compagnie jusqu'à la fin de la nuit.

Elle se versa une tasse de café. Puis, entendant ses pas approcher, en versa une deuxième.

— J'ai jeté le tien, il était imbuvable. Celui-ci est frais, dit-elle en lui tendant la tasse.

— Je te préviens que je n'ai pas l'intention de coucher dehors parce que tu es encore furieuse contre moi.

— Je ne t'ai pas demandé de coucher dehors et je ne suis pas furieuse contre toi. Mais je n'ai pas apprécié la manière dont tu t'y prenais avec Digger. Tu noteras qu'avec un peu de gentillesse j'ai réussi à le faire parler alors qu'avec tes manières de grosse brute macho, il se fermait comme une huître.

— Tu veux m'entendre dire que tu as raison ? répondit Jake en se laissant tomber assis sur la couchette. Tu as raison. Je ne pouvais pas lui offrir ce que tu lui as donné. Réconforter les autres ne fait pas partie de mes nombreux talents, nous sommes au moins d'accord là-dessus.

Il avait l'air épuisé. Callie l'avait souvent vu recru de fatigue par le travail, mais jamais encore à cause du stress et de l'inquiétude. Elle dut se retenir de le prendre dans ses bras comme Digger.

— Jusqu'à ce que tu le fasses parler, tu ne savais pas ce qu'il avait dit à Bill avant qu'il s'éloigne, reprit Jake. Moi, si. Il ne pourra jamais l'oublier. Cette remarque idiote lui restera coincée dans la mémoire avec l'image du gamin flottant à la surface de l'étang.

— Tu ne crois pas que Bill a pu simplement tomber à l'eau, toi ?

Il leva les yeux, lui décocha un regard volontairement inexpressif.

— Tout le monde dit qu'il était soûl.

— Pourquoi ne l'ont-ils pas entendu tomber à l'eau, alors ? Bill devait peser soixante-quinze ou quatre-vingts kilos. Un poids pareil produit au moins un *plouf !* qui s'entend dans la nuit, même si Matt jouait de la guitare. De l'autre côté de la route, j'entendais les voix des policiers à côté de l'étang. Pourquoi n'a-t-il pas crié ou appelé quand il est tombé ? Quelques bières ne rendent pas un garçon de sa taille ivre mort au point de ne même pas reprendre conscience au contact de l'eau froide.

L'expression de Jake resta impénétrable.

— Peut-être avait-il avalé plus que de la bière. Ce ne serait pas la première fois que des drogues arrivent sur un chantier de fouilles.

— Digger l'aurait su. Il nous l'aurait dit. Avec lui, ces choses-là ne passent pas inaperçues. S'il en avait trouvé, il aurait même été jusqu'à la confisquer pour son usage personnel. Enfin, voyons ! En quelques semaines, deux hommes sont morts au même endroit, dans la même pièce d'eau. Celui qui croirait à une coïncidence serait naïf ou complètement bouché, et le shérif ne me donne pas l'impression d'être un naïf ou un imbécile. Toi encore moins.

— Merci. Non, je ne crois pas à une coïncidence.

— À moins que tu ne souscrives à la thèse populaire du mauvais sort planant sur le site.

— Ce serait tentant, mais je n'y crois pas non plus. Celui qui a tué Dolan avait une raison, celui qui a tué McDowell avait aussi une raison. Question : quel lien y a-t-il entre les deux ?

Callie prit le temps de se verser du café avant de répondre.

— Les fouilles.

— C'est le lien évident, celui qui saute aux yeux du premier venu. Mais si tu grattes un peu plus profond, il y en a un autre. Toi.

Elle était déjà parvenue à la même conclusion.

— En partant de toi, reprit-il, nous trouvons les fouilles, le lotissement, les gens du pays furieux d'avoir perdu du travail. On peut donc supposer que l'un d'eux est assez enragé pour tuer deux personnes dans le but de nous chasser par la peur ou d'amener les autorités à interdire la poursuite des fouilles.

— Mais tu ne crois pas à cette théorie.

— C'en est une, même si ce n'est pas ma préférée.

— Ta préférée partirait donc de moi pour englober les Cullen, Carlyle et tous les noms figurant sur les listes. Le lien avec Dolan et Bill me paraît cependant plus que mince.

— Regarde. Tu connais ?

Jake tendit ses deux mains paumes en l'air, les retourna, les tourna une fois de plus. Une pièce de monnaie était apparue entre deux doigts. Un nouveau tour et la pièce avait disparu.

— Tu gagnerais bien ta vie dans des fêtes pour enfants, commenta Callie.

— Le truc, c'est de détourner l'attention. Force ton regard à se tourner par ici, dit-il en passant une main devant elle, et tu ne vois pas ce qui se passe par là, dit-il en lui faisant sortir la pièce de l'oreille.

— Tu crois que quelqu'un aurait assassiné deux personnes pour détourner mon attention ?

— Cela semble réussir – jusqu'à un certain point en tout cas. N'es-tu pas en ce moment même assez distraite pour ne plus penser à ce que tu as découvert il y a à peine quelques heures sur Barbara Halloway ? Tout le monde l'aimait, ce gamin, même moi. Son adoration pour toi était touchante. On l'a tué parce que c'était commode, parce qu'il s'était écarté du groupe juste le temps qu'il fallait.

— Et ce quelqu'un nous surveille ? enchaîna-t-elle en écartant un rideau pour regarder dehors. Comme on nous épiait l'autre soir à la maison ? Alors, si je ne me laisse pas distraire, si je persiste à creuser, à fouiller, il y aura un cadavre de plus, n'est-ce pas ?

— Te culpabiliser est un autre moyen de détourner ton attention.

— J'étais odieuse avec lui, Jake. Quand il m'a demandé de venir au pique-nique, je ne l'ai même pas écouté. Je l'ai chassé d'un revers de main, comme une mouche. Tout ce que tu dis, je le pense aussi. Et si c'est vrai, cela veut dire qu'il est mort parce qu'on cherche à me stopper. Il est mort alors que je ne m'étais pas même donné la peine de lui accorder une minute de mon temps hier soir.

Jake l'étendit sur la couchette, lui posa la tête sur ses genoux en lui caressant les cheveux avec une douceur qui la désarçonna.

— Ferme les yeux, tu as besoin de repos.

Elle garda le silence en écoutant les bruits de la nuit, savourant le contact de sa main. L'avait-il jamais caressée de cette manière ? En avait-elle déjà eu conscience ? Oui, se souvint-elle, il l'avait déjà caressée comme cela, et elle s'en voulait de n'avoir pas accordé à ces gestes l'importance qu'ils méritaient. Elle se rendait maintenant compte de la valeur qu'elle y attachait. Avait-elle eu besoin de mots au point de mépriser ces marques d'affection qui signifiaient autant, sinon davantage, que des déclarations d'amour plus ou moins sincères ?

— Il faut dormir, reprit-il. Nous en avons autant besoin l'un que l'autre. La journée de demain sera chargée.

— Je ne veux pas penser à demain. Je ne veux penser ni à hier ni à la semaine prochaine. Je ne veux penser qu'à l'instant présent. J'avais un projet pour cette nuit, celui de te convaincre de faire l'amour, ou de te laisser me convaincre. Il n'est pas trop tard.

— Nous avons eu beaucoup de beaux instants présents, toi et moi. Faire l'amour est une réaction très humaine à la mort. C'est une preuve que nous vivons.

— Oui, nous sommes en vie. Et je ne veux pas rester seule. Je croyais avoir besoin de solitude, mais je me rends compte que ce n'est pas ce qu'il me faut. Surtout cette nuit.

— Tu n'es pas seule, dit-il en lui embrassant la main. Ferme les yeux. Ce qu'il te faut d'abord, c'est du repos.

Mais elle se redressa, l'étreignit, l'embrassa.

— Reste avec moi. J'ai besoin de toi, besoin que tu me caresses. Tu as toujours été le seul à savoir le faire.

Il sentit qu'elle tremblait, de peur en partie, de fatigue aussi.

— Ce n'est pas ainsi que j'aurais voulu que cela se passe entre nous, mais si le destin le veut… Ne pense plus à rien.

Et elle referma les yeux pour lui cacher l'amour dont son cœur débordait.

Elle dormit profondément une heure, puis de plus en plus mal à mesure que les cauchemars se succédaient. La sensation de mains qui la tiraient sous l'eau glacée et l'empêchaient de remonter respirer à la surface la réveilla en sursaut. Haletante, elle se redressa. La caravane était obscure et froide. Une mince couverture la couvrait. Et elle était seule.

En proie à la panique, elle se leva d'un bond, courut vers la porte en se cognant à la table pliante. Un poids l'oppressait, un étau lui serrait la gorge, bloquait le cri de terreur qu'elle ne pouvait pas libérer. Elle lutta avec le pêne sur lequel glissaient ses doigts engourdis et lorsque la porte s'ouvrit enfin sur la fraîcheur de l'aube, elle tomba à genoux. Entendant des pas s'approcher en courant, elle essaya en vain de se relever, mais ses muscles refusaient de répondre.

Jake tomba à genoux à côté d'elle, lui releva la tête.

— Qu'est-ce qui t'arrive ? demanda-t-il avec inquiétude.

— Je ne peux plus respirer, parvint-elle à répondre.

— Mais si, essaie. Un petit effort. Inspire. Si, tu peux. Inspire. Voilà. Expire maintenant. Lentement, profondément. Continue.

— Ça va, ça va…

— Non. Inspire. Expire. Relève la tête. La nausée ?

— Non. Je vais mieux, te dis-je. Je me suis réveillée en sursaut et j'étais un peu… désorientée, voilà tout.

— Dis plutôt paniquée à mort.

— Je n'ai pas de crises de panique.

— Tu viens d'en avoir une. À moins que tu trouves amusant de sortir en courant de la caravane nue comme un ver.

Elle baissa les yeux, se rendit compte de sa nudité.

— Bon sang ! je...

— Ce n'est pas grave, j'adore te voir toute nue. Peux-tu tenir sur tes jambes ? Viens, tu vas t'étendre quelques minutes, dit-il en la soutenant pour rentrer dans la caravane.

— Je n'ai pas envie de m'étendre. Et arrête de me dorloter comme un bébé.

— Tu es trop intelligente pour te reprocher ton anxiété et tu as la tête trop dure pour l'admettre. Assieds-toi, dit-il en la drapant dans la couverture. Et tais-toi, sinon je reprends ce que j'ai dit sur ton intelligence. Depuis plus d'un mois, tu vas de stress en tensions nerveuses et en surmenage. Tu n'es qu'un être humain, quoi que tu en dises. Tu as le droit de craquer de temps en temps.

— J'ai fait un cauchemar. Quand je me suis réveillée, je me suis retrouvée toute seule et je ne pouvais plus respirer.

— Excuse-moi. J'étais juste sorti faire un tour, voir si tout était en ordre. Je n'ai pas voulu te réveiller.

— Ce n'est pas ta faute. Je ne suis pas peureuse, d'habitude. Mais là, j'ai peur. Si tu le répètes devant quelqu'un, je te tuerai de mes mains, mais j'ai peur, et je n'aime pas avoir peur.

— Ce n'est pas grave, mon chou. Il n'y a pas de honte à cela.

— Quand quelque chose me déplaît, je m'en débarrasse.

— Je suis bien placé pour le savoir, ne put-il s'empêcher de lâcher.

— Par conséquent, je n'aurai plus peur, dit-elle en prenant pour la première fois sans peine une longue inspiration. Je refuse d'avoir peur. Je vais faire le nécessaire pour apprendre ce que je veux savoir. Je vais aller en Virginie et les Simpson me le diront, qu'ils le veuillent ou non. Et je te demande de venir avec moi.

Il lui prit la main, la porta à ses lèvres.

— D'accord. Mais tu ferais mieux de t'habiller d'abord.

19

Pendant que le bacon grillait dans la poêle, Jake fouettait deux douzaines d'œufs dans un grand bol. Il avait réussi à convaincre Callie de préparer le café avant de monter prendre une douche, ce qui était une bonne chose. Quant à ceux qui voudraient des toasts, ils devraient se débrouiller eux-mêmes. Pour sa part, faire la cuisine ne lui déplaisait pas. Il fallait bien nourrir tout le monde, et personne d'autre n'avait manifesté le courage ou l'envie de s'en occuper.

Quand Doug entra dans la cuisine, il vit l'ex-mari de Callie appuyé de la hanche à un comptoir, un torchon passé dans la ceinture de son jean, en train de battre quelque chose dans un bol avec un ustensile aux allures de fourche. C'était un tableau assez déconcertant, moins toutefois que d'avoir été reçu par un énergumène aux longs cheveux grisonnants vêtu d'un slip, qui lui avait fait un vague signe en direction d'une porte avant de se recoucher sur un canapé aux accoudoirs déchiquetés. Doug avait alors traversé la pièce en enjambant des formes étendues par terre que leurs ronflements lui avaient désignées comme étant des personnes. Si c'était dans un tel endroit que Callie choisissait de vivre, il lui restait du chemin à faire pour la comprendre.

— Désolé de vous déranger.

— Si vous cherchez Callie, répondit Jake sans cesser de fouetter son omelette, elle est sous la douche.

— Ah, bon ? Je croyais que vous seriez déjà tous levés à cette heure-ci.

— On fait la grasse matinée. Café ? Il est frais.

— Volontiers, merci.

Doug prit au hasard un des gobelets alignés sur le comptoir, tendit la main vers la cafetière.

— Le lait est à côté, si vous en voulez. Frais, lui aussi. Nous l'avons pris à la ferme d'en face en revenant du site ce matin.

— Vous avez travaillé toute la nuit ?

Jake s'arrêta de battre l'omelette pour retourner le bacon dans la poêle.

— Non. Je croyais que vous veniez prendre de ses nouvelles, mais vous n'êtes sans doute pas encore au courant.

— Prendre de ses nouvelles ? s'étonna Doug. Il lui est arrivé quelque chose ?

Jake perçut son immédiate inquiétude. La voix du sang n'est donc pas un vain mot, se dit-il.

— Un membre de l'équipe s'est noyé hier soir dans le Trou de Simon, nous ne savons pas encore comment. Le shérif enquête. Callie et moi avons monté la garde pendant la nuit.

— Vous n'avez pas l'air autrement ému.

— Nous sommes responsables d'une équipe, donc de maintenir le moral de ses membres. Callie est très choquée. Je ne lui rendrais pas service si je craquais moi aussi.

Le plafond grinça au-dessus de sa tête. Callie était donc sortie de la douche et marchait dans la chambre. Il avait encore deux minutes.

— Le gamin a été tué, dit-il en baissant la voix.

— Vous venez de dire qu'il s'était noyé.

— Je crois qu'on l'a aidé. Je crois aussi que deux hommes sont morts parce que Callie fouille dans le passé, un passé qui n'a rien à voir avec celui du site.

Doug s'approcha et baissa la voix à l'exemple de Jake.

— Vous voulez dire que Ron Dolan et ce jeune type ont été tués parce que Callie recherche le salaud qui l'a prise dans sa poussette en 1974 ? C'est plutôt tiré par les cheveux, non ?

— Pas aussi invraisemblable que vous le pensez. Elle va descendre d'une minute à l'autre ; j'en viens donc à l'essentiel. Elle ne doit en aucun cas rester seule, pas même une heure. Quand je ne pourrai pas être avec elle, c'est vous qui le serez.

— Vous croyez qu'elle est en danger ?

— Je crois que plus elle approchera de la vérité, moins son adversaire reculera pour la stopper. Je ne veux pas que quiconque se permette de la toucher. Et vous non plus, parce que vous avez été élevé dans une culture qui oblige un frère, surtout un grand frère, à veiller sur sa sœur. Que les circonstances vous aient privé de ce devoir pendant votre jeunesse vous impose plus que jamais, maintenant que vous êtes adulte, d'endosser ce rôle de protecteur.

— Si je vous comprends bien, je dois vous aider parce que ma culture l'exige ?

— Oui, et aussi parce que la voix du sang vous parle déjà, je l'ai constaté. En plus, parce que c'est une femme et que votre nature et votre éducation vous ont inculqué pour principe de protéger les femmes. Et enfin, parce que vous l'aimez bien.

Effaré, Doug dut admettre que Jake n'avait rien négligé.

— Mais… vous invoquez quel prétexte ? tenta-t-il de se défendre.

Jake arrêta le feu sous la poêle et vida la graisse du bacon dans une vieille boîte de conserve.

— Mon prétexte descend l'escalier et ne va pas tarder à me harceler pour que je mette du fromage râpé dans les œufs brouillés.

— Je laisse Leo réveiller les porcs vautrés dans toute la maison, annonça Callie. Doug ? s'écria-t-elle avec étonnement. Ça va ?

— Jake vient de m'apprendre ce qui est arrivé. Tu vas bien, toi ?

— Encore un peu dans le brouillard. J'avais entendu dire que tu étais en voyage.

Elle tendit une main sans regarder, Jake y mit un gobelet.

— Je suis rentré hier. J'étais passé par le site, mais tu étais occupée.

— Ah bon ? Tu mets du fromage dans les œufs, Jake ? dit-elle en ouvrant le frigo pour y prendre l'article en question.

— Tout le monde n'aime pas le fromage dans les œufs brouillés.

— Tout le monde devrait. Tu en mettras dans ma portion et si ça déborde sur celle des autres, tant pis pour eux.

Doug les observa pendant qu'elle prenait le pain que Jake coupa en tranches qu'elle mit dans le grillepain avant de saisir l'assiette qu'il lui tendait, le tout sans qu'ils se regardent. Il avait l'impression d'assister à un ballet parfaitement réglé, chaque protagoniste connaissant par cœur le rythme et prévoyant les gestes de l'autre.

— Il faudrait que je m'en aille, dit-il, un peu gêné.

— Tu as déjeuné ?

— Non, pas encore.

— Eh bien, reste. Il y en a largement assez, n'est-ce pas Jake ?

— Largement.

— Ma foi, je ne dis pas non. D'autant plus que j'aime le fromage dans les œufs, moi aussi.

— Alors, attrape une assiette, dit-elle pendant que Jake sortait du four le bacon gardé au chaud.

— Leo m'a dit de venir directement à la cuisine, dit Lana depuis le pas de la porte. J'ai vu ta voiture dehors, Doug. Je suppose que tu es au courant de ce qui est arrivé la nuit dernière.

— Prends deux assiettes, lui dit Callie. Avons-nous besoin d'une avocate ?

— Leo est soucieux, je suis là pour apaiser ses craintes, au moins sur le plan juridique. Quant au reste... C'est affreux, je ne sais pas quoi dire. Je parlais à Bill pas plus tard qu'hier après-midi, il laissait Tyler lui casser les oreilles en parlant de son os.

— Où est Tyler ? demanda Doug en lui tendant une assiette.

— Je l'ai confié à Roger. Je n'ai pas faidu tout, j'étais juste venue parler à Leo.

— Quand je fais la cuisine, tout le monde mange, déclara Jake en sortant du frigo un énorme pot de confiture qu'il passa à Callie. Vous feriez bien de vous asseoir tous les trois avant que la horde nous envahisse. Combien en avons-nous ce matin, Dunbrook ?

— Rosie et Digger sont déjà partis au site, donc nous devons être onze, avec nos hôtes imprévus.

— Nous avons de la chance, commenta Jake. Pour un peu, nous aurions été treize.

Ils arrivèrent les uns après les autres, plus ou moins habillés, plus ou moins lucides. Les uns remplissaient leur assiette et allaient manger ailleurs, les autres trouvaient une place à la longue table de bois dénichée dans une brocante. Mais Jake avait raison : quand il faisait la cuisine, tout le monde dévorait.

Callie s'absorba dans cette tâche pour reprendre des forces, sans se donner la peine d'écouter la conversation entre Lana et Leo à laquelle certains participaient.

— La police ou le conseil municipal cherchera peut-être à fermer le site, observa Sonya.

— L'association a acheté le terrain, répondit Lana. En tant que membre, et après m'être entretenue avec certains dirigeants, je peux vous assurer qu'aucun de nous ne blâme votre équipe pour ce qui s'est passé. Vous n'êtes en rien responsables de la mort de Bill McDowell.

— Je ne voudrais pas jouer les trouble-fête, intervint Dory, mais je me demande ce qui arriverait si la famille de Bill décidait de poursuivre en justice les propriétaires du terrain ou les chefs de l'équipe. Les gens font des procès pour moins que ça. Ce genre de problème risquerait-il de compromettre les subventions ?

— Les gens sont des ordures, déclara Matt. Dory n'a pas tort. Dans une société matérialiste où tout se paie, il faut s'attendre à ce que le chagrin ou le deuil ait lui aussi un prix.

— Laissez-moi m'en charger, dit Lana. Si je peux vous donner un conseil, c'est de continuer à travailler normalement. Coopérez avec la police et les médias, mais consultez-moi avant toute déclaration.

— Nous allons aussi appliquer strictement un système d'équipe, dit Leo. Personne ne devra se promener seul dans les bois. Les permanents se relaieront pour monter la garde sur le site pendant la nuit et ne seront jamais moins de deux.

— J'établirai les tours de garde, approuva Callie.

— Bien. Je rentre à Baltimore ce soir, mais je reviendrai en début de semaine. Nous sommes dimanche, je crois qu'il vaut mieux ne pas travailler aujourd'hui. Mais que tout le monde soit prêt à se remettre à l'ouvrage lundi matin.

— Je dois aller régler une affaire personnelle en Virginie dans la journée, dit Callie. Dory et les tourtereaux relaieront Rosie et Digger cet après-midi. Bob, Matt et Digger prendront la garde de nuit.

— Je me charge de la corvée de vaisselle avant de partir, dit Sonya en se levant. Je ne sais pas si je reviendrai. Je suis désolée de vous laisser tomber, mais je crois que rester serait au-dessus de mes forces.

— Prends quelques jours de recul, la rassura Callie. Si tu décides de revenir, tu seras toujours la bienvenue. Il me faudra pour ce soir les rapports complets de chacun pour la journée d'hier, avec les photos correspondantes. Maintenant, si vous voulez bien m'excuser, j'ai des choses à préparer.

Elle alla dans le bureau de Jake imprimer l'article sur les Simpson et ranger les listes dans une chemise. Doug la rejoignit.

— Qu'est-ce que tu vas faire en Virginie ?

— Voir quelqu'un à qui je dois parler.

— Est-ce que cela a un rapport avec... Jessica ?

— Oui. Je te tiendrai au courant de ce que je trouverai.

— J'y vais avec toi.

— Pas la peine, Jake m'accompagne.

— Moi aussi. De quoi s'agit-il ?

— De certains renseignements que je veux vérifier.

Lana apparut à ce moment-là sur le pas de la porte.

— Tu y vas toi aussi ? demanda-t-elle à Doug.

— Oui.

— Bon, j'appelle Roger pour lui demander s'il peut s'occuper de Tyler jusqu'à notre retour.

— Que veut dire « notre retour » ? voulut savoir Callie.

— Leo parlait de l'esprit d'équipe. Je suis le membre juridique de votre équipe. Donnez-moi juste le temps d'appeler Roger, vous me mettrez au courant en cours de route.

— Je serai peut-être amenée à commettre un acte illégal, grommela Callie.

— Raison de plus pour m'emmener, dit Lana en allumant son portable.

Callie laissa le volant à Jake et donna le dossier à Lana et Doug, assis à l'arrière, pour s'accorder un peu de répit. Mais le silence ne dura guère, car ils la bombardèrent de questions au bout de cinq minutes.

— Combien de temps Simpson a-t-il été le médecin de votre mère ? demanda Lana en commençant à prendre des notes.

— Je ne sais pas. Au moins depuis 1966.

— Et il n'était pas encore marié à Barbara Halloway à l'époque ?

— Non. Je crois qu'il l'a épousée vers 1980. Il a au moins vingt ans de plus qu'elle. Une chose est sûre, c'est qu'elle travaillait à la maternité de Hagerstown à la naissance de Jessica Cullen. On n'oublie pas une chose pareille, ce qui ne les a pas empêchés l'un et l'autre de prétendre tomber des nues quand nous sommes allés les voir en juillet. C'est plus que suspect.

— Oui, mais pas probant.

— Qu'est-ce qu'il vous faut de plus ? Halloway faisait partie du réseau de Carlyle, cela crève les yeux. Carlyle lui fait savoir qu'il cherche un enfant, une fille de préférence, précise certaines caractéristiques physiques. Et à ce moment-là, Suzanne Cullen accouche d'une fille conforme au cahier des charges.

— Ils ne l'ont quand même pas enlevée avant trois mois, lui fit observer Doug.

— Le couple le plus impatient trouverait louche qu'on lui livre un enfant quelques jours après en avoir fait la demande. Il suffit d'attendre un peu, de s'assurer que le bébé est en bonne santé et de gonfler les honoraires par la même occasion.

— C'est sûrement elle qui a exécuté l'enlèvement, dit Doug. Elle vivait dans la région, elle avait l'occasion de se renseigner sur mes parents. Elle avait le temps d'étudier le centre commercial et de repérer les issues par où fuir le plus vite possible sans être inquiétée.

— Je le pense aussi, approuva Callie. D'ailleurs, mes parents m'ont dit que c'était une infirmière qui m'avait amenée au bureau de Carlyle.

— Il faut donc la faire parler, dit Lana. Même si les informations que vous avez rassemblées n'ont pas valeur de preuves, elles sont suffisantes pour être remises à la police. Elle serait sans doute plus disposée à parler aux autorités qu'à vous.

Le coup d'œil que Callie lança à Jake n'échappa guère à Lana.

— Qu'avez-vous l'intention de lui faire, vous deux ? s'inquiéta-t-elle. Quand même pas la ficeler sur une chaise et la rouer de coups ?

Callie ne répondit pas, Jake pianota sur le volant et Doug affecta de regarder dehors par la vitre. Lana poussa un long soupir.

— Écoutez, je n'ai pas de quoi verser vos cautions pour coups et blessures. Laissez-moi parler, Callie. Je suis avocate et tout le monde s'accorde pour dire que je suis persuasive. Je peux leur faire croire que nous en savons beaucoup plus que ce que nous avons appris en réalité. Je sais comment faire pression sur les gens, c'est un truc du métier.

— Vous y tenez ? Alors, n'oubliez pas de leur demander le node l'exécuteur des basses-œuvres qu'ils ont envoyé dans le Maryland, et s'il savait comment s'appelait Bill McDowell avant de le tuer.

— Le tuer ? Je croyais que... Mon Dieu ! Tyler !

— Sois tranquille, grand-père l'a sous bonne garde, la rassura Doug. Il ne lui arrivera rien.

— Je ne voulais pas vous faire peur pour le plaisir, dit Callie.

— Vous avez pourtant réussi, mais vous avez eu raison. Il faut tout de suite prévenir la police.

— Après avoir parlé aux Simpson. Je donnerai tout le dossier au shérif Hewitt, on verra ce qu'il en fera, dit-elle d'un ton désabusé.

— Nous arrivons, intervint Jake.

— N'oubliez pas que c'est moi qui dirige l'opération, dit Callie. Vous trois, vous n'êtes que les renforts.

Lorsque Jake s'arrêta devant la maison, elle éprouva un accès de rage qu'elle refréna en mettant pied à terre pour ne pas se laisser aveugler. La rue était calme, on n'entendait que les pépiements des oiseaux et le bourdonnement d'une tondeuse à gazon quelque part dans la rue. Elle s'approcha de la porte, pressa la sonnette. Pas de réponse.

— Je vais voir dans le garage, dit Jake pendant qu'elle sonnait une deuxième fois.

— On est dimanche, ils sont peut-être sortis déjeuner ou jouer au golf, suggéra Lana.

— Cela m'étonnerait. Ils savent sans doute déjà que j'ai parlé à des gens susceptibles de me renseigner sur Barbara.

— Le garage est vide, annonça Jake.

— Alors, enfonçons la porte.

— Du calme, intervint Doug. Ils ont sûrement un système d'alarme. La police arrivera sans nous laisser le temps de chercher, à supposer qu'il y ait quelque chose à trouver.

— Ne sois pas logique, je t'en prie ! Je suis folle de rage, dit-elle en tapant du poing sur la porte.

— Doug a raison, dit Jake. Le quartier est trop calme, rien ne peut y passer inaperçu. Mais si c'est un village, les gens doivent s'épier, cancaner. Ce serait bien le diable si on ne trouvait pas une voisine à qui rien n'échappe et qui sera trop contente de nous renseigner. Nous allons écumer chaque côté de la rue, frapper aux portes et demander poliment des nouvelles de nos amis Simpson.

— Bien pensé, approuva Callie. Faisons-le en couple, c'est moins intimidant que des personnes seules. Jake et moi prenons le trottoir sud, Lana et Doug le nord. Nous étions censés venir boire un verre chez Barbara et Henry, ils ne sont pas là, nous sommes inquiets ou nous nous sommes trompés de jour. D'accord ?

— Ça devrait aller, commenta Jake en lui prenant la main.

Lana et Doug traversèrent la rue et commencèrent leur enquête de voisinage.

— Ils ne se conduisent pas comme des divorcés, dit Doug.

— Comment définis-tu la conduite des gens divorcés ?

— Pas comme la leur, en tout cas. Je les ai observés ce matin pendant qu'ils préparaient le petit déjeuner ensemble, j'avais l'impression d'assister à un ballet. Ils s'entendent si bien qu'ils se comprennent sans avoir besoin de se parler. Je ne sais pas ce qu'il y a entre eux, mais je suis content que Jake soit là. Il veillera sur elle, dit-il avant d'appuyer sur le premier bouton de sonnette.

Jake et Callie gagnèrent le gros lot à la troisième maison. La propriétaire leur ouvrit si vite qu'elle avait dû suivre leur progression par la fenêtre.

— Désolé de vous déranger, madame, commença Jake, mais vous pourriez peut-être nous renseigner au sujet des Simpson.

— Je te dis que nous nous sommes trompés de jour, mon chéri, intervint Callie.

— Je voudrais quand même être sûr que tout va bien, enchaîna Jake. Nous devions boire un verre avec eux, mais personne ne répond.

— Tous les quatre ? voulut savoir la voisine.

Jake en déduisit qu'elle surveillait la maison au moins depuis leur arrivée.

— Oui. Mon beau-frère et sa fiancée cherchent à se renseigner sur l'autre trottoir.

— Mon frère et moi sommes de vieux amis de Henry, voyez-vous, intervint Callie. Je veux dire, mes parents connaissent le Dr Simpson depuis toujours. C'est lui qui nous a mis au monde, mon frère et moi. Comme mon frère vient de se fiancer, nous venions lui présenter ma future belle-sœur.

— Vous aurez du mal à faire les présentations, déclara la voisine, ils sont en voyage.

— En voyage ? Mais alors... je suis sûre que nous nous sommes trompés de jour. Pourtant, c'est curieux, ils ne nous ont pas parlé de voyage quand nous les avons vus il y a une quinzaine de jours.

— Ils ont dû se décider à la dernière minute. Il me semblait bien vous avoir vus sortir de chez eux le mois dernier.

— En effet. Nous arrivions de Californie, et cela fait toujours plaisir de reprendre contact avec des vieux amis de la famille. Mais vous avez parlé d'une décision de dernière minute. Rien de grave, j'espère ? Il n'est rien arrivé à leur fille... Angela ? compléta-t-elle après avoir fouillé désespérément dans sa mémoire.

— Ils n'ont rien dit à ce sujet, en tout cas. Je les ai vus ce matin charger leurs voitures quand je suis sortie prendre le journal devant ma porte. Entre voisins, nous veillons toujours un peu les uns sur les autres, comprenez-vous ? Alors, je suis allée leur demander s'ils avaient des ennuis. Le Dr Simpson m'a répondu qu'ils allaient passer quelques semaines dans sa villa des Hampton. J'ai trouvé un peu bizarre qu'ils prennent leurs deux voitures, mais il paraît que Barbara tenait à avoir la sienne. En tout cas, ils ont emporté assez de bagages pour tenir pendant un an, mais Barbara aime bien avoir ses toilettes sous la main. Je ne m'explique pourtant pas qu'elle ait pu oublier que vous deviez passer les voir, elle est tellement organisée.

— C'est sûrement nous qui avions mal compris. Vous ne savez pas, par hasard, combien de temps ils comptent s'absenter ?

— Quelques semaines, je n'en sais pas plus. Il est retraité, vous savez, elle ne travaille pas, alors ils sont libres de leur temps. Ils sont partis vers dix heures ce matin. Le dimanche, d'habitude, Barbara ne met jamais le nez dehors avant midi. Ils devaient avoir hâte de prendre la route.

— Je les comprends, c'est loin, les Hampton. Merci infiniment, chère madame. Et excusez-nous de vous avoir dérangée. Nous leur ferons signe à leur retour.

L'obligeante voisine rentra chez elle, Jake et Callie allèrent au-devant de Doug et de Lana.

— Crois-tu vraiment qu'ils sont dans les Hampton ? demanda-t-elle.

— Ils avaient beau être pressés de partir, je ne crois pas Simpson assez bête pour clamer sa vraie destination sur les toits.

— Moi non plus. Et je serais très étonnée qu'ils reviennent.

— Où qu'ils aillent, ils laisseront forcément une piste. Nous les retrouverons.

Frustrée, les poings serrés, Callie se contenta de regarder la maison vide.

Troisième partie

LA DÉCOUVERTE

Lorsque vous avez éliminé l'impossible,
le reste, même s'il vous paraît improbable,
ne peut être que la vérité.

Arthur CONAN DOYLE

20

— Vous avez eu raison de lui confier le dossier, dit Lana.

Le retour les avait tous frustrés. Lana s'était préparée à affronter les Simpson, qu'elle se délectait déjà d'assaillir de questions jusqu'à les amener à avouer leur culpabilité. Ils n'avaient pu que livrer les morceaux du puzzle encore incomplet au shérif Hewitt. Rien n'avait été réglé, ils en étaient toujours au même point. Il devait pourtant y avoir autre chose à faire, quelque chose d'efficace.

— Le shérif n'avait pas l'air particulièrement ébloui par la logique de vos déductions, dit Callie.

— Peut-être, mais il ne pourra pas les ignorer. Tout est désormais officiel, il sera forcé...

— D'ouvrir une enquête, enchaîna Callie avec un ricanement désabusé. Je ne peux quand même pas lui reprocher son scepticisme. Un crime vieux de trente ans élucidé par deux gratteurs de poussière, une avocate en âge d'être sa fille et un vieux libraire.

— Dites plutôt deux scientifiques respectables et respectés, un jeune et brillant espoir du barreau et un bibliophile renommé.

Callie ramassa un caillou, le lança dans la rivière.

— Cela sonne mieux, je l'avoue. En tout cas, j'apprécie ce que vous faites et le temps que vous y consacrez.

— C'est normal. Je dois aussi admettre que c'est plutôt stimulant.

— Parce que vous trouvez stimulant de voir incendier votre bureau ?

— Personne n'a été blessé, j'étais bien assurée. Je suis assez enragée d'avoir été agressée pour prendre votre affaire encore plus à cœur, d'autant plus qu'elle compte aussi pour Doug.

— Doug est... intéressant. Vous l'aimez, n'est-ce pas ?

— Oui, beaucoup.

— Maintenant que je le connais un peu mieux, je crois que nous nous serions bien entendus si nous avions grandi ensemble, Doug et moi. C'est pour cela que je me sens plus à l'aise avec lui et Roger qu'avec Suzanne et Jay.

— Et cela vous met aussi plus à l'aise pour rechercher les responsables de votre situation vis-à-vis d'eux. Je pense, Callie, que vous gérez tout cela avec un bon sens remarquable.

— Deux personnes qui n'avaient rien à y voir sont pourtant mortes à cause de mon remarquable bon sens, qui consiste à vouloir trouver des réponses à mes questions.

— Vous pourriez arrêter.

— Le feriez-vous ?

— Non, mais il ne serait pas absurde de prendre du recul, de remettre en perspective les événements dans lesquels vous êtes plongée, d'essayer de comprendre pourquoi ils sont survenus. Vous seriez mieux préparée, je crois, aux réponses que vous découvrirez.

L'idée de se détourner d'un puzzle et de se considérer comme le point de référence d'un autre, pensa Callie, n'était pas mauvaise. Comment était-elle parvenue là où elle se trouvait, que révéleraient les strates de sa vie une fois qu'elle les aurait dégagées, qu'était sa véritable personnalité, son rôle dans la société ?

Elle s'assit devant son ordinateur, y entra les premiers éléments.

Née le 11 septembre 1974
Kidnappée le 12 décembre 1974

Placée chez Elliot et Vivian Dunbrook le 16 décembre 1974.

Jusque-là, c'était facile. En faisant appel à sa mémoire, elle ajouta les dates de sa première rentrée scolaire, de l'été où elle s'était cassé le bras, du Noël où elle avait reçu en cadeau son premier microscope. Celles de sa première leçon de violoncelle, de son premier concert, de ses premières fouilles, de la mort de son grand-père paternel, de sa première expérience sexuelle, de son premier diplôme universitaire et de son emménagement dans son premier appartement. Elle compléta la liste par la date de son diplôme de maîtrise, celles de ses maladies les moins bénignes, de sa première rencontre avec Leo, avec Rosie, de sa courte liaison avec un égyptologue.

Elle nota, bien sûr, celle de sa rencontre avec Jake – comment l'oublier ? –, le 6 avril 1998, de la première fois où ils avaient fait l'amour, le 8 avril 1998. Nous n'avons pas perdu de temps, pensat- elle. Incapables de se séparer plus de cinq minutes, ils avaient failli démolir le lit de la minuscule chambre d'auberge où ils logeaient dans le Yorkshire, près du site mésolithique qu'ils fouillaient.

Ils avaient décidé de vivre ensemble en juin de cette année-là, mais elle ne se souvenait pas clairement du jour où ils avaient décidé de faire équipe. Quand l'un d'eux partait pour Le Caire ou le Tennessee, l'autre suivait automatiquement. Ils s'étaient battus comme des sauvages et avaient fait l'amour comme des fous dans le monde entier.

Elle nota la date de leur mariage, celle du jour où il l'avait quittée, celle de leur divorce. Mais elle s'attardait inutilement sur cet épisode. Il ne s'agissait pas de *sa* vie, pas de la *leur*.

Avec un haussement d'épaules fataliste, elle nota la date de son doctorat, celle de sa visite à Leo à Baltimore, de l'ouverture du site – qui correspondait aussi à sa première rencontre avec Lana. Elle nota le jour de l'arrivée de Jake, celui de la visite de Suzanne Cullen au motel, de son voyage à Philadelphie, du jour où elle avait engagé Lana, de celui où elle avait trouvé les graffitis sur sa voiture, du meurtre de Dolan, de sa première conversation avec Doug, des analyses de sang, de sa visite aux Simpson.

Elle prit son agenda et inscrivit ensuite la date d'arrivée sur le site de chacun des collaborateurs, bénévoles ou non. Et aussi la date du coup de feu tiré sur Jake, du voyage à Atlanta, de l'incendie du bureau de Lana, de ses rencontres avec la veuve du Dr Blakeley et Betsy Poffenberger. La date de la mort de Bill McDowell puis celle du voyage en Virginie, qui la ramenait au présent.

Une fois les événements définis, pensa-t-elle, on a un schéma. Il suffit alors d'extrapoler pour voir comment ils s'imbriquent entre eux, comment chacun se relie aux autres.

Un long moment, elle jongla avec ces données en les faisant figurer sous divers intitulés : Éducation, Médecine, Activités professionnelles, personnelles, Fouilles d'AntietaCreek, Jessica. Une constante se dégagea alors : depuis le jour de leur première rencontre, Jake se reliait à chaque étape importante de sa vie. Y compris son doctorat, pour lequel elle avait travaillé avec fureur afin de s'empêcher de le regretter...

Elle ne pouvait même pas avoir une crise d'identité sans qu'il y soit mêlé !

Distraitement, elle tendit la main vers le paquet de biscuits pour constater qu'il était vide.

— J'en ai un stock dans ma chambre.

Elle sursauta, se retourna. Jake était adossé à la porte.

— Vas-tu finir de m'espionner ? gronda-t-elle.

— Si je me déplace avec la grâce et le silence d'une panthère, je n'y peux rien. D'ailleurs, ta porte était ouverte. S'adosser au chambranle ne peut être taxé d'espionnage. Sur quoi travailles-tu ?

— Ça ne te regarde pas, grommela-t-elle en sauvegardant et refermant le fichier.

— Tu es de mauvaise humeur parce que tu n'as plus de biscuits.

— Ferme la porte. Et reste à l'extérieur, précisa-t-elle.

— Pourquoi ne fais-tu pas une sieste ? Tu es crevée, Dunbrook.

— J'ai du travail à faire.

— S'il s'agissait des horaires de tours de garde, tu ne te serais pas empressée de fermer le fichier pour je ne le voie pas.

— Tu n'as pas à te mêler de toutes mes affaires personnelles, dit-elle, alors qu'elle venait de constater que c'était impossible.

— Tu es vraiment crevée, mon pauvre chou.

Le ton qu'il avait pris la fit fondre malgré elle.

— Ne sois pas gentil avec moi ! Je ne sais pas quoi faire quand tu es gentil.

— J'exploite le filon, dit-il en se penchant pour lui effleurer les lèvres d'un baiser. Je me demande pourquoi je n'y ai pas pensé plus tôt.

Vaincue, elle rouvrit le fichier.

— J'ai juste établi une sorte de calendrier pour tenter d'en dégager un schéma. Vas-y, lis. Les hauts et les bas de mon existence.

Elle lui laissa la chaise et alla s'étendre sur son sac de couchage.

— Tu as oublié la conférence internationale à laquelle nous sommes allés à Paris, en 2000, dit-il au bout d'un moment. Et le jour où nous avons fait l'école buissonnière pour passer l'après-midi à une terrasse de café. Tu portais une robe bleue. Tu l'as toujours ?

— Oui, quelque part.

— J'aimerais bien te revoir dedans.

— Tu n'as jamais fait attention à la manière dont je m'habillais.

— Je n'en parlais pas, c'est tout. J'avais tort.

— Qu'est-ce que tu fais ? demanda-t-elle en le voyant taper.

— J'ajoute la date de mai 2000 à Paris. Je vais transférer ce fichier sur mon ordinateur, voir si j'en tire quelque chose.

— Fais ce que tu veux, grommela-t-elle.

— Tu dois être gravement malade pour me dire de faire ce que je veux. C'est la première fois, aussi loin que remontent mes souvenirs.

Pourquoi diable avait-elle tout à coup envie de pleurer ?

— Tu as toujours fait ce que tu voulais, de toute façon.

Il envoya le fichier par e-mail à son ordinateur, se leva et alla s'asseoir par terre à côté d'elle.

— Ce n'est pas tout à fait exact. Je ne voulais pas te quitter ce jour-là, dans le Colorado, dit-il presque à voix basse.

— Ah oui ? Alors, pourquoi es-tu parti ? demandat-elle avec amertume.

— Parce que tu m'avais dit clairement que tu le voulais. Tu disais que chaque minute passée avec moi était une erreur, que notre mariage était une mauvaise plaisanterie et que si je ne démissionnais pas du site sur lequel nous étions à ce moment-là, c'est toi qui le ferais. Tu as conclu en me disant que tu voulais divorcer.

— Et tu t'es empressé de sauter sur l'occasion ! J'aurais voulu que tu te défendes, que tu te battes pour me garder, pour que je sache ce que tu ne m'as jamais dit. Pas une fois.

— Qu'est-ce que je ne t'ai jamais dit ?

— Que tu m'aimais.

Elle ne sut si elle devait rire ou pleurer devant sa mine stupéfaite.

— C'est idiot, Callie ! protesta-t-il. Bien sûr que je te l'ai dit.

— Pas une fois, répéta-t-elle. Tu ne m'as jamais dit « Je t'aime ». « Mon chou », « J'adore ton corps », etc., ça ne compte pas, Graystone. Quand je te le disais, tu répondais : « Ouais, moi aussi », mais toi, tu n'as jamais prononcé ces simples mots. À l'évidence, tu ne pouvais pas, parce que, malgré tous tes défauts, tu n'es pas un menteur.

— Veux-tu me dire pourquoi je t'aurais demandé de m'épouser si je ne t'avais pas aimée ?

— Tu ne m'as pas demandée en mariage, tu as déclaré : « Dis donc, Dunbrook, si on allait à Vegas se marier ? »

— C'est la même chose.

— Ne joue pas les imbéciles, dit-elle avec lassitude. Peu importe.

Il lui prit une main, la garda dans la sienne.

— Pourquoi ne m'as-tu pas dit tout cela plus tôt ? Pourquoi ne m'as-tu jamais simplement demandé si je t'aimais ?

— Parce que je suis une fille, triple andouille ! Gratter la poussière, jouer avec des ossements, coucher par terre ne signifie pas que je ne suis pas une fille !

Le fait qu'elle lui jette à la tête tout ce qu'il se répétait lui-même depuis des mois n'arrangeait rien.

— Je le sais bien, que tu es une fille !

— Eh bien, tires-en au moins des conclusions ! Pour quelqu'un qui passe son temps à étudier, analyser et parler de culture, de condition humaine et de mœurs sociales, tu es complètement obtus !

— Arrête de me traiter de tous les noms et donne-moi une minute pour me remettre.

— Prends le temps que tu veux.

Elle le repoussa, se leva, fit quelques pas vers la porte.

— Reste.

Il ne bougea pas, ne se leva pas, ne cria pas, réactions auxquelles elle était préparée. La surprise l'arrêta.

— Ne pars pas. Finissons au moins cette discussion sans nous tourner une fois de plus le dos. Tu ne me l'as pas demandé parce que, dans notre culture, verbaliser ses sentiments est aussi important que les manifester. Mais uniquement si cela vient spontanément.

Tant que tu te sentais obligée de me le demander, la réponse n'avait aucune valeur.

— Bravo, professeur.

— Et parce que je ne te le disais pas toutes les cinq minutes, tu m'accusais de te tromper.

— Tu avais déjà une solide réputation de coureur.

— Enfin bon sang, Callie, nous n'étions ni l'un ni l'autre tombés de la dernière pluie !

— Tu as toujours aimé les femmes.

— J'ai toujours bien aimé les femmes. Toi, je t'aimais, point.

— Et c'est maintenant que tu me le dis ?

— Décidément, je ne gagnerai jamais avec toi. Il y a une autre chose que j'aurais dû te dire il y a longtemps. Je ne t'ai jamais trompée, Callie. En être accusé m'a fait mal. Très mal. Alors, je me suis fâché, parce qu'il vaut mieux être en colère qu'avoir mal.

— Tu n'as jamais couché avec cette brune ?

— Ni avec elle ni avec aucune autre. Dès la seconde où je t'ai vue, il n'y a eu que toi.

Elle dut se détourner pour cacher son émotion. Elle ne s'était persuadée de ses infidélités que pour s'interdire de lui courir après.

— Bon.

— Bon ? répéta-t-il. C'est tout ce que tu trouves à dire ?

Elle essuya rageusement une larme, s'assit sur une chaise.

— Que veux-tu que je dise d'autre ? Moi aussi, je préférais être en colère qu'avoir mal... Alors, je me suis fâchée. Maintenant, je ne sais plus quoi faire.

Il s'assit en face d'elle. Leurs genoux se touchaient.

— Nous avons au moins fait quelques progrès en amitié, cette fois-ci.

— Oui, je crois.

— Nous pouvons continuer. Et je peux faire des efforts pour me rappeler que tu es une fille pendant que tu en feras de ton côté pour m'accorder un minimude confiance.

— Je veux quand même pouvoir t'engueuler quand j'en aurai besoin.

— Bien entendu. Moi, ce que je veux, c'est faire l'amour avec toi.

Elle renifla, essuya une autre larme.

— Tout de suite ?

— Je ne dirais pas non, mais cela peut attendre. Tu sais, nous n'avons jamais pris le temps d'aller voir ma famille après notre mariage.

— Le moment me paraît mal choisi pour faire un saut en Arizona.

Il pouvait au moins essayer de lui communiquer par des mots des choses que, jusqu'à présent, il avait gardées pour lui.

— Tu as raison. Mon père est un brave homme, discret, solide, travailleur. Ma mère est forte, bienveillante. Ils forment une bonne équipe. Je ne me souviens pas les avoir entendus se dire qu'ils s'aimaient. Je ne me souviens pas les avoir entendus me le dire non plus. Je savais qu'ils s'aimaient, qu'ils aimaient leurs enfants, mais nous n'en parlions jamais. Si je décrochais maintenant le téléphone pour leur dire que je les aime, ils en seraient gênés, ils en auraient presque honte. Nous en serions tous gênés. Callie n'avait jamais considéré que ces trois mots, les plus élémentaires du langage humain, puissent gêner qui que ce soit.

— Tu n'as jamais dit « Je t'aime » à personne ?

— Je n'y avais pas encore réfléchi, mais non, je ne l'ai jamais dit – puisque tu estimes que « J'adore ton corps » ne compte pas.

Une vague inattendue de tendresse la submergea.

— Nous ne nous sommes jamais beaucoup parlé de nos familles. Il est vrai qu'en ce moment tu rattrapes le temps perdu en ce qui concerne la mienne.

— Tes deux familles me plaisent beaucoup.

— Nous parlions toujours de nos sentiments, à la maison. De ce que nous ressentions, pourquoi, comment. Il ne se passait pas un jour sans que mes parents se disent qu'ils s'aimaient ou me le disent. Carlyle ne pouvait pas se douter de sa réussite quand il a réuni les Cullen et les Dunbrook.

— Que veux-tu dire ?

Elle se leva, alla chercher la boîte contenant les lettres de Suzanne.

— Je les ai toutes lues. J'en prends une au hasard, elles se valent toutes, dit-elle en lui tendant une enveloppe. Lis, tu comprendras.

Ma Jessica chérie,

Bon anniversaire ! Aujourd'hui, tu as seize ans. Seize ans est un âge important, surtout pour une fille.

Maintenant, tu es une femme, je le sais. Et tu es belle, je le sais aussi. Quand je vois des jeunes filles de cet âge, je pense combien il est exaltant d'être sur le seuil de la vie, de tant d'espoirs. Mais je sais combien ce peut être difficile et frustrant. Tant de sentiments, de besoins, de doutes. Tant de choses neuves qu'on a parfois peur de découvrir ou d'affronter. Je pense à ce que j'aurais aimé te dire, aux conversations que nous pourrions avoir sur ta vie et ce que tu veux en faire. Sur les garçons que tu aimes.

Nous nous disputerions, bien sûr. Les mères et les filles se disputent toujours. Je donnerais n'importe quoi pour t'entendre rentrer à la maison sans rien me dire et claquer la porte de ta chambre ! Mais nous irions aussi courir les magasins, déjeuner ensemble, bavarder. Pour cela, oui, je donnerais tout ce que je possède.

Je me demande parfois si tu serais fière de moi. Je l'espère, en tout cas. Suzanne Cullen, femme d'affaires ! J'ai toujours du mal à me faire à cette idée, mais je crois que tu serais quand même fière que ta mère ait réussi à se débrouiller seule.

Je me demande aussi s'il t'est arrivé de voir ma photo dans un magazine, dans la salle d'attente d'un dentiste ou chez le coiffeur par exemple. Je t'imagine en train d'ouvrir un de mes paquets de biscuits et je me demande lesquels tu préfères. J'essaie de dominer mon chagrin, mais c'est dur en sachant que tu fais peut-être cela sans jamais avoir su qui je suis. Sans jamais avoir su combien je t'aime.

Tu es dans mon cœur et dans mes pensées jour et nuit, ma Jessie. Pas une journée ne s'écoule sans que tu me manques plus que je ne peux te le dire.

Je t'aime. Maman.

— Ce doit être dur pour toi, dit Jake en repliant la lettre. Je suis immergé depuis si longtemps dans les données, les faits, les schémas que j'oublie ce que tu dois éprouver face à tout ceci.

— De quelle année est cette lettre ?

— Tu avais seize ans.

— Seize ans... Elle ne savait pas quelle allure j'avais, elle ne savait pas ce que j'étais devenue, ce que je faisais, où j'étais. Et pourtant, elle m'aimait. Elle n'aimait pas seulement le bébé que j'avais été, elle aimait ce que j'étais. Elle m'aimait assez pour m'écrire cette lettre. Assez pour me la donner avec toutes les autres pour que je sache que j'étais aimée.

— Et en sachant que tu ne pouvais pas lui rendre cet amour.

— C'est vrai. Pas autant, pas de la même manière. Parce que j'ai aussi une mère qui a fait pour moi tout ce que Suzanne aurait voulu faire. Une mère qui me disait qu'elle m'aimait et m'en donnait les preuves. Commences-tu à comprendre ce que je voulais dire ? Vivian Dunbrook aurait pu m'écrire les mêmes lettres. Les mêmes sentiments, les mêmes besoins, la même bonté, le même amour existent chez toutes les deux. J'ai déjà quelques-unes des réponses que je cherche. Je sais d'où je viens, je sais que j'ai bénéficié à la fois de l'hérédité et de l'environnement familial qui ont fait de moi ce que je suis. Je sais ce que je dois à mes deux couples de parents, même si je ne peux en aimer qu'un seul sans réserve. Je sais aussi que je suis capable de surmonter la situation, le bouleversement émotionnel, l'angoisse, la plongée dans le passé que constitue la recherche de toutes les pièces du puzzle. Parce que je ne m'arrêterai que le jour où je pourrai donner toutes les réponses à la femme qui a écrit ces lettres.

21

Quand il entendit la voix grave et triste du violoncelle, Jake comprit aussitôt que Callie était d'humeur sombre.

Il ne pouvait pas le lui reprocher. L'été lui avait apporté plus que sa part de coups durs et le dernier en date datait de la veille. Richard Carlyle avait envoyé à Lana, sous pli recommandé, la photocopie de l'acte de décès de son père accompagnée d'une lettre lui enjoignant de contraindre sa cliente de mettre fin, sous peine de poursuites, à ses accusations diffamatoires désormais sans objet.

Il aurait voulu l'emmener loin de tout cela. N'importe où. Ils s'étaient déjà déracinés, trop facilement, trop souvent peut-être pour replanter leurs racines de couple. Lui, du moins, n'y attachait pas d'importance. À l'époque, seul comptait l'instant présent. Ils avaient beau, par leur profession, exhumer le lointain passé d'inconnus, leurs rapports restaient fondés sur le sable mouvant du présent.

Ils parlaient rarement de la veille. Quant à accorder une pensée au lendemain ! Depuis, il avait eu le temps d'y penser. La seule idée-force qui s'était dégagée de cette réflexion, c'était qu'il voulait vivre beaucoup de lendemains avec Callie. Une manière d'y parvenir aurait consisté à se débarrasser de leur passé et à vivre pleinement le moment présent. Un bon plan, avait-il jugé. Jusqu'à ce que le passé de Callie lui saute à la figure et l'entraîne dans un tourbillon dont il ne voyait pas la fin. Pas question, par conséquent, de jouer de nouveau les nomades. Ils devaient aller au bout de cette quête dans laquelle il s'était engagé avec elle.

Il quitta son ordinateur, alla à la cuisine chercher une bouteille de vin et deux verres, monta à l'étage. Il comprit le signal en voyant la porte de Callie fermée, mais n'en tint pas compte et entra sans frapper.

— Va-t'en, dit-elle sans s'arrêter de jouer. Ce n'est pas un concert public.

Il remplit un verre, le lui apporta.

— Fais un entracte. Beethoven peut attendre.

— Comment sais-tu que c'est de Beethoven ?

— Tu n'es pas la seule à avoir une certaine culture musicale.

Trop lasse pour discuter, elle prit le vin, y goûta.

— Excellent. Tu t'es mis en frais.

— Parce que je suis courtois et attentionné.

— Merci pour cette délicate attention. Laisse-moi tranquille, Jake.

Elle reposa le verre, attaqua la première mesure du thème des *Dents de la mer*. Au lieu de partir, il s'assit par terre le dos au mur.

— Tu n'arriveras pas à me faire sortir de mes gonds.

Avec un sourire, elle continua de jouer. Il finirait par craquer, elle en était sûre. À la dixième mesure, en effet, il lui empoigna le bras.

— Ça suffit, arrête ! Toujours aussi garce.

— Exact. Pourquoi ne veux-tu pas ficher le camp ?

— La dernière fois que je l'ai fait, j'ai passé l'année la plus pénible de ma vie. Je n'ai pas envie de recommencer.

— Ce n'est pas toi qui es en cause, cette fois.

— Je sais, c'est toi. C'est pourquoi je reste.

Elle s'arrêta de jouer, s'appuya le front contre son instrument.

— Comment en suis-je arrivée au point où je me sens idiote quand tu dis des choses comme ça ?

Il tendit la main, lui caressa la jambe.

— Et moi, pourquoi n'en suis-je jamais arrivé au point où je puisse te les dire ? Je sais ce que tu penses et ce que tu ressens. Que ce salaud soit mort et donc hors de portée te reste en travers de la gorge.

— Et si le fils mentait ? Si le certificat de décès était un faux ?

— Possible, se borna-t-il à répondre.

— Je sais, mais à quoi cela l'avancerait-il, n'est-ce pas ? En attendant, Carlyle est mort, je ne pourrai jamais lui dire en face qui je suis, jamais lui demander de répondre à mes questions. Il ne paiera jamais le prix de ses infamies. Et je ne peux rien y faire. Rien.

— Donc, tout s'arrête ?

— C'est la conclusion logique. Carlyle est mort, Simpson et sa garce de femme ont disparu dans la nature. Si j'avais le temps et l'argent, j'engagerais une équipe d'enquêteurs pour les traquer, mais je ne peux pas m'offrir ce luxe.

— Que tu puisses ou non lui dire en face qui tu es, tu le sais. Quel que soit le prix qu'il aurait payé, cela ne changerait rien à ce qu'il a infligé aux Cullen, à tes parents, à toi. Tout ce qui compte, c'est ce que tu fais maintenant pour eux et pour toi-même.

Ce qu'il disait lui avait déjà tourné et retourné dans la tête.

— Qu'est-ce que je vais faire, Jake ? Je ne peux pas redevenir Jessica pour faire plaisir à Suzanne et à Jay. Je ne peux pas adoucir le sentiment de culpabilité de mes parents pour leur rôle dans toute l'affaire. La seule action valable que je pouvais accomplir consistait à livrer le coupable à la justice. Et il est mort.

— Quelles réponses te faut-il encore ?

— Les mêmes. Combien de personnes étaient impliquées dans ce trafic, autant les coupables comme Barbara Halloway que les victimes comme moi ? Dois-je continuer à les chercher ? Que faire si j'en retrouve ? Dois-je prendre le risque de bouleverser leur existence comme la mienne l'est depuis deux mois ? Ou dois-je tout abandonner, laisser les mensonges passer pour la vérité, les morts reposer en paix ?

— Depuis quand avons-nous jamais laissé les morts reposer en paix ? demanda-t-il en lui remplissant son verre.

— Il y a toujours une première fois.

— Pourquoi ? Parce que tu es enragée et déprimée à la fois ? Cela te passera. Carlyle est mort, mais cela ne veut pas dire qu'il n'a pas les réponses à tes questions. Pour faire parler les morts, tu n'as pas ton pareil. Sauf moi, bien entendu, puisque je suis le meilleur.

— Je rirais si je n'étais pas déprimée.

— Par le certificat de décès, tu connais maintenant son domicile. Retrouve ce qu'il y faisait, comment il vivait, qui il fréquentait. Explore sa stratigraphie, extrapole les données.

Elle se leva, remit le violoncelle dans son étui.

— Tu crois que je ne l'ai pas déjà envisagé ? Je n'ai pensé qu'à ça toute la journée. Mais rien de ce à quoi j'ai réfléchi ne me dit si cela avancera qui que ce soit. Si je continue sans Carlyle, je ne ferai que prolonger l'angoisse de mes parents et aggraver le malheur des Cullen.

— Tu te laisses une fois de plus en dehors de l'équation.

— Bon d'accord, j'en tirerais une certaine satisfaction personnelle et intellectuelle parce que j'aurais complété le schéma. Mais si je mets dans la balance cette satisfaction, par rapport au reste, elle ne fait pas le poids.

Elle s'interrompit pour reprendre son verre et boire une longue gorgée de vin.

— Deux personnes sont mortes, et je ne suis même plus certaine qu'elles aient eu un lien avec cette affaire. Je me le demande même pour l'incendie du bureau de Lana. Carlyle était vieux et malade. Ce n'est donc sûrement pas lui qui a écumé la campagne du Maryland pour tuer deux innocents, te tirer dessus, m'assommer et mettre le feu chez Lana.

— Il a gagné beaucoup d'argent par ses ventes de bébés volés. Il avait de quoi payer quelqu'un pour le faire à sa place.

— Tu me forces à continuer, si je comprends bien ?

— Oui.

— Pourquoi veux-tu que je continue à m'obséder ainsi ?

— De toute façon, tu resteras obsédée par ces questions même si tu abandonnes tes recherches.

— Je me demande vraiment ce que tu cherches !

— Prépare-toi à une surprise. Je veux que tu sois heureuse. Je le veux beaucoup plus que je n'en étais conscient, parce que...

Il s'interrompit, vida son verre.

— ...parce que je t'aime plus que je ne le croyais. Beaucoup plus.

Ces mots déclenchèrent chez Callie un choc dont l'onde partit de son cœur pour lui traverser tout le corps.

— Tu as besoin d'avaler du vin pour pouvoir le dire ?

— Oui. Je n'en ai pas encore pris l'habitude.

Elle se rapprocha, s'accroupit pour être à sa hauteur.

— Tu penses vraiment tout ça ?

— Vraiment. Le vin m'a simplement délié la langue.

— Pourquoi ?

— J'aurais dû me douter que rien n'est jamais simple avec toi ! Comment diable veux-tu que je sache pourquoi ? Je le pense, c'est tout. Depuis que je le pense, je veux que tu sois heureuse, et je sais que tu ne seras pas heureuse tant que tu n'auras pas trouvé toutes tes réponses. Par conséquent, j'ai le devoir de te pousser à continuer et à t'aider. Et quand ce sera terminé, nous pourrons peut-être enfin nous occuper de nous deux.

— Pour toi, c'est aussi simple ?

— Aussi simple. Rattrape ton retard, ajouta-t-il en lui remplissant son verre, pour que je puisse te mettre dans le sac de couchage.

— J'ai une meilleure idée, dit-elle en vidant son verre d'un trait. C'est toi que je vais mettre dans le sac de couchage.

Laissons les morts reposer en paix, pensait Callie en brossant délicatement les phalanges d'une femme morte depuis des milliers d'années. Serait-elle furieuse, horrifiée, déconcertée d'apprendre que ses ossements sont tripotés par des inconnus vivant dans un autre millénaire, un autre monde ? Ou, au contraire, comprendrait-elle – ou même serait-elle heureuse que ces inconnus s'intéressent assez à elle pour vouloir apprendre qui elle était, comment elle vivait et en tirer des enseignements pour eux-mêmes et les générations à venir ?

Tant de questions restaient forcément sans réponse ! Ils pouvaient émettre des hypothèses, déterminer sa durée de vie, la cause de sa mort, ses habitudes, son régime alimentaire, sa santé. Mais jamais ils ne sauraient qui étaient ses parents, ses amants, ses amis. Ils ne sauraient jamais ce qui la faisait rire ou pleurer, ce qui lui faisait peur ou la fâchait. Jamais personne ne saurait ce qui faisait d'elle un être humain unique, différent de tous les autres.

N'était-ce pas, en un sens, ce qu'elle cherchait à découvrir sur elle-même ? Qui était Callie Dunbrook au-delà des faits et des données dont elle disposait ? Les assises de sa personnalité étaient-elles assez solides pour qu'elle poursuive sa recherche, tente d'en savoir plus ? Si ce n'était pas le cas, c'était sa vie entière qui se trouvait remise en cause. Si Callie reculait devant la perspective de déterrer les vestiges de son propre passé, elle n'avait pas le droit de déterrer les os d'une inconnue.

— Nous sommes dans le même bateau, toi et moi, soupira-t-elle en prenant ses notes. Le problème, c'est que je suis à la barre. Mon esprit a été trop entraîné pour que je n'accomplisse pas cette tâche, mais je ne sais plus si le cœur y est. Pour cela, ou même pour autre chose.

Elle aurait voulu tourner le dos à tout, les fouilles, les morts, les Cullen, les strates et les strates de questions sans réponses. Elle aurait voulu oublier jusqu'aux noms de Marcus Carlyle et des Simpson. Elle se croyait même capable de le faire. Ses parents seraient-ils moins traumatisés si elle arrêtait tout ? Si elle enterrait tout ?

D'autres archéologues aussi compétents qu'elle prendraient la suite. Eux, au moins, n'auraient pas connu Dolan et Bill. Ils ne penseraient pas à eux à chaque fois qu'ils poseraient leur regard sur l'étang dont les eaux miroitaient au soleil.

Si elle partait, elle pourrait reprendre le cours normal de sa vie ou, du moins, de la partie de sa vie qu'elle avait déniée depuis un an. Elle n'avait pas de raison de se le refuser. Si Jake et elle avaient une deuxième chance, pourquoi ne pas la saisir ? Loin d'ici, en un lieu où ils pourraient enfin apprendre à se connaître, à dégager les strates et les strates qu'ils avaient à peine égratignées la première fois sans s'accorder le temps de comprendre ou d'analyser l'élan, le besoin qui les jetait dans les bras l'un de l'autre.

Quelle responsabilité avait-elle envers un chantier de fouilles auquel elle n'avait pas même consacré deux mois de sa vie ? Pourquoi devrait-elle sacrifier son bonheur et même la vie d'autrui à la recherche de faits auxquels personne ne pouvait rien changer ?

Elle se détourna des restes qu'elle avait si soigneusement dégagés, referma son cahier de notes, se hissa hors de l'excavation, brossa d'un revers de main la terre accrochée à son pantalon.

— Tu as raison, repose-toi un peu.

Jake l'observait depuis plusieurs minutes, mesurant l'étendue de la fatigue et du découragement que reflétait son visage.

— J'ai fini. Fini.

— Va te mettre à l'ombre ou, mieux encore, va dormir une heure ou deux dans la caravane. Tu en as besoin.

— Ne me dis pas ce dont j'ai besoin ! Je me moque bien d'elle et des autres, dit-elle en montrant le squelette de la femme. Si elle ne m'intéresse plus, je n'ai rien à faire ici.

— Tu es fatiguée, Callie. Physiquement, moralement. Et maintenant, tu te flagelles parce que tu n'as personne d'autre sur qui taper.

— Je démissionne, je rentre à Philadelphie. Ici, il n'y a rien pour moi et je n'ai rien à donner à qui que ce soit.

— Je suis ici, moi.

— Ne recommence pas, je t'en prie. Je ne suis pas d'humeur.

— Je te demande de prendre deux ou trois jours de repos. Fais de la paperasse, va au labo, ne fais rien, ce qui te conviendra le mieux. Si tu veux toujours partir une fois que tu te seras éclairci les idées, nous aiderons Leo à nous chercher des remplaçants.

— Nous ?

— Si tu pars, je pars aussi.

— Bon sang, Jake ! Je ne sais pas si je...

— Moi, oui. Cette fois, tu t'appuieras sur moi que tu le veuilles ou non.

Des larmes vinrent lui brouiller la vue, lui enrouer la voix.

— Je veux rentrer à la maison, me sentir de nouveau normale.

— D'accord. Nous allons prendre quelques jours de repos. Laisse-moi en parler à Leo.

— Dis-lui... Je ne sais pas quoi lui dire...

C'est alors qu'elle vit Suzanne descendre de voiture sur la route.

— C'est le bouquet ! Il me fallait ça en plus.

— Va dans la caravane, je me débarrasserai d'elle.

— Non. Si je laisse tout tomber ici, je dois le lui dire moi-même, c'est la moindre des choses. Mais si tu tiens à m'accompagner, je ne dirai pas non.

— Callie ! Jake ! les héla Suzanne d'un ton joyeux depuis la grille. Je ne m'étais jamais rendu compte combien cet endroit est agréable. Surtout par une belle journée comme celle-ci. Je croyais que Jay arriverait avant moi, mais je constate que je suis la première.

— Excusez-moi, mais étions-nous censés nous voir aujourd'hui pour une raison particulière ? s'étonna Callie.

— Non, nous voulions simplement... Oh, et puis, tant pis ! je n'attendrai pas Jay. Bon anniversaire, ditelle en tendant à Callie un petit sachet enrubanné.

— Merci, mais mon anniversaire n'est que le...

Elle comprit avec un choc. C'était l'anniversaire de Jessica.

— Je me doutais que vous n'y penseriez pas. Mais j'ai attendu si longtemps pour vous le souhaiter en personne que je n'ai pas pu résister à l'envie de le faire.

Le visage de Suzanne n'exprimait ni chagrin ni regret, mais une joie, un bonheur si sincères que Callie ne put s'en détourner.

— Eh bien... Je ne sais trop comment le prendre. Il est déjà assez pénible d'avoir une année de plus, surtout que l'année prochaine j'aurai déjà trente ans, alors avec plusieurs jours d'avance...

— Attendez d'en avoir cinquante, c'est l'horreur. Je vous ai préparé un beau gâteau, il vous aidera peutêtre à mieux digérer votre grand âge, dit Suzanne en riant.

— Vous m'avez fait un gâteau ? murmura Callie.

— Mais oui ! Et permettez-moi de dire que tout le monde ne peut pas se vanter de recevoir un gâteau de Suzanne préparé de ses propres mains dans sa cuisine personnelle. Ah ! Voilà Jay. Vous avez bien cinq minutes ?

— Bien sûr.

— Je vais lui demander de sortir le gâteau de la voiture. Je reviens tout de suite.

Callie resta figée, le joli petit sachet enrubanné pendu à un doigt.

— Comment fait-elle, Jake ? Elle pétillait, littéralement ? Comment peut-elle en faire une fête ?

— Tu sais très bien pourquoi, Callie.

— Oui, tu as raison. Parce que ma vie lui tient à cœur, lui a toujours tenu à cœur. Elle ne me laissera jamais partir.

— Ma chérie, dit-il en l'embrassant, tu ne te serais jamais permis de lui tourner le dos. Allons manger le gâteau.

L'équipe s'abattit sur le gâteau comme une nuée de sauterelles sur un champ de blé. Ils en avaient sans doute tous besoin, se dit Callie en entendant leurs rires, pour dissiper le remords et la tristesse qu'avait suscités la mort de Bill. Un moment de plaisir simple, sans arrière-pensées.

Assise à l'ombre, à la lisière du petit bois, elle prit le paquet que Jay lui tendait.

— Suzanne vous dira que je n'ai jamais été très doué pour choisir les cadeaux, dit-il d'un ton piteux.

— Des tapis de sol de voiture pour notre quatrième anniversaire de mariage, précisa Suzanne.

— Je n'ai jamais pu me les faire pardonner.

Amusée, Callie défit le paquet. Le comportement de Jay et de Suzanne était si différent de celui qu'elle avait observé lors de leur rencontre dans le bureau de Lana qu'ils paraissaient transformés.

— Rien à voir avec des tapis de sol ! s'exclamat- elle en découvrant un beau livre sur les fouilles de Pompéi. Il est superbe, merci.

— S'il ne vous plaît pas, vous pourrez l'échanger.

— Il me plaît beaucoup.

Elle n'eut pas d'effort à faire pour l'embrasser sur la joue. Mais elle eut beaucoup plus de mal à ne pas réagir en voyant Jay lutter pour dissimuler son émotion devant ce simple petit geste.

— Tant mieux, tant mieux, dit-il en prenant la main de Suzanne comme s'il se raccrochait à une bouée. J'ai tellement l'habitude de voir mes cadeaux échangés...

Callie ouvrit ensuite le sachet qui contenait un écrin.

— Elles étaient à ma grand-mère, dit Suzanne lorsque Callie en sortit un rang de perles. Elle les avait données à ma mère le jour de son mariage, et ma mère me les a données le jour du mien. J'espère qu'elles vous plaisent, parce que je tenais à ce que vous les ayez à votre tour. Vous ne les avez pas connues, je sais, mais j'ai pensé que vous apprécieriez ce lien qui existe quand même entre elles et vous.

— Elles sont magnifiques et j'apprécie infiniment.

Elle tourna brièvement les yeux vers le carré de terre où gisait le squelette de la femme inconnue. Jake a raison, se dit-elle en remettant avec précaution les perles dans leur écrin. Je ne pourrai jamais leur tourner le dos, ni à elle ni à Suzanne.

— Un jour, vous me parlerez d'elles. Et c'est comme cela que j'apprendrai à les connaître.

22

Pour Lana, l'expression « activités de plein air » pouvait désigner, entre autres, un pique-nique dans un endroit ombreux, une séance de transat sur la plage, une matinée de jardinage, voire un week-end de ski – à condition qu'il comporte au moins une soirée d'après-ski. Elle n'aurait jamais envisagé d'y ajouter ce moment passé dans un terrain sens dessus dessous, à manger un hot dog calciné tout en conférant avec une cliente. Mais il faut dire que ses rapports avec Callie n'avaient que rarement correspondu aux normes habituelles.

— J'ai vérifié le certificat de décès, dit-elle en sortant le dossier de son cartable. J'ai également parlé au médecin de Carlyle, qui en avait reçu l'autorisation des proches et a donc pu me communiquer certains détails sur l'état de santé de son patient. Son cancer s'était déclaré il y a huit ans, a été soigné mais a repris ensuite. Carlyle a été hospitalisé en juillet et considéré comme étant en phase terminale en août. Il était probablement capable de correspondre par téléphone, mais trop malade pour se déplacer.

— Et maintenant, il est mort, déclara Callie.

— Nous réussirons peut-être à réunir assez de preuves pour obtenir d'un juge qu'il fasse saisir ses archives, mais cela risque de prendre beaucoup de temps et je ne peux pas vous promettre de réussir sur la seule base de ce dont nous disposons.

— Il faut alors en obtenir davantage. Nous avons déjà trouvé le lien entre Barbara Halloway et Suzanne,

Simpson et mes parents. Ils sont tous reliés à Carlyle. Il doit y avoir d'autres rapprochements à faire.

— Pourquoi y attaches-tu autant d'importance ? intervint Doug. Tu sais maintenant ce qui s'est passé. Tu ne pourras peut-être pas le prouver, mais tu le sais. Carlyle est mort. À quoi bon s'entêter ?

— Carlyle avait des collaborateurs, dit Jake. À son cabinet, dans son réseau. Il était marié au moment de l'enlèvement de Callie. Il a eu deux autres épouses, depuis, sans parler de ses maîtresses. Un homme a beau prendre des précautions, il parle. Pour savoir à qui et de quoi, il faut avoir sur lui des informations précises.

— Nous possédons déjà quelques éléments dans les rapports de mon enquêteur, dit Lana. Le node sa secrétaire à Boston et à Seattle. Nous pensons qu'elle s'est mariée et installée en Caroline du Nord, mais nous n'avons pas son adresse. L'enquêteur a aussi parlé à un clerc, qui n'était au courant de rien. J'ai également des rapports sur d'autres employés ou collaborateurs, mais rien n'indique qu'ils aient gardé le contact avec Carlyle après son départ de Boston.

— Et ses confrères, ses clients, ses voisins ?

— L'enquêteur a pu en interviewer certains. Mais vingt ans s'étaient écoulés. Certaines de ces personnes sont décédées, ont déménagé ou n'ont pas pu être localisées. Franchement, si vous tenez à approfondir les recherches dans cette direction, il faudra une équipe d'enquêteurs et cela prendra beaucoup de temps et d'argent.

— Je peux aller à Boston ou ailleurs, intervint Doug. Les voyages, ça me connaît. Quand on cherche des livres anciens et qu'on veut déterminer leur valeur ou leur origine, on est amené à parler à beaucoup de monde. Je propose donc d'aller moi-même poser des questions. Tu veux me rendre service ? ajouta-t-il en se tournant vers Jake.

— Tu n'as qu'à demander.

— Garde un œil sur ma femme et son fils pendant mon absence.

— Avec plaisir.

— Une minute ! s'écria Lana. Jake a suffisamment à faire sans devoir en plus s'occuper de moi ! Et je n'apprécie pas vraiment que tu parles de moi en disant « ma femme ».

— C'est toi qui m'as dragué, précisa Doug.

— Je t'ai invité à dîner ! protesta-t-elle.

— Et maintenant que je suis accroché, elle ne sait plus quoi faire de moi, dit-il à Jake. De toute façon, je serai plus tranquille en sachant que tu veilles sur elle et sur Tyler. À mon retour, ajouta-t-il à l'adresse de Lana, tu auras peut-être trouvé ce que tu veux faire de moi.

— Oh ! J'ai déjà quelques bonnes idées à ce sujet.

— Vous êtes trop mignons, tous les deux, commenta Callie. Vous me remontez le moral.

— Alors, je suis désolée de ne pas rester jusqu'à ce que vous pleuriez de rire, mais il faut que je rentre chez moi m'occuper de Tyler. Le dossier est à jour. Si vous avez des questions, appelez-moi.

— Je t'accompagne, dit Doug en se levant.

— Jusqu'à quelle heure devez-vous rester ? demanda Lana.

— Matt et Digger nous relèvent à deux heures du matin.

Elle regarda autour d'elle les déblais, les excavations, les tranchées, les arbres dont les ombres s'allongeaient au crépuscule.

— Je ne peux pas dire que j'aimerais passer une bonne partie de la nuit dans un endroit comme celui-ci. Quelles que soient les circonstances.

— Je n'aimerais pas du tout passer le plus clair de la journée dans un grand magasin, quelles que soient les circonstances, dit Callie. Nous avons tous nos phobies.

Callie travailla sur son ordinateur jusqu'à la tombée de la nuit avant de s'étendre sur l'herbe en regardant les étoiles. Préparant mentalement sa journée du lendemain, elle décida de terminer l'exhumation du squelette de la femme, de superviser son transfert au labo et de poursuivre l'exploration horizontale du secteur. Elle devrait aussi consulter les prévisions à long terme de la météo et s'organiser en conséquence. Pour le moment, il faisait encore tiède et sec, un temps idéal pour les fouilles.

Elle laissa son esprit divaguer sans penser à rien. On entendait de temps à autre un chuintement de pneus de voiture sur la route, le *plouf !* d'une grenouille ou d'un poisson dans l'étang. Le chien de la ferme poussa quelques hurlements à la lune qui se levait. Lana ne sait pas ce qu'elle manque, se ditelle. Tout est si paisible ici, sous les étoiles. Une paix qu'on ne trouve jamais entre des murs. Elle était en un lieu où d'autres s'étaient couchés avant elle durant des siècles, des millénaires. Sous elle, la terre détenait davantage de secrets que la civilisation n'en découvrirait jamais. Et l'inconnu exercerait toujours sur les hommes la même fascination.

Elle entendait près d'elle le grattement du crayon de Jake sur le papier. Elle se demandait souvent pourquoi il n'avait pas poursuivi une carrière artistique plutôt que scientifique. Qu'est-ce qui l'avait décidé à étudier les hommes au lieu de les représenter sur la toile ?

Pourquoi, d'ailleurs, ne le lui avait-elle jamais demandé ?

Elle se tourna sur le côté, l'observa à la lumière de la lampe-tempête. Il avait l'air détendu. Paisible, lui aussi. Comme la nuit.

— Pourquoi n'es-tu pas plutôt devenu artiste ? demanda-t-elle.

— Pas assez bon.

— Qu'est-ce qui n'est pas assez bon ? L'art ou toi ?

— Les deux. La peinture ne m'attirait pas assez pour que j'y consacre le temps et les efforts qu'elle exige. Et puis, il était déjà assez mal vu que je ne travaille pas sur le ranch paternel. Alors, devenir artiste ! Mon pauvre père en serait mort de honte.

— Il ne t'aurait pas encouragé ?

Jake tourna une page du cahier, commença un nouveau dessin.

— Il ne m'en aurait pas empêché, mais il n'aurait pas compris. Dans ma famille, les hommes cultivent la terre, dressent des chevaux ou élèvent du bétail, ils ne travaillent pas dans des bureaux, encore moins dans des ateliers d'artiste. Je suis le premier à avoir eu un diplôme universitaire.

— Je ne l'avais jamais su.

— C'est comme ça. Je me suis intéressé à l'anthropologie quand j'étais encore gamin. Pour m'empêcher de faire des bêtises pendant l'été, mes parents m'avaient inscrit dans un atelier de travaux pratiques, ce qui était un beau cadeau car ils avaient besoin de moi au ranch. Ensuite, m'envoyer en fac parce que je voulais y aller a été pour eux un gros sacrifice, même avec une bourse.

— Sont-ils fiers de toi au moins ?

Jake garda le silence un moment avant de répondre.

— La dernière fois que je suis allé à la maison, il y a cinq ou six mois, je suis arrivé sans prévenir. Ma mère a mis une assiette de plus sur la table, mon père est venu me serrer la main, nous avons mangé, parlé du ranch, de ce que je faisais. Je ne les avais pas vus depuis près d'un an, mais c'était comme si nous nous étions quittés la veille. Plus tard ce soir-là, j'ai regardé l'étagère du living. Il y avait deux traités d'anthropologie à côté des polars de mon père. Cela m'a fait quelque chose, tu peux me croire, de voir qu'ils s'intéressaient à mon travail.

Elle tendit la main, lui caressa la cheville.

— C'est la plus belle histoire que tu m'aies raconté sur eux.

Il tourna le cahier de dessin vers elle.

— Regarde. Ce n'est qu'une esquisse, mais c'est assez ressemblant.

Elle vit une femme au visage allongé, aux yeux calmes griffés de pattes-d'oie, au sourire à peine esquissé, aux longs cheveux noirs striés de gris. L'homme avait les pommettes saillantes, une bouche sérieuse, sinon sévère, les yeux enfoncés dans les orbites.

— Tu lui ressembles. Si tu leur envoyais ces dessins, je suis sûre qu'ils les feraient encadrer et les accrocheraient au mur.

— Arrête ! dit-il en lui reprenant le cahier.

Il y avait juste assez de lumière pour qu'elle distingue son expression, à la fois gênée et étonnée.

— Je te parie cent dollars que si tu les mettais à la poste demain matin, tu les reverrais au mur du living comme je viens de te le dire. Il reste de l'eau dans la glacière ?

— Je ne sais pas, je vais voir.

Il se détourna, ouvrit le couvercle et resta si longtemps dans la même position qu'elle lui lança un coup de pied dans la cheville.

— Alors, il y en a ou pas ?

— Oui, j'en ai trouvé. Il y a quelqu'un dans les bois avec une lampe torche, poursuivit-il sur le même ton en lui tendant la bouteille.

Elle le fixa un instant avant de regarder par-dessus son épaule. Malgré son cœur qui battait à se rompre, elle dévissa posément la capsule sans cesser de suivre du regard le pinceau de lumière qui se déplaçait entre les arbres.

— Peut-être des gamins ou nos imbéciles patentés, dit-elle enfin.

— Peut-être. Va donc dans la caravane appeler le shérif.

— Non, parce que si j'y vais, tu partiras de l'autre côté sans moi, et s'il s'agit de nos imbéciles qui veulent nous faire peur, c'est moi qui aurai l'air d'une idiote. Nous allons d'abord voir ce qui se passe. Ensemble.

— La dernière fois que tu es allée dans les bois, tu en es sortie avec une grosse bosse.

Tout en parlant, ils ne cessaient pas d'observer les déplacements de la lumière.

— Et toi, tu as dû slalomer entre les balles. Si nous restons assis là, ils peuvent nous tirer comme des canards sur l'étang, si c'est le but de l'opération. Ou bien nous allons à la caravane et appelons le shérif ensemble, dit-elle en prenant une truelle dans son sac, ou bien nous allons dans les bois voir de quoi il retourne. Ensemble.

Il baissa les yeux sur la main qui tenait la truelle.

— Je vois que tu as déjà décidé.

— Dolan et Bill étaient seuls. Si celui qui se promène par là veut rééditer son exploit, il devra compter avec nous deux.

— D'accord, dit-il en sortant de sa botte un long couteau de chasse que Callie regarda en écarquillant les yeux.

— Depuis quand es-tu armé, Graystone ?

— Depuis qu'on a voulu faire un carton sur moi. Tu as ton téléphone portable ?

— Dans ma poche.

— Prépare-toi à t'en servir. Le type se dirige vers l'est. Donnons-lui de quoi réfléchir.

Jake alluma sa torche, braqua le faisceau vers la lumière qui approchait. Le rôdeur partit immédiatement dans la direction opposée pendant que Jake et Callie bondissaient vers le bord de l'étang et l'orée du bois.

— Il va du côté de la route, nous pouvons l'intercepter.

Ils s'élançaient à la poursuite de la lumière quand celle-ci s'éteignit. Dans le silence, Callie ferma les yeux afin de mieux écouter et entendit un bruit de course, amorti par la terre meuble.

— Il a encore changé de direction, dit-elle. Il va par là.

— Nous ne le rattraperons jamais, il a trop d'avance.

— On le laisse filer ?

— Nous lui avons démontré qu'il était repéré. Mais c'était idiot de venir ici avec de la lumière. Le plus borné des imbéciles se serait douté que l'un de nous le verrait.

Il n'avait pas fini de parler quand la signification de ce qu'il disait les frappa tous les deux en même temps.

Callie tourna les talons et partit en courant en sens inverse.

Deux secondes plus tard, la première explosion retentit.

— La caravane, hurla Jake en voyant les flammes. Les salauds !

Ne pensant qu'à aller chercher l'extincteur de sa voiture, Callie émergeait d'entre les arbres à pleine vitesse quand Jake se jeta sur elle et la fit tomber sous lui.

— Propane, eut-il le temps de crier.

Et le monde explosa dans un tonnerre de bruit et de feu.

Callie se sentit engloutie par une onde de chaleur qui lui brûla la peau et lui coupa le souffle. Un objet lourd vint se ficher dans la terre au ras de son oreille. Des débris enflammés tombaient en pluie autour d'elle. Assommée, elle retrouva d'un coup sa lucidité en sentant au-dessus d'elle le corps de Jake tressaillir.

— Lâche-moi ! cria-t-elle.

Elle eut beau se débattre, il la maintint fermement au-dessous de lui.

— Ne te lève pas ! Reste couchée !

Sa voix rauque la terrifia plus que l'explosion et la pluie ardente.

Lorsque enfin il la libéra, elle se redressa péniblement. Des débris enflammés jonchaient le sol, la carcasse de la caravane flambait. Voyant Jake arracher sa chemise fumante, elle bondit vers lui.

— Tu saignes ! Laisse-moi regarder si c'est grave. Es-tu brûlé ?

— Un peu. Appelle les secours.

Il souffrait surtout d'une profonde entaille au bras.

— Non, toi, tu appelles, dit-elle en lui mettant son portable dans la main. Où est la lampe-torche ?

La lueur rougeoyante des flammes lui suffit cependant pour voir que sa blessure au bras exigeait une intervention médicale. D'une main tremblante, elle lui tâta le dos. Il n'avait que des égratignures et des brûlures sans gravité, mais l'état de son bras l'inquiétait.

— Je vais chercher la trousse de secours dans la voiture, dit-elle en partant au pas de course.

Du calme ! s'ordonna-t-elle en ouvrant la portière. Elle devait rester calme pour poser un pansement pouvant tenir jusqu'à l'hôpital. Il lui avait protégé la tête avec ses bras, le corps avec son corps. Elle n'avait pas le droit de paniquer.

Elle ravala un sanglot, empoigna une bouteille d'eau, revint en courant près de Jake. Assis là où elle l'avait laissé, le téléphone à la main, il regardait la caravane qui finissait de se consumer.

— Tu as appelé ?

— Oui.

Il ne dit rien de plus pendant qu'elle lavait sa plaie avec de l'eau.

— Il faudra des points de suture. En attendant, ce pansement devrait suffire à stopper l'hémorragie. Tes brûlures ne sont pas graves. Souffres-tu ailleurs ? As-tu froid, Jake ? dit-elle en examinant ses yeux.

Ils entendirent les sirènes qui approchaient.

— Non. Un peu choqué, c'est tout. Tu n'es pas allée dans la caravane comme je te l'avais d'abord dit. Si tu...

— Je n'y suis pas allée. Mais toi, tu iras à l'hôpital, dit-elle en finissant de poser le pansement. Je n'avais même pas pensé aux bonbonnes de gaz. Heureusement que tu y as pensé, toi.

Il la prit par la taille de son bras valide.

— Ouais... C'est notre soir de veine. Digger va être furieux, ajouta-t-il avec un soupir.

Il refusa de monter dans l'ambulance avant d'avoir évalué l'étendue des dégâts et recensé ce qui pouvait être sauvé. Tous les documents ainsi que les spécimens stockés dans la caravane jusqu'à leur enlèvement étaient en cendres. L'ordinateur portable de Callie était un bloc informe de plastique fondu, comme l'ordinateur de bureau à l'usage de l'équipe. Des heures, des jours de travail minutieux se trouvaient anéantis.

Des débris fumants étaient disséminés sur presque tout le terrain. Un morceau d'aluminiucalciné s'était planté comme une lance dans une pile de déblais. Les pompiers, les policiers, les services de secours piétinaient le site. Il faudrait des jours, des semaines peut-être pour tout remettre en état, évaluer les pertes, repartir de zéro.

Debout à côté d'elle, il écoutait Callie rapporter après lui au shérif les événements ayant précédé l'explosion.

— L'individu dans le bois faisait diversion, dit-elle d'une voix qui ne tremblait plus de peur mais de rage. Il nous a éloignés pendant qu'un autre mettait le feu à la caravane.

Le shérif estima du regard la distance entre le bois et les vestiges fumants de la caravane.

— Vous n'avez vu personne ?

— Non, personne. Nous étions à une cinquantaine de mètres et nous revenions en courant quand a eu lieu la première explosion.

— Celle des bonbonnes de gaz ?

— La première. Ce héros ici présent m'a jetée par terre en me protégeant de son corps à l'explosion de la seconde.

— Vous n'avez vu ni entendu aucun véhicule ?

— J'étais assourdie par l'explosion ! En tout cas, celui qui a fait sauter les bonbonnes n'était pas un fantôme néolithique mal luné, c'est évident !

— Je ne vous contredirai pas sur ce point, professeur Dunbrook. Mais ceux qui ont fait le coup sont venus ici et en sont repartis vraisemblablement dans un véhicule.

— Vous avez raison, shérif, excusez-moi. Je n'ai rien entendu après l'explosion. Un peu plus tôt, j'avais entendu quelques voitures passer sur la route. Celui qui faisait diversion dans les bois retournait par là quand nous l'avons poursuivi. Le véhicule était sans doute garé à proximité.

— Je le pense aussi. Je ne crois pas plus que vous aux fantômes et aux mauvais sorts, mais je crois aux gros problèmes. Et vous en avez.

— Ils ont un rapport avec ce que je vous ai dit au sujet de Carlyle et des Cullen. On cherche à me faire peur pour m'éloigner d'ici, de Woodsboro et des réponses que je cherche.

— Cela se pourrait, répondit le shérif avec flegme.

— Hé, shérif ! le héla un de ses agents. Venez voir ça !

Ils suivirent le shérif jusqu'au secteur proche de l'étang où Callie avait travaillé toute la journée. Le squelette qu'elle avait dégagé était couvert de suie et de crasse, mais intact.

Couché à côté de lui, dans l'excavation rectangulaire en forme de tombe, gisait un mannequin de grand magasin vêtu d'un ensemble kaki et coiffé d'un chapeau de brousse sous une perruque blonde.

Les poings de Callie se serrèrent d'eux-mêmes.

— Ces vêtements sont à moi ! C'est mon chapeau ! Le salaud est entré dans la maison ! Il a fouillé dans mes affaires !

23

S'introduire dans la maison n'a rien de difficile, se dit Jake. Il en avait fait le tour complet avec la police la veille au soir et l'avait refait deux fois de plus lui-même depuis l'aube.

Une des quatre portes extérieures aurait pu être laissée ouverte par négligence. Il y avait aussi vingthuit fenêtres, dont celle de son bureau ouvrant sur la terrasse. Donc, trente-deux accès possibles. Le fait que la police n'ait relevé aucune trace d'effraction ne voulait rien dire. Quelqu'un était entré voler les vêtements de Callie. Et ce quelqu'un lui avait délivré un message sans ambiguïté.

Elle avait été sur le point de tout laisser tomber et il l'en avait dissuadée. Elle serait revenue d'elle-même sur ce coup de tête, il la connaissait trop bien pour en douter. N'empêche qu'il portait une part de responsabilité dans son revirement.

Il ne doutait pas non plus que celui qui avait fait exploser les bonbonnes de gaz n'aurait pas hésité si Callie avait été à l'intérieur de la caravane. Peut-être même était-il déçu qu'elle ne s'y soit pas trouvée.

Qui pouvait avoir fait le coup ? Carlyle était mort. Les Simpson ? Non. Son instinct lui disait qu'ils se trouvaient maintenant le plus loin possible de Callie et de Woodsboro. Ils avaient pris la fuite au bon moment. Et il lui semblait entrevoir pourquoi.

Il revenait devant la maison quand Doug arriva en voiture.

— Où est-elle ? demanda-t-il.

— Elle dort. Elle s'y est enfin décidée il y a une heure. Merci d'être venu si vite.

— Elle n'est pas blessée ?

— Quelques bleus quand je l'ai plaquée au sol, rien de grave.

— Et ça, c'est grave ? demanda Doug en montrant le bras pansé.

— Une entaille de shrapnell, ils m'ont recousu. C'est le site qui a le plus souffert. Nous attendons le feu vert de la police pour commencer à nettoyer. Mais tout ce qui était dans la caravane et dans la mémoire de l'ordinateur de Callie est définitivement perdu, sauf ce que j'avais sauvegardé sur le mien. Et ils nous ont laissé un souvenir, conclut Jake en décrivant le mannequin couché dans la tombe.

— Est-ce que tu peux l'éloigner d'ici ?

— Sans aucun doute. À condition de la droguer avant de l'enchaîner dans une pièce sans porte ni fenêtre.

Ils gardèrent un long moment un silence pensif.

— Elle s'est retranchée ici et n'en bougera plus jusqu'à ce qu'elle ait trouvé ce qu'elle cherche, dit enfin Jake. Si tu comptes toujours aller à Boston, surveille tes arrières.

— J'y vais. Mais quand j'y serai, je ne pourrai pas veiller sur ma famille ni sur Lana et Tyler. Je peux demander à mon père et à mon grand-père de s'installer chez ma mère pendant quelques jours. Mais Lana est seule.

— Accepterait-elle de prendre un pensionnaire ? Digger pourrait camper chez elle.

— Digger ? s'étonna Doug.

— Oui, je sais, il a l'air assez chétif pour se faire rosser par un enfant de douze ans, mais il ne faut pas s'y fier. Je le connais depuis quinze ans. Si j'avais besoin de quelqu'un pour protéger ma famille, c'est à lui que je le demanderais. Ton seul problème, c'est que ta charmante amie pourrait tomber amoureuse de lui. Je ne sais pas comment il s'y prend, mais ça lui arrive souvent.

— Tu me rassures. Ainsi, poursuivit Doug, ça continue. Personne ne l'a encore dit, mais ça ne s'arrêtera pas tant que nous n'aurons pas trouvé les réponses.

— Je pense sans arrêt que nous avons négligé quelque chose, un détail. Il faut donc recommencer à tamiser les déblais.

— Pendant ce temps, je vais creuser une autre strate à Boston. Dis à Callie… à ma sœur, corrigeat-il, que je trouverai quelque chose.

Lorsque Jake monta dans sa chambre, elle dormait encore, couchée en chien de fusil sur son sac de couchage, un oreiller sous la tête. Elle était trop pâle à son goût. Il allait l'éloigner d'ici, décida-t-il. N'importe où, mais au moins pour un ou deux jours. Ils trouveraient un coin tranquille et ne feraient rien que manger, dormir et faire l'amour jusqu'à ce qu'elle retrouve son équilibre. Et quand elle l'aurait retrouvé, ils feraient leur vie ensemble. Pas un feu d'artifice comme la première fois, non. Une vraie vie de couple.

Cédant à son propre épuisement, Jake s'étendit à côté d'elle. Il sombra aussitôt dans un sommeil dont il ne s'éveilla qu'en sentant un coup de poignard dans son bras blessé sur lequel il avait roulé. Pestant, jurant, il se tourna et vit que Callie n'était plus là.

La panique lui noua immédiatement les tripes. Oubliant sa douleur, il bondit, sortit de la chambre. Le silence qui régnait dans la maison aggrava sa terreur et il dévala l'escalier en hurlant son nom. En la voyant sortir de son bureau, il ne sut s'il devait rire de sa mine excédée ou se jeter à ses pieds.

— Pourquoi brailles-tu comme ça ?

— Où diable étais-tu ? Où sont les autres ?

— Un peu partout, les uns sur le site en attendant le feu vert de la police, d'autres au labo à Baltimore. Il n'est pas indispensable que tout le monde flemmarde parce que tu as décidé que c'était l'heure de la sieste.

— Nous sommes seuls ici, toi et moi ?

— Oui, ce qui ne veut pas dire que c'est le moment de forniquer. Prends ton médicament, tu te sentiras mieux.

— Depuis combien de temps ils sont partis ?

— Une heure, à peu près.

— Bon, on va s'y mettre.

— À quoi ?

— À fouiller dans leurs affaires.

— Non !

— Je le ferai tout seul, alors, mais cela prendra deux fois plus longtemps.

Il souleva un sac à dos rangé dans un coin du living, le posa sur la table, l'ouvrit et commença à en inventorier le contenu.

— Nous n'avons pas le droit, Jake !

— Personne n'avait le droit de nous faire sauter la caravane de Digger à la figure. Assurons-nous au moins que celui qui l'a fait n'est pas sous notre nez.

— Ce n'est pas suffisant pour…

— Question, l'interrompit-il. Qui savait que nous allions en Virginie, l'autre jour ?

— Toi et moi, Lana et Doug…

— Et tous ceux qui étaient dans la cuisine quand nous parlions des tours de garde. Tous ceux qui t'ont entendue dire que tu avais une affaire personnelle à régler en Virginie.

Callie se laissa tomber sur une chaise.

— La voisine d'en face nous a dit que les Simpson chargeaient leurs voitures vers dix heures ce matin-là, poursuivit Jake. Nous nous sommes levés de table vers neuf heures. Il a suffi d'un coup de fil pour leur annoncer ton arrivée et leur dire de disparaître.

— D'accord, l'horaire correspond, mais… que diable espères-tu trouver ?

— Je n'en saurai rien tant que je n'aurai pas cherché. Tu regardes ou tu m'aides ?

— Prends tes comprimés d'abord.

Il s'exécuta en maugréant, avala un verre d'eau pendant qu'elle ouvrait le cahier de notes de l'un des tourtereaux de Virginie, Chuck, l'amoureux transi de Frannie.

— Bizarre, dit-elle en fronçant les sourcils. Il n'y a rien dedans. Pas de notes, pas de croquis, rien que des pages blanches.

— En avait-il un autre sur lui quand il est sorti ?

— Je n'en sais rien. Peut-être.

Décidée cette fois à en avoir le cœur net, elle fouilla les vêtements, les poches. Une fois tout le contenu du sac étalé sur la table, Callie alla chercher un de ses cahiers et nota l'inventaire complet.

Une fois les objets remis en place, ils firent subir le même traitement au sac de Frannie, au fond duquel, enveloppé dans une chemise, ils découvrirent un autre cahier.

— Son journal intime, annonça-t-elle en commençant à lire. Il commence le jour de leur arrivée ici. Rien d'intéressant… Si, elle te trouve sublime.

— Ah oui ?

— Rosie est gentille, mais elle n'a pas la même opinion de Dory. Elle la trouve prétentieuse. Sonya est sympa mais barbante. Moi, je ne suis pas intimidante ni autoritaire.

— Si. Qu'est-ce qu'elle dit d'autre ?

— Rien de particulier, un journal de petite dinde…

La sonnerie du téléphone l'interrompit.

— Nous avons le feu vert, dit-elle après avoir raccroché. Il faut aller au site.

Jake commença à remballer les affaires de Frannie.

— Allons-y, mais nous recommencerons dès que nous pourrons.

Il ne fallut qu'une journée à Doug pour retrouver la piste d'une des anciennes maîtresses de Carlyle, le Dr Roseanne Yardley. Elle finissait sa ronde à l'hôpital lorsque Doug l'aborda. Grande, blonde, d'un abord réfrigérant, elle lui fit comprendre d'une voix sèche au pur accent bostonien qu'elle n'avait pas de temps à perdre.

— Oui, j'ai bien connu Marcus et Lorraine Carlyle, nous appartenions au même club et fréquentions le même milieu. Mais j'ai vraiment autre chose à faire qu'à discuter de mes anciennes relations.

— Je crois savoir que vous avez été plus qu'une simple relation pour Marcus Carlyle.

Si l'éclair apparu dans ses yeux bleus avait pu le foudroyer, Doug serait aussitôt passé de vie à trépas.

— En quoi cela vous concerne-t-il ? voulut-elle savoir.

— Si vous voulez bien m'accorder cinq minutes, docteur Yardley, je vous l'expliquerai.

Elle jeta un coup d'œil à sa montre puis, sans mot dire, le fit entrer dans son bureau. Dix minutes plus tard, après le barrage de dénégations et de protestations auquel Doug s'attendait, elle tapota longuement sur son bureau avec un stylo en argent massif.

— Même si j'ai du mal à vous croire, monsieur Cullen, ce que vous dites m'intrigue. Assez, en tout cas, pour m'amener à poser moi-même quelques questions à certaines personnes. Je n'aime pas être exploitée. Si vraiment Marcus m'a exploitée de cette manière, je veux savoir la vérité.

— Il ne pourra rien vous dire, il est mort.

Elle ouvrit la bouche, la referma.

— Quand ?

— D'un cancer, il y a une quinzaine de jours. Il résidait dans une des îles Caïmans avec sa troisième femme.

— Comptez-vous séjourner longtemps à Boston ?

— Oui, si nécessaire. De toute façon, je serai joignable n'importe où.

— Je veux avoir le cœur net de toute cette affaire. Laissez-moi un numéro de téléphone auquel je puisse vous appeler.

Les amicales remontrances de Rosie sur sa mine de déterrée finirent par impressionner Callie. Assez, en tout cas, pour qu'elle consente à faire la sieste avec, sur les yeux, des rondelles de concombre censées faire disparaître ses cernes disgracieux. Si elle se souciait peu de son apparence quand elle travaillait, elle avait assez de saine vanité pour ne pas se laisser aller. Rien ne l'obligeait à donner aux autres l'image d'une clocharde parce qu'elle avait le moral proche de zéro. Désormais, elle ferait des efforts de présentation qui auraient, Rosie le lui avait garanti, des retombées bénéfiques sur son moral.

C'est avec ces pensées réconfortantes qu'elle sortit de sa chambre et descendit l'escalier – pour stopper net au milieu en voyant le tableau incongru de Jake qui ouvrait la porte à ses parents.

Combien de fois s'étaient-ils rencontrés ? pensat-elle. Deux, trois ? Encore une erreur de sa part. Elle avait considéré Jacob Graystone comme si étranger au style de vie de ses parents qu'elle n'avait jamais fait l'effort de le mêler à son cercle familial. Elle était maintenant sûre qu'il avait tenu le même raisonnement sur elle.

Elle se passa une main dans les cheveux et se hâta de terminer sa descente.

— Quelle surprise ! s'exclama-t-elle en s'efforçant de prendre un ton insouciant et joyeux. Vous auriez dû me dire que vous veniez, je vous aurais indiqué la route. Ce ne doit pas être facile de nous trouver.

— Nous ne nous sommes perdus que deux fois, dit Vivian en la prenant dans ses bras.

— Et nous serions arrivés depuis une heure, enchaîna Elliot, si ta mère n'avait pas insisté pour que nous nous arrêtions acheter ceci.

— Un gâteau d'anniversaire, précisa Vivian en relâchant Callie à qui son père tendait la boîte. Nous ne pouvions quand même pas venir jusqu'ici te souhaiter ton anniversaire sans apporter un gâteau. Ce n'est que demain, je sais, mais je n'ai pas pu attendre.

Callie sentit son sourire se figer en prenant la boîte.

— Il n'est jamais trop tôt pour des sucreries, dit-elle.

Elle sentait derrière son dos les ondes de curiosité des quelques membres de l'équipe réunis dans le living.

— Je vous présente Dory, Matt, Bob. Et vous vous souvenez sans doute de Rosie.

— Bien sûr. Enchantée de vous revoir, Rosie, dit Vivian en prenant le bras de Callie.

— Allons à la cuisine, proposa Callie en mettant le gâteau dans les mains de Jake. C'est la seule pièce où il y a assez de chaises. Je vais faire du café.

— Nous ne voulons surtout pas te déranger, dit Elliot. Nous pensions que tu aimerais sortir dîner avec nous. Nous avons pris une chambre dans un hôtel de l'autre côté de la rivière. Le restaurant est excellent, paraît-il.

— Je peux enfermer le gâteau sous clef dans un placard, proposa Jake. Sinon, ce ne sera plus qu'un souvenir quand tu reviendras.

— Comme si je pouvais te faire confiance avec des pâtisseries, dit Callie en reprenant la boîte. C'est moi qui le cacherai. Et toi, tu vas venir dîner avec nous.

— J'ai du travail..., commença-t-il.

— Moi aussi, mais je ne refuse pas un repas gratuit loin du troupeau et je ne te laisserai seul sous aucun prétexte avec un gâteau. Je vais me changer, j'en ai pour dix minutes.

Ses parents étonnés la virent disparaître dans l'escalier pendant que Jake ruminait les moyens de se venger de Callie qui le mettait d'autorité dans une situation impossible.

— Écoutez, je ferais mieux de vous laisser. Vous voulez sûrement avoir quelques heures de tranquillité seuls avec elle.

— Mais non, puisqu'elle veut que vous veniez, dit Vivian d'un ton tellement surpris que Jake faillit pouffer de rire.

— Dites-lui que j'ai dû retourner au site.

— Elle veut que vous veniez, répéta Vivian. Donc, vous venez.

— Madame Dunbrook...

— Vous allez simplement changer de chemise et mettre une veste. Une cravate ne serait pas mal non plus, mais elle n'est pas exigée par la direction de l'hôtel.

— Je n'ai pas de cravate. Je veux dire, je n'en ai pas ici, avec moi. J'ai des cravates, mais...

Il piqua un fard et laissa sa phrase en suspens en se sentant parfaitement ridicule.

— La chemise et la veste suffiront. Allez vous changer.

— Oui, madame.

Elliot attendit d'être seule avec sa femme pour l'embrasser.

— C'était très gentil de ta part.

— Je ne sais pas trop ce que je pense de lui, mais si Callie veut qu'il vienne, il viendra, c'est aussi simple que cela. Il était si gêné au sujet de sa cravate, le pauvre garçon, que je lui pardonnerais presque de l'avoir rendue malheureuse.

Jake était plus que gêné, il se sentait complètement dépassé. Il ne savait déjà pas quoi leur dire en temps normal. Alors, dans ces circonstances, c'était cent fois pire.

La chemise avait besoin d'être repassée et il n'avait pas de fer sous la main. Il ne s'était muni d'une chemise habillée et d'une veste que pour ses rares apparitions à la télévision ou ses visites aux universités. La veste réussirait peut-être à cacher les faux plis de la chemise, espéra-t-il. Si Callie l'avait flanqué dans ce pétrin pour le punir d'il ne savait quoi, elle avait mis dans le mille !

Il se passait avec perplexité une main sur le menton quand il se rendit compte qu'il ne s'était pas rasé depuis des jours. En grommelant une bordée de jurons, il empoigna sa trousse de toilette et courut à la salle de bains réparer ce fâcheux oubli. Un homme ne devrait pas être obligé de mettre une veste et une chemise pour aller dîner avec des gens qui allaient regarder d'un air soupçonneux l'ex-mari de leur fille, bon sang ! Il avait du travail à faire, des choses sérieuses auxquelles réfléchir, il n'avait pas besoin de subir une soirée qui promettait d'être pénible pour tout le monde !

Il se rasait une joue quand Callie entra.

— Pourquoi tu m'infliges ça ? gronda-t-il. Qu'est-ce que je t'ai fait ces temps-ci, moi ?

— Parce que tu vas dîner et que tu aimes manger.

— Sors-moi de ce guêpier.

— Fais-le toi-même.

— Ta mère refuse de m'écouter.

— Vraiment ? dit-elle, enchantée.

— Et elle me fait changer de chemise.

— Elle est très bien, cette chemise.

— Oui, mais chiffonnée. Et je n'ai pas de cravate.

— Elle n'est pas si chiffonnée que ça et tu n'as pas besoin de cravate.

— En plus, dit-il d'un ton accusateur, tu as mis une robe !

— Si je comprends bien, dîner avec mes parents t'énerve.

— Je ne suis pas énervé, je ne comprends pas pourquoi je dois dîner avec eux. Et ils n'ont sans doute pas envie de ma compagnie.

— Tu viens de me dire que ma mère insiste pour que tu viennes.

— Ne mélange pas tout, grogna-t-il après avoir lâché un nouveau juron en se coupant au menton.

— Essayons-nous d'aller quelque part ensemble, Graystone ?

— Je croyais que nous étions déjà quelque part, grommela-t-il. Oui, nous essayons.

— Eh bien, le dîner fait partie du chemin. Je ne peux pas brûler cette étape une fois de plus.

— Oui, bon, j'y vais, tu le vois bien. Pourquoi as-tu mis une robe ?

Callie fit un tour sur elle-même pour faire voleter la jupe.

— Elle ne te plaît pas ?

— Si. Qu'est-ce qu'il y a dessous ?

— Si tu te conduis bien, tu le découvriras peut-être plus tard.

Il s'efforça de ne pas penser à ce qu'il y avait sous la petite robe noire de Callie pendant qu'il était à table avec ses parents. La conversation évitait si manifestement tout ce qui avait trait à la famille en général – et à la sienne en particulier – que l'imbécile le plus obtus l'aurait remarqué. Ils parlaient donc des fouilles, sujet inoffensif entre tous, sans toutefois faire allusion aux morts ou aux incendies.

— Callie ne nous a jamais dit, je crois, ce qui vous a amené à embrasser cette profession, dit Elliot à Jake après avoir goûté le vin que le sommelier servit dans les autres verres.

Jake se retint de justesse de lamper le sien d'un trait.

— Eh bien, je m'intéressais à l'évolution des cultures, à ce qui pousse les gens à former leurs traditions, à bâtir leurs sociétés...

Il ne m'a pas demandé de lui faire une conférence, pensa-t-il.

— En fait, poursuivit-il, j'ai commencé très jeune. Mon père est en partie apache, en partie anglais, en partie canadien-français, ma mère un mélange d'Irlandaise, d'Italienne, d'Allemande et de Française. Cela fait un bel échantillonnage d'origines, pour un seul homme. Alors, je me suis demandé comment on en arrive là, parce que j'aime remonter des pistes.

— Et vous aidez maintenant Callie à remonter la sienne.

Il y eut un instant de silence. Il sentit Vivian se raidir à côté de lui pendant que Callie posait une main sur celle de son père en signe de gratitude.

— Oui, mais elle n'aime pas qu'on l'aide. Il faut la forcer.

— Nous l'avons élevée pour être indépendante, elle nous a pris au mot.

— Mais vous n'aviez pas l'intention qu'elle soit têtue comme une mule ?

— Je dirais plutôt sûre de soi et ambitieuse, le corrigea Callie. Cela ne devrait pas poser de problèmes à un homme digne de ce nom.

— Je suis encore là, grommela-t-il.

Elliot écoutait en souriant.

— Je me suis déjà débarrassé de toi une fois.

— Que tu crois. Pensez-vous venir au site pendant votre séjour ? demanda-t-il à Elliot.

— Bien sûr. Demain, si cela ne présente pas d'inconvénient.

Vivian se leva, posa une main sur l'épaule de Callie.

— Si vous voulez bien m'excuser une minute, messieurs.

— Je t'accompagne, dit Callie en se levant à son tour. Je n'ai jamais compris ce besoin des femmes d'aller en groupe aux toilettes, souffla-t-elle à sa mère en s'éloignant.

— Il doit y avoir une explication anthropologique, demande à Jacob, répondit-elle en entrant dans la pièce. Tu as vingt-neuf ans, tu mènes ta vie comme tu l'entends, mais je suis encore ta mère.

— Bien sûr ! dit Callie, inquiète. Rien ne pourra le changer.

— Donc, en tant que mère, j'exerce mon droit de mettre mon nez dans tes affaires. Êtes-vous réconciliés, Jacob et toi ?

— Je ne crois pas que le mot puisse jamais s'appliquer à nous, mais nous sommes de nouveau ensemble. En un sens.

— Es-tu sûre de le vouloir, ou bien est-ce parce que tes sentiments sont sens dessus dessous en ce moment ?

— Je l'ai toujours voulu. Je ne peux pas t'expliquer pourquoi, nous avons fait un tel gâchis, la première fois...

— Tu l'aimes toujours ?

— Oui. Il m'exaspère et il me rend heureuse. Il me défie et, peut-être parce que je le laisse faire ou parce qu'il fait des efforts, il me soutient et me réconforte. Je sais que nous sommes divorcés et que nous sommes restés près d'un an sans nous revoir, je sais ce que je lui ai dit quand nous avons rompu. Mais je l'aime. Suis-je complètement folle ?

— Qui a jamais dit que l'amour était sensé ?

Callie pouffa de rire.

— L'amour est souvent insensé, rarement facile, mais il exige toujours beaucoup d'efforts, reprit Vivian.

— Nous n'en avons pas fait des masses la première fois.

— Vous faisiez bien l'amour. Laisse-moi finir, ajouta-t-elle en voyant l'étonnement de Callie. J'ai eu moi-même beaucoup de bons moment, je sais de quoi je parle. Jacob et toi avez donc une forte attirance physique l'un pour l'autre. C'est très important.

Pour la première fois, Vivian se tourna vers le miroir et se repoudra le nez.

— L'amour physique est essentiel à la solidité d'un couple, reprit-elle. Mais ce qui, de mon point de vue, a autant d'importance, c'est qu'il soit en ce moment en train de parler à ton père. Il est venu à ce dîner malgré lui, ce qui m'indique qu'il fait des efforts. Fais-en de ton côté, et je crois que votre couple a une chance de réussir.

— J'aurais voulu… j'aurais dû te parler plus tôt de lui. De nous.

— Moi aussi, ma chérie.

— Je voulais réussir par moi-même et j'ai tout gâché.

— Je n'en doute pas. Mais je ne doute pas non plus qu'il en a fait autant, dit-elle en lui caressant la joue.

— Je t'aime, maman, dit Callie avec un grand sourire.

Sur le chemin du retour, Callie attendit en vain les commentaires de Jake.

— Alors, qu'en penses-tu ? demanda-t-elle enfin.

— De quoi ?

— Du dîner.

— Excellent. Je n'avais pas mangé une aussi bonne côte de bœuf depuis des mois.

— Je ne te parle pas de la cuisine, andouille, mais de mes parents. Le Dr et Mme Dunbrook.

— Ils sont excellents eux aussi. Ils tiennent bien le coup. Il faut du courage, dans une situation comme celle-ci.

— Tu leur plais.

— Ils ne me haïssent pas, comme je le croyais.

— Tu leur plais, répéta-t-elle. Et tu t'es bien tenu. Merci.

— Je me suis quand même demandé une chose.

— Laquelle ?

— Te souhaitera-t-on deux fois ton anniversaire à partir de maintenant ? Je n'aime pas courir les magasins, alors si je suis censé te trouver deux cadeaux tous les ans, ça fait beaucoup.

— Je n'en ai pas encore vu un seul.

— J'y viendrai, dit-il en tournant dans l'allée de la maison. Tu es dans une drôle de situation, tu sais. Une petite ville, un petit site. Tes parents tomberont tôt ou tard sur les Cullen s'ils restent quelques jours.

— Je sais. Je m'en occuperai quand cela se produira.

Ils mirent pied à terre, respirèrent un instant l'air frais. Jake lui prit la main, la porta à ses lèvres.

— Tu ne le faisais jamais. Ça t'arrive souvent maintenant.

— Je fais des tas de choses que je ne faisais pas avant. Attends, ajouta-t-il en glissant une main dans son décolleté.

— Ça, dit-elle en riant, tu l'as souvent fait.

Il sortit la main du corsage, la tint devant ses yeux. Un bracelet d'or ciselé pendait au bout de ses doigts.

— Je me demande comment il s'est retrouvé là. Bon anniversaire.

— Oh, Jake ! Tu ne m'avais jamais offert de bijou !

— Mensonge éhonté ! Je t'ai donné une alliance, oui ou non ?

— Les alliances ne comptent pas. Il est superbe, dit-elle en prenant le bracelet. C'est vrai, Jake. Une merveille.

Avec un sourire, il agrafa le bracelet autour de son poignet.

— J'avais entendu dire que les femmes de notre époque ont un goût incompréhensible pour les ornements corporels. Il te va bien.

Callie caressa le bracelet du bout du doigt sans mot dire.

— Si j'avais su qu'une babiole te ferait taire, je t'aurais ensevelie sous des tonnes d'or il y a belle lurette.

— Tu ne l'enlaidiras pas par tes propos désobligeants. Je l'adore, Jake. Merci.

Elle lui prit le visage entre les mains, l'embrassa avec fougue. Il la serra contre lui et ils restèrent un long moment enlacés sous la lune.

Ils s'approchaient de la porte quand ils entendirent à l'intérieur le son de la télévision poussé au maximum.

— Il y a trop de monde là-dedans. Montons tout de suite.

— Ta chambre est en bas.

— Je me suis bien conduit, tu l'as dit toi-même. Maintenant, je veux voir ce qu'il y a sous cette robe.

— Chose promise, chose due.

Elle ouvrit sa porte et s'arrêta sur le seuil, stupéfaite.

— D'où ça vient ? s'exclama-t-elle.

Un lit ancien en fer forgé trônait au milieu de la pièce. Les draps étaient neufs. Un bristol posé sur l'oreiller proclamait :

JOYEUX ANNIVERSAIRE, CALLIE !

— L'équipe s'est cotisée, précisa Jake.

Elle se précipita vers le lit, se laissa tomber dessus en riant.

— C'est trop ! Il faut que j'aille les remercier !

Avec un grand sourire, Jake ferma la porte derrière lui et donna un tour de clef.

— Remercie-moi d'abord.

24

Suzanne essuya ses mains moites sur son pantalon. Un instant, elle hésita. Une partie d'elle-même refusait d'ouvrir la porte. Elle était chez elle et la femme qui venait de sonner était en partie responsable de la débâcle de son foyer. Elle se força à prendre sur elle, se redressa, releva le menton et ouvrit sa porte à Vivian Dunbrook.

Sa première pensée fut que la femme était belle et d'une élégance parfaite. Réaction purement féminine. N'avait-elle pas elle-même changé trois fois de tenue depuis le coup de téléphone de Vivian ? Elle s'en voulut de n'avoir pas gardé son tailleur bleu nuit au lieu d'un pantalon noir et d'un chemisier blanc, moins habillés.

— Madame Cullen, dit Vivian dont la main se crispa sur la poignée de son sac, merci d'avoir bien voulu me recevoir.

— Entrez, je vous en prie.

Si ses nerfs étaient tendus à se rompre, Vivian n'en laissait rien deviner.

— Votre jardin est fabuleux.

— C'est un de mes passe-temps préférés. Venez, dit Suzanne en introduisant Vivian au salon. Puis-je vous offrir quelque chose ?

Forçant ses genoux tremblants à ne pas la trahir, Vivian s'assit dans un fauteuil.

— Non merci, je ne veux pas vous déranger. Vous devez être très prise par vos affaires. Nous raffolons de vos produits, mon mari surtout, qui a un faible pour les douceurs. Il sera très heureux de faire votre connaissance, à votre mari et vous. Mais je voulais vous rencontrer d'abord dans l'espoir que nous pourrions nous parler en tête-à-tête.

Je peux être aussi digne, aussi calme qu'elle, pensa Suzanne en s'asseyant à son tour.

— Comptez-vous rester longtemps dans la région ?

— Deux ou trois jours, tout au plus. Nous tenions à visiter les fouilles. Callie ne travaille pas si souvent assez près de chez nous pour que... Mon Dieu, que c'est difficile.

— Difficile ? répéta Suzanne.

— Je croyais savoir quoi vous dire et comment. Je me suis entraînée plus d'une heure ce matin devant la glace, comme si je répétais un rôle. Mais...

La gorge soudain nouée, Vivian dut s'interrompre.

— Mais maintenant que je suis en face de vous, reprit-elle, je ne sais plus. Les mots se dérobent. Vous exprimer des regrets ? À quoi cela nous avancerait-il, vous et moi ? Cela ne changerait rien ni ne vous rendrait ce qui vous a été volé. Et comment pourrais- je tout regretter ? Comment pourrais-je regretter d'avoir eu Callie ? Ce serait impossible. Je ne peux même pas imaginer ce que vous avez enduré.

— Non, vous ne le pouvez pas, en effet. Chaque fois que vous la preniez dans vos bras, c'est moi qui aurais dû le faire. Quand vous l'avez emmenée à l'école pour la première fois et l'avez vue s'éloigner de vous, c'est moi qui aurais dû éprouver une tristesse mêlée de fierté. C'est moi qui aurais dû lui raconter une histoire en la couchant et qui aurais dû me ronger d'inquiétude quand elle était malade. C'est moi qui aurais dû la punir quand elle désobéissait et l'aider à faire ses devoirs. C'est moi qui aurais dû pleurer un peu quand elle est sortie pour la première fois seule avec un garçon, quand elle a quitté la maison pour poursuivre ses études. Mais je n'ai jamais eu que ce vide intérieur, de la fierté aussi, mais rien qui compense un tel sentiment de perte et de solitude. Je n'ai jamais rien eu d'autre ni de plus.

Elles se dévisagèrent en silence, chacune sur une rive du fleuve d'amertume qui les séparait.

— Je ne peux rien vous rendre de tout ce que vous avez perdu, dit enfin Vivian. Je sais aussi, au plus profond de mon cœur, que si j'avais appris il y a dix ou vingt ans ce que je sais maintenant, je me serais battue pour vous empêcher de la reprendre. Je ne suis même pas capable de souhaiter que la situation soit différente de ce qu'elle est.

— Je l'ai portée en moi neuf mois. Je l'ai tenue contre moi à son premier souffle. Je lui ai donné la vie.

— Je sais, et c'est ce qui m'est dénié à jamais. Ce lien viscéral entre elle et moi ne pourra jamais exister alors qu'il existe entre elle et vous. Elle en prendra conscience elle aussi et y attachera la valeur qu'il mérite. Désormais, vous occuperez toujours une place essentielle dans sa vie. L'enfant qui était à moi vous appartient en partie, elle ne redeviendra jamais complètement mienne. Je ne pourrai jamais comprendre vos sentiments, madame Cullen, comme vous ne pourrez jamais comprendre les miens. Peutêtre, par un réflexe d'égoïsme, ne le désirons-nous même pas. Ce dont je souffre, c'est que ni vous ni moi ne soyons en mesure de comprendre ceux de Callie.

— Non, nous ne le pouvons pas, admit Suzanne. Tout ce que nous pouvons faire, c'est nous efforcer de rendre notre situation moins difficile pour elle. Je ne veux pas qu'elle en souffre, ni à cause de moi ni à cause de vous ou des responsables de ce qui nous est arrivé. Et j'ai peur pour elle, peur de ce qu'ils seraient capables de faire pour l'empêcher de découvrir ce qu'elle recherche.

— Elle refuse de s'arrêter. J'ai même envisagé de vous demander de me soutenir. Si nous le lui demandions toutes les deux... Elle n'écoute même pas Elliot. Elle veut continuer et nous ne parviendrions qu'à la troubler davantage en lui demandant quelque chose qu'elle ne peut pas nous accorder.

— Mon fils est en ce moment à Boston, il fait de son mieux pour l'aider.

— De notre côté, nous avons interrogé les milieux médicaux. Quand je pense que Henry Simpson, mon gynécologue... Quand elle trouvera les réponses – parce que je ne doute pas qu'elle les trouve –, ce sera terrible. D'ici là, Dieu merci, elle n'est pas seule. Elle peut compter sur sa famille, ses amis. Sur Jacob.

— J'ai du mal à le définir, commenta Suzanne.

Pour la première fois, un sourire apparut sur les lèvres de Vivian.

— Je leur souhaite d'y parvenir eux-mêmes, cette fois. Je dois m'en aller, mais auparavant je tenais à vous donner ceci, dit-elle en sortant une enveloppe de son sac. J'ai repris les photos de nos albums et j'ai fait faire des copies de celles qui... dont j'ai pensé qu'elles vous plairaient. J'ai inscrit au dos les dates et les circonstances quand je m'en souvenais.

Elle se leva, tendit l'enveloppe à Suzanne qui se leva à son tour. Une main d'acier lui serrait le cœur.

— J'ai voulu vous haïr, déclara-t-elle. J'ai voulu haïr une femme abominable. J'avais tort de souhaiter que ma fille soit élevée par une femme haïssable, il n'empêche que je l'ai quand même désiré.

— Je sais, je voulais moi aussi vous haïr. Je ne voulais pas que vous ayez une aussi belle maison, je ne voulais pas vous entendre parler d'elle avec tant d'amour. J'aurais voulu que vous soyez méchante, froide, laide. Et grosse.

Suzanne ne put retenir un éclat de rire.

— Seigneur ! Vous ne pouvez pas imaginer comme je me sens mieux ! dit-elle en regardant Vivian dans les yeux. Mais je ne sais plus ce que nous allons faire, maintenant.

— Moi non plus.

— En tout cas, j'ai très envie de regarder ces photos. Venez donc à la cuisine, je vais faire du café.

— Avec le plus grand plaisir.

Pendant les deux heures que passèrent Suzanne et Vivian à revivre avec émotion le cours de l'histoire en images de Callie, Doug entra pour la seconde fois dans le bureau du Dr Yardley.

— Vous ne m'avez pas dit que vous étiez le fils de Suzanne Cullen.

— Quel rapport avec le reste ?

— J'ai beaucoup d'admiration pour une femme parvenue à une telle réussite par ses propres moyens. J'ai assisté il y a plusieurs années à une conférence sur la sécurité et la santé des enfants. Elle y avait pris la parole avec une remarquable éloquence. Elle est extrêmement courageuse.

— Je m'en suis moi-même rendu compte.

— J'ai consacré le plus clair de ma vie professionnelle au bien-être des enfants. Il m'est difficile d'admettre avoir eu des rapports avec un homme qui en tirait profit de la manière dont vous m'avez parlé. Depuis, j'ai passé des heures difficiles à y penser. Vous n'irez pas voir Lorraine, sa première femme, Richard s'y opposerait et, de toute façon, elle n'était sûrement pas au courant des agissements de Marcus. Ce contact vous sera plus utile, je crois, dit-elle en lui tendant une feuille de papier. D'après les renseignements que j'ai pu me procurer, cette adresse serait la dernière en date de la secrétaire de Marcus. Je ne puis cependant pas vous garantir qu'elle soit exacte ou encore valable.

Il y jeta un coup d'œil, lut le node Dorothy McLain Spencer et une adresse à Charlotte, en Caroline du Nord.

— Merci, docteur.

— Si vous la retrouvez et obtenez d'elle les réponses que vous cherchez, j'aimerais que vous me teniez au courant, dit-elle en se levant pour signifier que l'entretien était terminé. Je n'oublierai jamais que Marcus et moi discutions un soir de nos travaux respectifs. Il m'a dit que placer un enfant dans une famille stable et aimante constituait la partie la plus gratifiante de ses activités. Je l'ai cru. Et j'aurais juré qu'il le pensait vraiment.

Dès qu'elle reconnut la voix de Doug au téléphone, Lana ne put s'empêcher de sourire de joie.

— Tu me manques ! Où es-tu ?

— À Boston, en route pour l'aéroport. J'ai l'adresse de l'ancienne secrétaire de Carlyle à Charlotte. Avec les correspondances, il me faudra la journée, ou presque, pour arriver là-bas. Je voulais juste te dire où je serai. Tu as de quoi écrire ?

— C'est une question qu'on ne pose pas à une avocate.

— Alors, note le node l'hôtel où j'ai retenu une chambre et communique-le à ma famille. D'autres nouvelles ?

— Je pourrai me réinstaller dans mon bureau d'ici une huitaine de jours. Je suis folle de joie.

— La police n'a toujours rien trouvé sur l'incendiaire ?

— Non, pas plus que pour la caravane. Tout le monde a hâte de te voir revenir, tu sais.

— Moi aussi, j'ai hâte de revenir. Je t'appellerai dès que je serai arrivé à l'hôtel. Je t'aime.

Le sourire n'avait pas quitté les lèvres de Lana quand elle décrocha de nouveau le téléphone aussitôt après et mit à exécution le projet qui avait germé dans sa tête.

— L'heure de la pause, boss !

Callie leva à peine les yeux.

— J'ai quelque chose.

— Tu découvres des os tous les jours et tu nous fais passer pour des bons à rien.

— Ce n'est pas un os, cette fois, c'est de la pierre.

— Justement, elle ne partira pas toute seule. Viens déjeuner.

— Je n'ai pas faim.

Rosie déboucha le thermos de thé glacé que Callie gardait toujours à portée de la main.

— Il est encore plein, observa-t-elle. Tu veux que je te fasse un cours sur les dangers de la déshydratation ?

— J'ai fini la bouteille d'eau. Ce n'est ni un outil ni une arme, Rosie. C'est beaucoup plus gros.

Rosie vida le gobelet de thé et se pencha sur l'excavation.

— Appelle un géologue, alors... Non, tu as raison, cette pierre a été travaillée. Tu veux commencer à la photographier ?

— Pas la peine de déranger Dory, fais-le toimême, répondit Callie en continuant de dégager l'objet.

Elle se recula pendant que Rosie prenait les premières photos.

— Je bois ton thé, je n'ai pas envie de retraverser tout le site pour aller chercher ma limonade, dit Rosie en s'asseyant au bord de l'excavation. Tu sais à quoi ça ressemble, cette chose ?

— Je crois déjà le savoir. Bon sang, Rosie, c'est une vache ! Je me demande ce que notre anthropologue de service déduira du besoin des hommes préhistoriques de fabriquer des choses inutiles !

Rosie se frotta les yeux. Sa vision se brouillait.

— Elle est mignonne tout plein cette vache. Je suis en train d'attraper un coup de soleil, ma parole. Tu veux d'autres photos ?

— Bien sûr. Attends, je pose ma truelle à côté pour donner l'échelle.

Dans son impatience, elle prit l'appareil que Rosie avait posé à côté d'elle, activa l'obturateur. Elle tendait la main vers son carnet de notes quand elle s'aperçut que Rosie n'avait pas bougé.

— Quelque chose qui ne va pas ? demanda-t-elle.

— C'est bizarre, j'ai la tête qui tourne. Je ferais mieux de...

Elle essaya de se lever, tituba et s'écroula, inerte, dans les bras de Callie qui les avait tendus d'instinct pour amortir la chute.

— Rosie, bon Dieu, qu'est-ce qui t'arrive ? Ho ! Vous autres, venez m'aider !

— Qu'est-ce qui se passe ? demanda Leo en émergeant d'une autre excavation.

— Je ne sais pas, elle a eu un malaise, elle est évanouie. Emmenons-la, aide-moi, dit-elle à Jake qui arrivait en courant.

— Je m'en charge. Digger, Matt ! Venez me prêter la main.

Déjà, toute l'équipe et les visiteurs s'attroupaient autour d'eux.

— Reculez-vous, je suis infirmière ! dit une femme en se détachant du groupe. Que lui est-il arrivé ?

— Elle m'a dit que la tête lui tournait et elle s'est évanouie, répondit Callie.

— Souffre-t-elle d'une affection ? demanda l'infirmière en prenant le pouls de Rosie.

— Non, rien. Elle a toujours eu une santé de fer.

Tout en gardant une main sur son poignet, l'infirmière souleva de l'autre une paupière de Rosie pour observer sa pupille.

— Appelez une ambulance. Le plus vite possible.

Callie franchit la porte des urgences juste derrière le brancard. Elle était maintenant certaine que l'évanouissement de Rosie n'était pas dû à un simple coup de soleil.

— Qu'est-ce qu'elle a ? demanda-t-elle à l'infirmière qui était venue du site dans l'ambulance.

— Ils s'occupent d'elle, mais il faut leur donner le plus possible de renseignements.

— Elle s'appelle Rose Jordan, elle a trente-quatre ans. À ma connaissance, elle ne souffrait d'aucune allergie ni d'autres affections. Elle était en pleine forme une minute avant. Pourquoi n'a-t-elle pas repris connaissance ?

— Prenait-elle des médicaments, des drogues ?

— Non, je vous ai déjà dit qu'elle n'était jamais malade. Et elle n'a jamais touché à la drogue.

— Bien, attendez ici. On viendra vous informer dès que possible.

Jake arriva une minute plus tard.

— Qu'est-ce qu'ils disent ?

— Rien ! fulmina Callie. Ils posent des questions et ne veulent rien me dire.

— Appelle ton père. Il est médecin. Ils lui diront ce qu'ils ne peuvent ou ne veulent pas nous dire à nous.

— J'aurais déjà dû y penser ! Où ai-je la tête ?

Elle prit son portable dans sa poche et sortit de la salle d'attente pour appeler le portable de son père.

— Il arrive, dit-elle à Jake en rentrant.

Elle avait à peine fini de parler quand l'infirmière revint.

— Ils la soignent, mais il faut nous aider. Nous devons savoir quelle drogue elle prenait. Plus vite nous le saurons, plus vite nous pourrons la traiter.

— Je vous ai déjà dit qu'elle ne s'est jamais droguée ! Je la connais depuis des années, je ne l'ai jamais vue prendre quoi que ce soit, pas même fumer une simple cigarette ! Dis-le aussi, Jake.

— C'est exact. Je travaillais à quelques mètres d'elle ce matin, elle n'a pas quitté son poste jusqu'à l'heure de la pause, quand elle s'est rendue directement au secteur de Callie.

— Elle a mangé un sandwich et bu deux verres de thé glacé pendant que je travaillais, précisa Callie. Elle prenait des photos pour moi quand elle m'a dit qu'elle attrapait un coup de soleil et que la tête lui tournait. Écoutez, si elle se droguait, je vous l'aurais dit ! C'est une de mes meilleures amies. Dans quel état est-elle ?

— Elle présente tous les symptômes d'une overdose.

— Impossible ! C'est sûrement une erreur ! Elle n'a bu...

Callie s'interrompit, pâlit.

— Elle n'a bu que mon thé, dit-elle à voix basse. Mon thé.

— Y avait-il une substance dans ce thé ? demanda l'infirmière.

— S'il y en avait une, ce n'est pas moi qui l'y ai mise, mais...

— Mais sans doute quelqu'un d'autre, enchaîna Jake en prenant son téléphone dans sa poche. J'appelle la police.

Callie alla s'asseoir dehors sur les marches de l'entrée. Elle ne supportait plus les odeurs de la maladie, le bruit des voix et des sonneries de téléphone, la vue des chaises de plastique orange dans la salle d'attente. Elle ne leva pas la tête quand son père vint s'asseoir à côté d'elle. Sentant sa présence, elle s'appuya contre lui.

— Elle est morte, n'est-ce pas ?

— Non, ma chérie. Ils l'ont stabilisée. Elle est faible, mais hors de danger.

— Elle guérira ?

— Bien sûr, elle est jeune, en bonne santé et a été traitée rapidement. Elle avait ingéré une dose considérable de barbituriques.

— Un somnifère ? Cela pouvait la tuer ?

— C'est peu probable, mais pas impossible.

— Il a dû être mis dans le thé, c'est la seule explication logique.

— Rentre à la maison avec nous, Callie.

— Je ne peux pas. Ne me le demande pas, dit-elle en se levant.

— Pourquoi ? demanda-t-il en se levant à son tour. Rien de tout cela ne vaut de risquer ta vie ! C'est toi qui aurais pu être ici. Tu pèses cinq ou six kilos de moins que ton amie. Si tu avais bu ce thé, si tu avais travaillé seule dans ton coin, tu aurais été dans le coma sans que personne s'en aperçoive avant qu'il soit trop tard. La dose qu'elle a ingérée aurait été mortelle pour toi.

— Tu as répondu toi-même à ta question, papa. Ce que j'ai commencé, je ne peux plus l'arrêter et je ne serai pas plus en sûreté à Philadelphie. Pas encore, du moins. Nous ne pouvons pas remettre en terre ce que nous avons déterré. Je ne serai en sécurité que lorsque tout aura été découvert. Mais j'ai bien peur que nous n'y arrivions pas.

— Laisse la police s'en charger.

— Je ne leur compliquerai pas la tâche, je te le promets. Le shérif appelle le FBI en renfort, je suis tout à fait d'accord. Mais je ne resterai pas inactive. Celui qui a fait ça se rendra compte que je ne me laisse pas persécuter sans me défendre. Et que je ne jette pas l'éponge.

Le crépuscule tombait lorsque Jake et Callie se retrouvèrent sur le site déserté.

— Leo veut arrêter le travail. Temporairement, du moins.

— Nous allons l'en dissuader, déclara Callie. Nous poursuivrons les fouilles et Rosie s'y remettra dès qu'elle sera sur pied.

— Tu réussiras peut-être à convaincre Leo, mais combien d'autres accepteront de rester ?

— S'il ne reste que toi et moi, c'est suffisant.

— Et Digger.

— Oui, Digger aussi. Je ne me laisserai pas chasser d'ici. Je ne permettrai pas au salaud responsable de tout cela de décider seul du lieu et de l'heure où il voudra encore m'attaquer.

Elle était pâle, lasse. Elle ne tenait que par la détermination et l'inquiétude. Jake en avait le cœur serré.

— Le salaud dont tu parles est un membre de l'équipe, dit-il. Il connaît tes habitudes, c'est évident. Tu n'as pourtant pas bu de thé, ce matin.

— J'avais une bouteille d'eau à portée de la main. Et Rosie est à l'hôpital à cause de cela.

Jake garda le silence un long moment.

— Non seulement nous allons reprendre le travail, déclara-t-il, mais nous allons garder l'équipe au complet jusqu'à ce que nous ayons trouvé le coupable.

— Comment penses-tu y arriver ?

— En leur mentant, en accréditant la théorie qu'il s'agit d'une vengeance locale, d'un imbécile qui a perdu son emploi à cause de nous et veut saboter les fouilles. Nous les persuaderons que nous devons tous faire front et rester unis.

— Le grand discours patriotique ? Tu crois que ça prendra ?

— En partie. En partie aussi pour la Science. Nous verrons celui ou ceux qui réagiront mal, cela limitera les recherches.

— Nous pouvons déjà écarter Bob, il était arrivé avant que j'apprenne l'existence des Cullen.

— Pas de risques inutiles. Mettons-le sur une liste secondaire si tu veux, mais n'éliminons personne jusqu'à ce que nous ayons des preuves complètes et solides. Personne ne peut se permettre d'empoisonner ma femme sans en payer le prix, dit-il en lui caressant la joue.

— Ex-femme. Il faut avant tout décider Leo.

— Nous aurons avec lui un entretien à huis clos. De la manière la plus officielle et la plus évidente possible.

Leo protesta, pesta, mais finit par céder.

— Tu te crois vraiment capable de convaincre l'équipe de rester, surtout si l'un de ses membres est un assassin ? demanda-t-il à Callie.

— Tu verras ce dont je suis capable.

— Soit, j'accepte. Mais à certaines conditions.

— Je n'aime pas les conditions, déclara Jake.

— Moi non plus, approuva Callie.

— Vous les acceptez, ou je dis aux autres de rentrer chez eux.

— Bon, d'accord, grommelèrent Jake et Callie d'une même voix.

— Premièrement, je vais faire venir deux hommes que je connais et en qui j'ai toute confiance. Je les informerai de la situation. Ils travailleront comme tout le monde, mais leur rôle consistera à observer. Ils pourront être ici dans un ou deux jours.

— Cela me convient, dit Callie.

— Deuxièmement, je vais demander aux autorités de déléguer sur le site un ou deux policiers en civil qui se mêleront aux autres.

— Allons, Leo ! Et quoi encore ?

— C'est à prendre ou à laisser. Entendu ?

L'accord conclu, ils réunirent le reste de l'équipe autour de la grande table de la cuisine. Callie fit passer la bière pendant que Leo débitait un discours censé remonter le moral des troupes.

— La police ne nous dit rien ! gémit Frannie quand il eut terminé. Ils ne font que poser des questions, comme si l'un de nous avait voulu empoisonner Rosie.

— Quelqu'un l'a pourtant fait, intervint Callie. Nous avons réduit beaucoup de gens au chômage et ces gens nous en veulent. Ils ne comprennent pas ce que nous faisons ici et s'en fichent éperdument. Ils ont mis le feu au bureau de Lana Campbell. Pourquoi ? demanda-t-elle en observant les visages autour de la table. Parce qu'elle représente l'Association pour la préservation des sites historiques. On a fait sauter la caravane de Digger pour détruire nos archives et notre équipement.

— Bill est mort, dit Bob à mi-voix.

— C'était peut-être un accident, répondit Jake. Ou il a peut-être été poussé dans l'eau par un de ceux qui nous en veulent et qui cherchait à lui faire peur sans le noyer. Quand un malheur arrive, les rumeurs sur la malédiction qui pèse sur le site courent de plus belle.

— C'est possible, intervint Dory. Mais, au risque de passer pour un oiseau de mauvais augure, les malheurs de ce genre se succèdent un peu trop vite et trop souvent. Maintenant, c'est Rosie qui...

— Les fantômes ne mettent pas des barbituriques dans un thermos de thé, l'interrompit Callie. Les hommes, si. Cela veut dire que nous devons désormais interdire le site à tous les étrangers. Plus de visites guidées, plus de conférences. Nous allons nous serrer les coudes, veiller les uns sur les autres, prendre soin de nous-mêmes. C'est cela l'esprit d'équipe.

— Et nous avons un travail important à mener à bien, ajouta Jake. Nous montrerons aux salauds du pays qu'ils ne réussiront pas à nous chasser d'ici. La réussite de ces fouilles dépend de chacun de nous. Par conséquent...

Il posa une main sur la table, Callie en mit une sur la sienne. Un par un, les autres en firent autant, jusqu'à ce qu'ils soient unis par ce signe d'engagement.

Callie examina une fois de plus les visages. S'ils exprimaient tous la loyauté et la résolution, elle savait quand même que la main d'un assassin se trouvait tout près de la sienne.

25

L'appel de la réception l'informant de l'arrivée d'un colis expédié par Lana Campbell interrompit Doug dans la préparation de son plan de campagne. Que diable Lana lui envoyait-elle et pourquoi la réceptionniste ne lui faisait-elle pas porter ce colis dans sa chambre par un groo ? Il remit ses chaussures, prit sa clef et descendit en maugréant.

En fait de colis, il vit Lana elle-même, absolument ravissante, sans un faux pli à son tailleur, les cheveux impeccablement coiffés. Avec un sourire béat, il traversa le hall en courant, la saisit à bras-le-corps, la souleva de terre et lui dévora la bouche d'un baiser.

— Alors, il te plaît mon paquet-cadeau ? demandat-elle quand elle put reprendre haleine.

— Quelle question ! Où est Tyler ?

— Tu dis toujours ce qu'il faut au bon moment. Tyler se trouve à Baltimore chez ses grands-parents paternels, il est aux anges. Si nous montions dans ta chambre ? J'ai des tas de choses à te raconter.

Il baissa les yeux, dénombra une petite valise de toile, un cartable visiblement bourré et un ordinateur portable.

— Combien de temps comptes-tu rester ? s'étonnat- il.

— Je me suis dit que je me rendrais plus utile à tes côtés que là-bas. Alors, je me suis libérée pour deux ou trois jours.

— Et moi qui croyais que tu te consumais du désir de me revoir !

— C'est un des facteurs de ma décision, dit-elle en riant.

Ils sortirent de l'ascenseur, allèrent dans la chambre.
— Plutôt spartiate, jugea-t-elle.
— Si j'avais su que tu venais, j'aurais retenu une suite.
— Ceci conviendra tout à fait. Il faut d'abord que je te dise ce qui est arrivé hier.
— Est-ce indispensable pour la suite de l'opération ?
— Euh... pas indispensable.
— Bien, alors commençons par les choses sérieuses.

Une heure plus tard, comblés et plus amoureux que jamais, ils s'installèrent devant le petit bureau où Doug avait branché son ordinateur. Pendant que Lana lui relatait l'empoisonnement de Rosie, elle vit son expression détendue et joyeuse passer tour à tour de l'incrédulité horrifiée à la fureur.
— As-tu parlé à Callie aujourd'hui ? demanda-t-il quand elle eut terminé. Ce n'était ni une erreur ni un hasard, mais un acte prémédité dirigé contre elle.
— Elle va bien, elle pense la même chose que toi et se tient particulièrement sur ses gardes : elle est convaincue que le coupable est un membre de l'équipe. Pour le moment, laissons-la gérer la situation de son côté et concentrons-nous sur ce que nous pouvons faire ici.
Il lui décrivit à son tour ses recherches à Boston et son dernier entretien avec l'ancienne maîtresse de Carlyle.
— L'adresse que m'a donnée le Dr Yardley est fausse, comme je m'y attendais. Alors, j'ai cherché dans l'annuaire et sur Internet tous les Spencer de Charlotte ou des environs immédiats. J'en ai trouvé six qui pourraient correspondre. J'étais en train de mettre au point la manière de les contacter sans éveiller leurs soupçons quand la réception m'a annoncé l'arrivée de ton colis.
— Nous pourrions adopter la tactique d'une prospection téléphonique ou d'un sondage pour opérer un premier tri. Tu sais, demander à la maîtresse de maison si elle a jamais travaillé en dehors de chez elle, dans quelle profession, des questions de ce genre.

— Cela prendrait du temps et tu sais aussi bien que moi que les gens raccrochent neuf fois sur dix sans répondre.

— Je sais, j'en fais autant. Nous pourrions aussi essayer le porte-à-porte.

— C'est ce que j'avais envisagé. Mais puisque nous sommes deux, nous pouvons utiliser les deux méthodes. Tu te chargeras des coups de téléphone et je ferai le porte-à-porte.

— Parce que tu comptes me laisser enfermée dans une chambre d'hôtel pendant que tu prendras tous les risques ? Pas question, Doug. Nous irons ensemble.

— Réfléchis, bon sang ! Nous ne savons pas sur qui ou sur quoi nous risquons de tomber. Ton bureau a été incendié et tu as eu assez peur pour éloigner Tyler. Pense à lui s'il t'arrivait quoi que ce soit.

— Si tu essaies de m'effrayer, tu as réussi.

— Tant mieux.

— Mais je ne peux ni ne veux vivre dans la crainte perpétuelle. Il m'a fallu deux mois après la mort de mon mari pour oser entrer dans un supermarché en plein jour. J'ai fini par m'y forcer, parce qu'on ne peut pas perdre le contrôle de sa vie pour les choses les plus simples.

— Tu ne me laisses pas de marge de négociation ! protesta-t-il.

— Je suis une vraie professionnelle. Tu ne le savais pas encore ?

— Bon, admit-il en riant. Voici la liste et le plan de la ville. Autant préparer l'itinéraire le plus rapide et le plus commode.

Ils formaient une bonne équipe, pensa Lana pendant qu'ils roulaient vers la cinquième adresse. Leur allure typique de jeune couple de professionnels inspirait assez confiance pour qu'on les ait déjà accueillis sans réticence. Il n'en irait sans doute pas de même quand ils frapperaient à la bonne porte.

— Beau quartier, commenta-t-elle tandis qu'ils approchaient de la cinquième adresse. Grandes maisons, pelouses impeccables, voitures récentes. Ce doit être la troisième à gauche.

La véranda blanche précédant la maison de briques roses était protégée des regards des voisins par de la vigne vierge. Deux grands magnolias flanquaient l'entrée. Une Mercedes était rangée devant la porte du garage. Et un panneau À VENDRE avec le téléphone d'une agence immobilière planté sur la pelouse.

— Tiens, tiens ? Prendrait-elle la fuite, elle aussi ? commenta Doug. Personne, en dehors de toi, de moi et de ma famille, ne sait que nous sommes ici, mais ma présence à Boston est connue.

— Si cette femme a un lien quelconque avec ce qui s'est passé, elle sait que nous remontons toutes les pistes. Elle doit donc juger prudent de prendre le large, comme les Simpson. Cette fois, nous avons au moins une raison plausible de sonner à la porte.

— Nous nous faisons passer pour des acheteurs ?

— Bien sûr. Le jeune ménage qui cherche sa maison de rêve. Nous sommes de Baltimore et tu viens d'être nommé à l'université. Mets tes lunettes, prends ton air le plus professoral.

— L'enseignement ne paie pas très bien.

— Tu disposes d'un patrimoine. Je suis avocate d'affaires, je gagne largement ma vie. Espérons que nous pourrons entrer.

La femme qui répondit à leur coup de sonnette était visiblement beaucoup trop jeune pour être Dorothy Spencer. Lana dissimula sa déception et joua quand même le jeu.

— Mon mari et moi passions dans la rue quand nous avons vu la pancarte. Nous cherchons justement une maison dans ce quartier.

— Je ne crois pas que Mme Spencer ait prévu des visites cet après-midi.

L'espoir de Lana se ranima. Ce n'était que la femme de chambre.

— Nous n'avons pas de rendez-vous, nous passions simplement en nous disant que les maisons étaient très agréables. Serait-ce trop demander que de jeter au moins un coup d'œil à l'intérieur ? Ou alors de prendre rendez-vous plus tard ou demain matin ?

— Attendez un instant, je vais demander à Mme Spencer.

Pendant qu'elle s'éloignait vers l'escalier, Lana affecta de parler à haute et intelligible voix.

— La maison est ravissante, tu ne trouves pas ? Et quels parquets !

— Celle que nous avons vue hier était située plus près de l'université, feignit de protester Doug.

— Je sais, mon chéri, mais elle n'avait pas autant de caractère.

Ils se retournèrent vers la femme qui s'approchait. Elle ne devait pas avoir beaucoup plus d'une cinquantaine d'années, jugea Lana.

— Madame Spencer ? dit-elle en lui tendant la main. J'espère que vous pardonnerez notre impolitesse de venir ainsi sans prévenir, mais votre maison nous a séduits au premier coup d'œil.

— Je n'attendais personne aujourd'hui.

— Je sais, nous n'avons pas pris contact avec l'agence, mais votre maison paraît correspondre exactement à ce qui nous conviendrait.

— Nous commençons juste à chercher, précisa Doug. Je ne prendrai mon poste qu'au début de l'année prochaine. La maison a du charme, mais je la trouve un peu grande pour nous.

— Il nous faut une grande maison, mon chéri. Pour recevoir, et surtout pour les enfants que nous aurons. Combien y a-t-il de pièces ? Excusez-moi encore une fois, ajouta-t-elle avec un petit rire gêné, j'abuse de votre temps. Nous ferions mieux de prendre rendez-vous à l'agence. Mais je suis si impatiente, voyez-vous.

— Je dispose d'un moment, si vous tenez vraiment à visiter.

— Avec joie, merci mille fois ! Puis-je vous demander le prix ?

Dorothy Spencer annonça une somme qui ne fit pas ciller ses visiteurs imprévus. Lana s'extasia devant la cheminée du salon, les tapis. Ainsi engagée, la conversation prit un tour plus personnel. Tout en révélant des bribes de leur histoire fictive, Lana et Doug apprirent que la propriétaire n'habitait Charlotte que depuis quatre ans après avoir suivi son ancien patron au fil de ses déménagements successifs.

— Votre fille, sans doute ? dit Lana devant une photo posée sur la cheminée du petit salon. Ravissante.

— Oui. Si vous voulez bien me suivre, dit-elle en les précédant dans un boudoir.

— Ce doit être un crève-cœur de vendre une si belle maison, n'est-ce pas Dorothy ?

Elle eut un haut-le-corps en entendant employer soudain son prénom.

— Mais maintenant que votre fille est grande et vit de son côté, vous n'avez plus de raison de la lui transmettre, enchaîna Lana sans lui laisser le temps de réagir. Lui avez-vous légué, en revanche, votre curieux sens des affaires, comme vous l'avez fait de votre diminutif ? Elle s'appelle maintenant Dory, je crois ? Mme Spencer se figea. Doug lui barrait le passage devant la porte de communication tandis que Lana se tenait à deux pas d'elle.

— Non, dit-elle sèchement. Pas Dory, Dot. Qui êtes-vous ?

— Lana Campbell, l'avocate de Callie Dunbrook. Douglas Cullen est son frère, ou plutôt celui de Jessica Cullen.

— À la vente de combien de bébés volés avez-vous participé ? demanda Doug. Combien de familles avez-vous détruites ?

— Je ne comprends rien à ce que vous dites. Partez immédiatement, ou j'appelle la police.

— Faites, dit Doug en enlevant de sa base l'appareil mobile. Nous aurons tous ensemble une conversation instructive.

Dorothy lui arracha le téléphone, s'écarta le plus loin possible.

— Quelle audace de vous introduire chez moi de cette manière ! Allô ? Je veux porter plainte pour une effraction. Oui, c'est urgent ! Un homme et une femme sont chez moi qui me menacent et refusent de partir. Ils profèrent également des menaces contre ma fille. Venez le plus vite possible !

— Vous n'avez donné ni votre noni votre adresse, commenta Lana en esquivant le téléphone que l'autre lui jetait à la tête.

Doug rattrapa l'appareil au vol, agrippa Dorothy par un bras et l'assit de force sur une chaise.

— Appuie sur *bis*, dit-il à Lana.

— C'est déjà fait.

Elle entendit deux sonneries avant qu'une voix affolée dise « Maman ? ». Frustrée, elle reposa le téléphone, fouilla en hâte dans son sac à la recherche de son carnet d'adresses.

— Elle a appelé sa fille. J'aurais dû retenir par cœur le numéro du portable de Callie... Ah, le voilà ! dit-elle en le composant.

— Dunbrook, répondit Callie.

— Callie, écoutez ! C'est Dory. Nous avons retrouvé Dorothy Spencer, la secrétaire de Carlyle. Dory est sa fille.

— Vous en êtes sûre ?

— Certaine. Dory sait tout, sa mère vient de l'appeler.

— Bon. Je vous rappelle.

— Tout va bien, si l'on peut dire, annonça Lana à Doug. Maintenant, elle sait de qui il s'agit et ce dont elle doit se méfier. Dory ne nous échappera pas, ajouta-t-elle en s'approchant de Dorothy. Nous la retrouverons comme nous vous avons retrouvée.

— Vous ne connaissez pas ma fille !

— Malheureusement si. C'est une criminelle.

— Vous mentez !

— Vous savez bien que non. Quoi que vous ayez fait, vous, Carlyle, Barbara Halloway, Henry Simpson et les autres, vous n'avez jamais eu recours au crime. Elle, si.

— Tout ce qu'a pu faire Dory, elle l'a fait pour nous protéger, son père et moi.

— Elle est la fille de Carlyle ? demanda Doug.

Dorothy parut reprendre contenance et se permit un ricanement.

— Vous ne savez pas tout, n'est-ce pas ?

— Assez pour transmettre le dossier au FBI.

— Épargnez-moi vos grands discours, je vous en prie ! Je n'étais qu'une humble secrétaire follement amoureuse d'un homme riche et puissant, beaucoup plus âgé que moi. Comment aurais-je été au courant de ce qu'il faisait ? Si jamais vous arrivez à prouver ses agissements, vous aurez du mal à prouver que j'en ai été complice.

— Barbara et Henry Simpson vous impliqueront avec plaisir pour se dédouaner eux-mêmes, mentit Doug avec aplomb.

— C'est impossible, ils sont au Mex..., lâcha-t-elle.

— Vraiment ? Vous avez eu des nouvelles récentes ? demanda Lana en s'asseyant en face d'elle. Ils ont été appréhendés hier et se montrent déjà très coopératifs. Nous ne sommes venus ici que parce que votre cas présente pour Doug un intérêt personnel. Nous voulions vous parler avant que la police vous interroge. Vous n'avez pas pris la fuite assez vite, voyez-vous.

— Je ne fuis jamais. Cet imbécile de Simpson et sa cruche de femme peuvent dire ce qu'ils veulent, cela ne suffira pas à m'accuser.

— Dites-moi donc pourquoi, intervint Doug. Dites-moi aussi pourquoi vous avez kidnappé ma sœur.

— Je n'ai kidnappé personne. Elle, ce devait être Barbara. Il y en a eu d'autres. Si cela devenait absolument nécessaire, je pourrais citer des noms et je le ferai pour me défendre. Je veux rappeler ma fille.

— Répondez d'abord à nos questions, dit Lana en posant le téléphone sur ses genoux. Nous ne sommes pas de la police, vous savez que rien de ce que vous nous direz ne pourra servir de preuve devant un tribunal. Alors, parlez.

Dorothy ne quittait pas le téléphone des yeux. Lana voyait qu'elle était sincèrement inquiète. Une mère a beau être une personne indigne, pensa-t-elle, elle reste avant tout une mère.

— Alors, pourquoi l'a-t-il fait ? insista Doug.

— Marcus considérait ces adoptions comme une sorte de mission. Ainsi qu'un passe-temps profitable, ajouta-t-elle.

— Un passe-temps ! répéta Lana.

— Bien sûr, dit-elle avec un regard méprisant. Il n'était pas seulement un excellent avocat, il était un homme d'affaires avisé. Si des couples désiraient assez un enfant pour en payer le prix, pourquoi ne pas les satisfaire dès lors qu'ils avaient les moyens de l'élever convenablement ?

— Et les familles auxquelles il les volait, leur laissait-il le choix ?

— Posez-vous la question : si votre sœur avait le choix aujourd'hui, pour qui se déciderait-elle ? Les parents qui l'ont conçue ou ceux qui l'ont élevée ? Posez-vous la question et réfléchissez avant de poursuivre votre croisade. Si vous partez maintenant, personne ne saura rien. Personne ne devra subir de nouvelles épreuves. Si vous persistez, vous ne pourrez plus y mettre fin. Pensez à toutes les familles déchirées pour votre satisfaction personnelle.

— Avez-vous pensé à toutes celles qu'a déchirées Marcus Carlyle parce qu'il se prenait pour Dieu et voulait se remplir les poches ? déclara Lana en se levant. Appelle la police, ajouta-t-elle en tendant le téléphone à Doug.

Dorothy se leva d'un bond :

— Ma fille ! Vous m'aviez promis que je pourrais appeler ma fille !

— Je mentais, répondit Lana avec un sourire suave.

Et elle éprouva un réel plaisir à repousser la femme sur sa chaise.

À plusieurs centaines de kilomètres de là, Callie bondit hors de son excavation à temps pour voir Dory traverser le site en direction des voitures garées le long de la route. Le cri de rage qui lui échappa fit tourner la tête de Dory. Une seconde, leurs regards se croisèrent. Callie y lut la peur, la fureur et l'aveu de sa culpabilité avant qu'elle ne parte en courant à toutes jambes.

Callie s'élança à sa suite sans tenir compte des obstacles et des excavations qu'elle sautait dans la foulée. Dory était presque arrivée à la route quand Callie se jeta sur elle et la plaqua au sol avec une violence capable de les assommer toutes les deux. Aveuglée par une brume rouge, Callie se servit de ses poings, de ses genoux, de ses pieds, de ses ongles pour immobiliser son ennemie qui se débattait. À peine consciente des bruits qu'elle entendait autour d'elle, des gens qui accouraient, elle ne voyait que la criminelle sur laquelle elle s'acharnait. Il fallut que Jake lui agrippe les deux bras pour qu'elle s'arrête enfin.

— Arrête, bon Dieu ! cria-t-il. Arrête, Callie, ou je vais être obligé de t'assommer moi-même !

— Lâche-moi ! Je n'ai pas fini !

— Tu lui as déjà cassé le nez. Tu ne vas pas la tuer, quand même ?

Le brouillard rouge se dissipa peu à peu devant ses yeux, sa rage s'estompa. Un flot de sang s'échappait du nez de Dory, son œil droit était déjà noir et enflé.

— C'est elle ! dit Callie. C'est elle !

— Je l'avais déjà compris, dit Jake. Si je te lâche, tu vas de nouveau lui sauter dessus ?

— Non, répondit-elle en reprenant son souffle. Écarte-toi, Jake. Je ne la frapperai plus, mais j'ai quelque chose à lui dire.

Prudent, Jake garda une main sur son épaule pendant qu'elle se penchait vers Dory, toujours à terre.

— Le plaquage au corps, c'était pour Rosie. Le nez cassé, pour Bill. L'œil au beurre noir, nous le dédierons à Dolan.

— Tu es complètement folle ! gémit Dory en reniflant tant bien que mal. Je ne comprends pas de quoi elle parle, dit-elle en se tournant vers les autres. Je n'ai rien fait, c'est elle qui m'a attaquée, vous l'avez bien vu, vous tous ? J'ai besoin d'un médecin.

— Elle a vraiment mal, Callie, intervint Frannie, apitoyée.

— Elle a tué Bill, elle a envoyé Rosie à l'hôpital. Qu'elle s'estime heureuse que Jake m'ait empêchée de continuer.

— Tu es sûre de ce que tu dis ? demanda Leo.

— Certaine. La police a déjà arrêté ta mère, Dory. Maintenant, c'est ton tour.

— De quoi parle-t-elle, à la fin ? gémit Dory.

— J'appelle la police, dit Leo, perplexe. J'espère que nous y verrons plus clair.

Jake attira Callie à l'écart des autres, restés attroupés autour de Dory, et entreprit de nettoyer ses blessures et ses écorchures.

— Elle n'est pas idiote, commenta-t-il en voyant Frannie lui offrir un verre d'eau. Elle est en train de les convaincre qu'elle n'a rien fait et que tu l'as agressée sans raison.

— Elle aura beau dire, Doug et Lana ont coincé Dorothy Spencer à Charlotte. Il y a maintenant assez d'indices pour que la police puisse au moins l'interroger.

— Elle n'est pas seule ici. On l'a aidée.

Callie poussa un soupir. La rage lui avait fait perdre sa lucidité.

— J'ai agi sans réfléchir, Jake. J'ai eu tort, mais si je ne l'avais pas stoppée, elle serait déjà loin.

— Je ne dis pas le contraire, il fallait l'empêcher de prendre le large. Nous pouvons compter sur Lana et Doug pour réunir d'autres morceaux du puzzle, la question sera vite réglée. Mais toi, tu as besoin d'un bain chaud, d'un massage et d'une bonne dose d'analgésiques.

— Je sais, mais il faudra que j'attende. Appelle les autres à Charlotte, dis-leur que nous tenons Dory.

— Je m'en occupe. Ne t'approche plus d'elle, Callie. Moins tu lui parleras, moins elle en saura, et plus tu pourras donner d'éléments à la police.

— Je te déteste quand tu es sensé et que tu as raison.

— Aïe ! Ça a dû te faire mal, ça aussi.

Elle ne put s'empêcher de sourire.

— Le shérif arrive. Allons-y.

Après le départ du shérif qui emmenait Dory à l'hôpital où elle resterait sous la garde d'un agent, Jake réunit l'équipe à la cuisine pendant que Callie marinait dans la baignoire en essayant de calmer ses douleurs. Un consensus se dégagea peu à peu sur la culpabilité de Dory. Seul Matt restait incrédule.

— Tu n'es pas obligé d'être du même avis, lui dit Jake pour clore la discussion. Je viens de recevoir un coup de fil de Doug et de Lana. Le FBI interroge Dorothy Spencer en ce moment même et envoie un agent ici pour interroger sa fille. Eux, ils pensent peut-être comme nous.

La séance levée, Callie alla dans le bureau de Jake où elle contempla pensivement le schéma chronologique de sa vie.

— Un seul événement peut changer tout ce qui lui succède, commença-t-elle en se parlant à elle-même. Si je ne m'étais pas cassé un bras, je n'aurais pas lu tous ces bouquins sur l'archéologie. Si je ne t'avais pas flanqué à la porte, nous ne serions pas en train d'essayer de nous raccommoder. Si je n'avais pas refusé les fouilles en Cornouailles pour rester à Philadelphie, Leo ne m'aurait pas proposé celles-ci, Suzanne Cullen ne m'aurait jamais vue à la télévision, Bill serait encore en vie et les méfaits de Carlyle restés enterrés dans l'oubli.

— La philosophie ne mène à rien, déclara Jake.

— Laisse-moi finir. Je me sens frustrée. Je compte sur la police et le FBI, mais j'ai l'impression d'avoir creusé strate après strate, d'entrevoir des fragments de ce qu'il y a au-dessous, mais sans réussir à me représenter l'ensemble. Et quelque chose me dit que l'ensemble ne correspond pas à ce que je voulais découvrir.

— Un bon archéologue ne peut pas choisir ce qu'il découvre.

— Te voilà encore logique !

— Je m'exerce. Tu te sens un peu mieux ?

— Comme si j'avais plongé dix fois de suite sur un tas d'os.

Il lui restait quand même assez de force pour décrocher le téléphone à la première sonnerie.

— Dunbrook. Oui, shérif Hewitt ?

Une minute plus tard, Jake la vie changer de figure.

— Ils l'ont perdue ! gronda-t-elle en raccrochant. Elle est sortie de l'hôpital en profitant d'un instant de distraction de l'agent censé la surveiller ! Personne ne se rappelle l'avoir vue partir, personne ne sait où elle est passée. Elle s'est volatilisée !

26

Lana et Doug se joignirent le lendemain soir à Jake et Callie pour une conférence stratégique dans le bureau de Jake. Au comble de l'énervement, Callie tournait en rond comme un ours en cage.

— Où diable est passée Dory ? demanda-t-elle pour la énième fois. Sûrement pas à Charlotte, sa mère est en état d'arrestation. Son père est mort, elle n'est donc pas non plus partie aux îles Caïmans. Nous savons que Carlyle était gravement malade et impotent. Si son réseau continuait le trafic d'enfants volés, il n'y jouait plus de rôle essentiel. Et si le réseau ne fonctionne plus, pourquoi les autres ont-ils tout fait pour m'empêcher de remonter jusqu'à Carlyle ? Oui, pourquoi ? Si je l'avais retrouvé, il aurait déjà été mort ou mourant avant que j'aie pu rassembler assez de preuves pour le livrer à la justice.

— Logiquement, ses complices craignent le scandale, enchaîna Jake. Et si le réseau fonctionne encore, ils redoutent autant de perdre leurs revenus que leur réputation.

— Tu en parles comme d'une affaire ! gronda Doug.

— Il faut penser comme eux, adopter leur point de vue, répondit Callie. Ce n'est que de cette manière qu'on peut comprendre leur... culture, leur organisation tribale.

— Ta propre tribu n'est pas blanchie pour autant, intervint Lana en montrant la porte du living. Dory n'a pas commis seule ses méfaits.

— Je crois qu'ils peuvent tous être mis hors de cause, déclara Jake. Dory s'est introduite dans le groupe à l'aide de fausses références, parce qu'elle avait un métier qui nous était utile.

— Oui, approuva Callie, elle est une excellente photographe. Elle n'y connaissait rien en archéologie, mais elle a vite appris et elle travaillait dur. Bob et Sonya étaient arrivés bien avant les premières agressions, Frannie et Chuck sont inséparables, et Chuck n'est pas un novice. J'en dirai autant de Matt, c'est un vrai professionnel.

— D'autres sont venus et repartis depuis le mois de juillet, nous pouvons avoir des doutes, ajouta Jake. Mais le noyau me paraît solide.

— Espérons-le, commenta Doug.

— Nous devons travailler à partir d'hypothèses fondées sur des données concrètes, mais aussi à l'instinct, dit Jake. Quand nous aurons réussi à élaborer un tableau plausible, nous extrapolerons.

— Je suis certaine que la police retrouvera Dory et les Simpson, dit Lana. Nous avons déjà démantelé l'essentiel du réseau, les réponses suivront automatiquement.

— Je n'en suis pas si sûre, répondit Callie. Je sens une strate de plus, au-dessous de ce que nous savons déjà. Il nous manque encore un élément essentiel pour compléter le tableau.

— Reprenons les données chronologiques, dit Jake. Commençons par les dates du premier mariage de Carlyle, de la naissance de son fils, de son installation à Boston. Lana, avez-vous des informations sur sa clientèle de parents d'adoption avant Boston ?

— Je vais vérifier, j'ai apporté toutes mes disquettes. Je peux me servir de votre ordinateur ?

— Bien sûr.

Un quart d'heure plus tard, une première hypothèse s'esquissa.

— Il s'est écoulé six ans entre son mariage et la naissance de Richard. Pour les habitudes de l'époque, c'est long. Il a traité sa première affaire d'adoption deux ans après son mariage. Il connaissait donc déjà la procédure, il avait les contacts. Il se pourrait donc que Richard ne soit pas son fils, mais qu'il ait été adopté. Mieux encore, il se peut aussi que Richard ait été le premier bébé volé par Carlyle.

— C'est pousser le bouchon un peu loin ! protesta Doug.

— Pas tant que cela. Regarde : Carlyle n'a jamais eu d'autre enfant. Il accusait ses femmes de stérilité. Et si c'était lui qui avait été stérile ? Un homme dynamique, un coureur invétéré aux nombreuses aventures ne pouvait pas admettre publiquement sa stérilité. Il lui fallait un fils pour le prouver, parce qu'un fils est plus valorisant qu'une fille, mais il ne pouvait pas se permettre d'avouer que ce fils n'était pas de lui.

— Cela se tient, à la rigueur, commenta Doug, mais...

— Laisse-moi finir, l'interrompit Jake. Supposons qu'après le premier divorce, Richard ait découvert le pot aux roses, puisque c'est à peu près de cette époque que date sa rupture d'avec son père. Il avait une vingtaine d'années, précisa-t-il. L'âge de Dory.

— Et Carlyle aurait fait un enfant à sa secrétaire ? Allons donc, il avait au moins soixante ans et tu viens de dire qu'il était stérile, objecta Doug. Je ne vois pas où tu veux en venir et, de toute façon, ton hypothèse ne nous avance pas pour retrouver Dory.

Callie prit le relais de l'exposé. Elle voyait maintenant de plus en plus clairement ce qui se cachait depuis le début sous la dernière strate.

— Le rapprochement s'impose pourtant de plus en plus. Regarde les dates : il déménage à Seattle, donc aussi loin que possible de son terrain de chasse. Pourquoi ? Parce que sa fidèle secrétaire avec qui il couche depuis des années lui apprend qu'elle est enceinte. Il sait que ça ne peut pas être de lui. De qui alors ? De son fils, avec lequel il est brouillé à mort.

— Hein ? s'exclama Lana. Dorothy Simpson et Richard Carlyle ?

— Quel âge lui avez-vous donné quand vous l'avez vue à Charlotte ?

— Une bonne cinquantaine, mais remarquablement conservée.

— Richard en a une dizaine de moins, enchaîna Jake. Il ne faut pas faire un grand effort d'imagination pour se représenter un jeune homme frustré, sentimentalement bouleversé parce qu'il venait de découvrir la vérité sur sa naissance et qui cherchait à se venger de son pseudo-père, lequel, circonstance aggravante, traitait de manière indigne celle qu'il considérait toujours comme sa mère. Il a trouvé en face de lui une femme d'une trentaine d'années, belle et sensuelle, qui ne demandait pas mieux que de le consoler parce qu'elle considérait avoir gâché les plus belles années de sa jeunesse pour un homme qui la trompait sans se gêner et ne tenait aucune des promesses qu'il lui faisait. Ajoute à cela le fait que Richard, la sachant la maîtresse de son père, voyait là une incitation supplémentaire du genre : « Je lui en ferai voir, à ce vieux salaud ! » ou quelque chose d'approchant. Si c'est un cliché, il est trop courant pour qu'on le néglige. Seulement, voilà. Les accidents arrivent et Dorothy se retrouve enceinte. Carlyle veut éviter le scandale, lui verse une coquette somme pour acheter son silence, et Dorothy part à l'autre bout du pays avec sa fille.

— Dory, la fille de Richard Carlyle ? murmura Lana.

— J'en suis presque certaine, dit Callie. Richard Carlyle ne cherchait pas à protéger un père mourant qu'il haïssait, mais sa fille.

La déclaration de Callie tomba dans un long silence.

— Ce qui répond à notre première question, dit alors Jake. Où serait-elle allée chercher de l'aide ? Auprès de son cher papa.

— Si tu soumets cette hypothèse à la police, commenta Doug, ils te prendront pour un cinglé ou un génie. Mais s'ils acceptent de l'envisager et la glissent dans leurs interrogatoires de Dorothy, elle craquera peut-être.

— Bien, intervint Lana, mettons tout cela sur le papier de manière logique avec toutes les données et des arguments objectifs. Mais la cafetière est vide.

— Bon, j'y vais, grommela Callie.

En traversant le living, elle identifia sans peine les ronflements de Digger et la silhouette de Matt écroulé sur la chaise longue. Elle savait que les tourtereaux avaient droit à une chambre à l'étage, tout comme Leo qui avait retardé son déplacement à Baltimore. Bien que d'accord avec le jugement de Jake sur la loyauté de l'équipe, elle monta toutefois en silence vérifier leur présence avant de redescendre à la cuisine.

Elle versait l'eau dans la machine quand Jake la rejoignit.

— Tout le monde est là ? Je l'aurais vérifié si tu ne l'avais pas fait.

— Ils dorment tous du sommeil du juste.

Lasse, elle se laissait aller dans les bras de Jake pendant que le café passait quand la sonnerie du téléphone retentit.

— Deux heures du matin ! Qui cela peut-il bien être ? Dunbrook, s'annonça-t-elle en décrochant.

— Bonjour, Callie.

Elle saisit un crayon, griffonna sur le mur : *Appeler la police. Localiser l'appel.*

— Bonjour, Dory, répondit-elle calmement. Ton nez va mieux ?

— Non. Tu me le paieras, crois-moi.

— Tu veux venir ? On peut remettre ça.

— On fera mieux que se crêper le chignon. Mais cette fois, c'est toi qui vas venir.

— Où et quand ?

— Tu te crois toujours la plus maligne, hein ? J'ai ta mère, Callie. La jeune femme sentit littéralement son sang se glacer dans ses veines.

— Je ne te crois pas.

Le rire sarcastique qui résonna dans l'écouteur faillit faire perdre à Callie sa maîtrise d'elle-même.

— Mais si, tu me crois ! Tu ne te demandes pas quelle mère ?

— Qu'est-ce que tu veux ?

— Quel prix es-tu prête à payer ?

— Dis-moi ce que tu veux, je le ferai.

— Rends-moi ma mère ! hurla Dory avec rage. Je veux ma mère, sale garce ! Tu as détruit sa vie, maintenant je vais détruire la tienne !

Callie tremblait au point qu'elle dut s'appuyer au comptoir.

— La police ne fait rien de plus que l'interroger, parvint-elle à répondre. Ils l'ont peut-être même déjà relâchée.

— Menteuse ! Un mensonge de plus et je me servirai du couteau que je tiens sur la gorge de ta mère !

— Ne lui fais pas mal, Dory ! Dis-moi ce que tu veux, je le ferai.

— Si tu appelles la police, elle est morte, tu comprends ? C'est toi qui l'auras tuée.

— Oui. Pas de police. Cela restera entre nous, je comprends. Laisse-moi lui parler.

— « Laisse-moi lui parler », répéta Dory en imitant sa voix. C'est à *moi* que tu parles ! C'est *moi* qui décide, salope !

— D'accord, c'est toi qui décides.

— Alors, tu vas venir me parler. Je t'expliquerai ce que je veux que tu fasses. Tu viendras seule, ou je la tuerai sous tes yeux. Je n'aurai pas une seconde d'hésitation, tu le sais.

— Je viendrai seule. Où ?

— Au Trou de Simon. Je te donne dix minutes, sinon je commence à la découper en morceaux. Le chrono vient de démarrer. Je te conseille de faire vite.

— Portable, fit Jake dès qu'elle eut raccroché. Ils essaient de trianguler la position.

— Pas le temps, dit-elle en courant vers la porte. Elle m'a donné dix minutes, Jake. Elle a un couteau sur la gorge de ma mère.

— Attends ! Tu ne vas pas foncer sans réfléchir !

— Dix minutes pour aller à l'étang, Jake ! J'ai à peine le temps. Elle tuera ma mère si je n'arrive pas. Et je ne sais même pas de laquelle il s'agit !

— Bon. Au moins, prends ça, dit-il en sortant le couteau de chasse de sa botte. Je serai juste derrière toi.

— Non, elle va !...

— Fais-moi confiance, tu n'as pas le choix.

Le regard qu'ils échangèrent lui fit battre le cœur.

— Bon, dépêche-toi, lui dit-elle.

Et elle partit en courant.

À la vitesse folle à laquelle Callie la menait, la lourde Land Rover dérapait dans les virages de la route étroite. Mais, à chaque crissement de pneus, elle enfonçait davantage l'accélérateur sans cesser de regarder le cadran lumineux de l'horloge de bord. Dory mentait peut-être ou lui tendait un piège, mais Callie fonçait quand même, concentrant son regard et ses pensées sur le double pinceau des phares qui perçaient la nuit.

Elle mit neuf minutes pour arriver.

Le site paraissait désert. Elle bondit par-dessus la clôture, traversa le terrain en sautant les obstacles.

— Je suis là, Dory ! cria-t-elle. Je suis seule ! Ne lui fais pas de mal !

Plus elle s'approchait de l'étang, plus la terreur la submergeait.

— C'est, entre toi et moi, tu l'as dit toi-même ! Tu peux la lâcher maintenant, je suis là !

Le bref éclair d'une lampe torche lui fit dévier sa course.

— Arrête-toi ici ! cria Dory. Tu n'as pas perdu de temps, mais tu avais celui d'appeler la police en venant.

— Je ne l'ai pas appelée ! C'est ma mère, bon Dieu ! Je ne risquerais jamais sa vie pour le plaisir de te punir !

— Tu m'as déjà punie. Pour prouver que tu étais la plus forte, la plus futée ? Tu es bien avancée, maintenant.

— Il s'agissait de ma vie, Dory, répondit-elle en avançant à pas lents, les jambes flageolantes. Je voulais savoir pourquoi, comment cela m'était arrivé, à moi. Tu n'en aurais pas fait autant ?

— Ne bouge plus, reste où tu es. Et lève les mains, que je puisse les voir. Marcus Carlyle était un grand homme, un visionnaire. Même mort, il vaut cent fois, mille fois mieux que toi.

Dory avait déjà éteint sa lampe torche. Sa vision accommodée à l'obscurité, Callie distinguait maintenant son visage, enlaidi par la haine plus que par ses plaies. Elle sentait aussi une présence à la limite de son champ de vision.

— Dis-moi ce que tu attends de moi.

— Que tu souffres ! Reste où tu es.

Dory recula dans l'ombre. Une seconde plus tard, une forme ligotée roula vers la rive de l'étang. Callie vit une mèche de cheveux blonds et bondit en avant.

— Stop ! Pas un pas de plus ou je la tue ! cria Dory en brandissant un pistolet. Oui, c'est un pistolet, pas un couteau, ajouta-t-elle en voyant Callie changer de visage. Le même que celui avec lequel j'ai presque fait un trou dans la peau de ton séduisant ex-mari.

Elle ralluma sa lampe torche, la braqua sur Callie, soudain aveuglée, qui se protégea les yeux en levant un bras.

— J'aurais pu le tuer, poursuivit-elle. C'était facile, j'avais déjà tué Dolan. Lui, c'était un accident. Je voulais simplement l'assommer quand je l'ai surpris en train de rôder sur le site, comme je le faisais moimême, dit-elle en lançant un coup de pied sur la forme étendue.

Callie entendit gémir. Son cœur manqua plusieurs battements.

— J'avais frappé un peu trop fort, reprit Dory. Alors, je m'en suis débarrassée dans le Trou de Simon en espérant que cela te retomberait dessus. Malheureusement, ça n'a pas marché.

Callie lutta pour rester calme. *Je serai juste derrière toi,* avait dit Jake.

— Tu as mis le feu au bureau de Lana. Pourquoi ?

— Le feu purifie. Tu n'aurais jamais dû l'engager. Tu n'aurais jamais dû fourrer ton nez dans des affaires qui ne te regardaient pas.

— J'avais le droit d'être curieuse. Mais pourquoi Bill ?

— Il posait trop de questions. Pourquoi ceci, pourquoi cela ? Il m'exaspérait. Il insistait pour savoir quels cours j'avais suivis. Il était incapable de se mêler uniquement de ses propres affaires. Comme toi. Tiens, regarde ce que j'ai encore trouvé ! dit-elle en faisant rouler d'un coup de pied une autre forme ligotée. Je suis au courant de pas mal de choses, tu vois ? J'ai tes deux mères à ma merci !

Jake émergeait du bois par la lisière est. Sans bruit, sans lumière, avançant avec précaution, il progressait vers les voix de Dory et de Callie en se forçant à ne pas bondir. Il ne disposait que d'un couteau de cuisine, la seule arme sur laquelle il ait mis la main dans sa hâte.

Il s'arrêta soudain en distinguant une silhouette d'homme plaquée contre un chêne. Signifiant d'un geste derrière lui de ne pas faire de bruit, il s'approcha. Deux silhouettes lui apparurent alors, deux hommes. Les deux pères de Callie, attachés au même arbre, bâillonnés, inertes. Il entendit derrière lui un soupir étouffé.

— Drogués, chuchota-t-il à Doug en lui tendant le couteau. Détache-les, reste avec eux. S'ils reprennent connaissance, fais-les taire.

— Bon Dieu, Jake, elle les a tous enlevés ! Je vais avec toi. Veille sur eux, dit-il en donnant le couteau à Digger qui le suivait.

Callie se figea d'horreur. La vie de ses deux mères, celle qui l'avait mise au monde et celle qui l'avait élevée, dépendait d'elle.

— Tu en sais beaucoup, c'est vrai. Mais tu n'as pas tout fait toute seule, Dory. Où est ton père ? Montrez-vous, Richard ! cria-t-elle. N'êtes-vous même pas capable de regarder en face les conséquences de vos actes ?

— Ah ! Tu as trouvé ça aussi ? Viens, papa ! ditelle en faisant un signe de la main. Viens rejoindre la grande réunion de famille.

Richard Carlyle apparut une seconde plus tard à côté de sa fille.

— Pourquoi vous être entêtée à exhumer ces vieilles histoires ? demanda-t-il. Pourquoi ne pas laisser les morts reposer en paix ?

— C'est ce que vous croyez, n'est-ce pas Richard ? Pas de vagues, pas de questions. Comment avez-vous fait, alors, pour laisser la situation dégénérer jusqu'au point où elle en est ? Comme moi, il vous a volé, vous aussi. Il ne vous a pas laissé le choix, ni à vous ni à moi ni à personne. Et vous vous taisiez, vous ne faisiez rien ?

— Quels qu'aient été ses torts ou ses erreurs, il m'a donné une vie agréable. J'ai quand même rompu avec lui et avec ses agissements que je n'approuvais pas.

Les mains moites, Callie se retenait de ne pas prendre le couteau de Jake, de ne pas se ruer sur Dory et lui. Elle se savait capable de tuer pour sauver sa mère – ses mères.

— Et cela vous a suffi ? Sachant tout ce que vous saviez, vous n'avez pas levé le petit doigt pour y mettre fin ?

— J'avais un enfant, une vie personnelle. Pourquoi les avilir par un scandale ?

— Ce n'est pas vous qui éleviez votre fille, mais Dorothy, sous l'influence de Marcus.

— Que vouliez-vous que je fasse, j'avais à peine vingt ans, protesta-t-il. Que diable étais-je censé faire ?

Du coin de l'œil, Callie voyait Dory surveiller son père avec une étrange expression et décida d'appuyer sur le point sensible.

— Qu'étiez-vous censé faire ? Être un homme, un père digne de ce no ! Mais vous avez une fois de plus laissé Marcus tout décider, tout régenter. Il l'a pervertie, Richard. Allez-vous encore rester sans rien faire, sans rien dire, par lâcheté ? Continuer à la protéger en sachant qu'elle a du sang sur les mains ?

— Elle est toujours ma fille. Elle n'est pas responsable de ce qui s'est passé. Je ne veux pas qu'elle en subisse les conséquences.

— Il a raison, intervint Dory. Ce n'était pas ma faute, mais la tienne, Callie. C'est toi qui as tout déclenché. Toi et elles, ajouta-t-elle en montrant les deux femmes étendues à ses pieds.

— Il suffit de vous éloigner quelques semaines, enchaîna Richard. De disparaître le temps qu'il faudra pour retarder la police pendant que je mettrai Dory en sûreté quelque part et que je ferai relâcher Dorothy. Sans vous, la police perd son témoin capital. Je ne vous demande rien de plus.

— C'est ça qu'elle a réussi à vous faire croire ? C'est par de telles sornettes qu'elle vous a amené à espionner la maison, à l'aider à faire sauter la caravane, à vous rendre complice de ce qui se passe en ce moment ? Êtes-vous aveugle au point de ne pas voir qu'elle ne cherche qu'à se venger, à faire souffrir des innocentes ?

— Personne ne souffrira si vous faites ce que je vous ai demandé. Il me faut un peu de temps, rien de plus.

— Elle te mentira, elle te dira ce que tu voudrais l'entendre dire, déclara Dory. Elle voulait faire payer mon grand-père, ma mère, nous tous. Maintenant, c'est elle qui va payer !

Accroupie, elle posa le canon de son arme sur une tête blonde.

— Non, Dory, non ! cria Richard.

Callie lâcha un hurlement de terreur auquel Dory répondit par un éclat de rire haineux.

— Laquelle veux-tu sauver ? dit-elle en poussant du pied l'autre corps dans l'eau. Si tu plonges pour la repêcher, je tue celle-ci. Si tu veux sauver celle-ci, l'autre sera noyée. C'est dur de décider, hein ?

— Dory, pour l'amour du ciel !...

Richard bondit vers elle et se figea en la voyant braquer le pistolet sur lui.

— Ne t'en mêle pas, tu es lamentable, comme d'habitude. Qu'elles se noient donc toutes les deux, dit-elle en faisant rouler sa deuxième prisonnière dans l'eau tout en braquant son arme sur Callie. Toi, regarde-les mourir.

Avec un hurlement de rage, Callie se rua vers l'étang. Elle perçut vaguement des mouvements sur sa gauche lorsque Jake et Doug jaillirent de la lisière du bois. Elle était en l'air, en train de plonger, quand la détonation retentit. Elle sentit un choc à l'épaule, mais elle nageait déjà avec l'énergie du désespoir vers l'endroit où elle avait vu s'enfoncer sa première mère. Elle ne savait toujours pas laquelle, mais elle était résolue à les sauver toutes les deux.

Elle prit une profonde inspiration, s'immergea. Sans rien voir dans l'eau trouble, elle chercha à tâtons. Les poumons en feu, les membres engourdis par le froid, elle s'enfonça encore plus profondément. Quand elle perçut enfin une forme, elle empoigna une touffe de cheveux, tira, donna un coup de pied pour remonter à la surface. Dans un dernier effort de volonté, les muscles tétanisés par le froid et l'effort, elle réussissait enfin à traîner le corps inerte vers la berge quand elle sentit des mains l'empoigner. Haletante, crachant de l'eau, elle parvint à articuler quelques mots à Jake.

— Non, pas nous, j'y suis presque. L'autre, un peu plus loin.

— Doug s'en occupe. Sortons-la le plus vite possible.

Elle l'entendit crier quelque chose à quelqu'un sur la berge, mais des points blancs dansaient devant ses yeux, un carillon tintait dans ses oreilles. Elle sentit d'autres mains l'empoigner, la tirer à l'air libre. À demi consciente, elle roula vers la forme inerte étendue à quelques pas d'elle, écarta les cheveux plaqués sur le visage.

Et découvrit celui de Suzanne.

— Mon Dieu, mon Dieu, gémit-elle en jetant un regard désespéré vers l'étang. Jake, je t'en supplie...

Il replongeait déjà.

— Est-ce qu'elle respire ? bredouilla-t-elle en essayant de sentir battre le pouls à la base du cou. Je ne crois pas qu'elle respire.

— Laisse-moi faire, dit Lana en l'écartant. J'ai été secouriste.

Elle se pencha vers Suzanne, commença le boucheà-bouche. Callie se releva, fit quelques pas vers l'eau en titubant. Matt la stoppa par le bras. Il tenait le pistolet, braqué maintenant sur Dory étalée à plat ventre. Richard était assis à côté d'elle, la tête dans les mains.

— Non, Callie, tu n'y arriveras pas, il faudra qu'on plonge encore pour te repêcher. La police arrive, les ambulances aussi. Calme-toi.

Callie jeta encore un regard vers l'étang, un autre vers Suzanne.

— Maman, gémit-elle.

Elle se laissa tomber à genoux pendant que trois têtes apparaissaient à la surface de l'eau et qu'un bruit de toux rauque se faisait entendre derrière elle.

— Elle respire ! cria Lana.

Ravalant ses larmes, Callie se traîna jusqu'à l'eau, aida à tirer Vivian sur le sable.

— Coupez la corde. Que quelqu'un coupe la corde.

Elle sentit une main se poser sur son poignet.

— Nous avons récupéré ta mère, dit Doug.

Callie lui prit la main, la serra de toutes ses forces.

— Et nous la tienne.

Épilogue

Peu après l'aube, Callie entra dans la salle d'attente des urgences. Le spectacle qu'elle y découvrit lui réchauffa le cœur. L'équipe au complet était là, endormie sur toutes les surfaces disponibles. Elle se félicita que personne ne puisse la voir pleurer. Dans les pires circonstances de sa vie, ils avaient fait bloc pour la soutenir. Sans faille.

Elle s'approcha de Lana, la secoua doucement par l'épaule.

— Hein ? J'ai dû m'endormir. Comment vont-ils ?

— Le mieux possible. Mon père et Jay peuvent déjà sortir. Ils gardent ma mère et Suzanne quelques heures de plus en observation. Doug et Roger sont au chevet de Suzanne, tu les verras bientôt.

— Et toi ? Ta blessure ?

— J'ai mal, mais c'est une simple égratignure. Je ne pourrai jamais vous exprimer toute ma gratitude pour tout ce que vous avez fait. Y compris m'avoir apporté des vêtements secs.

— C'est la moindre des choses. Nous sommes une grande famille, maintenant. Tu sais que Doug et moi allons nous marier ?

— Oui, il me l'a dit. C'est un type bien, mon frère, n'est-ce pas ?

— Très. Et il tient à toi tu sais. Mais tu as une autre famille ici, dit Lana en montrant les formes assoupies. Comme tes deux autres familles, les vraies.

— Je ne savais pas que c'était Suzanne que je remontais. Je suis simplement allée repêcher celle qui avait été immergée la première.

— Elle serait peut-être morte si tu n'avais pas pris cette décision.

— Comment aurais-tu voulu que j'en prenne une autre ? Raccompagne Doug et Roger, veux-tu ? Doug est à bout de forces et Roger trop âgé pour des émotions pareilles. Jay ne partira pas tant que Suzanne restera. Ils se raccommodent, je crois.

— Ce serait bien de boucler la boucle de cette manière.

— Elle me plaît, en tout cas. Je compte sur toi pour dire aux autres que tout va bien.

— Je n'aurai pas besoin de mentir. Dory et Richard sont en état d'arrestation. Il n'y a plus de secrets, maintenant.

— Quand ceux-ci seront tous étalés au grand jour, on découvrira d'autres cas comme le mien, comme celui de Suzanne et Jay, de mes parents. Des innocents n'ont pas fini de souffrir.

— Je sais, mais tu as eu raison de faire ce que tu as fait. Tu as mis fin à ce trafic, d'autres ne pourront plus reprendre le flambeau. Cela doit suffire à te satisfaire, Callie.

— Le vrai coupable n'a pourtant pas été puni. Ma seule consolation, peut-être, c'est de me dire que l'enfer existe et que Marcus Carlyle y brûle pour l'éternité.

— Allons, va dormir, tu en as grand besoin. Récupère la famille qui est venue te tenir compagnie et rentre chez toi.

— Bonne idée.

Il lui fallut quand même près d'une heure pour les rassembler. Ils voulaient tous voir Rosie avant de quitter l'hôpital, même en sachant qu'elle devait sortir le lendemain.

Sur le chemin du retour, Callie ferma les yeux.

— J'ai des tas de choses à te dire, confia-t-elle à Jake, mais j'ai la tête un peu dans le brouillard en ce moment.

— Tu as largement le temps.

— Tu m'as sauvée, Jake. Je savais pouvoir compter sur toi. J'étais là, devant cette folle furieuse, mais tu m'avais dit que tu serais juste derrière moi et j'ai eu moins peur.

— Elle t'a quand même tiré dessus.

— Tu aurais pu arriver dix secondes plus tôt, c'est vrai. Mais je ne te le reproche pas. Tu m'as sauvé la vie, c'est un fait. Je ne pouvais pas remonter Suzanne seule, je me serais noyée avec elle. Tu as été là quand j'ai eu le plus besoin de toi. Je ne l'oublierai jamais.

— Nous verrons si tu tiens parole.

Elle rouvrit les yeux en sentant la voiture s'arrêter.

— Que diable faisons-nous ici ? demanda-t-elle en reconnaissant le site. Nous n'allons quand même pas travailler !

— Non, mais c'est un lieu important. Il est bon que tu ne l'oublies pas non plus. Viens, Callie.

Il lui prit la main, franchit la barrière.

— Tu as raison. Je ne l'oublierai pas.

— J'ai pas mal de choses à te dire moi aussi et je n'ai pas la tête dans le brouillard.

— Je t'écoute.

— Je veux recommencer avec toi, Callie. Recommencer depuis le début, mais mieux. Jamais plus je ne te laisserai t'en aller. Quand j'ai entendu le coup de feu, quand je t'ai vue disparaître sous l'eau, j'ai eu un instant de terreur. Et si c'était la dernière fois que je te voyais ? me suis-je demandé. Je ne veux plus perdre mon temps sans toi, loin de toi. J'ai peut-être eu quelques torts…

— Peut-être ?

— Toi aussi.

Les fossettes de Callie trahissaient un sourire réprimé.

— Peut-être, admit-elle.

— J'ai besoin que tu m'aimes comme tu m'aimais avant.

— C'est idiot ce que tu dis, Graystone.

— Non. Je ne te rendais pas ton amour comme tu le voulais, comme j'aurais dû. Cette fois, je le ferai.

— C'est quand même idiot, parce que je n'ai jamais cessé de t'aimer, grand imbécile ! Cette fois, tu vas me supplier à genoux. J'ai failli mourir cette nuit et tu viens de dire que tu ne voulais plus perdre de temps. Alors, qu'est-ce que tu attends ?

— Tu as toujours frappé au-dessus de la ceinture, grommela-t-il.

Il se détourna, s'éloigna de deux pas, revint en la fusillant du regard. Et s'agenouilla devant elle.

— Tu es censé me prendre la main d'un air sentimental.

— Arrête, je me sens déjà assez bête ! Laisse-moi faire à ma façon. Veux-tu m'épouser, oui ou non ?

— Tu ne m'as pas dit que tu m'aimais. Je compte que tu me le dises dix fois plus souvent que je ne te le dirai pendant les cinq prochaines années. Peut-être même davantage.

— Tu t'amuses, hein ?

— Beaucoup.

— Callie, je t'aime.

Le sourire qu'il vit apparaître sur ses lèvres desserra l'étau qui lui broyait la poitrine depuis le début de leur conversation.

— Oui, bon sang, je t'aime depuis la première seconde où je t'ai vue, reprit-il. J'en avais peur et j'étais furieux à la fois. Je n'ai pas su comment m'y prendre parce que, pour la première fois de ma vie, je rencontrais une femme capable de me faire souffrir. Qui comptait plus pour moi que tout au monde. Que j'adorais et qui m'exaspérait.

— Arrête, je t'ai assez fait souffrir pour cette fois.

— Non, laisse-moi finir ! Je suis parti quand tu m'as flanqué dehors parce que j'étais sûr que tu me courrais après pour me rattraper. C'est une erreur que je ne commettrai jamais plus. Je t'aime telle que tu es, même quand tu me rends fou de rage. Je t'aime, voilà tout. Je t'aime. Ça te suffira, ou tu veux que je continue ?

Callie ravala les larmes qu'elle sentait lui monter aux yeux.

— Non, tu l'as très bien dit. Je ne te lâcherai pas moi non plus, Jake. Je ne te demanderai pas de deviner ce que j'attends de toi ni ne supposerai savoir déjà ce que tu attends de moi. Je te le dirai, je te le demanderai, nous en parlerons et nous trouverons les solutions.

Il était toujours à genoux. Elle se pencha pour poser un baiser sur ses lèvres et le força à rester agenouillé quand il voulut se relever.

— Quoi encore ? demanda-t-il.

— As-tu une bague sur toi ?

— Tu te fous de moi ?

— Non, une bague s'impose pour la circonstance. Mais tu as de la chance, il se trouve que j'en ai une.

Elle tira sur la chaînette d'or à son cou, en détacha son alliance et la mit dans la main de Jake, qui la regarda avec une stupeur émue.

— Je ne l'ai ôtée de mon doigt que le jour où tu es arrivé ici, reprit-elle. J'ai demandé à Lana de me l'apporter quand elle est allée à la maison chercher des vêtements secs.

L'alliance retenait encore un peu de la chaleur de son corps. S'il n'avait pas déjà été à genoux, Jake s'y serait laissé tomber.

— Tu... tu l'as portée depuis notre séparation ?

— Oui, je suis beaucoup trop sentimentale.

— Curieuse coïncidence, dit-il en exhibant l'alliance qu'il portait à une chaîne sous sa chemise. Moi aussi.

Callie la prit et, de la même main, l'aida à se relever.

— Quels drôles d'oiseaux nous sommes, tous les deux.

Il l'attira contre lui, l'embrassa avec fougue.

— Au fond, je voulais me prouver que j'étais capable de vivre sans toi, dit-il en reprenant son souffle.

— Moi aussi.

— Nous avons maintenant chacun notre preuve. Il n'empêche que je suis nettement plus heureux avec toi que sans toi.

— Moi aussi, répéta-t-elle. Mais pas de Las Vegas, cette fois-ci. Nous aurons un vrai mariage dans une vraie chapelle et nous achèterons une maison.

— Tu crois ?

— Oui, je veux une base, nous verrons où le moment venu. Je veux un foyer avec toi, un vrai, où nous pourrons planter nos racines.

Il lui prit le visage entre les mains, posa le front contre le sien.

— Moi aussi. Peu importe où, mais je veux moi aussi une maison où vivre avec toi, Callie. Et avoir des enfants.

— Tu dis enfin des choses sensées ! Fonder notre propre tribu. Comme ceux qui vivaient ici.

Il posa un baiser sur chacune de ses trois fossettes.

— Je t'aime, Callie. Je ferai tout pour te rendre heureuse.

— Tu commences déjà.

— Et tu m'aimes aussi, n'est-ce pas ?

— À la folie.

— C'est bien. Une dernière chose, au sujet du mariage, dit-il pendant qu'ils regagnaient la voiture main dans la main.

— Je t'ai déjà dit, pas de Las Vegas. Je veux que ce soit sérieux, cette fois.

— Oui. Sauf qu'une cérémonie me paraît superflue, vu que nous sommes toujours mariés.

Elle s'arrêta net.

— Qu'est-ce que tu dis ?

— Je n'ai jamais signé nos papiers de divorce, puisque tu étais censée me courir après et me les faire avaler.

— Tu... tu ne les as pas signés ? Nous ne sommes pas divorcés ?

— Non. Tiens, dit-il en lui donnant son alliance, remets-la donc à ton doigt.

— Ah non, pas si vite ! s'exclama-t-elle en refermant la main. Et si j'étais tombée amoureuse d'un autre, si j'avais voulu me remarier ?

— Je l'aurais tué, je l'aurais enterré de mes mains et je t'aurais consolée. Allons, Callie, laisse-moi te la remettre au doigt. Je veux maintenant rentrer coucher avec ma femme légitime.

— Tu trouves ça drôle, hein ?

— Oui, très, dit-il avec son plus éblouissant sourire. Pas toi ?

Elle se croisa les bras, tapa du pied – et tendit sa main ouverte.

— Tu as de la chance que mon sens de l'humour soit aussi tordu que le tien, dit-elle en riant.

Quand il eut glissé l'alliance à son doigt, elle glissa l'autre au sien. Et lorsqu'il la prit dans ses bras pour franchir la barrière, elle éclata d'un rire joyeux. Pardessus son épaule, elle voyait le travail encore à accomplir, le passé qui restait à découvrir.

Et qu'ils découvriraient ensemble.

7808

Composition Nord Compo
Achevé d'imprimer en France (Manchecourt)
par Maury-Eurolivres
le 16 septembre 2005.
Dépôt légal septembre 2005. ISBN 2-290-34211-4

Éditions J'ai lu
87, quai Panhard-et-Levassor, 75013 Paris
Diffusion France et étranger : Flammarion

1/07